PAULINE PETERS

DAS ZEDERN HAUS
ROMAN

BASTEI LÜBBE
TASCHENBUCH

BASTEI LÜBBE TASCHENBUCH
Band 17675

Dieser Titel ist auch als E-Book erschienen

Originalausgabe

Dieses Werk wurde vermittelt durch
die Literarische Agentur Thomas Schlück GmbH, 30827 Garbsen.

Copyright © 2018 by Bastei Lübbe AG, Köln
Innenillustration: Tina Dreher, Alfeld/Leine
Titelillustration: © shutterstock/Anelina;
© Himanshu Khagta/getty-images
Umschlaggestaltung: Manuela Städele-Monverde
Satz: Urban SatzKonzept, Düsseldorf
Gesetzt aus der Garamond
Druck und Verarbeitung: CPI books GmbH, Leck – Germany
Printed in Germany
ISBN 978-3-404-17675-5

5 4 3 2 1

Sie finden uns im Internet unter www.luebbe.de
Bitte beachten Sie auch: www.lesejury.de

Ein verlagsneues Buch kostet in Deutschland und Österreich jeweils überall dasselbe.
Damit die kulturelle Vielfalt erhalten und für die Leser bezahlbar bleibt,
gibt es die gesetzliche Buchpreisbindung. Ob im Internet, in der Großbuchhandlung,
beim lokalen Buchhändler, im Dorf oder in der Großstadt – überall bekommen Sie Ihre
verlagsneuen Bücher zum selben Preis.

PROLOG

Simla, Indien, April 1908

Mahi machte es sich in einer Astgabel der Zeder bequem. Von hier aus hatte er einen guten Blick auf den Palast des Vizekönigs und den Park. Jenseits des Anwesens erstreckte sich Simla in der Abenddämmerung, vom Frühjahr bis zum Herbst die Hauptstadt von Britisch-Indien. Normalerweise vermisste Mahi Calcutta, wo er bis vor Kurzem gelebt hatte – den Lärm dort, die vielen Menschen und die Hitze –, aber an diesem Abend gefiel es ihm in der Stadt in den Ausläufern des Himalaya. Ja, er war ganz verzaubert.

Überall auf den Hügeln schwebten Lichter wie Glühwürmchen zwischen den Bäumen. Die Lampen von Rikschas, in denen die Gäste des Vizekönigs durch die Straßen gefahren wurden. Mahi hatte auf dem Basar von dem Fest gehört, mit dem die Regierungsperiode in den Bergen eröffnet wurde, und beschlossen, es sich nicht entgehen zu lassen.

Die ersten der Rikschas – sie wurden jeweils von zwei Kulis gezogen, ein dritter schob – bogen auf die steile Straße vor dem Palast am Fuße des Prospect Hill ein und verschwanden dann aus dem Blickfeld des Jungen. Die Fenster der Residenz waren hell erleuchtet. Im Erdgeschoss brannten Kronleuchter. Eine Kapelle versammelte sich, die Musiker stimmten ihre Instrumente. Die Töne drangen bis zu der Zeder, auf der Mahi saß. Einheimische Diener liefen barfüßig durch den Park und kontrollierten, ob alle Fackeln und Lampions leuchteten. Da und dort standen indische Soldaten zwischen den alten Bäumen und den hohen Büschen.

Mahi zog sich ein wenig tiefer in den Schatten zurück. Zwar trennte ihn eine hohe Mauer von den Soldaten, aber er wollte nicht das Risiko eingehen, entdeckt zu werden.

Die Dämmerung ging in Dunkelheit über. Die schneebedeckten Gipfel des Himalaya hoben sich wie eine gezackte Linie vom Nachthimmel ab. Der große Saal im Erdgeschoss des Palastes war inzwischen voller Menschen. Die *sahibs*, wie man die Weißen nannte, trugen Uniformen und dunkle Anzüge, deren Rückenteile Schöße hatten und an das Gefieder von Raben erinnerten – Mahi stellte sich vor, dass sie sehr unbequem waren, gewiss noch unbequemer als die Schuluniform, die er von der englischen Missionsschule, auf die er gegangen war, kannte und die er gehasst hatte. Die *memsahibs*, ihre Frauen, trugen wunderschöne glitzernde Gewänder, was Mahi an exotische Paradiesvögel denken ließ.

Die Kapelle begann zu spielen. Mahi mochte die Musik, sie fuhr ihm bis in die Glieder. Er wünschte sich, er könnte im Saal sein und tanzen. Auch Sumat mochte die Musik der Engländer sehr. Wie es ihm wohl ging? Er vermisste seinen großen Bruder. Wahrscheinlich befand er sich gerade auf dem Meer und hatte England noch nicht erreicht. Ob Sumat der Talisman, den er ihm geschenkt hatte, wohl Glück brachte? Er hoffte es von ganzem Herzen.

Mahi verlor jedes Zeitgefühl, während er den herumwirbelnden Paaren zusah. Seine Hände bewegten sich im Takt. Erst als die Musik aufhörte, bemerkte er, dass er fror, und er wickelte sich enger in seinen Umhang. Die Fenstertüren des Ballsaals öffneten sich, Menschen strömten auf die Terrasse. Indische Diener mit Tabletts voller funkelnder Gläser eilten zwischen den Gästen umher. In einem angrenzenden Saal stellten Bedienstete Speisen auf lange, festlich geschmückte Tafeln – Pyramiden aus Obst, Geflügel, Fleisch und rote und grüne Gebilde, die die Form von Burgen hatten. Noch nie hatte Mahi so etwas gesehen.

Er fragte sich gerade, ob man diese Burgen wohl essen konnte, als drei Männer seine Aufmerksamkeit erregten. Sie entfernten sich ein ganzes Stück von der Terrasse und waren in eine Unterhaltung vertieft. Der Mann mit dem gezwirbelten Schnurrbart und der fliehenden Stirn war Lord Minto, der Vizekönig. Mahi hatte ihn schon öfter im Fond seines Rolls-Royce durch die Straßen von Simla fahren sehen. Nur der Vizekönig besaß das Privileg, in der Stadt ein Automobil zu benutzen. Die anderen beiden Männer waren blond und ähnelten sich wie Brüder. Ihr Verhalten Lord Minto gegenüber war respektvoll, aber auch vertraulich. Bestimmt bekleideten sie unter den Engländern eine hohe Position.

Etwas entfernt sah Mahi Prinz Kintu Singh. Sein Turban schimmerte wie ein bleicher Mond in den Schatten und verschwand gleich darauf wieder. Der Prinz war Mahis Held. Er war märchenhaft reich und besaß seine eigene Garde von Wachsoldaten, mit denen er gelegentlich durch die Straßen ritt, zum Ärger der Engländer. Außerdem war er jung und groß und breitschultrig und sah sehr gut aus. Ganz anders als der Vizekönig mit seinem albernen Schnurrbart, den hervorstehenden Augen und dem schütteren Haar.

Mahi verzog verächtlich den Mund. Sein Blick wanderte wieder zu den Engländern. Der Vizekönig berührte einen der blonden *sahibs* am Arm, als Mahi eine Bewegung wahrnahm. Hinter einem Busch kam ein Mann hervorgestürmt. Die Flamme einer Fackel spiegelte sich in etwas Metallischem in seiner Hand. Mahi blinzelte, dann begriff er.

Nein, nicht ... Vorsicht ... Da ist ein Mann mit einer Waffe, wollte er schreien. Doch aufgrund der Krankheit, die ihn in seiner frühen Kindheit hatte stumm werden lassen, brachte er nur ein Stöhnen hervor.

Der Mann zielte. Ein Schuss löste sich, dröhnte in Mahis Ohren. Menschen schrien auf. Glas zerschellte klirrend auf dem Boden. Soldaten eilten herbei. Wieder ein Schuss und noch einer. Die Waffe glitt aus der Hand des Mannes, und er sank zu Boden. Soldaten umringten den Vizekönig und führten ihn eilig fort.

Mahi starrte den Schützen an, unfähig sich zu regen. Graue Strähnen mischten sich in dessen schwarzes Haar. Blut quoll aus seiner Brust und färbte seine kragenlose *kurta* rot. Seine brechenden Augen waren auf etwas Glitzerndes an seiner Hand gerichtet. Irgendwie traurig, nicht hasserfüllt oder wütend ...

Einer der Wachsoldaten beugte sich über den Sterbenden. Dessen Lippen bewegten sich, als ob er versuchte, etwas zu sagen. Erst als andere Soldaten den Mann packten und wegschleppten, erwachte Mahi aus seiner Erstarrung. Zitternd kletterte er die Zeder hinunter und rannte, so schnell er konnte, davon.

ERSTES KAPITEL

London, 1908

Beschwingt betrat Victoria das Haus am Green Park, in dem sie seit ihrer Kindheit lebte, und eilte die Treppe zu ihrer Wohnung hinauf. Sie kam gerade aus dem Atelier Poiret von der ersten Anprobe ihres Hochzeitskleides. Noch glaubte sie, den duftigen Stoff auf ihrer Haut zu spüren. In einem Monat würden sie und Jeremy heiraten. Sie liebte Jeremy tief und innig und konnte sich ein Leben ohne ihn nicht mehr vorstellen. Aber sie hatten Zeit gebraucht zueinanderzufinden, und manchmal in den Monaten seit ihrer Verlobung hatte Victoria gefürchtet, ihr Glück könnte sich als Traum entpuppen, der niemals wahr würde. Mit der Anprobe des Kleides jedoch war die Heirat endlich real geworden.

Victoria hatte kaum die Wohnungstür geöffnet, als Hopkins, ihr Butler, in den Korridor kam.

»Miss Victoria...« Hopkins verneigte sich.

»Ach, Hopkins, ist das Leben nicht wunderbar?«

Victorias Lächeln erstarb. Hopkins' Miene war würdevoll wie immer, aber sie kannte ihn gut genug, um zu wissen, dass etwas nicht in Ordnung war.

»Lady Glenmorag erwartet Sie in der Bibliothek, Miss Victoria...«

»O Gott...« Lady Glenmorag war die Schwester von Victorias Großvater, des Dukes of St. Aldwyn. Wenn ihre Großtante Hermione sie besuchte, bedeutete dies meistens Ärger. »Hat sie irgendetwas gesagt?«

»Nur, dass sie Sie dringend zu sprechen wünscht...« Hopkins öffnete die Tür zur Bibliothek.

Lady Glenmorag saß auf dem Ledersofa und lächelte Victoria an. Was diese erst recht misstrauisch machte.

»Großtante...« Pflichtschuldig küsste sie ihre Wange.

Ihre Großtante musterte sie. »Du hast ganz rote Wangen, meine Liebe. Du solltest wirklich mehr auf dich achten. Hast du etwa wieder gearbeitet?«

Wie immer klangen Wörter, die mit Arbeit zu tun hatten, aus ihrem Mund, als ginge Victoria einer anstößigen Beschäftigung nach. Lady Glenmorag war Mitte sechzig, wirkte jedoch zehn Jahre jünger. Sie hatte sich den rosigen Teint ihrer Jugend bewahrt und war immer noch eine schöne Frau. Ihr rauchblaues Seidenkleid mit der über dem Arm getragenen Schärpe und der opulent mit Federn geschmückte Hut entsprachen der neuesten Mode. Die Blautöne brachten ihre Augen zum Leuchten. *Wahrscheinlich würde sie sogar an einem glühend heißen Sommertag makellos kühl und frisch aussehen*, dachte Victoria voller Neid.

»Falls Sie darauf hinauswollen, ob ich für den *Morning Star* fotografiert habe... Nein, das habe ich nicht.« Sie hatte nicht vor, ihrer Großtante von der Anprobe zu erzählen, denn sie wollte ihr gegenüber das Thema Hochzeit lieber vermeiden.

»Hast du mittlerweile eigentlich ein Hochzeitskleid in Auftrag gegeben?«, fragte Lady Glenmorag prompt.

Victoria unterdrückte einen Seufzer. Konnte ihre Großtante eigentlich Gedanken lesen? »Ja, im Atelier Poiret.«

»Das heißt wahrscheinlich, dass es ohne Korsett getragen werden kann?«

»Ja, denn ich möchte nicht vor dem Altar wegen Atemnot ohnmächtig werden«, erwiderte Victoria sarkastisch. Sie wünschte sich so sehr, einmal gelassen und abgeklärt auf ihre Großtante reagieren zu können.

Lady Glenmorag spielte mit ihrer langen, doppelreihigen Perlenkette. »Du musst dich endlich entscheiden, ob der Empfang nach der Trauung im Ritz oder im Savoy stattfinden soll.«

Sie hatten sich schon einmal deswegen gestritten. Victoria war davon ausgegangen, dass ihre Großtante nicht klein beigeben würde. »Großtante, ich speise sehr gern im Ritz und im Savoy. Aber wir werden dort nicht unseren Hochzeitsempfang haben, und es wird auch keine Trauung in Westminster Abbey geben.«

»Du hast doch nicht etwa immer noch ernsthaft vor, in dieser Dorfkirche zu heiraten und danach das Ereignis in einem Wirtshaus zu feiern? Das kommt überhaupt nicht infrage. Du bist die Enkelin eines Dukes...«

»Das Wirtshaus in den Cotswolds, für das wir uns entschieden haben, ist ein wunderschöner alter Gasthof und sehr respektabel. Auch wenn es sich aus Ihrem Munde fast so anhört, als wäre es ein Bordell. Meine Freundin Lady Constance Hogarth und ihr Gatte kehren dort gelegentlich ein.«

»Lady Hogarth ist Amerikanerin.« Großtante Hermione winkte ab. »In ihren Augen dürfte selbst eine verrufene Spelunke respektabel sein.«

»Mein Vater hätte die Feier, die Mr. Ryder und ich uns wünschen, ganz sicher gutgeheißen.«

»Erwähne bloß nicht deinen Vater, der nichts lieber tat, als gegen Sitte und Anstand zu verstoßen. Er ist, wie du weißt, mit deiner minderjährigen Mutter nach Gretna Green durchgebrannt ...«

»Meine Eltern haben sich geliebt. Sie waren sehr glücklich miteinander.«

»Liebe ist ein bürgerliches Gefühl, und Glück wird völlig überschätzt.« Großtante Hermione rümpfte die Nase. Sie betrachtete Victoria einen Moment lang nachdenklich. »Dein Großvater ist bereit, für die Kosten einer standesgemäßen Hochzeit aufzukommen.«

»Das ist sehr freundlich von ihm. Aber Mr. Ryders Vater wird es sich nicht nehmen lassen, die Heirat seines ältesten Sohnes auszurichten.«

Victoria hatte ihren zukünftigen Schwiegervater inzwischen kennengelernt und mochte ihn sehr. Er war ein warmherziger und humorvoller Mann, ganz anders als ihr kalter, unzugänglicher Großvater.

»Über eine standesgemäße Hochzeit würde auf den Gesellschaftsseiten der Zeitungen groß berichtet werden. Davon dürfte die Karriere deines Gatten profitieren.«

»Ich glaube nicht, dass Mr. Ryders Laufbahn als Journalist von so etwas abhängt.«

»Ich spreche nicht von Mr. Ryders journalistischer Karriere. Nein, von seiner politischen ...«

»Ich habe Ihnen schon mehrmals erklärt, dass er keinerlei politische Ambitionen hegt.« Victoria verlor die Geduld. »Wir beide werden die Hochzeit feiern, die wir uns wünschen, und keine steife Zeremonie nach den Konventionen der Aristokratie abhalten ...«

»Meine Liebe ...«, Großtante Hermione erhob sich anmutig, »... da du so halsstarrig bist, bleibt mir nichts anderes übrig, als mit Mr. Montgomery zu sprechen.«

»Mein Vormund ist über unsere Pläne informiert, und er ist damit einverstanden.«

Victoria fühlte sich gedemütigt. Was ihre Großtante wahrscheinlich bezweckt hatte. Ach, wenn sie doch nur endlich volljährig wäre! Noch ein Dreivierteljahr musste sie sich gedulden.

»Wir werden sehen. Das letzte Wort in dieser Angelegenheit ist jedenfalls noch nicht gesprochen. Und, nein, es ist nicht nötig, dass du mich zur Tür begleitest. Ich finde allein hinaus.«

Lady Glenmorag rauschte davon.

Aus dem Spiegel über dem Waschbecken im Badezimmer blickte Victoria ihr – leider immer noch erhitztes – Gesicht entgegen. Auch ihre Sommersprossen hatten sich schon wieder vermehrt. Eine Strähne ihres leuchtend roten Haars hatte sich aus dem Knoten gelöst und lockte sich an ihrer Wange. Victoria griff nach einer Bürste und Haarnadeln und versuchte, ihre Frisur wieder in Ordnung zu bringen. Sie hatte ein herzförmiges Gesicht und große grüne Augen, und man sagte ihr oft, sie sei sehr hübsch, aber sie wünschte sich, weniger klein und zierlich zu sein und weniger niedlich auszusehen.

Obwohl ... Jeremy mochte sie so, wie sie war ...

Ein Lächeln breitete sich auf Victorias Gesicht aus. Ja, sie würden genau die Hochzeit feiern, die ihnen vorschwebte. Die Dorfkirche mit dem wuchtigen quadratischen Turm, in der die Zeremonie stattfinden sollte, stammte aus normannischer Zeit und hatte eine mit Engeln bemalte Holzdecke. Der Dorfgasthof, in dem gespeist und getanzt werden würde, lag in einer Flussschleife. Das Dach war strohgedeckt, Rosen und Clematis rankten romantisch an den alten Steinmauern empor. Dort würden Jeremy und sie auch übernachten.

Victoria errötete. Bisher hatten sie erst zwei Mal miteinander geschlafen. Einmal in Ems, im Gartenhaus des Anwesens, das ihre deutsche Großmutter, Fürstin Leontine von Marssendorff, gemietet hatte. Und dann nach einer dramatischen Flucht vor der preußischen Polizei auf belgischem Gebiet. Mit Hopkins' Moralvorstellungen und vor allem den noch viel strikteren von Mrs. Dodgson, ihrer langjährigen Zugehfrau, war es unvereinbar, dass Jeremy in ihrer Wohnung übernachtete. Jeremys Haushälterin Mrs. Brown wäre ihrerseits entsetzt, wenn Victoria in seinem Haus im Londoner Stadtteil Camden über Nacht bliebe.

Schon die bloße Erinnerung daran, wie Jeremy und sie sich geliebt hatten, ließ Victorias Atem schneller gehen und ihren Körper erglühen. In gut einem Monat würden sie endlich Mann und Frau sein.

In der Küche polierte Hopkins das Silbergeschirr und -besteck, eine seiner Lieblingsbeschäftigungen. Als sich Victoria zu ihm an den langen Eichentisch setzte, raffte er rasch – ganz entgegen seinen sonstigen gemessenen Bewegungen – einige Papierbögen zusammen und verstaute sie im Büfett. Hatte sich auf den Bögen die Zeichnung einer mehrstöckigen, kunstvoll verzierten Hochzeitstorte befunden? Victoria gab vor, nichts bemerkt zu haben, und unterdrückte ein Lächeln.

»Darf ich fragen, ob Sie zum Lunch hier sein werden, Miss Victoria?«

»Nein, ich werde zum *Morning Star* fahren und Mr. Parker fragen, ob er einen Auftrag für mich hat. Anschließend treffe ich mich mit Mr. Ryder.«

»Würden Sie freundlicherweise Mr. Parker meinen neuen Beitrag für die Kolumne überbringen? Mit dem Rezept – ich hoffe, dies hört sich nicht unbescheiden an – bin ich recht zufrieden.«

»Natürlich, gern...«

Hopkins hatte nicht nur Victorias Vater, dem berühmten Gerichtsmediziner Lord Bernard Bredon, bei seinen Fällen assistiert und war sein Sekretär gewesen. Seit einigen Jahren schrieb er unter dem Pseudonym Mrs. Ellingham eine Kolumne mit Rezepten und Haushaltstipps für den *Morning Star*. Im vergangenen Jahr waren die Beiträge als Buch erschienen, es hatte sich zum Bestseller entwickelt. Was Victorias und Hopkins' prekäre finanzielle Lage – außer der Wohnung am Green Park hatte Victorias Vater ihr nichts hinterlassen – schlagartig verbessert hatte. Erst seit einigen Monaten besaß sie ein kleines eigenes Vermögen, denn sie hatte für einige Gemälde ihrer Mutter bei einer Auktion einen sehr guten Preis erzielt.

Victoria sah Hopkins dabei zu, wie er die Politur auf einer silbernen Teekanne auftrug und dann sorgfältig, um nicht zu sagen liebevoll, verrieb. Er war mittlerweile Ende sechzig und verströmte die distinguierte Aura eines in Würde gealterten Diplomaten. Bald nach dem Tod ihrer Mutter, Victoria war damals vier Jahre alt gewesen, hatte er die Stellung als Butler ihres Vaters angetreten. Er hatte Victoria gegenüber ihren Gouvernanten verteidigt, hatte sie, wenn sie bekümmert war, getröstet und war auch sonst immer für sie da gewesen. Da sein einziges Kind Richard während des Mahdi-Aufstandes im Sudan gefallen war, hatte Stephen Hopkins Bernard Bredon gewissermaßen als Sohn adoptiert. Zwei Jahre zuvor war Victorias Vater an Lungenkrebs gestorben. Bis zu seinem Tod hatte sein Butler ihn aufopferungsvoll gepflegt.

Victoria betrachtete Hopkins längst nicht mehr als Bediensteten. Er stand ihr nahe wie ein Onkel, auch wenn sie es nie gewagt hätte, dies offen zu sagen. Schon ihr Vater hatte ihm vorgeschlagen, ihn mit »Mr. Hopkins« statt nur dem Nachnamen anzureden. Was Hopkins höflich, aber entschieden zurückgewiesen hatte. Ein »Mr.« seitens seiner Dienstherrschaft sei mit seiner Würde als Butler unvereinbar.

Ja, er und Mrs. Dodgson sind meine eigentliche Familie und nicht meine adligen Verwandten, dachte Victoria voller Zuneigung.

Hopkins hob die Teekanne hoch und begutachtete sie prüfend von allen Seiten. »Darf ich fragen, ob Lady Glenmorag wegen der Hochzeit hier war?«, erkundigte er sich, nachdem er mit dem Ergebnis seiner Arbeit zufrieden war.

»Ja, sie will Mr. Montgomery aufsuchen und ihn dazu überreden, mir die Hochzeit auf dem Land zu verbieten.«

»Wozu sich Mr. Montgomery ganz sicher nicht bereit erklären wird.«

»Das glaube ich auch nicht. Aber ich hätte dem Armen gern die Szene erspart. Meine Großtante wird ihm ganz sicher die Hölle heißmachen.« Victoria setzte die Füße auf die Querstrebe des Stuhls und schlang die Arme um ihre Knie. »Finden Sie es eigentlich schade, dass Mr. Ryder und ich nicht in Westminster Abbey heiraten werden und es keinen anschließenden Empfang im Savoy oder im Ritz geben wird?«

»Nun, gegen eine Trauung in der Kathedrale und einen förmlichen Empfang in einem Hotel der ersten Kategorie ist nichts einzuwenden. Aber zu Ihnen und Mr. Ryder hätte beides nicht gepasst. Es wäre aufgesetzt und damit stillos gewesen. Ich hoffe, ich habe mich verständlich ausgedrückt.«

»Ja, das haben Sie.« Victoria lächelte. »Ich teile Ihre Meinung.«

»Mrs. Dodgson bedauert es allerdings ein bisschen, dass die Vermählung nicht in Westminster Abbey stattfinden wird. Sie wird mir sicher verzeihen, dass ich das ausplaudere.« Hopkins gestattete sich ebenfalls ein Lächeln. »Denn in diesem Fall hätte, Ihrem Großvater zu Ehren, sicher ein Mitglied des Königshauses an der Trauung teilgenommen.«

»Nein, in eine Dorfkirche in den Cotswolds wird sich keine königliche Hoheit verirren. Ganz zu schweigen davon, dass mein Großvater nicht zur Hochzeit erscheinen wird. Worüber ich sehr froh bin...«

»Mrs. Dodgson kann es kaum erwarten, Sie in Ihrem Hochzeitskleid zu sehen.«

»Oh, ich habe eine Fotografie. Wahrscheinlich werde ich nicht zum Tee hier sein. Sie können sie ihr gern zeigen.«

Victoria hatte vom Atelier Poiret ein Bild des Kleides erhalten, das auf einer Modenschau aufgenommen worden war. Sie holte es aus ihrem Zimmer und legte es auf den Tisch. Das Hochzeitskleid war ganz einfach geschnitten – das Oberteil eng anliegend, der etwas oberhalb der Taille angesetzte Rock leicht glockig –, bestand jedoch aus kostbarer Spitze. Die Ärmel reichten nur bis knapp über die Ellbogen. Der Schleier fiel bis auf den Boden und war mit winzigen Perlen bestickt.

»In diesem Kleid werden Sie wunderschön aussehen, Miss Victoria«, erklärte Hopkins voller Überzeugung.

»Das hoffe ich.« Und Victoria hoffte, dass auch Jeremy sie darin wunderschön finden würde.

ZWEITES KAPITEL

Victoria stemmte sich auf ihrem Fahrrad gegen den Wind. Es wehte eine frische Brise, und obwohl sie ihren Strohhut mit Hutnadeln festgesteckt hatte, musste sie ihn einige Male zurechtrücken. Die Bäume auf der Uferpromenade blühten. Die Themse hatte einen hohen Wasserstand und spiegelte den blauen Himmel wider. Victoria liebte Frühlingstage wie diesen.

Mr. Parker, der stellvertretende Chefredakteur des *Morning Star*, hatte Mrs. Ellinghams Rezept samt Tipps für die Zubereitung glücklich entgegengenommen und Victoria vorgeschlagen, Menschen verschiedener Nationalitäten zu fotografieren. Um, wie er sich ausgedrückt hatte, die Größe und Vielgestaltigkeit des Empires und die Weltläufigkeit der City abzubilden. Anschließend hatte Victoria einen Innenausstatter aufgesucht. Jeremy würde zu ihr und Hopkins in die Wohnung am Green Park ziehen, und einige Räume mussten umgestaltet werden. Worum sich Hopkins während ihrer Hochzeitsreise nach Südfrankreich und Italien kümmern wollte.

Sie und Jeremy wünschten sich Kinder. Ihre Mutter, eine Malerin, war auch nach Victorias Geburt noch ihrer Profession nachgegangen. Genauso würde sie es halten, wenn sie

Nachwuchs bekamen. Und Jeremy würde sie dabei unterstützen.

Nahe der Einmündung der Middle Temple Lane, ihrem üblichen Treffpunkt während seiner Mittagspause, sah sie Jeremy auf einer Bank sitzen. Er war ganz vertieft darin, etwas auf einen kleinen Block zu schreiben. Wahrscheinlich machte er sich Notizen zu einem Artikel. Eines der vielen Dinge, die Victoria an ihm liebte, war, dass er ganz selbstvergessen in einer Tätigkeit aufgehen konnte. Sie lächelte, als sie sah, dass sich eine Blüte in seinem wie immer wirren Haar verfangen hatte. Sie liebte auch seine braunen Augen, die so humorvoll dreinblicken konnten. Sein ebenmäßiges, sympathisches Gesicht. Die Lachfalten an den Mundwinkeln ...

Als hätte Jeremy ihre Nähe gespürt, sah er nun auf und erhob sich. Victorias Herz vollführte einen Sprung, sie fühlte sich ganz leicht vor Glück, während sie abstieg. Jeremy lehnte ihr Rad gegen die Bank. Sich in der Öffentlichkeit, an einem belebten Ort wie diesem zu küssen, wäre ein Skandal gewesen. Großtante Hermione würde es gewiss sogar zutiefst missbilligen, dass sie, die Enkelin eines Dukes, sich neben einen Mann, mit dem sie noch nicht verheiratet war, auf eine Bank setzte. Aber während Victoria sich vorbeugte, um die Blüte aus Jeremys Haar zu zupfen, streifte ihre Wange die seine. Die kurze Berührung reichte, um ihren Körper in Aufruhr zu versetzen.

»Vielleicht hätte ich dich fotografieren sollen«, sagte sie ein wenig atemlos. »Du mit der Blüte im Haar ... Das wäre bestimmt ein schönes Bild geworden.«

»Lieber nicht.« Jeremy lächelte sein schiefes Lächeln, das einen ganzen Schmetterlingsschwarm in Victorias Bauch aufflattern ließ. »Hunger?«

Er deutete auf zwei Flaschen Limonade und in Wachspapier eingeschlagene Brote. Daneben stand eine Dose mit Pfefferminzpastillen, die er manchmal lutschte. Die verstorbene Queen Victoria auf dem Deckel schien Jeremy und sie tadelnd zu mustern, als ob auch sie ihre Zweisamkeit nicht billigte.

»Gern...« Victoria biss mit Appetit in ein Käse-Ei-Sandwich. »Stell dir vor, Großtante Hermione hat ihren Kampf um die Trauung in Westminster und den Empfang in einem Luxushotel immer noch nicht aufgegeben. Ach, du kannst so froh sein, dass du eine so nette Familie hast.«

»Victoria, ich muss dir etwas sagen...«

»Hast du dich etwa in eine andere Frau verliebt?« Sie hatte das scherzhaft gemeint. Aber Jeremys bedrückte Miene ließ sie plötzlich Schlimmes befürchten. »Was ist denn?«, fragte sie beunruhigt.

»Wir müssen unsere Heirat verschieben.«

»Wie bitte?« Victoria glaubte, nicht recht gehört zu haben. »Das meinst du nicht ernst.«

»Doch, leider...« Er wich ihrem zornigen Blick nicht aus.

»Sir Arthur steckt dahinter, nicht wahr?«, sagte Victoria spröde.

Offiziell war Sir Arthur Stanhope der Commissioner von Scotland Yard. Doch inoffiziell unterhielt er eine Geheimabteilung, die die Sicherheit Großbritanniens und des Empires gewährleisten sollte. Eines der Ziele war, ausländische Spione zu enttarnen. Neben seiner Tätigkeit als Journalist für den *Spectator* arbeitete Jeremy für diese Geheimabteilung. Victoria schätzte Sir Arthur nicht besonders. Was auf Gegenseitigkeit beruhte. Da sie für das Frauenwahlrecht kämpfte und bei den Suffragetten aktiv war, waren sie schon mehrmals in ernsthafte Konflikte geraten. Einmal hatte er sie sogar verhaften lassen.

»Du hast von dem Attentat auf Vizekönig Lord Minto in Simla gehört?«

»Ja, ich habe davon in der Zeitung gelesen.« Da der Vizekönig bei dem Attentat nicht verletzt worden war, hatte Victoria schon bald nicht mehr daran gedacht.

»Der Name des Inders, der die Schüsse abgab und der von den Wachsoldaten getötet wurde, ist Raghav Chandra. Es heißt, dieser Raghav sei ein radikaler Nationalist gewesen und habe Lord Minto töten wollen, um Britisch-Indien in Aufruhr zu versetzen. Angeblich wollte er unsere Position dort schwächen. Die Ermittlungen der Polizei in Simla stützen diese These. Offiziell setzt die Regierung dem nichts entgegen. Es passt ja auch scheinbar alles zusammen. Schließlich wurde erst im vergangenen Herbst der frühere britische Gouverneur von Bombay vor dem Ministerium für Indien von einem Hindu ermordet, der es eigentlich auf Lord Curzon, Mintos Vorgänger im Amt des Vizekönigs, abgesehen hatte. Wenn Curzon nicht zu spät zu dem Empfang gekommen wäre, wäre er das Opfer gewesen.«

»Aber...?« Es war klar, dass es ein Aber gab.

»Die indische Nationalbewegung, auch die eher radikalen Flügel, behaupten vehement, Raghav habe nichts mit ihnen zu tun. Erste vorsichtige Sondierungen haben dies bestätigt. Die britische Regierung will einfach wissen, woran sie ist.«

»Und was für eine Rolle ist dir in dem Ganzen zugedacht?«

»Ich soll herausfinden, wer dieser Raghav Chandra wirklich war. Und was hinter diesem Attentat steckt.«

»Und dafür bist du bereit, unsere Hochzeit zu verschieben?«

»Es geht doch nur um ein paar Wochen. Ich nehme übermorgen das Schiff nach Indien...«

»Übermorgen...« Victoria konnte es nicht fassen.

Jeremy griff nach ihrer Hand, aber sie entzog sie ihm. »Ich benötige etwa vier Wochen für die Hin- und noch einmal so lange für die Rückreise. Mehr als einen Monat werde ich für die Nachforschungen in Indien sicher nicht benötigen. Das bedeutet, dass wir die Hochzeit nur um acht bis zehn Wochen verschieben müssen. Die britische Regierung kommt für alle Kosten auf.«

»Oh, jetzt will nicht nur mein Großvater, sondern die Regierung unsere Hochzeit bezahlen.«

»Victoria, ich kann ja nachvollziehen, dass du enttäuscht bist...«

»Ich bin nicht nur enttäuscht. Ich bin fassungslos und wütend und...« Nur mit Mühe konnte Victoria verhindern, dass ihr die Tränen in die Augen traten. »Ich kann nicht verstehen, dass dir diese Aufgabe wichtiger ist als unsere Hochzeit. Soll Sir Arthur doch einen anderen nach Indien schicken. Er hat bestimmt Mitarbeiter vor Ort.«

»Ja, es arbeiten Inder für die Geheimabteilung. Aber sie können nicht unter Briten ermitteln. Du weißt doch, wie das ist... Viele unserer Landsleute akzeptieren Inder, außer sie sind Fürsten, nicht als ebenbürtig. Es gibt niemanden außer mir, der diese Aufgabe übernehmen könnte.«

»Ach ja? Es ist mir neu, dass du Indien kennst und Hindi oder Urdu sprichst.«

»Ich beherrsche Hindi ganz gut. Nach meiner Zeit in Eton habe ich ein Jahr in Indien gelebt.«

Victoria starrte Jeremy verblüfft an. »Davon hast du mir nie erzählt.«

»Einer meiner Onkel hatte bis zu seiner Pensionierung eine leitende Position in der indischen Kolonialverwaltung inne. In seinem Haus in Herefordshire gab es viele Dinge aus jener Zeit. Kacheln mit ornamentalen Schriftzeichen, Fotografien von exotischen Schauplätzen, fremdartiges Geschirr ... Das alles hat mich unglaublich fasziniert. Besonders hatten es mir das Tigerfell vor dem Kamin und der Elefantenfuß, der als Schirmständer diente, angetan.« Jeremy lächelte kurz. »Ich war noch ein kleiner Junge, aber ich wollte damals schon alles über Indien wissen und eine der Sprachen erlernen. Mein Onkel war Junggeselle und langweilte sich oft in seinem Leben als Pensionär. Deshalb brachte er mir später während der Schulferien Hindi bei.«

»Aus dem Grund bist du nach deiner Schulzeit nach Indien gereist?«

»Ja ... Das heißt, es gab noch einen anderen Grund ...«

»Und der war?« Victoria fühlte sich plötzlich beklommen.

»Ich war wahnsinnig verliebt in die Schwester eines Schulfreundes. Als mir klar wurde, dass sie meine Gefühle nicht erwiderte, brach für mich eine Welt zusammen. Heute kann ich darüber nur den Kopf schütteln, damals dachte ich daran, mich umzubringen. Wie diese Figur aus der deutschen Literatur, Werther ... Ich habe mir dann doch keine Kugel in den Kopf gejagt, sondern mich entschieden, nach Indien zu fahren. Ich bin durch das Land gereist und habe meine ersten Zeitungsartikel verfasst ...«

»Warum hast du das mir gegenüber nie erwähnt?« Was gab es noch alles in Jeremys Leben, das er ihr nicht erzählt hatte?

»Es erschien mir nicht wichtig. Ich bin jetzt ein anderer

Mensch. Und ja ... Vielleicht war mir diese melodramatische Episode auch einfach peinlich.« Jeremy seufzte. »Diese Zeit hat nichts mit uns beiden zu tun.«

»Ich möchte, dass du Sir Arthur absagst.«

»Das kann ich nicht. Ich habe geschworen, diesem Land zu dienen.«

»Ach, und ich soll es akzeptieren, dass du mich in Zukunft immer wieder für Monate verlässt, wenn Sir Arthur und die britische Regierung dies wünschen?«

»Ich verspreche dir, das wird nicht der Fall sein. Wie ich dir schon sagte ... Ich bin der Einzige, der diesen Auftrag übernehmen kann.« Jeremy fasste wieder nach Victorias Hand und hielt sie, trotz ihrer Gegenwehr, fest. »Sei doch einmal ehrlich ... Wenn es irgendeine Chance gäbe, dass die Frauen in England im kommenden Jahr das Wahlrecht erhielten und du dafür unsere Hochzeit verschieben müsstest ... Würdest du das dann nicht auch tun?«

»Wie kannst du es wagen, das eine mit dem anderen zu vergleichen! Beim Frauenwahlrecht geht es um ein Menschenrecht. Du dagegen bist für eine Regierung tätig, die die Menschen in den Kolonien unterdrückt.«

»Vielleicht war der Vergleich unpassend. Aber darf ich dich daran erinnern, dass es meine Aufgabe ist, die Wahrheit über das Attentat herauszufinden, und nicht, die Einheimischen zu unterdrücken?« Jeremy sprach betont geduldig, was Victoria noch mehr aufbrachte. »Es geht doch wirklich nur um ein paar Wochen.«

»Ich weiß nicht, ob ich dich überhaupt noch heiraten will.«

Victoria riss sich von Jeremy los. Nun schossen ihr doch die Tränen in die Augen. Sie sprang auf und schwang sich auf ihr Fahrrad. Jeremy sollte sie nicht weinen sehen!

DRITTES KAPITEL

In den Gärten von Hampstead Heath entfalteten sich die Blütenknospen der Rhododendren und Magnolien. Überall waren die Obstbäume weiß und rosa überhaucht. Farbenprächtige Ranunkeln und Tulpen wuchsen zwischen Narzissen. Hampstead Heath war einmal ein Dorf einige Meilen vor London gewesen. Mittlerweile waren die Äcker und Wiesen längst bebaut. Doch der Stadtteil mit seinen vielen Cottages und Gärten hatte sich seinen ländlichen Charme bewahrt.

Normalerweise hätte sich Victoria an all den Blumen erfreut und den Wunsch verspürt, sie zu fotografieren oder zu malen. Doch als sie jetzt durch den Ort radelte, nahm sie ihre Umgebung gar nicht richtig wahr. Der Streit mit Jeremy am Vortag bedrückte sie. Er würde nicht nachgeben. Dazu kannte sie ihn gut genug. Dennoch hatte sie gehofft, dass er sie aufsuchen und noch einmal mit ihr reden würde. Aber er war nicht gekommen.

Hinter einer Wegbiegung tauchte jetzt ein Tor auf. Es wurde von zwei Pfosten flankiert, auf denen vergoldete Tannenzapfen prangten. Das am Ende der Auffahrt gelegene Gebäude war im georgianischen Stil erbaut. Der rote Backstein und die weißen Tür- und Fensterumrandungen ließen es freundlich und anheimelnd wirken. Es war das Londoner Heim von Lady Constance und ihrem Gatten Lord Louis Hogarth.

Jenkins, der Butler, begleitete Victoria durch die stilvoll eingerichteten Räume im Erdgeschoss zur Terrasse und zog sich dann diskret zurück. Constance saß im Schatten und stillte ihre einige Monate alte Tochter.

»Meine Güte, ist Josephine schon wieder gewachsen.« Victoria küsste Constance auf die Wange und setzte sich dann neben sie. Den vergangenen Monat hatten die Hogarths auf ihrem Landsitz in den Cotswolds verbracht. Während dieser Zeit hatte Victoria die Freunde und die Kleine nicht gesehen.

»Bei den Mengen, die sie trinkt, ist es kein Wunder, dass sie viel gewachsen ist. Heute Nacht hat sie mich zweimal geweckt. Allmählich kann ich es verstehen, dass die englischen Aristokratinnen und die Damen aus der Oberschicht Ammen beschäftigen.«

Doch Constance' liebevoller Blick strafte ihre Worte Lügen. Sie war ein paar Jahre älter als Victoria und besaß eine selbstsichere Ausstrahlung. Ihr apartes Gesicht mit den braunen Augen und den Grübchen in den Wangen bestach vor allem durch seine Lebendigkeit.

Wie Lady Glenmorag legte sie großen Wert darauf, sich elegant und nach der neuesten Mode zu kleiden. Doch anders als Victorias Großtante besaß sie ein waches soziales Gewissen. Constance hatte nicht vergessen, dass einer ihrer Großväter, bevor er durch Öl zum Millionär geworden war, ein einfacher Arbeiter gewesen war. Sie unterhielt eine Suppenküche für Frauen und Kinder im East End, in der auch Lesen und Schreiben unterrichtet wurde. Denn Constance war überzeugt, dass sich das Los der Armen langfristig nur durch Bildung verbessern ließ.

Victoria betrachtete das kleine Mädchen, das mit geschlossenen Augen an Constance' Brust saugte.

Ich werde unsere Kinder auch selbst stillen, dachte sie. O Gott, der Streit mit Jeremy ... Für einen Moment hatte sie ihn ganz vergessen.

»Wie geht es Louis?«, fragte sie hastig.

»Gut, er ist immer noch ganz verrückt nach Lady Josephine Victoria Eugenie Georgina Charlotte.« Constance lächelte. Victoria war eine der Patinnen. »Wahrscheinlich werden wir irgendwann einmal dazu übergehen, sie Josey zu rufen. Wie auch immer ... Louis sucht tatsächlich regelmäßig den Kindertrakt auf und spielt mit ihr. Kannst du dir das von einem englischen Aristokraten vorstellen? Die arme Nanny weiß gar nicht, wie sie damit umgehen soll. Ich muss aufpassen, dass Louis Josephine nicht furchtbar verzieht, wenn sie größer wird. Eigenwillig ist sie ja jetzt schon. Du solltest einmal hören, wie sie schreit, wenn sie Hunger hat oder wenn ihr etwas nicht passt.« Wie immer sprach Constance mit einem starken amerikanischen Akzent.

Josephine drehte den Kopf von der Brust ihrer Mutter weg. Sie war satt. Constance griff nach einem Tuch und wischte einen Milchtropfen vom Kinn des Säuglings.

»Darf ich sie halten?«, fragte Victoria.

»Natürlich ...« Constance reichte ihr das Kind.

Josephine schenkte Victoria ein kurzes Lächeln, dann schloss sie die Augen und schlief ein. Wieder fragte sich Victoria, wie es mit ihr und Jeremy weitergehen sollte und ob sie einmal Kinder haben würden.

»Wie steht es denn mit den Hochzeitsvorbereitungen?«,

fragte Constance. »Hat sich deine Großtante inzwischen mit der nicht standesgemäßen Feier abgefunden?« Das war zu viel. Victoria brach in Tränen aus. »Um Himmels willen, Victoria ... Was ist denn?« Erschrocken griff Constance nach ihrer Hand.

»Jeremy und ich haben uns gestern furchtbar gestritten. Sir Arthur möchte, dass er nach Indien reist. Deshalb muss die Hochzeit verschoben werden.« Constance und Louis gehörten, neben Hopkins, zu den wenigen Menschen, die von Jeremys Tätigkeit für die Geheimabteilung wussten. Victoria erzählte der Freundin von dem Streit. »Vielleicht verhalte ich mich kindisch und selbstsüchtig. Aber ich bin einfach so enttäuscht, dass die Feier verschoben werden muss. Und am meisten hat es mich getroffen, dass mir Jeremy nichts von dieser unglücklichen Liebe erzählt hat. Ich frage mich, ob ich ihn eigentlich gut genug kenne, um ...«

»Ich kann verstehen, dass du verletzt und enttäuscht bist.« Constance streichelte ihre Hand. »Dafür musst du dich wirklich nicht schämen. Wahrscheinlich kann nur ein Mann der Meinung sein, dass es keinen Unterschied macht, ob eine Hochzeit einige Wochen früher oder später stattfindet. Und was diese unglückliche Liebe betrifft ... Lass uns Josephine zu ihrer Nanny bringen. Vielleicht weiß Louis ja etwas darüber.«

»Wieso Louis?«, fragte Victoria verblüfft.

»Du sagtest doch, die Schwester eines Schulfreundes habe Jeremy das Herz gebrochen.« Constance lächelte Victoria an. »Und wie du weißt, war Louis mit Jeremy in Eton.«

Sie fanden Louis, den zehnten Earl of Hogarth, in seinem Arbeitszimmer, wo er rauchte und die *Times* las.

»Victoria, wie schön, dich zu sehen.« Er begrüßte sie herzlich. Louis war ein blonder schlanker Mann, dessen schmale Gesichtszüge, wie Victoria fand, sehr »englisch« anmuteten. Wie viele seiner Standesgenossen liebte er die Jagd, und anders als Constance war er politisch recht konservativ. Aber er war ein warmherziger und freundlicher Mensch, und Victoria mochte ihn sehr gern.

Constance ließ sich auf einem dunkelroten Samtsofa nieder und zog Victoria neben sich. *Auf Jeremys Sofa hätten erst einmal Papier- und Bücherstapel beiseitegeräumt werden müssen*, schoss es Victoria durch den Kopf. In seinem Arbeitszimmer herrschte immer völlige Unordnung. Louis' dagegen war mit glänzend polierten Ebenholzmöbeln ausgestattet und peinlich genau aufgeräumt. In den Regalen reihten sich die Buchrücken akkurat aneinander.

Victoria schluckte. Ach, warum musste ihr schon wieder die Kehle eng werden?

»Louis, was weißt du über eine unglückliche Liebesaffäre von Jeremy am Ende eurer Schulzeit?«, kam Constance direkt auf den Punkt.

»Wie bitte?« Louis räusperte sich.

»Nun sieh mich nicht so an.« Constance verdrehte die Augen. »Warum müsst ihr Männer immer gleich nervös werden, wenn es um emotionale Dinge geht?« Sie erklärte ihrem Gatten den Zusammenhang.

»Nun ja, ich habe Gerüchte gehört.« Louis wirkte noch immer verlegen. »Und ein-, zweimal habe ich Clarissa auch bei irgendwelchen Feiern gesehen...«

»Clarissa ist also ihr Vorname?«, hakte Constance nach.

»Ja, vor ihrer Eheschließung war sie Lady Clarissa Kimberly, die Tochter des vierten Earls of Manningtree. Die Manningtrees waren arm wie die Kirchenmäuse. Das Schulgeld für Christopher, Jeremys Freund und Clarissas Bruder, bezahlte irgendein Verwandter. Der Familiensitz liegt in Schottland. Es hieß immer, dass in dem Gebäude nur noch wenige Zimmer wirklich bewohnbar seien. Jedenfalls ... Es war klar, dass sich Christopher nach der Schulzeit eine Arbeit suchen musste. Wenn die finanzielle Situation der Familie nicht so desolat gewesen wäre, hätte sich Jeremy von Anfang an wahrscheinlich keine großen Hoffnungen gemacht.« Louis brach ab und leerte umständlich seine Pfeife.

»Natürlich, die adlige junge Dame und er, der Sohn eines Anwalts aus der Mittelschicht.« Constance tätschelte den Arm ihres Mannes. »Ach, was seid ihr englischen Aristokraten doch für furchtbare Snobs.«

»Nach allem, was ich weiß, ermutigte Clarissa Jeremy. Sie war sehr hübsch. Blond, große blaue Augen ... Sie ist wohl der Typ Frau, die in einem Mann den Beschützerinstinkt weckt und es dabei faustdick hinter den Ohren hat ...« Louis räusperte sich wieder. »Jeremy wollte Clarissa sobald wie möglich heiraten und sie aus diesem zugigen schottischen Kasten wegholen. Er verzichtete auf seinen Studienplatz in Oxford und wollte eine Stelle bei einer Bank antreten, um ihr ein Heim bieten zu können.«

»Jeremy bei einer Bank ...«, fuhr Victoria entsetzt auf. Jeremy liebte Abenteuer und Herausforderungen und hatte ihr bei einem ihrer ersten Treffen gestanden, dass er in einem anderen Jahrhundert wahrscheinlich zur See gefahren oder Entdecker geworden wäre. »Er wäre todunglücklich geworden.«

»Es hatte ihn einfach erwischt. Während Jeremys letzten Wochen in Eton lernte Clarissa dann einen reichen amerikanischen Geschäftsmann kennen. Von der Verlobung erfuhr Jeremy aus der Zeitung. Christopher hatte auch nicht den Mumm, es ihm zu sagen. Nun, ich kann schon verstehen, dass sich Jeremy gedemütigt fühlte.« Etwas unsicher sah Louis Victoria an.

»Trotzdem hätte er mir von Clarissa erzählen müssen...«, beharrte Victoria.

Constance wechselte einen Blick mit Louis. »Wenn Jeremy Randolph nicht gekannt hätte ... Hättest du ihm dann ohne Weiteres von ihm erzählt?«, fragte sie leise.

Victoria senkte den Kopf und biss sich auf die Lippen.

In London lebten Menschen sehr vieler Nationalitäten. Je nach sozialem Status wohnten sie in den zahlreichen unterschiedlichen Stadtvierteln. Das galt auch für die Touristen. Victoria hatte ihre Kamera gegenüber dem Ritz in Piccadilly aufgestellt und einige reiche Amerikaner fotografiert, die in dem Luxushotel wohnten. In den nächsten Tagen würde sie durch die ärmeren Stadtviertel ziehen und Einwanderer aus Italien und Osteuropa fotografieren. Die Ärmsten der Armen würde sie ganz sicher in der Hafengegend finden.

Victoria wollte gerade Kamera und Stativ abbauen, als zwei Pagen die Flügel des Eingangsportals aufrissen und eine Inderin auf die Straße trat. Victoria murmelte eine Verwünschung. Sie hatte sich nach dem Besuch bei Constance in die Arbeit gestürzt, um eine Weile nicht mehr an Jeremy zu denken. Doch dann überwog ihr berufliches Interesse, und sie betätigte mehrmals die Auslöseschnur der Kamera.

Die Inderin war viel zu bemerkenswert, um sie nicht zu fotografieren. Sie trug einen mit Goldfäden durchwirkten seidenen *Sari* und einen Schleier. Ihr juwelen- und diamantenbesetztes Halsgeschmeide, ihre Armbänder und Ringe mussten ein Vermögen wert sein und deuteten auf eine adlige Herkunft hin. Doch dies alles verblasste vor der Ausstrahlung der Frau. Sie hatte die Haltung und das Aussehen einer Königin, stolz und schön und sich ihrer selbst ganz bewusst. Eine schmale, leicht gebogene Nase und dunkle mandelförmige Augen beherrschten ihr Gesicht. Jung war sie nicht mehr. Doch Victoria konnte ihr genaues Alter nicht schätzen.

Passanten blieben auf der Straße stehen und starrten die Frau an. Sie quittierte das Aufsehen, das sie erregte, mit einem kaum merklichen ironischen Lächeln. Ein livrierter Chauffeur riss die Türen eines Rolls-Royce auf. Die Inderin stieg in den Wagen. Als das Automobil davonfuhr, wirkte Piccadilly plötzlich langweilig und farblos.

Der Streit mit Jeremy und die Realität holten Victoria wieder ein. Bedrückt lud sie Kamera und Stativ in den Anhänger ihres Fahrrades. Constance' Frage ging ihr nicht aus dem Sinn. Hätte sie Jeremy freiwillig von Randolph, dem siebten Duke of Montague, und ihrer zutiefst demütigenden Affäre mit ihm erzählt? Wenn sie sich selbst gegenüber ehrlich war, musste sie sich eingestehen, dass sie es wohl nicht getan hätte.

Im Serpentine Lake spiegelten sich der helle Schein der Gaslaternen und die Bäume des Hyde Parks. Victoria verstaute ihr Notizbuch und ihre Kodak in ihrer Umhängetasche. Es begann dämmrig zu werden. Vom Ritz aus war sie nach

Hause gefahren und hatte ihre grosse Fotoausrüstung dort abgestellt. Jetzt streifte sie, wie sie es auf der Suche nach Inspirationen häufig tat, durch die Stadt. Zumindest redete sie sich das ein. Ach, es war zwecklos, dass sie sich noch länger etwas vormachte. Es ging ihr gar nicht um Anregungen. Sie drückte sich vor einer Entscheidung.

Sie stieg auf ihr Fahrrad und fuhr weiter durch Kensington Gardens. Die Backsteinmauern des Palastes reflektierten das letzte Tageslicht und leuchteten tiefrot durch das Laub. In einiger Entfernung lagen Boote für die Nacht gesichert am Ufer. Gelegentlich war sie mit Jeremy auf dem künstlich angelegten See gerudert. Victoria berührte ihren Handschuh, dort, wo sich unter dem Stoff eine Narbe befand. Die einzige Verletzung, die sie bei einem Wohnungsbrand erlitten hatte. Wenn Jeremy sie nicht gerettet hätte, wäre sie in den Flammen elendig umgekommen. Er hatte ihr schon oft bewiesen, dass er sie liebte, hatte ihr Zeit gegeben, als sie sich noch nicht imstande gesehen hatte, eine Beziehung mit ihm einzugehen.

Bedeutete Liebe nicht auch, den anderen seinen Weg gehen zu lassen? Sogar, wenn man seine Ansichten nicht teilte? Sie konnte Jeremy nicht nach Indien reisen lassen, ohne sich von ihm zu verabschieden.

VIERTES KAPITEL

Seit Victoria ihre Entscheidung getroffen hatte, war ihr ganz leicht ums Herz. Sie fuhr am Regent's Canal entlang, wo Frachtschiffe am Ufer vertäut waren. An diesem warmen Abend saßen Schiffer mit ihren Familien an Deck und aßen im Schein von Petroleumlampen ihr einfaches Mahl. Ein Kind, das in einem geflickten Kittel steckte, winkte ihr zu, und Victoria erwiderte lächelnd den Gruß. Die Paläste, deren parkartige Gärten an den Kanal grenzten, waren hell erleuchtet. Da und dort wurden sie von dem langsam fließenden Wasser reflektiert. Das Gefunkel auf der dunklen Oberfläche erinnerte Victoria an den Schmuck der Inderin.

Jeremy wohnte in einer stillen, von Bäumen gesäumten Straße, nicht weit von dem Kanal entfernt. Victorias Hochstimmung erlitt einen Dämpfer, als sie sah, dass in seinem schmalen Backsteinhaus kein Licht brannte. Ohne große Hoffnung betätigte sie den Messingklopfer an der Haustür. Keine Reaktion erfolgte.

Zu dumm...

Sie murmelte einen Fluch und ließ sich auf den Treppenstufen nieder. Am Haus gegenüber bewegte sich eine Gardine. Um sich die Zeit zu vertreiben, holte Victoria ihr Notizbuch hervor und zeichnete die Primeltöpfe in dem kleinen Vorgarten, die Jeremys Haushälterin pflegte. Als sie mit der Zeichnung fertig war, war es so dunkel, dass sie ohne die Gaslaterne ganz in ihrer Nähe nichts mehr gesehen hätte. Die Gardine bewegte sich wieder. Sie konnte nicht länger bleiben. Die Schiffe nach Indien legten in Southampton am frühen Abend ab. Sie musste es am kommenden Morgen noch einmal versuchen. Bedrückt verstaute Victoria das Notizbuch in ihrer Umhängetasche und stand auf.

»Victoria...«

Sie konnte es kaum fassen. Sie war so in Gedanken versunken gewesen, dass sie gar nicht bemerkt hatte, wie Jeremy auf seinem Fahrrad die Straße entlanggekommen war.

»Hat dir Hopkins gesagt, dass ich vorhin bei dir zu Hause war und dich sprechen wollte?«

»Was...? N... nein... Ich habe Hopkins seit heute Morgen nicht mehr gesehen«, stammelte Victoria.

Ein jähes Glücksgefühl breitete sich in ihr aus. Jeremy hatte nicht abreisen können, ohne sie noch einmal zu sehen. Wie konnte sie nur an seiner Liebe zweifeln?

Jeremy schloss die Haustür auf, und Victoria folgte ihm durch den schmalen Flur zum Wohnzimmer, in dem er auch zu arbeiten pflegte. Das Sofa war ausnahmsweise einmal freigeräumt – anscheinend hatte ihr Verlobter vor seiner Abreise ein wenig für Ordnung gesorgt. Aber der Schreibtisch quoll wie immer über von Büchern und Schreibpapier. An den Wänden hingen Bilder vom Meer und von Segelschiffen – Segeln war Jeremys große Leidenschaft –, und es roch nach Pfeifentabak. Einen Moment sahen sie einander schweigend an.

»Jeremy, ich...«, begann Victoria.

»Nein, lass mich zuerst...« Er schüttelte den Kopf. »Es tut mir leid. Ich hätte nicht allein beschließen dürfen, die Hochzeit zu verschieben. Ich habe dich einfach vor vollendete Tatsachen gestellt. Ich habe heute Nachmittag mit Sir Arthur gesprochen und ihm mitgeteilt, dass ich den Auftrag nicht übernehmen werde.«

»Wie hat er es aufgenommen?«

»Nun, er war nicht gerade begeistert.«

Was, vermutete Victoria, eine völlige Untertreibung war.

»Hat Sir Arthur denn einen Ersatz für dich gefunden?«

»Nein, aber das ist nicht meine Sorge.«

»Doch, du machst dir deswegen Sorgen«, sagte Victoria leise. »Und ich möchte, dass du den Auftrag übernimmst. Du musst nach Indien reisen.«

»Nein, das werde ich nicht.«

»Ich möchte, dass du dich in unserer Beziehung und später in unserer Ehe frei fühlst, die Dinge zu tun, die dir wirklich wichtig sind. Und ich möchte umgekehrt diese Freiheit auch haben.«

Jeremy legte ihr die Hände auf die Schultern und blickte sie forschend an. »Du bist dir ganz sicher?«

»Völlig«, erwiderte Victoria fest.

»Und du bist auch nicht nur deshalb bereit, die Hochzeit zu verschieben, weil du vorhast, demnächst an einer ungesetzlichen Aktion der Suffragetten teilzunehmen?«

Der zärtliche Spott in seinen Augen ließ Victorias Herz schneller schlagen.

»Nein, das habe ich nicht vor«, murmelte sie.

»Ich möchte dich ungern aus dem Gefängnis befreien müssen, wenn ich aus Indien zurückkehre...«

»Ich werde nicht im Gefängnis sein...«

Jeremys Kuss erstickte ihre Worte. Victoria drängte sich an ihn und schlang ihre Arme um seinen Hals. Wie hatten sie es nur all die Monate vermocht, sich zurückzuhalten? Voller Sehnsucht und Leidenschaft erwiderte sie den Kuss.

Irgendwann hob Jeremy sie hoch und trug sie die schmale Treppe hinauf. Ein Bett mit einer braun gemusterten Steppdecke... Ein Regal mit einem Flaschenschiff... Eine Lampe an der Decke, um die ein Nachtfalter flatterte...

Jeremy löste ihr Haar, öffnete ihre Bluse. Victoria zitterte, als seine Hände ihre Haut berührten und seine Zunge ihre Brüste liebkoste. Einen Moment hatte sie Angst, dass ihr Körper vergessen hatte, wie es war, sich zu lieben. Doch als Jeremys Mund über ihren Leib wanderte, während er sie weiter entkleidete – zärtlich, aber auch fordernd –, vergaß sie alles um sich herum.

Victoria ließ sich auf das Bett gleiten und zog Jeremy auf sich. Seine Hand zwischen ihren Schenkeln ließ sie aufstöhnen, war ein Vorgeschmack auf mehr. Dann endlich... endlich... war er in ihr. Ihre Körper bewegten sich im Gleichklang. Ihr Begehren wurde immer mehr angefacht. Es gab nichts mehr, was sie trennte. Sie versanken ineinander, waren eins. Wie aus weiter Ferne hörte Victoria sich vor Lust aufschreien, dann waren da nur noch eine endlich gestillte Sehnsucht ... und Glück ... und Jeremy, der sie umfangen hielt...

Victoria sah sich in der Schiffskabine der *Star of India* um. Zwei schmale Betten, wie immer in den Kabinen der zweiten Klasse, ein Paar Korbstühle, ein in die Wand eingelassener Schrank und ein kleiner Tisch sowie ein Waschtisch – das war die gesamte Einrichtung. Einen nicht unbeträchtlichen Teil des Platzes nahm Jeremys Koffer ein. Durch das Bullauge sah sie die Einfahrt des Hafens von Southampton. Irgendwie konnte sie es immer noch nicht recht glauben, dass sie mit Jeremy an Bord dieses Schiffes war.

Am Morgen war sie nach Hause gekommen. Hopkins hatte taktvoll darüber hinweggesehen, dass sie während der Nacht nicht da gewesen war. Höchstwahrscheinlich hatte ihm ihr Strahlen verraten, was geschehen war. Während sie rasch ein paar Sachen zusammengepackt hatte, hatte Jeremy Sir Arthur aufgesucht, um ihm mitzuteilen, dass er doch bereit war, nach Indien zu reisen. Dann hatten sie ein Hansom Cab zum Bahnhof Waterloo genommen und dort den Zug nach Southampton bestiegen.

»Eine Reise erster Klasse hätte dir die Regierung schon bezahlen können.« Victoria lächelte Jeremy an.

»Nun, offiziell reise ich als Journalist für den *Spectator*. Journalisten können sich im Allgemeinen keine erste Klasse leisten. Aber Sir Arthur hat dafür gesorgt, dass ich die Kabine für mich alleine habe.« Jeremy schob sich an Victoria vorbei und öffnete das Bullauge. Die Nachmittagssonne hatte die Kabine aufgeheizt, und die Luft war stickig. »Was soll ich dir denn aus Indien mitbringen?«

»Gold, Perlen und Diamanten, zu kostbarem Geschmeide verarbeitet«, neckte sie ihn.

»Das übersteigt, fürchte ich, mein Gehalt. Und die britische Regierung wird die Ausgaben kaum als Spesen anerkennen.«

»Einen Seidenstoff mit einem exotischen Muster.«

»Das wird sich eher machen lassen.« Jeremy grinste. »Aber vielleicht kann ja mein Abschiedsgeschenk deinen Wunsch nach Schmuck wenigstens ein bisschen erfüllen...« Er griff in sein Jackett und holte eine kleine, in teures Seidenpapier eingeschlagene Schachtel hervor. »Das ist für dich.«

Gespannt schlug Victoria das Seidenpapier auseinander und öffnete die Schachtel. Darin lag ein Paar Ohrringe. Zwei tropfenförmig geschliffene grüne Halbedelsteine in einer goldenen, spiralförmig gestalteten Fassung.

»Gefallen sie dir?« Jeremy sah sie ein wenig besorgt an.

»Sie sind wunderschön! Danke!«

Victoria trat vor den Spiegel, der auf der Kommode stand, und legte die Ohrringe an. Sie passten perfekt zur Farbe ihrer Augen.

Victoria umarmte Jeremy und küsste ihn. Er zog sie eng an sich. Eine Schiffssirene tutete, doch sie ignorierten das Signal. Als die Sirene wieder erscholl, lösten sie sich außer Atem voneinander. *Ach, ich vermisse ihn jetzt schon*, dachte Victoria.

»Höchste Zeit, dass du von Bord gehst. Außer, du willst als blinder Passagier mitkommen.« Jeremy strich eine Haarsträhne, die sich aus Victorias Frisur gelöst hatte, hinter ihr Ohr. Die vertrauliche, liebevolle Geste machte sie glücklich, während ihr das Herz schwer wurde.

»Versprich mir, dass du auf dich aufpasst, dass du dich nicht in gefährliche Situationen begibst.« Sie legte ihm die Hand auf die Brust und blickte ihn bittend an.

»Ich verspreche es.«

Hand in Hand liefen sie an Deck. Die meisten Menschen, die ihre Liebsten begleitet hatten, hatten das Schiff schon verlassen und sich auf dem Pier versammelt. Eine letzte Umarmung, ein Kuss, ganz rasch, sodass er den Umstehenden nicht auffiel. Dann riss sich Victoria von Jeremy los und lief die Landungsbrücke hinunter.

Jeremy stand an Deck. Victoria holte die Kodak aus ihrer Umhängetasche und richtete den Sucher auf das Schiff, bis sie nur ihn darin sah, einen Arm auf die Reling gestützt. Der Kragen seines Tweed-Jacketts wurde von der Seebrise hochgeweht, er winkte ihr zu. Jeremy lächelte, aber sie wusste, dass auch ihm der Abschied schwerfiel. Sie betätigte mehrmals den Auslöser, als könnte sie seine Abreise dadurch verzögern.

Die Landungsbrücke wurde eingeholt. Ein Schlepper machte an dem Ozeandampfer fest. Wellen kochten auf und brandeten gegen die Kaimauer. Rauch wehte über den Pier, während das große Schiff langsam aus dem Hafen gezogen wurde.

Victoria sah Jeremy nach, bis er aus ihrem Blickfeld verschwunden war. Eine bange Ahnung überfiel sie. Was, wenn ihm ein Unglück zustoßen und er nicht zu ihr zurückkehren würde? Sie sagte sich, dass sie sich unnötig Sorgen machte, doch plötzlich wünschte sie sich, sie hätte ihn nicht gehen lassen.

FÜNFTES KAPITEL

»Verzeihen Sie, Miss Victoria, aber schmeckt es Ihnen nicht?«
Eine gewisse Irritation schwang in Hopkins' Stimme mit.

Victoria schreckte hoch. Sie stellte fest, dass sie von dem Rhabarbersorbet nur einige Löffel gegessen hatte. Eine Lache aus Geschmolzenem hatte sich in dem kleinen Glasschälchen gebildet. Auch von den ersten beiden Gängen – einer klaren Brühe und Hähnchen mit Thymian-Weißwein-Soße – hatte sie nur wenig hinunterbekommen.

»Es tut mir so leid, Hopkins. Aber ich habe einfach keinen Appetit. Ich fühle mich völlig erschlagen. Wahrscheinlich macht mir das Wetter zu schaffen.«

Gewitterwolken türmten sich vor den Fenstern am Himmel. Am Nachmittag hatte es einmal kurz geregnet, was die drückende Schwüle aber nur verschlimmert hatte. Ohne die brennenden Kerzen auf dem Tisch wäre es wahrscheinlich richtig dunkel gewesen.

»In der Tat, für Mai ist es ungewöhnlich heiß.« Hopkins räumte die Teller ab. Wie immer hatten sie in der Küche gegessen. Diese Gewohnheit hatten sie aus der Zeit beibehalten, als sie zu arm gewesen waren, um die anderen Räume zu heizen. Auch damals hatte Hopkins eisern einen gewissen

Standard aufrechterhalten und den Tisch mit Porzellan, gestärktem Leinen und den Resten des Silberbestecks, das sie nicht hatten verkaufen müssen, gedeckt. Die Erlöse aus Mrs. Ellinghams Küchenratgeber hatten es Hopkins ermöglicht, das arg geplünderte Silber wieder aufzustocken. In einer glänzend polierten Schale verströmten voll erblühte Pfingstrosen ihren süßen Duft. Ein Geruch, den Victoria normalerweise liebte, der ihr an diesem Abend jedoch Übelkeit verursachte. »Gibt es Neuigkeiten von Mr. Ryder?«

»Heute Nachmittag, als Sie auf dem Markt waren, kam ein Telegramm. Er hat es von Port Said in Ägypten aus geschickt. Von dort geht es weiter durch den Sueskanal. Es geht ihm gut. Er liest viel. Die meisten Passagiere findet er eher langweilig.«

Hopkins setzte sich zu ihr an den Tisch. Etwas, wozu ihn Victoria nach dem Tod ihres Vaters ausdrücklich hatte nötigen müssen. Denn eigentlich war dies mit seiner Würde als Butler unvereinbar.

»Ich konnte, offen gestanden, langen Schiffsreisen auch nie viel abgewinnen«, sagte er.

»Hat Ihnen mein Vater eigentlich viel über seine Zeit in Indien erzählt?« Als Victoria acht Jahre alt gewesen war, war ihr Vater für einige Monate nach Delhi gereist, um dort die Gerichtsmedizin aufzubauen. Erst Jeremys Auftrag hatte ihr diese Episode aus seinem Leben wieder ins Gedächtnis gerufen. »Ich kann mich eigentlich nur daran erinnern, dass er sagte, er habe sehr viel gearbeitet und keine Muße gehabt, sich näher mit dem Land zu beschäftigen.«

»Dies ist auch mein Kenntnisstand. Nun, Ihr Vater neigte dazu, völlig in seiner Arbeit aufzugehen. Er dürfte das Hospital, außer zum Schlafen, kaum verlassen haben.«

»Und Sie waren nicht vor Ort, um auf ihn achtzugeben.« Victoria lächelte Hopkins an. Er hätte ihren Vater begleiten sollen, doch kurz vor der Abreise hatte eine heftige Grippe Hopkins' äußerst robuste Gesundheit erschüttert, und er war in London geblieben, um sich auszukurieren. Während der Abwesenheit ihres Vaters war Victoria zu ihrer Großmutter mütterlicherseits, Fürstin Leontine von Marssendorff, nach Deutschland geschickt worden. Sie hatte es jedoch bei der strengen alten Dame nicht ausgehalten. Ein Kindermädchen hatte sie schließlich nach London gebracht und in Hopkins' Obhut übergeben. Weshalb er ihrem Vater nicht nachgereist war. Er hatte über Victoria gewacht und sie betreut.

Für einige Minuten hatte sich Victorias Übelkeit gebessert, doch nun wurde sie wieder davon überfallen. »Hopkins, es ist zwar noch nicht einmal neun Uhr, aber ich werde zu Bett gehen«, sagte sie.

»Klingeln Sie nach mir, falls Sie Hilfe benötigen.« Hopkins musterte Victoria besorgt.

»Es ist bestimmt nichts Schlimmes.« Sie schüttelte den Kopf. »Morgen bin ich wieder wohlauf.«

Als sich Victoria wenig später in ihr Bett kuschelte, zuckte der erste Blitz über den Himmel, und Regen prasselte gegen die Fenster. Ihr brach der Schweiß aus, und sie fiel in einen unruhigen Schlaf.

Jeremy stand in einem Tropenanzug vor einem asiatisch anmutenden Tempel. Zedern breiteten schützend ihre Zweige darüber aus. Uralte Rhododendron- und Hortensienbüsche wuchsen entlang der Mauern. Zwischen den Schatten spendenden Bäumen sprangen Affen umher. Vögel zwitscherten.

In der Ferne erhob sich eine majestätische Bergkette vor einem wolkenlosen Himmel. Irgendwo rauschte ein Bach.

Plötzlich lag eine Spannung in der Atmosphäre, eine Ahnung drohenden Unheils. Die Affen spürten es auch. Sie rannten kreischend davon. Die Vögel verstummten. Der Himmel verfinsterte sich. Donner grollte, und die Erde erbebte. Innerhalb von Sekunden knickten die Bäume um, wie von einer gigantischen Faust gebrochen. Die Mauern des Tempels zerbarsten. Eine Wasserwand rollte auf Jeremy zu und riss ihn mit sich.

»Jeremy, nein...!« Victorias Schrei ging im Tosen des Wassers unter. Ein Schmerz, als würde sich ein Messer in ihren Unterleib bohren, weckte sie. Sie fühlte sich furchtbar. Schweiß rann über ihren Körper, während sie vor Kälte zitterte. Sie taumelte ins Bad, kauerte sich vor die Toilettenschüssel und übergab sich wieder und wieder. Sie versuchte, sich am Waschbecken hochzuziehen, doch die Beine gaben unter ihr nach. »Jeremy...«, schluchzte sie. Dann fiel sie in ein schwarzes Loch und verlor die Besinnung.

Jemand hob sie hoch. Mühsam öffnete Victoria die Augen. Hopkins beugte sich über sie. Er wirkte erschrocken. Hopkins wirkte doch nie erschrocken, oder? Sein Haar war zerzaust, er trug einen Morgenrock.

»Miss Victoria... Was ist passiert?«

»Jeremy... da war ein Erdbeben...«

»Schhh... Ich bringe Sie ins Bett und rufe einen Arzt...«

Der Geruch von Karbol. Eine fremde Stimme an ihrem Bett. Hämmernde Kopfschmerzen und eine anhaltende Übelkeit, so stark, dass sie sich wünschte, sterben zu können.

Hopkins und Mrs. Dodgson hielten ihren Kopf, während sie sich in eine Schüssel übergab. Und immer wieder musste sie tatenlos zusehen, wie Jeremy von einer Flutwelle weggerissen wurde. Dann endlich gingen die Albträume in einen bleiernen Schlaf über.

SECHSTES KAPITEL

Mahi schlenderte die Mall von Simla entlang. Jetzt, nach Einbruch der Dunkelheit, waren hier viele Inder unterwegs, die für eine kurze Zeit an der Welt der privilegierten Europäer teilhaben wollten, und sei es nur durch Blicke.

In die Schaufenster der Läden fiel das Licht der Straßenlaternen. Mahi mochte es, die schönen Kleider zu betrachten, die eleganten Hüte und Anzüge und den kostbaren Schmuck. Die Auslage von Peliti's Café war leer. Aber tagsüber standen hier die köstlichsten Kuchen. Ein- oder zweimal hatte er sich auch während des Tages hierhergeschlichen – des Nervenkitzels wegen, arme Inder und Betteljungen wurden nicht geduldet – und die Leckereien angestarrt. Blitzschnell war er dann zwischen den Passanten verschwunden, ehe ihn ein Polizist zu fassen bekommen hatte.

Sumat hatte ihm hin und wieder Süßigkeiten geschenkt. Aber die Köstlichkeiten aus diesem Café hatte er sich nicht leisten können. Wie es dem Bruder wohl ging? Hoffentlich kehrte Sumat bald nach Simla zurück. Er wollte Leela, seine Verlobte, von England nach Indien holen, deshalb hatte Mahi den Bruder auch nur kurz in Simla angetroffen. Mahi glaubte, dass er die junge Frau mögen würde.

Ein Windstoß wehte ihm eine englische Zeitung vor die Füße. Neugierig hob er sie auf. Sie war schon einige Tage alt, wie er am Datum sah. Er setzte sich unter eine Straßenlaterne auf den Boden und schlug das Nachrichtenblatt auf. Die Artikel auf den ersten Seiten handelten von dem Attentat auf den Vizekönig.

Auf dem Basar und in den Straßen hatte Mahi davon reden hören, dass der Attentäter, Raghav Chandra, ein indischer Nationalist gewesen sei. Er sei zornig darüber gewesen, wie ungerecht die Briten die Inder behandelten, und habe deshalb versucht, den Vizekönig zu töten. Auch in der englischen Zeitung stand dies – wobei der Verfasser einer ungerechten Behandlung natürlich energisch widersprach.

Wie schon oft in den vergangenen Tagen durchlebte Mahi den Moment, in dem die Schüsse gefallen waren, noch einmal. Nein, der Attentäter hatte nicht zornig ausgesehen. Seine Miene war traurig gewesen. Und, Mahi runzelte nachdenklich die Stirn, hatte er wirklich auf den Vizekönig gezielt? Er bezweifelte das.

»He, du da«, ein indischer Polizist kam auf ihn zu, »verschwinde! Auch in der Nacht hat Gesindel wie du hier nichts zu suchen.«

Mahi zeigte dem Polizisten mit einer abfälligen Geste, was er von ihm hielt. Dann nahm er die Beine in die Hand und rannte davon.

Das glitzernde Ding...

Mahi war sich plötzlich sicher, dass Raghav Chandra einen Ring am kleinen Finger der rechten Hand getragen hatte.

Mahi gab klagende Laute von sich und streckte bittend die Hand aus. Er hatte Gesicht und Körper mit Staub beschmiert und ein zerrissenes Lendentuch angelegt. Zwischen seinen gekreuzten Beinen stand eine angeschlagene Tonschale, in der schon einige Annas lagen. Gewiss, Sumat hatte ihm Geld dagelassen. Genug, um während der Wochen bis zu seiner Rückkehr bescheiden davon leben zu können. Aber warum sollte er nicht etwas dazuverdienen?

Die Straße vor dem Palast des Vizekönigs war ein guter Ort, um zu betteln. Auch wenn ihn, wie er aus Erfahrung wusste, früher oder später ein Polizist verjagen würde. Die *sahibs* und ihre Frauen waren großzügig. Als wollten sie sich die Götter gewogen machen und sich mit einer Gabe an einen Armen vor einem Besuch die Gunst des Regenten erkaufen. Oder, danach, einer unsichtbaren Gottheit für das Wohlwollen des Vizekönigs danken.

Wieder musste Mahi an die Nacht des Festes denken. Er war sich mittlerweile sicher, dass Raghav Chandra *nicht* auf Lord Minto gezielt hatte. Aber wen interessierte schon die Meinung eines indischen Waisenjungen? Die Weißen ganz gewiss nicht.

Drei Kulis kamen jetzt mit einer Rikscha im Eilschritt die Straße hinaufgerannt. Darin saß, einen ausladenden Hut auf dem Kopf, eine *memsahib*. Ihr rundes Gesicht wirkte gutmütig. Mahi sprang auf und rannte neben dem Gefährt her. Er streckte der Frau die Schale entgegen, während er mit der anderen Hand auf seinen Mund deutete und wimmerte.

Bitte ... Bitte ... formten seine Lippen.

Mahi ignorierte die Kulis, die ihm zuzischten, er solle verschwinden, und wich dem Fußtritt eines der Männer aus. Ein paar Münzen landeten dennoch in seiner Schale. Er hatte sich also in der *memsahib* nicht getäuscht. Mahi verbarg ein Grinsen, während er sich überschwänglich verbeugte und mit Gesten den Segen des Himmels auf die Frau herabbeschwor.

Er hatte eben seinen Platz wieder eingenommen, als ein indischer Soldat an ihm vorbeiging. Er war groß und schlank. Sein Gesicht mit der markanten Nase und dem breiten Mund kam Mahi bekannt vor. Seiner Uniform nach zu schließen gehörte der Soldat zur Wache des Vizekönigs. Er hatte sich schon einige Schritte entfernt, als Mahi plötzlich begriff... Dieser Mann war auf dem Fest gewesen, er hatte sich zu dem sterbenden Attentäter hinuntergebeugt!

Ein Polizist kam auf ihn zu. Hastig stand Mahi auf. Er ließ die Münzen in einem Beutel zwischen den Falten seines Lendenschurzes verschwinden und lief davon. Anfangs war es nur ein Zufall, dass er dem Soldaten folgte. Doch dann war es wie ein Spiel, ihn nicht aus den Augen zu lassen. Der Soldat ging in Richtung des Basarviertels, wo die indische Bevölkerung von Simla lebte. Mahi vermutete, dass er jetzt, am frühen Abend, Dienstschluss hatte.

Sie passierten Straßen, an denen Regierungsgebäude, Hotels und die Wohnhäuser der *sahibs* lagen. Mahi kannte das Regierungsviertel von Calcutta und auch die dortige Wohngegenden der Briten. Die aus Stein erbauten Häuser der Weißen waren imposant und einschüchternd. Die Gebäude hier in Simla fand Mahi dagegen seltsam. Sie waren aus Fachwerk oder hatten Holzverkleidungen, und die Balkone, Erker und Türmchen quollen von Schnitzereien schier über. In der Schule hatte er einmal in einem Buch Fotografien aus einem europäischen Land namens Schweiz gesehen. Genau so sahen viele Häuser in Simla aus.

Mahi hatte keine Ahnung, was die Briten dazu bewogen hatte, einen Ort in Indien in diesem Stil zu erbauen, es war ihm auch gleichgültig. Die Beschlüsse der *sahibs* erschienen ihm oft rätselhaft und nicht sehr logisch.

Der Soldat betrat jetzt den unteren Basar – diese Welt war Mahi vertraut. Es herrschte dichtes Gedränge, und Mahi hatte Mühe, den Mann nicht aus dem Blickfeld zu verlieren. Er atmete die Düfte der Gewürze und Früchte tief ein. Worte und Sätze in Hindi und Urdu und anderen Sprachen, die er nicht kannte, drangen an sein Ohr. Händler priesen ihre Waren an und feilschten mit den Käufern. Ach, wie langweilig war es dagegen auf den Straßen der Weißen!

Schließlich ging der Soldat in ein niedriges Holzhaus. Mahi überlegte noch, was er nun tun sollte – ob er auf dem Basar betteln oder zu Sumats Zimmer zurückkehren sollte –, als er den Mann durch ein geöffnetes Fenster in der Küche des Souterrains sah. Er zog seinen Waffengürtel aus und legte ihn auf eine Truhe. Offenbar war er hier zu Hause. Ein kleines Mädchen kam in die Küche gerannt, und der Soldat hob es hoch und lächelte es an.

Mahi spürte einen Stich in der Brust. Er hatte seinen Vater nie kennengelernt. Ein paar Monate vor seiner Geburt war er an einer der vielen Seuchen gestorben, die immer wieder in Indien grassierten. Sumat hatte den Vater sehr geliebt und Mahi oft von ihm erzählt.

Eine Frau erschien jetzt in der Küche. Sie scheuchte das Mädchen hinaus. Mit ernstem Gesicht wandte sie sich dem Soldaten zu.

»Hast du mit einem Offizier gesprochen?«, hörte Mahi sie sagen.

Der Soldat schüttelte den Kopf, erwiderte etwas, das Mahi

nicht verstand. Er wirkte, fand Mahi, irgendwie bedrückt und sorgenvoll.

»Harbir, du musst es jemandem mitteilen«, insistierte die Frau.

Da legte sich eine schwere Hand auf Mahis Schulter und zog ihn von dem Haus weg.

Danke für das gute Essen, zeigte Mahi mit Gesten. Er fühlte sich angenehm satt und zufrieden. Ein Lammfleischcurry, Reis, Linsen und Maisbrötchen füllten seinen Magen.

»Gern geschehen. Komm wieder einmal bei mir vorbei. Du bist jederzeit willkommen«, antwortete Eyad und verzog seinen Mund, den ein Schnurrbart zierte, zu einem freundlichen Grinsen.

Wegen ihm war Mahi auf dem Basar fast das Herz stehen geblieben. Groß, breitschultrig und muskulös, wie Eyad war, hätte man ihn für einen Leibwächter halten können, doch war er ein sehr wohlhabender Stoffhändler. Seine Kraft und Wendigkeit setzte er in einer indischen Rugby-Mannschaft ein. Mahis Mutter hatte gelegentlich Stoffe an seinem Stand auf dem Basar in Calcutta gekauft. Einmal, als Mahi sie begleitet hatte, hatte ein Dieb versucht, die Kasse zu stehlen. Mahi hatte dem Kerl ein Bein gestellt und ihn zu Fall gebracht. So war eine Freundschaft zwischen ihm und Eyad entstanden. Mahis Mutter war ein Jahr zuvor während einer Cholera-Epidemie gestorben. Seitdem besuchte Mahi ein Internat. Eine indische Ärztin und Freundin seiner Mutter zahlte die Schulgebühren. Diese Ärztin, Tamana hieß sie, hatte ihn als kleines Kind während der Krankheit, die ihn stumm gemacht hatte, betreut und sich fortan um ihn gekümmert. Manchmal hatte Mahi sich aus dem Internat in der Nähe von Calcutta davongeschlichen, um Eyad zu besuchen, bis er dann vor einigen Wochen endgültig davongelaufen war und sich auf den Weg zu Sumat gemacht hatte. Eyad verbrachte die Sommermonate immer in Simla, denn die vielen Menschen während der Regierungszeit in den Bergen versprachen gute Geschäfte. Jetzt, im Frühling, hatte Mahi nur noch nicht mit ihm gerechnet.

Mit einigen in ein Tuch eingeschlagenen *makki dokla*, gedämpften Maisbrötchen mit Schwarzkümmel und Kardamom, verließ Mahi schließlich das Zelt. Die Nacht war sternenklar und kühl, und in seinem Lendenschurz fror er. Der Rauch von Holz- und Kohlefeuern lag in der Luft. Da und dort schimmerte Licht aus den Häusern der Weißen zwischen den Bäumen hervor. Die Öllampen auf der Mall sahen aus wie gelbe Punkte in der Dunkelheit. Der hell erleuchtete Palast des Vizekönigs schien über der Stadt zu schweben. Dort fand wieder ein Fest oder ein großer Empfang statt.

Was Harbirs Frau wohl mit ihrer Frage, ob er mit einem Offizier gesprochen habe, gemeint hatte? Es musste sich um etwas Wichtiges gehandelt haben, sonst hätte sie kaum insistiert, er müsse es unbedingt tun, und Harbir hätte nicht bedrückt gewirkt. Nachdenklich trat Mahi gegen einen Stein, der mit einem dumpfen Geräusch die Straße hinunterrollte.

Ob Harbir ebenfalls beobachtet hatte, dass der Attentäter gar nicht auf den Vizekönig gezielt hatte? *Aber nein*, schalt Mahi sich. Jetzt ging bestimmt seine Fantasie mit ihm durch. Wahrscheinlich war es Harbirs Frau um eine Beförderung oder etwas Ähnliches gegangen, und er hatte es abgelehnt, darum zu bitten.

Mahi schöpfte mit der Hand Wasser aus einer Quelle. Er trank durstig. Die Nächte waren noch kühl, aber tagsüber war es jetzt auch in Simla recht warm. Während der vergangenen Stunden war er durch die Wälder gestreift, die die Stadt umgaben. Sie waren so ganz anders als die Palmwälder in der Nähe von Calcutta. Riesige Zedern, Eichen und Pinien warfen ihren Schatten auf den Boden. Dazwischen blühten Blumen, deren Namen Mahi noch nie gehört hatte. Diese Wälder machten ihm ein bisschen Angst, aber sie reizten ihn auch.

Ein Affe hockte sich auf die andere Seite der Quelle und beäugte ihn neugierig.

Scher dich weg!

Mahi nahm ein Holzstück und warf es nach dem Tier. Mit zornigem Schnattern sprang der Affe davon. Hunger regte sich in Mahis Magen. Seit dem Morgen hatte er außer ein paar Früchten nichts gegessen. Es war an der Zeit, nach Simla zurückzukehren. Vielleicht sollte er sich auf dem Basar *chapati* oder *naan*, Brotfladen, kaufen. Und dazu Lamm oder Huhn.

Leichtfüßig sprang Mahi über den Waldboden, wobei er sorgsam auf Schlangen achtete. Nach etwa einer halben Stunde hatte er die Straße erreicht, die von der Bahnstation im Tal nach Simla führte. Vor einer Wegbiegung hörte er aufgeregte Stimmen und Klagen. Neugierig lief er näher. Eine Menschenmenge hatte sich versammelt. Mahi hätte sich gewünscht, fragen zu können, was passiert war. So konzentrierte er sich auf die Worte und Satzfetzen, die durch die Luft schwirrten.

»Ein Ochsengespann ist durchgegangen...«
»Der Fahrer geflohen...«
»Zwei Männer sind tot...«

Mahi schob sich zwischen den Menschen hindurch, bis er auf die Straße spähen konnte. In der Brust eines alten Mannes klaffte eine Wunde, er lag in einer großen Blutlache. Ein Stück entfernt sah Mahi den anderen Toten. Äußerlich war ihm keine Verletzung anzusehen. Sein Gesicht wirkte fast friedlich. Ein Schauder kroch Mahi den Rücken hoch, und sein Magen verkrampfte sich, als er erkannte, wer der Tote war.

Von draußen drangen gedämpft die Geräusche des nächtlichen Simla zu Mahi. Irgendwo quakte ein Frosch. Mahi lag zusammengerollt in seinem Bett. Seit dem Tod seiner Mutter hatte er sich nicht mehr so elend gefühlt. Er wünschte sich, Sumat wäre bei ihm, würde ihn in den Arm nehmen und trösten.

Er war der Menge gefolgt, die Harbirs Leiche zu dem Haus am Ende des unteren Basars begleitet hatte. Den klagenden Schrei von dessen Ehefrau würde er nie vergessen. Durch das Fenster hatte Mahi einen Blick auf das kleine Mädchen erhascht. Völlig verstört hatte es neben seiner Mutter gestanden. Dann war er davongerannt.

Mahi drehte sich auf den Rücken und starrte durch das Fenster in die Dunkelheit. Der Himmel war sternenklar. Es gab immer wieder tödliche Unfälle, wenn Ochsen durchgingen. Ein Menschenleben zählte in Indien nicht viel. Die Straße vom Bahnhof nach Simla war zudem eng und steil. Es war auch nicht ungewöhnlich, dass der Fahrer des Karrens geflohen war. Und doch ...

Was, wenn Harbir, so wie er selbst, beobachtet hatte, dass die Schüsse gar nicht dem Vizekönig gegolten hatten und er dies einem Offizier gemeldet hatte? Die Konsequenz dieses Gedankens ließ Mahi vor Angst aufstöhnen.

SIEBTES KAPITEL

Victoria zog vor dem Spiegel eine Grimasse. Wie bleich und mager sie geworden war! Sie war immer zierlich gewesen. Inzwischen würde sie wahrscheinlich in ein herkömmlich geschnittenes Hochzeitskleid ganz ohne Korsett passen. Eine Woche lang war sie so erschöpft gewesen, dass sie kaum etwas hatte unternehmen können. Erst am Tag zuvor war sie wieder an die frische Luft gegangen. Noch immer fühlte sie sich schnell müde. Der Arzt hatte eine Lebensmittelvergiftung diagnostiziert. Bestimmt hatte sie sich die im East End zugezogen. Am Tag, bevor sie sich immer und immer wieder hatte übergeben müssen, hatte sie dort fotografiert und sich an einem Stand ein Schinkensandwich gekauft. Es hatte seltsam geschmeckt, sie war jedoch so hungrig gewesen, dass sie es aufgegessen hatte.

Wenigstens ging es Jeremy gut. Als Victoria aus dem ohnmachtsähnlichen Schlaf erwacht war, hatte sie Hopkins voller Angst gefragt, ob ein Erdbeben in Indien stattgefunden habe. Er hatte ihr versichert, dass dies nicht der Fall gewesen sei. Aber so schlecht, wie sie sich gefühlt hatte, hatte sie ihm erst geglaubt, als ein Telegramm von Jeremy gekommen war. Er hatte es in Aden, am Roten Meer, aufgegeben, ehe die

Star of India Kurs auf den Hafen von Bombay genommen hatte. Alles war in Ordnung. Und es war ein weiteres Telegramm von ihm eingetroffen. Jeremy befand sich wohlbehalten auf dem Weg nach Simla.

Der Traum war wohl nichts weiter als eine Fieberfantasie gewesen. Sie musste aufhören, sich solche Sorgen um Jeremy zu machen! Sonst würde sie noch verrückt werden.

Hopkins stand in der Küche und goss Tee durch ein Sieb in eine vorgewärmte Kanne. »Wie wäre es mit einem Spiegelei, Miss Victoria?«, erkundigte er sich, nachdem er ihr gemessen einen guten Morgen gewünscht hatte. Während der letzten Zeit hatte sie nur gebutterten Toast und Haferbrei zum Frühstück gegessen.

»Ja, ich versuche es einmal damit.« Sie hatte tatsächlich wieder ein bisschen Appetit.

»Sehr schön ...« Hopkins schenkte ihr Tee ein und machte sich dann am Gasherd zu schaffen. »Mit der Morgenpost kamen übrigens zwei Briefe für Sie.«

Die beiden Briefe lagen auf einem kleinen Silbertablett neben ihrem Gedeck. Der eine war mit einer deutschen Briefmarke frankiert. Victoria erkannte am Schriftzug sofort, dass er von ihrer Großmutter Leontine von Marssendorff stammte. Der andere Brief wirkte irgendwie amtlich.

Der von meiner Großmutter ist wahrscheinlich der unangenehmere, dachte sie. Victoria beschloss, ihn zuerst zu öffnen. Dann hatte sie es hinter sich. Im vergangenen Sommer war sie wegen eines Gemäldes aus dem Nachlass ihrer Mutter nach Deutschland gereist. Sie hatte unbedingt herausfinden wollen, wer der Maler gewesen war, und hatte einige Zeit bei ihrer Großmutter in Ems verbracht. Im Verlauf dramatischer Ereignisse, in die auch Jeremy und Hopkins involviert gewesen waren, hatten sie und ihre Großmutter sich ausgesöhnt. Was allerdings nicht bedeutete, dass die strenge alte Dame nun keinerlei Kritik mehr an ihr üben würde.

Deine Hochzeit ... Die Worte sprangen Victoria gleich ins Auge, als sie den Briefbogen aus dem Kuvert nahm. Sie seufzte. Hatte sie es doch geahnt! Doch nachdem sie den Brief gelesen hatte, breitete sich ein Lächeln auf ihrem Gesicht aus.

»Sie haben gute Nachrichten erhalten?«, erkundigte sich Hopkins, während er den Teller mit dem kreisrund ausgestochenen Spiegelei vor sie auf den Tisch stellte.

»Ja, meine Großmutter hat nichts dagegen einzuwenden, dass Jeremy und ich in einer Dorfkirche heiraten werden. Was für sie ein ziemlich großes Zugeständnis ist. Offenbar hat sich Großtante Hermione deswegen an sie gewandt.«

»Hat die Fürstin denn vor, zur Hochzeit zu kommen?« Hopkins setzte sich an den Tisch und schenkte sich ebenfalls eine Tasse Tee ein. Meistens frühstückte er schon sehr früh am Morgen.

»Das lässt sie noch offen. Ich bin gespannt, ob sie so weit über ihren Schatten springen kann. Aber ich würde mich freuen, wenn sie käme.« Victoria butterte sich einen Toast und aß ein wenig von dem wachsweichen Eidotter. *Perfekt!* Dann öffnete sie den anderen Umschlag. Er enthielt eine Karte. Irritiert starrte sie auf die knappen Worte. Sir Arthur Stanhope forderte sie auf, ihn im Laufe des Vormittags in Scotland Yard aufzusuchen.

Jeremy!, durchfuhr es sie. *Aber nein ...* Wenn ihm etwas zugestoßen wäre, würde wohl noch nicht einmal Sir Arthur sie deswegen förmlich zu sich zitieren.

»Der Commissioner möchte mich sprechen.« Victoria schüttelte den Kopf. »Auch wenn ich mir keinen Reim darauf machen kann, weshalb.«

»Soll ich Ihnen ein Hansom Cab rufen?«

»Danke, aber ich fahre mit dem Fahrrad. Es wird Zeit, dass ich wieder zu Kräften komme.«

Eine halbe Stunde später bedauerte Victoria es, Hopkins' Angebot nicht angenommen zu haben. Der Weg vom Green Park bis zu Scotland Yard war wirklich nicht weit, aber sie war erschöpft, als wäre sie stundenlang mit dem Rad unterwegs gewesen.

Wie immer fühlte sie sich von dem Backsteinbau, der selbst an diesem sonnigen Tag abweisend und düster wirkte, ein bisschen eingeschüchtert. Victoria sagte dem Sergeant in der Wache, dass Sir Arthur sie zu sprechen wünsche. Ein Constable geleitete sie durch die Korridore und dann die Treppe hinauf. Nein, sie hatte wirklich keine Ahnung, was der Commissioner von ihr wollte. Ihr Gewissen war rein. Sie hatte sich schon länger nicht mehr an ungesetzlichen Aktivitäten der Suffragetten beteiligt, und wegen ihrer Krankheit hatte sie in den letzten Wochen auch keine Versammlungen besucht.

Ein ungeduldiges »Herein« ertönte, als der Constable im obersten Stockwerk an die Tür des Commissioner-Büros klopfte.

»Miss ...« Der junge Mann öffnete ihr und trat dann eilig den Rückweg an.

Sir Arthur Stanhope war ein massiger Mann in den Fünfzigern. Die buschigen Brauen über seinen dunklen Augen und das kantige Gesicht ließen ihn streng und unnahbar wirken. An einer Wand des Raumes hing ein Gemälde der Seeschlacht von Trafalgar. Durch die Fenster war das Regierungsviertel Whitehall zu sehen – das Zentrum des britischen Empires. Die Union-Jack-Fahnen auf den Dächern blähten sich im Wind. Sir Arthur war konservativ und ein unbedingter Verfechter des imperialen Gedankens. Schon bevor sie ein Wort miteinander gewechselt hatten, regte sich Widerspruch in Victoria.

»Miss Bredon...« Mit einer knappen Handbewegung bedeutete er ihr, Platz zu nehmen. Er musterte sie einige Sekunden durchdringend, dann griff er nach einer Papiertüte, in der Beweismittel aufbewahrt wurden, und holte ein ovales Schmuckstück heraus. Schweigend legte er es vor Victoria. Irritiert betrachtete sie es. Das Schmuckstück war ein vergoldetes Medaillon, das mit kleinen Perlen und Splittern von roten und grünen Juwelen in einem exotischen Muster besetzt war. »Kennen Sie dieses Medaillon?«

»Nein...« Victoria schüttelte den Kopf.

»Wirklich nicht?«

»Ich habe es noch nie zuvor gesehen.«

Sir Arthur drückte auf einen kleinen Knopf. Das Medaillon schnappte auf. Im Innern befand sich eine bräunlich getönte Fotografie.

»Was...«

Victoria verschlug es die Sprache. Das Bild war die Porträtaufnahme eines um die vierzig Jahre alten Mannes. Er hatte dunkle Haare und Augen. Sein Gesicht war schmal und scharf geschnitten und erinnerte an einen Freibeuterkapitän aus elisabethanischer Zeit. Er war ohne Zweifel ihr Vater.

»Sie erkennen den Mann?«

»Ja...« Victoria nickte. »Aber...«

»Heute Nacht wurde ein *lascar*, ein indischer Matrose, aus dem Londoner Hafen gefischt. Man hatte ihn hinterrücks erstochen und dann ins Wasser geworfen. Um den Hals trug er einen kleinen Beutel aus geöltem Leder. Der Sergeant, der den armen Kerl durchsucht hat und das Medaillon darin fand, war sehr erstaunt über die Fotografie. Und ich ebenfalls...«

Eine gewisse Missbilligung schwang in der Stimme Sir Arthurs mit. Er hatte erst nach dem Tod von Victorias Vater die Stelle als Commissioner angetreten. Aber Lord Bredon war für seine liberalen Ansichten und für seinen freizügigen Lebenswandel bekannt, wenn nicht gar berüchtigt gewesen. Außerdem hatte er als Gerichtsmediziner immer wieder Fehler bei Ermittlungen aufgedeckt. Was ihn nicht bei allen Scotland-Yard-Beamten beliebt gemacht hatte.

»Mein Vater hat vor vielen Jahren einige Monate in Delhi gelebt, um dort die Gerichtsmedizin aufzubauen.« Victoria war noch zu perplex, um sich über Sir Arthurs Missfallen zu ärgern. »Wahrscheinlich wurde ihm das Medaillon damals gestohlen und ist dann irgendwie in den Besitz des Matrosen gelangt.«

»Das wäre eine mögliche Erklärung...«

»Dürfte ich das Medaillon fotografieren und die Aufnahmen Hopkins zeigen? Vielleicht weiß er ja etwas darüber.«

»Es wurden bereits Fotografien angefertigt.« Sir Arthur reichte Victoria einen Umschlag. »Hopkins soll sich umgehend bei mir melden, wenn ihm etwas dazu einfällt.«

»Etwas weiter rechts oben, Mrs. Dodgson. Dort ist noch ein Fleck, den Sie wegen der Spiegelung wahrscheinlich nicht sehen können...« Victoria fand Hopkins in der Bibliothek. Er hielt Mrs. Dodgson, die die Fenster putzte, die Stehleiter.

Auch Mrs. Dodgson hatte schon für Victorias Vater gearbeitet. Sie war eine resolute Witwe, sprach breites Cockney und nahm kein Blatt vor den Mund. Abgesehen von ihrer Verehrung für die königliche Familie hatte sie keinen besonders großen Respekt vor der Aristokratie. Sie und Hopkins hätten kaum unterschiedlicher sein können und schätzten einander doch sehr.

»Könnte ich Sie beide kurz unterbrechen, Mrs. Dodgson?«, wandte sich Victoria an die Zugehfrau. »Ich möchte Hopkins etwas zeigen.«

»Sie sehen miserabel aus, Miss Victoria. Sie hätten auf Mr. Hopkins hören und ein Hansom Cab nehmen sollen.« Mrs. Dodgson wuchtete ihren fülligen Körper die Leiter hinunter.

Victoria breitete die Fotografien auf dem Schreibtisch aus. Sie zeigten vergrößerte Aufnahmen des Medaillons von außen und innen. Hopkins und Mrs. Dodgson beugten sich über die Bilder.

»Aber ... meine Güte ... Das ist ja Ihr Vater, Miss Victoria ...« Mrs. Dodgson schlug überrascht die Hände zusammen. Rasch berichtete Victoria Hopkins und ihr, was sie von Sir Arthur erfahren hatte. »Kennen Sie dieses Medaillon etwa?« Fragend blickte sie Hopkins an.

»Nein, ich bedaure ... Ich habe es noch nie zuvor gesehen. Es scheint eine indische Arbeit zu sein.«

»Mein Vater hat es Ihnen gegenüber auch nie erwähnt?«

»Nicht dass ich mich daran erinnern könnte ...«

»Wahrscheinlich hat Ihr Vater es als Geschenk für Sie anfertigen lassen, und dann wurde es ihm gestohlen«, bemerkte Mrs. Dodgson.

»Ja, ich vermute auch, dass es ihm gestohlen wurde und irgendwie in den Besitz dieses Matrosen gelangte.« Victoria nagte an ihrer Unterlippe. »Trotzdem würde ich gern mehr über den Mann herausfinden. Es ist so seltsam, plötzlich auf etwas zu stoßen, das meinem Vater gehört hat. Noch dazu unter diesen Umständen.«

»Ich kann Sie gut verstehen, Miss Victoria.« Hopkins räusperte sich. »Nun, im East End gibt es ein Gästehaus für Matrosen ... Die indische Prinzessin Sophia Duleep Singh hat es gestiftet.«

»Verzeihen Sie, wenn ich das so offen sage, Mr. Hopkins. Aber von diesen Kerlen dürfte kaum einer des Englischen mächtig sein.« Mrs. Dodgson schüttelte den Kopf.

»Das lässt sich leicht organisieren.« In Hopkins' blaue Augen trat der Victoria vertraute abenteuerlustige Ausdruck. »Wenn Sie möchten, Miss Victoria, kann ich mich zudem gern ein wenig umhören.«

Am Abend sah Victoria in ihrer Dunkelkammer die Aufnahmen für den *Morning Star* durch. Sie hoffte, dass sie sich am nächsten Tag endlich gut genug fühlen würde, um Mr. Parker aufzusuchen. Einige Fotografien zeigten italienische Straßenmusikanten im East End – sie hatte sie aufgenommen, kurz bevor sie das verhängnisvolle Sandwich gegessen hatte –, andere russische jüdische Emigranten, die Männer zu erkennen an ihren langen Schläfenlocken. Deutsche Arbeiter hoben eine Baugrube in Stepney aus, und Iren schufteten in einem Schlachthof. Prüfend betrachtete Victoria die Aufnahmen der amerikanischen Touristen vor dem Ritz und hielt dann inne, als sie auf die der Inderin stieß.

Das Medaillon mit der Fotografie ihres Vaters beschäftigte sie mehr, als sie sich zuerst hatte eingestehen wollen. Bis zum Frühjahr des vergangenen Jahres war ihr Vater immer ein strahlender Held für sie gewesen. Sie hatte ihn geliebt und bewundert und Zeitungsartikel über seine Erfolge als Gerichtsmediziner verschlungen. Dann war sie in eine Mordermittlung hineingezogen worden – in deren Verlauf hatte sie auch Jeremy kennengelernt und sich in ihn verliebt –, und sie hatte feststellen müssen, dass ihr Vater noch eine andere, dunkle Seite besessen hatte. Sie hatte ihm inzwischen verziehen. Irgendwie fürchtete sie jedoch, dass sich hinter dem Medaillon ein Geheimnis verbarg. Und falls ja, wollte sie gern wissen, welches.

Ein Schlüssel drehte sich in der Wohnungstür. Victoria legte die Fotografie der Inderin wieder zu den anderen. Hopkins war zurückgekommen. Sie war gespannt, ob er etwas herausgefunden hatte.

Sie traf ihren Butler im Korridor an. Er roch, was sehr ungewöhnlich für ihn war, nach Bier, Zigaretten- und Pfeifenrauch. Vermutlich hatte er für seine Nachforschungen einen Pub aufgesucht. Hopkins wirkte sehr zufrieden mit sich – und geradezu verjüngt. Victoria hatte schon öfter den Eindruck gehabt, dass ihn sein Dasein als Butler und seine Schreibtätigkeit als Mrs. Ellingham nicht ganz auslasteten und die gelegentliche Beschäftigung mit Verbrechen ein Lebenselixier für ihn darstellte.

»Verzeihen Sie, Miss Victoria, ich werde mich sofort umziehen.« Hopkins strebte auf sein Zimmer zu.

»Bitte, sagen Sie mir zuerst, was Sie herausgefunden haben – ich sehe Ihnen doch an, dass Sie erfolgreich waren.«

»In der Tat... Ich habe einige recht interessante Erkenntnisse gewonnen...« Hopkins öffnete ihr die Küchentür.

Hopkins schenkte Victoria auf ihre Bitte hin nur ein wenig, sich selbst großzügig Portwein in ein Glas. »Nun, ich habe in den Pubs in der Umgebung von Scotland Yard das ein oder andere Bier mit Polizisten getrunken«, begann er dann. »Auf diese Weise erfuhr ich, dass Sergeant Samuel Fuller den Mord an dem *lascar* bearbeitet hatte. Sergeant Fuller wiederum pflegt nach Dienstschluss häufig den Weißen Schwan in der Nähe seines Hauses in Brixton aufzusuchen. Ihr Vater und ich hatten gelegentlich mit ihm zu tun, und er und Ihr Vater schätzten einander.«

»Woraufhin Sie sich auf den Weg nach Brixton begaben.«

Victoria lächelte. Manche Polizisten hatten ihren Vater verabscheut, mit anderen hatte er ein freundschaftliches Verhältnis gepflegt. Sergeant Fuller gehörte offenbar zu Letzteren.

»Allerdings...« Hopkins gönnte sich einen großen Schluck Portwein. »Ich traf den Sergeant in dem Pub an. Er war bereit, sich mit mir über den Fall zu unterhalten. Die Tat ereignete sich gegen elf Uhr in der Nacht. Ein Lagerarbeiter, der auf dem Nachhauseweg von seiner Spätschicht war, hörte einen Schrei am hinteren Ende der Docks. Der Schrei beunruhigte ihn, und er ging nachsehen. Was in diesem Teil von London, zumal während der Nacht, keine Selbstverständlichkeit ist. Er sah einen Mann neben einem leblosen Körper am Boden knien. Der Mann, augenscheinlich der Mörder, bemerkte den Arbeiter und wälzte den Körper ins Hafenbecken. Dann suchte er das Weite. Er hoffte wohl, dass der Tote von der Flut ins Meer gezogen und nicht gefunden würde. Der Arbeiter verständigte jedoch die Polizei, und der Leichnam konnte aus dem Hafenbecken gefischt werden.«

»Also störte der Arbeiter höchstwahrscheinlich den Mörder. Was erklärt, weshalb er ihm das Medaillon nicht abnahm«, sagte Victoria nachdenklich.

»Andere Wertgegenstände wurden bei dem Matrosen nicht gefunden. Sein Gürtel fehlte, gut möglich, dass er Geld darin versteckt hatte. Sergeant Fuller geht von einem Raubmord aus, da sich einige ähnliche Verbrechen – mal die Tötung durch einen gezielten Stich von hinten ins Herz, mal ein schneller Schnitt durch die Kehle – in den vergangenen Monaten im Hafen ereignet haben. Es gibt einige Zeugenbeschreibungen, allerdings eher vager Natur. Wahrscheinlich handelt es sich bei dem Täter um einen Weißen.«

»Hat sich denn mittlerweile die Identität des Toten geklärt?«

»Nein, aber ich bin im Besitz einer Fotografie des Leichnams beziehungsweise seines Gesichts.«

»Sie sind was?« Victoria starrte den Butler verblüfft an. Hopkins griff nach seiner Aktentasche. Mit einer schwungvollen Geste, wie ein Magier, der ein Kaninchen aus seinem Hut zaubert, entnahm er ihr eine Aufnahme und präsentierte sie Victoria. »Wie sind Sie denn daran gekommen?«

»Nun, die Fotografie des Toten soll morgen ohnehin in den Zeitungen erscheinen. Scotland Yard hofft, so seine Identität klären zu können. Sergeant Fuller sah keinen Nachteil darin, mir einen Abzug zu geben. Er begleitete mich auch zum St. Mary Hospital. Dort trafen wir noch den Arzt an, der die

Obduktion des Leichnams durchgeführt hatte. Einen gewissen Dr. Homer. Als ich ihm sagte, dass ich Ihrem Vater gelegentlich assistiert habe, war er gern bereit, sich mit mir zu unterhalten.«

»Das war ziemlich mutig von dem Sergeant.«

»Er wird bald pensioniert. Außerdem hält er nicht viel von Sir Arthur.« Hopkins' Mundwinkel hoben sich zur Andeutung eines Lächelns.

Victoria hatte keine Scheu vor Toten. Schon als Kind hatte sie ihren Vater häufig in der Gerichtsmedizin besucht und im Alter von zehn Jahren ihren ersten Leichnam gesehen. Außerdem hatte ihr Vater häufig mit ihr und Hopkins über seine Fälle gesprochen. Interessiert beugte sie sich vor und betrachtete die Fotografie.

Der Mann war noch jung – vielleicht Mitte zwanzig. Schwarzes Haar umrahmte ein gut aussehendes Gesicht von überraschend heller Hautfarbe. Die Lider waren geschlossen, die Lippen ein wenig verzogen. Wie aus Überraschung. Oder Schmerz, als sich das Messer durch seinen Rücken in sein Herz gebohrt hatte.

»Ich weiß nicht ... das hört sich jetzt vielleicht dumm an«, sagte Victoria langsam. »Aber ich finde, der Mann wirkt irgendwie gebildet ... Und gar nicht wie ein Matrose ...«

»Nun, das deckt sich mit den Erkenntnissen von Dr. Homer. Dieser *lascar* hatte Schwielen und offene Stellen an den Händen, dennoch war er weder muskulös noch hatte er den Körperbau eines Mannes, der jahrelang harte körperliche Arbeit auf einem Schiff verrichtet hat. Dr. Homer ist sich ziemlich sicher, dass er nicht länger als ein paar Wochen auf See gewesen ist ...«

»War er vielleicht gar kein *lascar*?«

»Laut Sergeant Fuller trug er die Arbeitskleidung der indischen Matrosen – einen Baumwollkittel und weite Hosen. Außerdem war er barfuß.«

»Das wird wirklich immer seltsamer...«

»Vielleicht bringt ja unser morgiger Besuch in der Herberge der indischen Matrosen Licht in das Dunkel. Einen Dolmetscher habe ich übrigens bereits gefunden. Das Haar des Toten war hüftlang. Das könnte darauf hindeuten, dass der Mann ein Sikh war, die Männer unter ihnen schneiden ihre Haare nämlich bekanntlich nicht.«

Hopkins leerte sein Portweinglas und ... ja ... Victoria konnte es nicht anders benennen ... strahlte tatsächlich einen Moment wie ein Honigkuchenpferd.

ACHTES KAPITEL

Hopkins hielt Victoria den Droschkenschlag auf. Sie wäre auch mit der U-Bahn ins East End gefahren, aber Hopkins hasste die öffentlichen Londoner Verkehrsmittel.

Neugierig betrachtete Victoria das von Prinzessin Sophia gestiftete Gästehaus der Matrosen. Es war ein schlichter Backsteinbau. Neben dem Eingang wartete Mr. Hari Patel. In seinem schwarzen Anzug und dem weißen Hemdkragen, einen Bowler auf dem Kopf, wirkte er inmitten der ärmlichen Umgebung etwas deplatziert. Aber das galt für sie und Hopkins wahrscheinlich auch.

»Miss Bredon, Mr. Hopkins...« Mr. Patel lüpfte seinen Hut. Er war ein schlanker Mann von vielleicht Mitte dreißig, der durch runde Brillengläser freundlich in die Welt blickte und einen modischen Schnurrbart trug. Sein dunkles Haar war akkurat gescheitelt. Mr. Patel stammte aus einer alten Tuchmacherdynastie von Bombay. Kaum volljährig war er nach London gekommen, um hier ein Geschäft zu eröffnen. Als ein englischer Konkurrent ermordet worden war, war Mr. Patel der Tat angeklagt worden. Doch Victorias Vater hatte nachgewiesen, dass er unschuldig war.

»Mr. Hopkins...« Mr. Patel wirkte ein wenig besorgt. »Ich

hoffe wirklich sehr, Miss Bredon und Ihnen behilflich sein zu können. Aber ich fürchte, die Männer werden sehr verschlossen sein. Schlechte Behandlung macht Menschen nun einmal misstrauisch.« Abgesehen von einem leicht singenden Akzent war sein Englisch makellos.

»Nun, wir werden sehen«, erwiderte Hopkins begütigend.

»Ich werde die Matrosen auf Hindi und Urdu ansprechen und ihnen versichern, dass Sie beide nicht von der Polizei und nur aus privaten Gründen daran interessiert sind zu erfahren, wer der Ermordete war.« Mr. Patel blickte fragend von Victoria zu Hopkins.

»Ja, das ist ganz recht so.« Hopkins nickte.

Victoria wusste, dass die indischen Seeleute nicht selten von den Schiffseignern um ihren Lohn betrogen wurden. Bevor das Gästehaus errichtet worden war – und sich auch englische Wohltätigkeitsorganisationen des Problems angenommen hatten –, hatten die indischen Seeleute oft tage- oder gar wochenlang bis zur Rückfahrt nach Indien unter erbärmlichen Umständen auf den Straßen Londons und anderer Hafenstädte leben müssen.

Hinter dem Eingang befand sich ein Vorraum. Eine offen stehende Tür führte von dort in einen Speisesaal. Die Wände waren weiß gekalkt. Die Steinfliesen waren mit frischem Sand bestreut. Sicherlich fünfzig magere, sehnige, doch sonnenverbrannte Männer saßen auf Bänken an den langen Tischen. Einige aßen, andere redeten miteinander. Wieder andere dösten vor sich hin. Ganz in der Nähe der Tür flickte ein Mann seinen Baumwollkittel.

Mit ihrem Eintreten änderte sich schlagartig die Atmosphäre. Sie wurde nicht direkt feindselig, aber wachsam. Die

Gespräche verstummten. Die Seeleute streiften sie nur mit kurzen Blicken, kaum einer sah sie an.

Mr. Patel trat vor. Er wies auf Victoria und Hopkins. Während er sprach, blickte Victoria sich unauffällig um. Keiner der Anwesenden reagierte auf seine Worte. Oder doch? War der Mann mit der Näharbeit eben nicht kurz aufgeschreckt?

»Loben Sie doch bitte eine Belohnung aus«, wandte sich Victoria leise an Mr. Patel. »Fünf Pfund für denjenigen, der uns sagen kann, wer der Ermordete ist.« Für einen armen indischen Seemann war diese Summe ein Vermögen.

Mr. Patel wiederholte Victorias Worte in den beiden indischen Sprachen. Der *lascar*, der Victoria eben aufgefallen war, blickte nicht hoch, offenbar hatte sie sich doch getäuscht. Er hatte die Ärmel seines Kittels bis zu den Ellbogen hochgekrempelt. Eine schlecht verheilte Narbe hob sich weißlich von der dunklen Haut ab, bewegte sich mit dem Heben und Senken der Nadel wie eine kleine Schlange.

Eine erregte Stimme erscholl, Victoria verstand natürlich kein Wort. Einer der Matrosen erhob sich, deutete auf den Mann. Der sprang auf und ließ den Kittel fallen.

Ohne zu überlegen, rannte Victoria zu ihm. Sie bekam ihn am Ärmel seines Baumwollhemdes zu fassen. »Bleiben Sie hier!«

Er riss sich los und stieß sie weg. Sie verlor das Gleichgewicht und prallte gegen den Tisch.

»Um Himmels willen, Miss Victoria...« Hopkins und Mr. Patel eilten zu ihr.

»Mir ist nichts passiert«, wehrte sie ab und blickte sich hastig um.

Der *lascar* war verschwunden.

Sie hinterließen den indischen Matrosen und dem Leiter der Herberge, einem kräftigen Bengalen, ihre Adresse. Der Vorname des Mannes mit der Narbe war Jeeval, er war zusammen mit dem Ermordeten in die Herberge gekommen. In der Tatnacht hatte er bis in die frühen Morgenstunden in der Küche geholfen, um sich ein Zubrot zu verdienen, und kam so als Mörder nicht infrage.

Jeeval in der riesigen Großstadt zu finden würde unmöglich sein. Wahrscheinlich versuchte er, so schnell wie möglich an Bord eines Schiffes nach Indien zu kommen. *Damit wird die einzige Chance, etwas über das Mordopfer und das Medaillon herauszufinden, vertan sein*, dachte Victoria frustriert. Zumal eine Liste der Herbergsgäste nicht existierte und auch der Herbergsleiter den Namen des ermordeten Matrosen nicht wusste.

Ach, wenn sie doch nur etwas schneller reagiert hätte. Vielleicht hätten Hopkins und Mr. Patel Jeeval dann festhalten können!

Victoria schlenderte zwischen den Marktständen im Stadtteil Stepney umher. Es ging ihr wirklich besser. Allmählich konnte sie wieder Fahrrad fahren und einige Stunden auf den Beinen sein, ohne völlig erschöpft zu sein. Victoria mochte Märkte, sie zeichnete und fotografierte dort gern. Sie hielt ihre kleine Kodak fest in der Hand und presste ihre Umhängetasche an ihren Körper. Die Londoner Märkte waren auch beliebte Orte für Taschendiebe.

Ein Stand, an dem Rosen und Päonien in allen möglichen Farben und Stadien des Erblühens angeboten wurden, erregte ihre Aufmerksamkeit. Wassertropfen, die so früh am

Morgen noch nicht verdunstet waren, glitzerten auf den Blättern. Rasch machte Victoria einige Aufnahmen.

Sie fotografierte einen Stand, an dem hübsches Geschirr feilgeboten wurde. Gleich darauf entdeckte sie eine niedrige Mauer. Von dort aus hatte sie einen guten Blick auf die Marktgasse. Victoria setzte sich darauf, nahm ihren Skizzenblock und einen Bleistift zur Hand und steckte die Kamera in ihre Umhängetasche, die sie zwischen ihre Füße klemmte.

Schräg gegenüber von ihr befand sich ein Sandwichstand. Ihr wurde beim bloßen Gedanken an die belegten Brote schon übel ... Victoria wandte ihre Aufmerksamkeit dem Spielzeugstand daneben zu. Mit raschen Strichen skizzierte sie die Holzelefanten und -pferde, die bunten Kreisel und Reifen und das Puppenstubengeschirr. Sogar einige Puppen mit Porzellanköpfen und gerüschten Kleidchen gab es.

Sie registrierte, dass ein Mann an den Sandwichstand trat und mit lauter, ungeduldiger Stimme ein Brot mit Käse und Gurken forderte. Er trug einen einfachen gestreiften Anzug mit Weste. Vielleicht ein Mieteintreiber oder ein Winkeladvokat. Er bezahlte und legte seine offene Geldbörse auf die Theke. Die Verkäuferin reichte ihm das Sandwich und sagte etwas zu ihm, während sie das Wechselgeld zählte.

Ein *lascar* sah sichtlich hungrig auf das Essen. Victoria schreckte auf. Er kam ihr bekannt vor ... Oder bildete sie sich das nur ein? Während sie den Seemann anstarrte, sah sie aus den Augenwinkeln, dass sich ein Straßenjunge dem Stand näherte. Seine Hand schnellte vor, griff in die offene Börse.

»He, weg da von meinem Stand!«, blaffte die Verkäuferin den *lascar* an.

Er senkte den Kopf und ging weiter. Victoria wollte einen Warnruf wegen des Straßenjungen ausstoßen, der eilig in der

Menge verschwand, doch die weiße Narbe auf dem Unterarm des Matrosen ließ sie verstummen.

Dann ging alles ganz schnell. Der Mann am Stand griff nach seiner Geldbörse und stutzte. »Zwei Shilling!«, brüllte er. »Der Mann dort hat mir zwei Shilling gestohlen. Haltet den Dieb!«

Der Seemann blickte sich panisch um, wollte davonlaufen, doch einige Marktbesucher packten ihn und hielten ihn fest.

»Verdammter Kerl!« Der Bestohlene schlug ihm ins Gesicht.

Victoria schnappte sich ihre Umhängetasche, stopfte Block und Stift hinein und drängte sich durch die Menge. »Lassen Sie den Mann in Ruhe!«, rief sie. »Er hat Ihr Geld nicht gestohlen. Ein Straßenjunge war es. Ich kann es bezeugen.«

»Was ist hier los?« Ein Bobby tauchte auf und schob die Menschen beiseite.

»Dieser Mann behauptet, der *lascar* habe ihm zwei Shilling gestohlen.« Victoria deutete auf den Mann in dem gestreiften Anzug. »Aber der Inder hat es nicht getan. Ich habe beobachtet, wie ein Straßenjunge in die Geldbörse griff.«

»Na, da wollen wir doch mal sehen...« Der Bobby, ein rotgesichtiger, feister Mann in den Vierzigern, machte sich an dem Gürtel des Matrosen zu schaffen. Der ließ alles ohne Gegenwehr geschehen.

»Was haben wir denn da?« Auf seiner Handfläche präsentierte der Bobby den Umstehenden einige Münzen, darunter zwei Shilling-Stücke.

»Ich hab's doch gewusst!«, rief der Bestohlene triumphierend.

»Der *lascar* war es nicht«, beharrte Victoria empört. »Das

Geld kann doch ihm gehören. Die Münzen müssen auf Fingerabdrücke untersucht werden.«

»Sie lesen wohl zu viele Detektivgeschichten, Miss.« Unter dem Gelächter der Menge tätschelte ihr der Bobby gönnerhaft die Schulter. »Die Polizeiarbeit überlassen Sie mal schön mir.«

Hilflos musste Victoria zusehen, wie der Matrose abgeführt wurde.

»Miss Bredon, wie schön, Sie zu sehen!« In seiner Kanzlei in der Nähe des Strafgerichtshofs Old Bailey kam ihr Mr. Montgomery entgegen und drückte kräftig ihre Rechte. Ihr Vormund war ein großer, beleibter Mann in den Sechzigern. Mit seinen melancholischen braunen Augen erinnerte er Victoria immer ein bisschen an einen Spaniel. Er dirigierte sie zu einem Chesterfield-Sofa.

»Es ist wirklich zu schade, dass wegen Mr. Ryders beruflicher Reise nach Indien die Hochzeit verschoben werden musste«, bemerkte er, während er sich dann selbst setzte.

»Äh ... ja ... Jeremy hofft, dass sie sich als Sprungbrett für seine journalistische Karriere erweisen wird«, schwindelte Victoria.

»Er ist wirklich ein sehr talentierter junger Mann. Ich lese seine Artikel im *Spectator* immer mit großem Vergnügen. Sie beide sind bei Ihrem ursprünglichen Plan geblieben, in einer Dorfkirche in den Cotswolds zu heiraten?«

Mr. Montgomery blinzelte merklich nervös. In seiner Stimme schwang mit, dass er hoffte, sie hätten es sich anders überlegt. Ihre Großtante musste dem Armen wirklich sehr zugesetzt haben.

»Abgesehen von der Terminverschiebung bleibt alles so, wie wir es geplant haben. Ich bin aber aus einem anderen Grund hier...«

»Tatsächlich?«

»Ich möchte Sie bitten, einen *lascar*, der unschuldig des Diebstahls beschuldigt wurde, aus dem Gefängnis zu befreien.«

»Einen *lascar*?« Mr. Montgomery hob entsetzt die Hände. »Miss Bredon, ich habe einige Ihrer Mitstreiterinnen bei den Suffragetten vor dem Gefängnis bewahrt. Was nicht immer ganz leicht war. Aber ein indischer Matrose... Ich finde, das geht zu weit.«

»Der Mann hat den Diebstahl nicht begangen.« Victoria blieb fest. »Sie möchten doch sicher nicht, dass ein Unschuldiger verurteilt wird? Ich bin bereit zu beeiden, dass ich den Tathergang beobachtet habe. Und wenn das nichts nutzt, möchte ich, dass Sie darauf drängen, dass die Münzen, die bei dem *lascar* gefunden wurden, auf Fingerabdrücke untersucht werden. Die Abdrücke des Mannes, dem er angeblich zwei Shilling gestohlen hat, werden nämlich ganz bestimmt nicht darauf sein.«

»Miss Bredon...«

»Kürzlich wurde ein indischer Seemann im East End erstochen. In einem Lederbeutel um den Hals trug er ein Medaillon bei sich, und in diesem Medaillon befindet sich eine Fotografie meines Vaters. Mr. Montgomery, ich verstehe, wenn Sie es kaum glauben können, aber zufällig scheint der Matrose, der heute Morgen unschuldig verhaftet wurde, Jeeval ist sein Name, diesen Mann gekannt zu haben. Ich muss einfach wissen, wie das Medaillon in den Besitz des Mordopfers gelangte.«

»Und woher wollen Sie wissen, dass Ihr zu Unrecht des Diebstahls beschuldigter *lascar* nicht diesen Mann auf dem Gewissen hat?«

»In den letzten Monaten gab es eine ganze Reihe ähnlicher Mordfälle. Die Polizei geht von einem Serientäter aus und vermutet, dass er ein Weißer ist«, erklärte Victoria. »Außerdem haben Hopkins und ich zusammen mit einem Dolmetscher die Herberge der indischen Matrosen im East End aufgesucht. Jeeval hat dort zur Tatzeit in der Küche geholfen.«

Mr. Montgomery seufzte und schüttelte resigniert den Kopf. Victoria wusste, dass sie gewonnen hatte.

NEUNTES KAPITEL

In ihrer Dunkelkammer sortierte Victoria ihre Filmrollen. Sie musste etwas tun, um sich abzulenken. Ob es Mr. Montgomery wohl gelungen war, Jeeval freizubekommen? Sie hatte ihm Mr. Patels Adresse genannt, falls er einen Dolmetscher benötigte. Und ob Jeeval jetzt bereit sein würde, mit ihnen zu sprechen? Seit dem Vortag hatte sie nichts mehr von ihrem Vormund gehört.

Ihr Blick blieb an einigen Fotografien von Jeremy hängen, die sie an die Wand gepinnt hatte. Sie nahm die herunter, die ihn lächelnd an Bord der *Star of India* zeigte, das Haar vom Wind zerzaust, den Arm winkend erhoben. Er hätte bestimmt verstanden, warum es ihr so wichtig war zu erfahren, wie das Medaillon mit dem Bild ihres Vaters in den Besitz des ermordeten Matrosen gelangt war. Zärtlichkeit und Sehnsucht erfüllten Victoria. Ach, sie vermisste Jeremy schrecklich!

Die Türglocke ertönte, gleich darauf hörte sie Hopkins' Stimme und die von Mr. Montgomery. Victoria eilte in den Korridor. Tatsächlich ... In der Begleitung ihres Vormunds waren zwei Männer. Mr. Patel und Jeeval. Der Matrose verneigte sich vor Victoria.

»Wenn Sie mir bitte folgen würden ...« Hopkins geleitete die Besucher in die Bibliothek.

»Ich bin Ihnen so dankbar, dass Sie Jeeval freibekommen haben.« Victoria lächelte ihren Vormund an. »Ist Jeeval denn auf Kaution entlassen worden oder wurde die Anklage fallen gelassen?«

»Nun, ich konnte dafür sorgen, dass es keine Anklage gegen ihn gibt. Was allerdings, offen gestanden, nicht ganz einfach war. Zusätzlich zu Ihrer beeideten Erklärung hat die Polizei auch noch den Reeder des Schiffes, auf dem Jeeval Dienst tat, vernommen. Erst als dieser bestätigte, dass zwei Shilling Jeevals Heuer waren, wurde die Anklage aufgehoben.«

»Ich bin Ihnen wirklich überaus dankbar«, wiederholte Victoria.

»Und ich wäre Ihnen dankbar, wenn sich Ihre Bekanntschaften künftig weniger auf Menschen erstreckten, die – wie soll ich es sagen ... – mit illegalen Aktivitäten und Verbrechen in Verbindung stehen.« Mr. Montgomery seufzte. »Trotzdem wünsche ich Ihnen viel Erfolg mit dem Medaillon.«

Jeeval wirkte eingeschüchtert von den deckenhohen Regalen voller Bücher, dem großen Kamin und den Jagdszenen an den Wänden. In sich zusammengesunken kauerte er in einem der alten Ledersessel. Auch vor der Festnahme auf dem Markt waren seine Erlebnisse mit der Kolonialmacht bestimmt nicht sehr positiv gewesen.

»Vielleicht ein Sherry, ein Glas Portwein oder ein Whisky?«, erkundigte sich Hopkins im Bemühen, die Atmosphäre zu entkrampfen.

»Jeeval ist Moslem«, erklärte Mr. Patel. »Er trinkt sicher keinen Alkohol. Aber ich bin so frei, einen Sherry zu nehmen.«

»Dann vielleicht einen Eistee mit Zitrone und Minze für Mr. Jeeval?«

Mr. Patel übersetzte, und Jeeval nickte. Victoria entschied sich ebenfalls für den Tee.

Hopkins entschwand.

Jeeval stand auf und verbeugte sich wieder vor ihr. Worte in einer ihr fremden Sprache sprudelten aus seinem Mund. Hilfe suchend blickte sie zu Mr. Patel.

»Jeeval erklärt, dass er Ihnen außerordentlich dankbar für Ihre Hilfe ist«, dolmetschte Mr. Patel. »Und er bedauert es zutiefst, dass er Sie in dem Gästehaus zur Seite stieß. Es war nicht seine Absicht, Sie zu Fall zu bringen. Er befürchtete, Sie und Mr. Hopkins würden mit der Polizei zusammenarbeiten.«

Hopkins erschien wieder, ein Tablett mit den Getränken in den Händen. Mit einer Verneigung stellte er vor jedem das Gewünschte ab.

»Setzen Sie sich doch zu uns«, sagte Victoria, da sie wusste, dass er auf diese Aufforderung wartete.

»Nun, wenn Sie meinen...« Mit durchgedrücktem Rücken ließ sich der Butler auf einer Sesselkante nieder.

»Hat Jeeval den Ermordeten denn gekannt, wie einer der Seeleute behauptete?« Fragend blickte Victoria Mr. Patel an.

»Ja, die beiden haben auf der *Madras* angeheuert, einem Frachter, der Stoffe und Zucker und Baumwolle geladen hatte. Sie freundeten sich an. Jeeval hat mir im Gefängnis schon einiges erzählt. Wenn es Ihnen recht ist, gebe ich Ihnen eine Zusammenfassung wieder.«

»Natürlich ...« Victoria nickte.

Mr. Patel sagte einige erklärende Worte zu Jeeval und wandte sich dann wieder Victoria und Hopkins zu. »Der Name des Toten ist Sumat Singh. Er war in Calcutta als Schreiber für die Regierung von Britisch-Indien tätig.«

»Ein Schreiber der Regierung, der auf einem Frachter anheuert ...« Victoria war verblüfft.

»Nun, das erklärt die Obduktionsergebnisse«, ergriff Hopkins gemessen das Wort. »Was veranlasste den jungen Mann denn zu diesem ungewöhnlichen Schritt?«

»Auf diese Weise hoffte Sumat, Reisekosten zu sparen und sich noch etwas Geld dazuzuverdienen. Jeeval hat es nur angedeutet, aber wenn er ihm nicht öfter unter die Arme gegriffen hätte, hätte Sumat die harte körperliche Arbeit auf dem Schiff wohl nicht bewältigen können. Er vertraute Jeeval an, dass er seine Verlobte nach Indien zurückholen wollte. Sie ging mit einer englischen Familie als deren *ayah* nach London.«

Ayah war die indische Bezeichnung für Kindermädchen.

»Weiß Jeeval denn den Namen von Sumats Verlobter oder den der englischen Familie?« Gespannt beugte sich Victoria vor.

Mr. Patel stellte Jeeval einige Fragen. »Jeeval weiß nur, dass der Name der Verlobten Leela lautet«, sagte er dann, nachdem dieser geantwortet hatte.

»Und Jeeval kann sich wirklich nicht an den Namen der englischen Familie, oder wo sie wohnt, erinnern?«, beharrte Victoria. »Bitte, fragen Sie ihn noch einmal.«

Mr. Patel wandte sich wieder an Jeeval. Doch dieser schüttelte den Kopf, während er rasch einige Sätze sagte.

»Nein, Jeeval ist sich sicher, dass Sumat ihm nichts über die englische Familie sagte. Ja, er beließ alles, was die Familie betraf, im Vagen. Jeeval hatte fast den Eindruck, dass ihm in diesem Zusammenhang etwas unangenehm oder peinlich war.«

»Wie schade...« Victoria konnte ihre Enttäuschung nicht verhehlen. »Hat Sumat Jeeval gegenüber jemals das Medaillon mit dem Bild meines Vaters erwähnt?«

»Er hat es ihm einmal gezeigt und dabei gelächelt und gesagt, das Medaillon sei sein Glücksbringer.«

»Sein Glücksbringer? Warum das denn?«

»Dazu hat Sumat sich nicht geäußert. Er erzählte Jeeval auch nicht, wie es in seinen Besitz kam«, erwiderte Mr. Patel bedauernd. »Jeeval war klar, dass das Medaillon sehr kostbar war. Er befürchtete, die Polizei würde annehmen, dass Sumat es gestohlen hatte. Oder dass er selbst den Freund wegen des Medaillons umgebracht hatte. Deshalb ergriff er die Flucht.«

Diese Furcht war leider sehr berechtigt gewesen... Zumal Jeeval ja nichts von der Annahme der Polizei gewusst hatte, dass Sumat das Opfer eines Raubmörders geworden war, der schon mehrmals getötet hatte. Aber Victoria wünschte sich trotzdem, sie hätte von Jeeval mehr erfahren.

Spätnachmittagslicht flutete die Küche. Ihr Schein spiegelte sich auf den Porzellantellern, die hinter den Querstreben des Küchenbüfetts steckten, und auf dem Metall des Gasherdes. Hopkins stand an der Spüle und wusch Gläser ab. Es duftete nach einem Kuchen, den er gebacken hatte. Durch die geöffneten Fenster drang Straßenlärm – Stimmen, Pferdegetrappel und rollende Kutschenräder. Ein Automobil knatterte vorbei.

Dies war ihr Zuhause ...

Gewiss, Victoria hatte schon Schreckliches und Dramatisches erlebt. Aber hier fühlte sie sich geborgen. Im Gegensatz zu Menschen wie Jeeval war sie wirklich privilegiert. Wie es wohl sein musste, in einem fremden Land ausgebeutet und schlecht behandelt zu werden – ohne eine Möglichkeit, sich wehren zu können? Sie hatte Jeeval die fünf Pfund Belohnung gegeben und hoffte, dass sie ihm Glück bringen würden.

Hopkins trocknete die Gläser mit einem Leinentuch ab. Nach einem letzten prüfenden Blick, ob nicht doch noch irgendwo eine Fluse haftete, stellte er sie in den Küchenschrank.

»Ach, wenn Jeeval doch irgendetwas über die englische Familie wüsste, bei der Leela arbeitet.« Victoria seufzte. »Ich habe wirklich keine Ahnung, wie wir dieses Kindermädchen ausfindig machen können.«

»Nun, ich hätte da eine Idee ...«

»Tatsächlich? Hopkins, verfügen Sie etwa über Verbindungen zum Ministerium für Indien?«, neckte Victoria ihn. Falls Leelas Dienstherr für den Indian Civil Service arbeitete, wäre das Ministerium über seine Rückkehr nach London oder einen längeren Urlaub informiert. Denn diese Beamten waren dem Ministerium unterstellt.

»Bedauerlicherweise verfüge ich über keinerlei derartige Beziehungen. Aber da sich die Familie mit ihren Kindern und einer *ayah* hier in London aufhält, ist davon auszugehen, dass sie beabsichtigt, für längere Zeit zu bleiben.«

»Nach einer bestimmten Anzahl von Dienstjahren steht den Beamten des Indian Civil Service ein bis zu zweijähriger Urlaub zu ...« Victoria nickte. Das wusste sie, doch sie verstand immer noch nicht, worauf Hopkins hinauswollte.

»Bevor ich meine Tätigkeit bei Ihrem Vater aufnahm, war ich ja als Butler für den reibungslosen Ablauf einiger großer Haushalte verantwortlich. Zu meinen Obliegenheiten zählte auch das Einstellen von Personal. Manchmal hatte ich deshalb Kontakt zu Agenturen, die Dienstboten vermitteln. Selbstverständlich nur zu wirklich erstklassigen Agenturen...«

»Das bezweifle ich nicht...«

»Eine Familie, die für längere Zeit aus Indien nach England zurückkehrt, wird Personal benötigen. Denn in der Regel wird von der indischen Dienerschaft, wenn überhaupt, nur eine *ayah* zur Kinderbetreuung mitgenommen. Ich werde also auf meine Kontakte zu Agenturen zurückgreifen. Was außerdem den Vorteil hätte...«, Hopkins gestattete sich ein Lächeln, »...dass wir mehr, wenn Sie mir das Wort erlauben, Treffer erhalten werden, als dies bei Nachforschungen im Ministerium für Indien der Fall wäre. Schließlich benötigen auch Offiziersfamilien, Rechtsanwälte und Ärzte Dienstboten...«

ZEHNTES KAPITEL

Victorias Mietkutsche rollte davon. Colonel Craven von der 6. Madras Light Cavalry hatte mit seiner Familie ein Heim im Stadtteil Belgravia bezogen. Das Haus war, wie alle in der Straße, im georgianischen Stil erbaut. Über einem weiß verputzten Souterrain und Erdgeschoss erhoben sich zwei Stockwerke in goldgelbem Backstein. Ein Portikus beschattete die schwarz gestrichene Eingangstür. Vor vier Wochen war die Familie aus Indien nach London zurückgekehrt. Victoria wusste noch nicht, ob sie nur einige Zeit oder für immer bleiben würde. Laut Auskunft der Dienstbotenagentur hatten Colonel Craven und seine Gattin drei Kinder.

Ein guter Einstieg für die Suche nach Leela ...

Victoria zog einen kleinen Spiegel aus ihrer Handtasche und betrachtete sich noch einmal prüfend. Sie hatte sich für elegante, zurückhaltende Kleidung entschieden – einen cremefarbenen Sommermantel mit breitem Kragen, eine Bluse aus weich fallender Spitze und einen hellen Rock. Das einzige ein bisschen Extravagante war ihr wagenradgroßer, üppig mit Federn geschmückter Hut. Erfreulicherweise hatten ihre Wangen in den letzten Tagen wieder etwas Farbe bekommen, sie war nicht mehr ganz so blass.

Erwartungsvoll stieg sie die beiden Stufen zu der Eingangstür hinauf und betätigte den Messingklopfer. Ein älterer Butler öffnete ihr.

»Mein Name ist Victoria Bredon«, näselte Victoria in ihrem hochnäsigsten Oberschichtsakzent. »Ich würde gern die *ayah* Leela sprechen. In einer privaten Angelegenheit...« Glücklicherweise war es nicht nötig, einem Dienstboten gegenüber weitere Erklärungen abzugeben.

»Ich bedauere, Miss. Aber die in diesem Haus beschäftigte *ayah* wird Selvi genannt, nicht Leela. Sind Sie sich sicher, dass Sie sich nicht in der Adresse getäuscht haben?«

»Dies ist doch das Heim der Familie Fitzroy, nicht wahr?«, improvisierte Victoria.

»Nein, hier wohnt Colonel Craven mit seiner Familie.«

»Dann wurde mir leider tatsächlich eine falsche Adresse genannt.« Victoria nickte dem Butler von oben herab zu.

Wie dumm...

Sie murmelte einen Fluch vor sich hin, während sie die Stufen wieder hinunterschritt. Es wäre aber auch zu schön gewesen, wenn sie schon bei ihrem ersten Versuch Erfolg gehabt hätte.

Normalerweise besuchte Victoria den eleganten, an der Themse gelegenen Vorort Richmond gern. Doch an diesem Nachmittag fühlte sie sich abgeschlagen und gereizt – wohl eine Spätfolge der verwünschten Lebensmittelvergiftung. Alle in den letzten Monaten aus Indien zurückgekehrten Familien, die in den Innenstadtbezirken von London lebten, hatte sie während der vergangenen Tage aufgesucht. Zwei- oder dreimal war die Dame des Hauses erschienen, und sie hatte die Geschichte zum Besten geben müssen, dass Leela die Tochter ihrer ehemaligen *ayah* sei und sie sie deshalb gern sehen würde. Eine der Damen hatte sie tatsächlich nach ihrer Kindheit in Indien ausgefragt. Victoria hatte etwas von einigen Monaten in Delhi und einer Sommerfrische in Simla geschwindelt. Falls die Dame ihre Angaben überprüfen sollte, würde sie immerhin feststellen, dass ein gewisser Lord Bredon in Delhi die Gerichtsmedizin aufgebaut hatte.

Die Familie Franklin war die sicherlich dreißigste auf ihrer Liste. Sir Patrick Franklin war der Gouverneur der Provinz Bengalen sowie der nordwestlichen Provinzen gewesen, ehe er im vergangenen September einen zweijährigen Heimaturlaub mit seiner Familie angetreten hatte.

Zwischen Baumwipfeln blitzte das gewölbte Glasdach eines riesigen Gewächshauses auf und verschwand dann zwischen Baumwipfeln. Die Mietkutsche war in eine Straße in der Nähe des Botanischen Gartens eingebogen. *Wenn ich bei dieser Familie wieder erfolglos bin, werde ich mir eine Pause gönnen und Kew Gardens aufsuchen*, dachte Victoria.

Die Franklins lebten in einem weiträumigen viktorianischen Sandsteinhaus. Steinmetzarbeiten zierten die beiden Erker und den oberen Teil der Fassade, vom Dachrand glotzten wasserspeiende Fratzen missmutig auf sie herab.

Victoria entlohnte den Kutscher und machte sich auf den Weg zur Eingangstür. Ein junges Dienstmädchen öffnete ihr. Sie nannte ihren Namen. »Ich würde gern die *ayah* Leela in einer privaten Angelegenheit sprechen«, sagte Victoria ihren Spruch auf.

»Ich weiß nicht, wie die *ayah* heißt, Miss.« Das Dienstmädchen sah sie ratlos an. »Ich arbeite noch nicht lange hier.«

»Bessy, wie kannst du dir erlauben, die Haustür zu öffnen?« Ein hagerer Butler, das Gesicht eine einzige Gewitterwolke, erschien in der dämmrigen Eingangshalle.
»Ich dachte, da ich gerade in der Halle war...«
»Verschwinde...«
Das Mädchen eilte mit gesenktem Kopf davon.
»Verzeihen Sie, Miss, das Personal ist auch nicht mehr, was es einmal war...«
Worin ihm Hopkins wahrscheinlich zustimmen würde...
Der Butler taxierte unauffällig Victorias Kleidung – an diesem Tag ein maßgeschneidertes beiges Kostüm mit seitlich gerafftem Rock, weißer Spitzenbluse und modischem Strohhut. »Habe ich richtig gehört? Sie fragten nach der *ayah*?«
»Ja, das tat ich«, erwiderte Victoria ohne viel Hoffnung.
»Wenn Sie mir bitte folgen würden.« Der Butler wies auf eine Tür. »Ich werde gleich nach Leela rufen.«

Im Empfangszimmer der Familie Franklin standen große Farne in Messingtöpfen, die ihre fächerförmigen Blätter weit ausbreiteten. Auch die Tapete hatte ein florales Muster. Die Deckentäfelung war wie die Möbel aus dunklem Holz. Eine Fenstertür, deren Sandsteinfassung mit Spitzbogen und Verzierungen dem neugotischen Stil des Hauses entsprach, führte in einen parkartigen Garten. Von dort waren Kinderstimmen zu hören.
Zwischen Blumenbeeten tauchte jetzt, in Begleitung des Butlers, eine zierliche Frau auf, die die typische Kleidung der englischen Nannys trug – ein dunkelblaues Kleid mit weißem Kragen und ein weißes Häubchen. Der Butler ließ sie in das Empfangszimmer ein.

»Miss Bredon, dies ist Leela ...« Er nickte Victoria höflich zu und zog sich dann diskret zurück.

Leela schlug demütig die Augen nieder und verschränkte die Hände im Schoß. Ihr schwarzes glänzendes Haar war in der Mitte gescheitelt und im Nacken zu einem Knoten zusammengefasst. Victoria schätzte die junge Frau auf Anfang zwanzig. Sie war sehr hübsch. Große dunkle Augen beherrschten das ovale Gesicht. *Wenn es je einen Mund gegeben hat, auf den der lyrische Ausdruck »Lippen wie Rosenblätter« zutrifft, dann ihrer*, ging es Victoria durch den Sinn.

»Leela, ich bin ... wegen Sumat hier«, begann sie vorsichtig.

Urplötzlich ging eine Veränderung in der jungen Frau vor. Sie hob den Kopf und sah Victoria herausfordernd an. »Sumat ist tot ... Was haben Sie mit ihm zu tun?«

»Dann wissen Sie also, dass er ermordet wurde?«

»Ich habe es in der Zeitung gelesen.«

»Sind Sie denn zur Polizei gegangen?«

»Nein, die englische Polizei interessiert sich doch nicht für uns Inder.«

»Das stimmt so nicht ganz ...« Leelas Zorn brachte Victoria aus der Fassung. Sie suchte nach tröstenden Worten.

»Was wollen Sie von mir?«

»Mit Ihnen über etwas reden, das in Sumats Besitz war.«

»Ich wüsste nicht, wie ich Ihnen dabei helfen kann.«

Im Garten begann ein Kind zu weinen. Leela wandte sich zur Fenstertür. »Ich muss mich um die beiden Jungen kümmern.«

»Leela, bitte, es ist sehr wichtig für mich. Würden Sie sich mit mir gegen fünf Uhr in dem Café am Eingang von Kew Gardens treffen?«

Leela eilte in den Garten hinaus. Hatte sie kurz genickt? Victoria war sich nicht sicher.

Die Wände der Teestube waren lindgrün gestrichen. Scones und Sandwiches türmten sich auf Etageren. Eine Glasvitrine neben der Theke beherbergte diverse Kuchen – vom traditionellen Carot Cake bis hin zu Schokoladen- und Walnusstorten. Eine Bedienung, die eine gestärkte weiße Schürze über ihrem schwarzen Kleid und ein rüschenbesetztes Häubchen trug, geleitete Victoria zu einem Platz am Fenster.

Victoria bestellte ein Kännchen Darjeeling-Tee und ein Stück Zitronenkuchen. Sonst hätte sie sich gern in der hübschen Teestube aufgehalten, aber jetzt war sie zu aufgeregt. Auch den Spaziergang durch Kew Gardens und die großen Gewächshäuser voller tropischer Pflanzen hatte sie nicht wirklich genossen.

Die Bedienung brachte das Bestellte. Eine Wanduhr schlug fünf Uhr, dann ein Viertel nach, dann halb sechs. Victoria war schon nahe daran, die Hoffnung aufzugeben, als sich die Tür öffnete und die junge Frau hereinkam. Schüchtern blieb sie auf der Schwelle stehen und blickte sich um. In dieser sehr englischen Umgebung fiel sie trotz ihrer Nanny-Kleidung auf.

Einige Damen betrachteten sie herablassend. Die Bedienung eilte auf sie zu – offenbar bestrebt, den ungebetenen Gast auf der Stelle hinauszuwerfen. Victoria bedachte die Frau mit einem eisigen Blick und winkte Leela zu – woraufhin diese an Victorias Tisch geführt wurde.

»Leela, was hätten Sie denn gern?«, erkundigte sich Victoria.

»Einen ... einen Tee, bitte ...«

»Nichts zu essen?«

»Nein, danke ...«

Victoria orderte noch ein Kännchen Darjeeling. Während sich die Damen an den anderen Tischen wieder ihren Gesprächen widmeten, überlegte sie, ob sie sich für das feindselige Benehmen ihrer Landsleute entschuldigen sollte. Victoria entschied sich dagegen, wahrscheinlich würde das die Situation für Leela noch unangenehmer machen.

»Ich bin Ihnen sehr dankbar, dass Sie gekommen sind«, sagte sie stattdessen.

»Ich glaube nicht, dass ich Ihnen helfen kann ...«

Die Serviererin brachte den Tee und füllte, auf Victorias strengen Blick hin, Leelas Tasse.

»Sumat hatte ein Medaillon bei sich, in dem sich eine Fotografie meines Vaters befand. Vor ein paar Tagen konnte ich mit einem *lascar* sprechen, mit dem sich Sumat auf der *Madras* anfreundete. Dieser *lascar* – Jeeval ist sein Name – sagte, Sumat habe das Medaillon als seinen Glücksbringer bezeichnet.«

»Was auch immer Sumat bei sich hatte, er hat es nicht gestohlen.« Wieder gewann der Zorn die Oberhand über Leelas Schüchternheit. Sie blitzte Victoria an.

»Mein Gott ... Ich hege wirklich nicht den Verdacht, dass Sumat das Medaillon unrechtmäßig an sich gebracht hat.« Allmählich verlor Victoria die Geduld. »Ich möchte nur wissen, wie es in seinen Besitz gelangt ist.«

»Ich weiß nichts von einem Medaillon oder Glücksbringer.« Leela blickte sie ratlos an. Ihr Zorn war so plötzlich verschwunden, wie er gekommen war.

»Sehen Sie sich bitte einmal diese Aufnahmen an.« Victoria

zeigte Leela eine der Fotografien, die Scotland Yard hatte anfertigen lassen.

»Ich habe dieses Medaillon wirklich nie gesehen, und Sumat hat es mir gegenüber auch niemals erwähnt«, beharrte die junge Frau.

Victoria sah keinen Grund, Leela nicht zu glauben. Aber es war wirklich wie verhext. Kaum schien sie einen Schritt weitergekommen zu sein, stieß sie schon wieder auf eine unsichtbare Wand. Enttäuscht und deprimiert biss sie sich auf die Lippen.

Dann sagte sie sich, dass sie sich nicht so anstellen sollte. Sicher, es war ärgerlich, dass sie keine Antworten auf ihre Fragen zu dem Medaillon bekam. Aber Leela hatte vor Kurzem ihren Verlobten verloren, der auf grausame Weise umgekommen war, und davon aus der Zeitung erfahren. Sie konnte sich nicht vorstellen, dass die junge Frau von der Familie Franklin viel Trost erfahren hatte – falls sie ihr überhaupt davon erzählt hatte.

»Möchten Sie mir von Sumat erzählen?«, fragte sie mitfühlend.

»Weshalb möchten Sie denn etwas über ihn wissen?« Ein verächtlicher Unterton schwang in Leelas Stimme mit.

»Ich habe eine Fotografie von ihm gesehen«, erwiderte Victoria ruhig. »Er scheint ein kluger und freundlicher Mensch gewesen zu sein.«

»Ja, das war er...« Leela strich mit der Hand über den Tisch, als suchte sie nach Halt.

»Wie haben Sie sich denn kennengelernt?«

»Bei einer Rede des Politikers Lajpat Rai in Calcutta, im Januar des letzten Jahres. Ich stolperte und fiel. Sumat half mir auf. Wir kamen ins Gespräch.«

»Rai tritt für die indische Unabhängigkeit ein, nicht wahr?« Victoria hatte in den Zeitungen über ihn gelesen.

»Ja ... Indien hat eine uralte Kultur, und wir werden von den Briten behandelt wie Wilde. Oder bestenfalls wie unmündige Kinder, die von den Weißen zu Erwachsenen erzogen werden müssen. Die Briten beuten uns aus und lassen uns auch noch Steuern dafür bezahlen, dass sie unsere Rohstoffe stehlen und unsere Textilindustrie zerstören. Bei der Hungersnot vor acht Jahren im Punjab im Norden Indiens hat der damalige Vizekönig Lord Curzon über eine Million Menschen sterben lassen.« Von einer fügsamen Nanny hatte sich Leela wieder in eine leidenschaftliche junge Frau verwandelt. »Indien soll frei sein. Wir Inder wollen selbst über unsere Geschicke bestimmen.«

»Jeeval sagte, dass Sumat als Schreiber für die Regierung von Britisch-Indien arbeitete. Ist das richtig?«

»Er benötigte das Geld. Aber er wusste, dass er seine Stelle verlieren würde, wenn bei einer dieser Versammlungen für die Unabhängigkeit seine Personalien von der Polizei aufgenommen würden.«

»Sind Sie mit Sumat zu diesen Versammlungen gegangen?«

»Schon bei unserer ersten Begegnung haben wir uns verliebt ...« Leelas dunkle Augen begannen zu leuchten. »Dann trafen wir uns, wann immer die Arbeit es ermöglichte. Aber wir hatten nicht viel Zeit. Sumat ging mit der Regierung Ende März nach Simla. Und die Familie Franklin reiste im vergangenen Herbst nach London, kurz bevor Sumat wieder nach Calcutta zurückkehrte.«

»Dann haben Sie sich über ein Jahr nicht gesehen?«

»So ist es.« Leela nickte. »Am Abend, bevor Sumat nach Simla aufbrach, fragte er mich, ob ich seine Frau werden wolle, und ich sagte Ja. Auch wenn wir uns noch nicht lange kannten, wusste ich, dass Sumat der Mann ist, mit dem ich mein Leben teilen und Kinder haben möchte. Wir schrieben uns, so oft wir konnten. Sumat hoffte, während ich in England war, genug Geld zu verdienen, um uns beiden ein Heim bieten zu können.«

»Mehr als ein Jahr ist eine lange Zeit, wenn man sich liebt...« Victoria vermisste Jeremy ja schon nach wenigen Wochen sehr.

Leela brach ab und begann zu zittern. Tränen schossen ihr in die Augen. »Ich fürchte, mit meinem letzten Brief habe ich Sumat in den Tod getrieben«, brachte sie schluchzend hervor.

Einige der Damen, die sie gelegentlich indigniert gemustert und über sie getuschelt hatten, warfen ihnen nun empörte Blicke zu. Rasch legte Victoria einige Geldstücke auf den Tisch.

»Lassen Sie uns draußen weiterreden.« Sie fasste Leela am Arm und führte sie aus der Teestube. Ganz in der Nähe stand eine Bank unter Bäumen am Straßenrand. Victoria führte Leela dorthin und zog sie neben sich. Nachdem sich Leela etwas beruhigt hatte, sagte sie: »Möchten Sie mir denn erzählen, was Sie Sumat in jenem letzten Brief schrieben?«

»Ich ... Ach, es ist mir so peinlich...« Leela hielt ihre Hände so fest umklammert, dass ihre Knöchel ganz hell unter der Haut hervortraten.

»Ich kann mir nicht vorstellen, dass Sie etwas getan haben, dessen Sie sich schämen müssen.«

»Die Familie Franklin ist recht nett, auch in Indien wurden die Dienstboten anständig behandelt. Ich mag Michael und Charles, die beiden kleinen Jungen, sehr gern. Sie sind Zwillinge und fünf Jahre alt. Letztes Jahr wurde noch ein kleines Mädchen geboren. Emily ...«

»Wie lange sind Sie denn schon für die Familie tätig?«

»Seit drei Jahren. Es ist meine erste Stelle als *ayah*. Nach meinem Abschluss in einer Missionsschule absolvierte ich eine Ausbildung zur Lehrerin. Eigentlich sollte ich für die Missionsschule arbeiten. Aber dann teilte mir die Leiterin mit, dass Sir Patrick ein Kindermädchen für seine Jungen suche, das ihnen später auch die Grundregeln des Lesens und Schreibens beibringen könne. Er war der Gouverneur einer Provinz. Ich fand es aufregend, in einem solchen Haushalt zu arbeiten, und ich wollte auch gern einmal nach England reisen... Ich hätte ja nie gedacht...« Wieder begann Leela zu weinen.

»Was ist passiert?«

»Sir Patrick hat einen Sohn aus erster Ehe, Alexander. Ein Lieutenant. Es begann ganz harmlos, als er gelegentlich die Familie besuchte. Anfangs machte er mir nur Komplimente, dann begann er mir nachzustellen. Ich schrieb Sumat nichts davon, denn ich wollte ihn nicht beunruhigen oder gar eifersüchtig machen. Vor etwa drei Monaten passte mich Alexander im Kindertrakt des Hauses ab und versuchte, mich zu küssen. Er berührte mich unsittlich... und ...« Leela atmete tief durch und zitterte. Victoria drückte ihre Hand. So hübsch wie Leela war, hatte sie so etwas fast schon befürchtet. »Ich konnte mich losreißen und ins Kinderzimmer fliehen. Am nächsten Tag musste Alexander zu seinem Regiment zurückkehren, aber ich wusste, er würde wiederkommen. Sir Patrick und seiner Gattin konnte ich mich nicht anvertrauen. Sie hätten mir niemals geglaubt. Ich war völlig verzweifelt. Ich kannte niemanden in England und hatte kein Geld, um nach

Indien zurückzukehren. Deshalb schrieb ich Sumat von dem Vorfall. Er antwortete mir, dass er nach England kommen und mich heiraten und mich nach Hause holen würde. Und dann wurde er umgebracht, ohne dass ich ihn noch einmal sehen konnte.« Ein herzzerreißendes Weinen schüttelte Leela.

»Was geschehen ist, ist nicht Ihre Schuld.« Victoria legte tröstend den Arm um die junge Frau. Ach, wie sie diese jungen Männer aus vorgeblich gutem Hause hasste, für die Dienstmädchen nichts anderes als Freiwild waren – und ihre Eltern, die vor dem, was in ihren Häusern geschah, die Augen verschlossen. Oder allen Ernstes glaubten, die Dienstmädchen hätten ihre unschuldigen Söhne verführt. Ganz zu schweigen davon, dass auch oft die Dienstherren die jungen Frauen bedrängten.

Unter heftigem Schluchzen stammelte Leela ein paar Worte, die Victoria nicht verstand. »Leela, was versuchten Sie gerade, mir zu sagen?«, fragte sie sanft.

»Alexander ... Er wird für das Wochenende erwartet ... Ich habe solche Angst ...«

O Gott ... Sie konnte Leela unmöglich in diesem Haus zurücklassen. Victoria hatte sich rasch entschieden. »Sie packen jetzt schnell Ihre Sachen und kommen mit mir«, sagte sie energisch. »Sie können erst einmal bei mir wohnen. Und dann finden wir eine Lösung ...«

»Aber ...« Leela starrte sie ungläubig an.

»In meinem Zuhause gibt es ein Gästezimmer. Sie werden ganz bestimmt nicht stören.«

Victoria hoffte, dass Mrs. Dodgson und vor allem Hopkins dies ähnlich sehen würden.

ELFTES KAPITEL

»Ich hoffe, dass Sie sich hier wohlfühlen«, wandte sich Victoria an Leela.

Es war früher Abend. Die Bäume des Green Parks warfen ihre Schatten in das Gästezimmer. Es war ein hübscher Raum mit einer grün-weiß gestreiften Tapete und glänzend polierten Mahagonimöbeln. Vor dem Fenster stand ein Lehnstuhl. Das Bett verströmte einen frischen Lavendelduft. Hopkins und Mrs. Dodgson sorgten dafür, dass die Bezüge und Laken regelmäßig ausgewechselt wurden, auch wenn das Zimmer nicht benutzt wurde.

Trotzdem wirkte Leela bedrückt und irgendwie verloren. Der überstürzte Abschied von den Kindern war ihr sehr schwergefallen. Victoria hatte den völlig konsternierten Butler darüber informiert, dass Leela die Familie verlassen würde. Währenddessen hatte die junge Frau ihre wenigen Habseligkeiten in einen Koffer gepackt.

»Ich kann es gut verstehen, wenn Sie sich eine Weile hinlegen möchten. Ich wecke Sie dann zum Dinner«, wandte sie sich an die junge Frau.

»Ja, ich würde mich gern hinlegen ... Und, Miss Bredon, ich möchte keine Almosen. Solange ich hier wohne, werde ich dafür arbeiten.« Leela sah sie schüchtern und zugleich sehr bestimmt an.

»Selbstverständlich, wenn Sie das unbedingt wünschen.« Victoria nickte ihr aufmunternd zu. »Wenn Sie mögen, können Sie mich Miss Victoria nennen.«

Hopkins und Mrs. Dodgson saßen am Küchentisch. Victoria hatte ihnen Leela kurz vorgestellt. Jetzt würde sie sich die Zeit nehmen zu erklären, weshalb sie einen Gast hatten. Sie hatte den Eindruck, dass die beiden nicht glücklich waren.

»Eine Inderin, Miss Victoria, nun, ich weiß ja nicht...« Mrs. Dodgson verzog missbilligend die Lippen.

»Leelas Verlobter wurde umgebracht. Der Sohn ihres Dienstherrn steigt ihr nach und belästigt sie. Ich konnte sie unmöglich bei den Franklins zurücklassen«, erklärte Victoria ungehalten.

»Das verstehe ich ja. Aber mussten Sie sie ausgerechnet *hierher* bringen?«

»Mrs. Dodgson...« Zum ersten Mal in ihrem Leben war Victoria nahe daran, die Zugehfrau anzufahren.

»Queen Victoria war die Patin von Prinzessin Sophia Duleep Singh, der Tochter von Duleep Singh, dem letzten Maharadscha des Punjab«, schaltete sich Hopkins rasch ein.

»Tatsächlich?« Mrs. Dodgsons Missbilligung wich einer gewissen Nachdenklichkeit.

»Prinzessin Sophia und ihre Schwestern Bamba und Catherine wurden als Debütantinnen bei Hofe vorgestellt«, fügte Hopkins scheinbar beiläufig hinzu.

Victoria warf ihm einen dankbaren Blick zu. Glücklicherweise stand Hopkins auf ihrer Seite – und er verstand es wie immer, eine prekäre Situation auf diplomatische Weise zu meistern.

»Erinnere ich mich richtig, dass Sie heute Abend eine Aufführung von *La Bohème* mit Nellie Melba in der Rolle der Mimi im Royal Opera House besuchen werden, Miss Victoria?«, lenkte er weiter von Leela ab.

»Ja, und ich freue mich schon sehr darauf«, erwiderte sie rasch.

Zusammen mit Constance bahnte sich Victoria einen Weg aus der Loge. Dank der Melba war das Royal Opera House bis auf den letzten Platz besetzt.

Auf dem Korridor wandte sich Constance Victoria zu. »Ich hoffe, Josephine ist nicht zu hungrig und ich bin vor dem Ende der Pause wieder zurück.«

»Ach, die Kleine soll sich ruhig Zeit lassen«, erwiderte Victoria lächelnd. »Ich langweile mich allein ganz bestimmt nicht.«

Constance eilte in Richtung Ausgang, wo die Nanny mit Josephine im Daimler der Hogarths wartete, und Victoria schlenderte in Richtung Floral Hall und Büfett. Louis war kein Opernliebhaber und hatte sich auch von der Melba nicht zu einem Besuch der Aufführung verlocken lassen.

Die Musik der ersten beiden Akte, besonders Mimis und Rodolfos im Duett gesungenes Liebeslied, klang noch in Victoria nach. In einem Wandspiegel sah sie sich für einen Moment inmitten anderer Opernbesucher. Sie trug ein Abendkleid aus dunkelgrüner Seide, passend zu den Ohrringen, die Jeremy ihr geschenkt hatte. Er hätte den Abend sicher auch genossen. Mittlerweile musste er Simla längst erreicht haben.

In sechs, spätestens acht Wochen wird er wieder bei mir sein, versuchte sie, sich zu trösten.

Die Floral Hall mutete durch ihr Glasdach wie ein Gewächshaus an. Darüber war der Nachthimmel zu erahnen. Männer und Frauen in Abendgarderobe drängten sich um das Büfett. Victoria hatte eigentlich vorgehabt, sich ein Glas Champagner zu kaufen, aber sie entschied sich anders und suchte sich einen Platz neben einer der Metallstreben, die das Dach trugen. Hier holte sie ein Notizbuch und einen Bleistift aus ihrem Handtäschchen und fertigte rasch einige Skizzen von dem Raum und den Opernbesuchern an. Vielleicht konnte sie den Abend so ja später mit Jeremy teilen.

Victoria war so vertieft in das Zeichnen, dass sie Lady Glenmorag erst bemerkte, als diese sie ansprach. »Um Himmels willen, was tust du denn da? Es drehen sich schon Leute nach dir um. Warum kannst du nicht einfach ein Glas Champagner trinken wie alle anderen auch?« Ach, sie hätte sich denken können, dass sich ihre Großtante eine Aufführung mit der Melba, die alles, was Rang und Namen hatte, besuchte, nicht entgehen lassen würde. »Deine finanzielle Situation muss sich sehr gebessert haben, da du dir eine Karte leisten konntest«, bemerkte Lady Glenmorag nun spitz.

»Lady Hogarth hat mich eingeladen.«

»Wie großzügig von ihr ... Auch wenn ich bezweifle, dass sie als Amerikanerin eine Oper wirklich zu schätzen weiß. Dieser Nation entspricht ja mehr das Boulevardtheater.« Der Blick ihrer Großtante wurde ein wenig milder. »Mr. Montgomery hat mir mitgeteilt, dass deine Hochzeit mit Mr. Ryder um einige Wochen verschoben wurde.«

»Ja, Jeremy musste aus beruflichen Gründen nach Indien reisen.«

»Sehr eilig scheint es ihm mit der Heirat ja nicht zu sein. Wenn du mir diese offene Bemerkung gestattest, meine Liebe.«

»Wir haben die Entscheidung für seine Reise gemeinsam getroffen«, erwiderte Victoria mit fester Stimme.

»Nun, wenn du das so sehen willst ...«, sagte ihre Großtante gedehnt. »Aber vielleicht solltest du die Entscheidung für diesen Mann noch einmal überdenken ...«

Zu Victorias Erleichterung trat nun Constance zu ihnen. »Lady Glenmorag, wie schön, Sie einmal wieder zu treffen«, sagte sie freundlich.

»Lady Hogarth.« Großtante Hermione nickte ihr huldvoll zu.

»Josephine ist satt?«, erkundigte sich Victoria.

»Ja. Als ich sie der Nanny in die Arme gelegt habe, ist sie gleich wieder eingeschlafen.«

»Josephine, ist das nicht der Name Ihres Töchterchens?« Lady Glenmorag musterte Constance verwirrt.

»Genau ... Eine Opernaufführung dauert zu lange für ihren Hunger. Deshalb habe ich sie schnell in unserem Automobil gestillt.«

»Sie haben ...« Großtante Hermione starrte Constance schockiert an und erbleichte. »Wenn Sie mich bitte entschuldigen würden ...« Sie hastete davon.

Der Gong rief die Opernbesucher zurück auf ihre Plätze. Victoria lächelte Constance an und hakte sich bei ihr ein. Die spitzen Bemerkungen ihrer Großtante hatten sie nicht verunsichert.

Jeremy liebt mich ebenso sehr wie ich ihn ...
Daran hatte sie keinen Zweifel mehr.

Victoria schlug einen Katalog mit Tapetenmustern auf. Ein Gutes hatte die verschobene Hochzeit – wenn man in diesem Zusammenhang überhaupt von *gut* sprechen konnte –, so hatte sie genügend Zeit, sich um die Umgestaltung der Wohnung zu kümmern. Vor allem die indisch inspirierten Muster sprachen sie an. Wunderschöne üppige Blüten in allen möglichen Farben und Formen oder auch Vögel und Schmetterlinge, die zwischen Blumenranken oder Zweigen umherflatterten.

Eine farbenfrohe, exotische und geheimnisvolle Welt wehte von den Katalogseiten in die Wohnung am Green Park. Was noch dadurch verstärkt wurde, dass seit einigen Tagen der Duft fernöstlicher Gewürze durch die Räume zog. Hopkins hatte durch Leela sein Interesse für die indische Küche entdeckt, und die junge Frau war nur zu gern bereit, ihre Kenntnisse mit ihm zu teilen. Der Butler besaß unter seiner würdevollen, reservierten Fassade ein großes Herz. Er hatte Leela gleich unter seine Fittiche genommen. Mrs. Dodgson begegnete ihr immer noch etwas zurückhaltend, aber zumindest höflich.

»Ich würde etwas mehr roten Pfeffer und grüne Chilischoten für die Marinade nehmen, Mr. Hopkins«, sagte Leela gerade.

»Tatsächlich? Meinen Sie nicht, die Lammkoteletts könnten zu scharf geraten?«

»Beim Braten verliert sich die Schärfe wieder. Die Joghurtsoße wird ihr Übriges tun. Dazu dürfte Reis mit Morcheln gut passen.«

»Was halten Sie von Eis mit Safran und Rosenwasser als Nachspeise?«

»Das klingt wunderbar.«

»Gut, dann werde ich alles für das morgige Dinner vorbereiten.« Hopkins klang richtiggehend begeistert.

Victoria unterdrückte ein Lächeln. »Wo haben Sie denn so gut kochen gelernt, Leela?«

»Meine Großmutter war Köchin beim Maharadscha von Mysore«, erwiderte Leela. »Meine Eltern starben an der Cholera, als ich ein ganz kleines Kind war. Meine ersten Lebensjahre habe ich in der Palastküche verbracht, später, als ich die Missionsschule besuchte, durfte ich meine Großmutter in den Ferien besuchen.«

»Lebt Ihre Großmutter noch?«, erkundigte sich Hopkins.

»Nein, sie starb vor fünf Jahren. Aber immer, wenn ich koche, fühle ich mich ihr nahe.« Zum ersten Mal, seit Victoria Leela kennengelernt hatte, lächelte die junge Frau.

»Leela, zu welcher Wohnzimmertapete würden Sie mir denn raten? Ich kann mich nicht entscheiden.« Victoria zeigte ihr eine mit zartgrünem Untergrund und leuchtend rosa und roten Pfingstrosen und blätterte dann zu einer Tapete um, auf der sich stilisierte Papageien zwischen großen Blättern und weißen Blüten tummelten.

»Ich würde diese nehmen.« Leela deutete auf die Tapete mit den Pfingstrosen. Sie kehrte wieder an Hopkins' Seite zurück und half ihm, die Lammkoteletts mit der Marinade zu bepinseln.

Die Türglocke ertönte und zerschnitt die friedliche Stille in der Küche. Hopkins machte tatsächlich ein Gesicht, als würde er einen Fluch unterdrücken. Rasch säuberte er seine Hände, legte seine Schürze ab und eilte in den Korridor.

Victoria hörte seine Stimme und dann die eines anderen Mannes. Eine tiefe, befehlsgewohnte, spröde Stimme. *Nein*, dachte sie. *Nein ... Das ist nicht möglich ... Ich täusche mich...*

Ihr Gesicht spiegelte wohl ihr Entsetzen wider, denn Leela sah sie besorgt an. »Ist etwas geschehen, Miss Victoria?«

Hopkins kehrte in die Küche zurück. »Sir Arthur möchte Sie sprechen, Miss Victoria. Ich habe ihn in die Bibliothek geführt.« Auch er konnte seine Sorge nicht verhehlen.

Victoria stand langsam auf. Ihre Glieder waren schwer wie Blei, ihr Magen ein Klumpen aus Eis.

Nein, nicht Jeremy ... Jeremy kann nichts zugestoßen sein...

Sir Arthur stand vor dem Kamin in der Bibliothek. Etwas in seiner Haltung, in der Weise, wie sein Blick sie suchte und dann weghuschte, zerriss den Schutz aus Selbstbeschwichtigungen. Es war also wahr. Er suchte sie wegen Jeremy auf. Das einfach Unvorstellbare war eingetreten.

»Ist Jeremy tot?«, hörte Victoria sich sagen. Sie hatte keine Ahnung, woher sie die Kraft für diese Frage nahm.

»Wir hoffen, dass Mr. Ryder am Leben ist.«

»Was wollen Sie damit sagen?«

»Wir haben seit einer Woche keine Nachricht mehr von ihm erhalten. Allem Anschein nach ist Mr. Ryder spurlos aus Simla verschwunden.«

»Eine Woche ... Und Sie kommen erst jetzt zu mir?« Victoria konnte es nicht fassen.

»Wir dachten, dass er seine Gründe hätte, sich nicht zu melden. Aber als einer unserer Kontaktmänner in Indien feststellte, dass sein Hotelzimmer durchsucht worden war ...«

Sir Arthur hob bedauernd die Hände.

Ein jäher Schmerz durchfuhr Victoria. So stark, dass sie fast zusammengebrochen wäre. Nicht nachgeben ... Sie durfte dem jetzt nicht nachgeben ... Um Jeremys willen musste sie stark sein ...

»Sie schließen also nicht aus, dass er ermordet wurde?«

»Es wurde ...«, Sir Arthur stockte wieder kurz, »... kein Leichnam gefunden. Möglicherweise wurde Mr. Ryder entführt. Oder er sah sich gezwungen, Simla übereilt zu verlassen und unterzutauchen. In einem Telegramm deutete er an, dass er etwas Wichtigem auf der Spur sei.«

»Machte er irgendwelche genaueren Angaben?«

»Leider nein ...«

»Es gab aber keine Forderungen von Entführern?«

»Nein, bislang zumindest noch nicht ... Bitte, Miss Bredon, Sie dürfen nicht vom Schlimmsten ausgehen. Ich versichere Ihnen, dass die britische Regierung alles in ihrer Macht Stehende tun wird, um Mr. Ryder zu finden. Er wird wohlbehalten zu Ihnen zurückkehren!« Die Unsicherheit, die in Sir Arthurs Stimme mitschwang, strafte seine Worte Lügen.

Sie haben Jeremy nach Indien geschickt!, wollte Victoria ihn anschreien. Sie sind schuld! Aber die Stimme versagte ihr. Sie selbst hatte ihn ja gehen lassen. Hatte ihm zugeredet, als er sich schon anders entschieden hatte.

»Miss Bredon, ich verspreche Ihnen, wir werden Sie über all unsere Schritte informieren.« Sir Arthur reichte ihr seine Hand, Victoria ignorierte sie. Mit gesenktem Kopf verließ der Commissioner die Bibliothek.

Gedämpfte Stimmen im Korridor.

»Miss Victoria ...« Hopkins war neben sie getreten.

»Hopkins ...« Victoria schüttelte den Kopf. »Bitte, gehen Sie. Ich möchte jetzt allein sein.«

Victoria ließ Wasser in ein Glas laufen. Es war mitten in der Nacht, im weißlichen elektrischen Licht der Deckenlampe wirkte die Küche kalt und fremd. Zuerst war sie wie betäubt gewesen. Dann hatte sie der Schmerz überfallen, hatte sie schluchzen und wimmern lassen wie ein verwundetes Tier. In diesem Strudel aus Angst und Qual und Selbstvorwürfen war ein Gedanke in ihr aufgetaucht. Sie hatte sich daran festgeklammert wie an einer Rettungsleine. Jetzt war sie sehr gefasst.

»Miss Victoria...«

Hopkins betrat die Küche. Er trug noch immer seinen Anzug. Anscheinend hatte er sich gar nicht schlafen gelegt. Besorgt sah er sie an.

»Hopkins, ich werde nach Indien reisen und nach Mr. Ryder suchen.«

»Nun, genau dies wollte ich Ihnen vorschlagen. Ich habe gerade schon nach möglichen Schiffsverbindungen gesucht. In drei Tagen würde ein Ozeandampfer von Southampton nach Bombay ablegen.«

»Sie würden mich begleiten?« Victoria wusste, wie sehr Hopkins schwülwarme Länder hasste, in denen es von seltsamen Insekten wimmelte. Auch wenn er solche Widrigkeiten stets bravourös zu meistern gepflegt hatte.

»Selbstverständlich, Miss Victoria. Wenn Sie es denn wünschen...«

»Ich hätte Sie sehr gern als Begleiter. Ich weiß ja, dass ich mich unbedingt auf Sie verlassen kann...«

»Das freut mich zu hören...« Hopkins räusperte sich. Dann wandte er sich rasch dem Gasherd zu, offensichtlich bestrebt, seine Rührung zu verbergen. »Ich habe mir auch schon erlaubt, einige Überlegungen zu der Reise anzustellen.

Was halten Sie davon, wenn wir alles bei einer Tasse Tee besprechen?«

»Gern ...«

Victoria fand es beruhigend und irgendwie tröstlich, Hopkins bei dem vertrauten Ritual des Teekochens zuzusehen. Es bedeutete, dass ihre Welt noch nicht in Stücke gebrochen war. Sie würde Jeremy irgendwann wieder in ihre Arme schließen können, und alles würde gut.

Hopkins stellte zwei Porzellantassen, Milch und Zucker auf den Tisch und schenkte dann Victoria und sich Tee ein. »Die englische Community in Indien, vor allem die in Simla, ist sehr klein. Ihre Großtante, Lady Glenmorag, hat Ihre und Mr. Ryders Verlobung in der *Times* annonciert. Diese Zeitung wird auch in Indien gelesen.«

»Worauf wollen Sie hinaus, Hopkins?« Victoria nippte an dem heißen, süßen Tee. Er tat ihr gut.

»Wenn Sie unter Ihrem richtigen Namen nach Indien reisen, dürfte nicht wenigen Menschen schnell klar werden, wer Sie sind und dass eine Verbindung zwischen Ihnen und Mr. Ryder besteht. Darunter sicher auch Personen, die Mr. Ryders Verschwinden zu verantworten haben. Deshalb würde ich dringend dazu raten, eine andere Identität anzunehmen. Eine englische empfiehlt sich nicht, da in den Häusern der Oberschicht und Aristokratie in Simla ein *Debrett's* verfügbar sein dürfte. Man würde Ihren Namen nachschlagen, und Sie wären rasch enttarnt.«

»Was schlagen Sie mir also vor, Hopkins?«

»Ihre Mutter war Deutsche, Sie beherrschen die deutsche Sprache perfekt. Deshalb schlage ich vor, dass Sie sich als eine deutsche Comtesse ausgeben. Es gibt zwar einen preußischen Botschafter in Simla, aber ich glaube nicht, dass dieser das deutsche Pendant zum *Debrett's* zur Hand haben wird. In Indien leben ja nicht viele Deutsche...«

Hopkins' leicht hochgezogene rechte Braue signalisierte, dass es sinnvoll war, immer ein gesellschaftliches Nachschlagewerk zur Hand zu haben.

»Damit, eine deutsche Comtesse zu sein, kann ich mich anfreunden.«

»Ich habe mir auch die Freiheit genommen, über meine eigene Rolle nachzudenken.« Hopkins rührte in seinem Tee. »Eine junge Dame würde nicht mit einem Butler reisen. Oder einem *Diener*, wie ihn die Deutschen haben. Dagegen wäre es durchaus schicklich, wenn ein älterer Verwandter sie begleiten würde. Was halten Sie davon, wenn ich mich als Ihr Onkel ausgebe? Als einen dänischen Grafen? Ich bin des Deutschen ja nicht mächtig, und auf Dänen in Simla zu treffen dürfte höchst unwahrscheinlich sein.«

»Oh, ich hätte Sie nur zu gern als meinen Onkel bei mir.«

Eigentlich war Hopkins das ja sowieso...

»Sehr schön... Dann sind wir Onkel und Nichte, die das Land bereisen. Sie, um zu fotografieren und zu malen und zu zeichnen. Und ich, um die indische Vogelwelt zu erkunden. Meine diesbezüglichen Kenntnisse dürften ausreichen, in Simla auch gegenüber einem ausgewiesenen Ornithologen zu bestehen.« Hopkins besann sich kurz. Vögel zu beobachten war sein Steckenpferd. »Ich habe bereits mit Leela gesprochen. Sie wäre bereit, Sie als Zofe zu begleiten. Was, nebenbei bemerkt, von großem Vorteil wäre, da sie Hindi und Urdu beherrscht und Land und Leute kennt. Wir würden natürlich standesgemäß erster Klasse reisen.«

»Können wir uns das denn leisten?«

»Die Verkaufszahlen von Mrs. Ellingham ermöglichen es.«

»Hopkins, das klingt wunderbar.« Victoria schwirrte der Kopf. »Bis auf das Problem, dass wir Pässe benötigen. Sie und ich haben keine dänischen und deutschen Ausweispapiere ...«

»Auch das habe ich bedacht ... Ich kenne da einen Fälscher im East End. Er hat seinen Preis, dafür liefert er erstklassige Ware.«

»Hopkins ...« Victoria starrte ihn an. »Pässe zu fälschen oder zur Fälschung anzustiften ist eine schwere Straftat.«

»Manchmal muss man im Leben ein Risiko eingehen.« Hopkins winkte ab. »Und wer, wenn nicht Mr. Ryder, wäre es wert, etwas zu riskieren?«

Ich wäre bereit, alles für ihn aufs Spiel zu setzen ...

Tränen schossen Victoria in die Augen und verschlugen ihr kurz die Sprache. »Hopkins, ich bin Ihnen so dankbar«, sagte sie dann leise. »Ich wüsste nicht, was ich ohne Sie tun würde.«

»Nun, ein guter Butler sollte in jeder misslichen Lebenslage einen Ausweg wissen.« Hopkins räusperte seine Rührung weg. »Ich schlage vor, Sir Arthur mitzuteilen, dass wir uns bei Lord und Lady Hogarth in den Cotswolds aufhalten. Nicht dass er sich über unsere Abreise wundert und beginnt, Nachforschungen anzustellen. Und was liegt näher, als dass Sie in dieser schwierigen Situation Unterstützung bei Freunden suchen?«

Victoria stimmte auch dem zu. Sie war plötzlich todmüde. Als sie wenig später zu Bett ging, fiel sie in einen tiefen, traumlosen Schlaf.

ZWÖLFTES KAPITEL

»Um Himmels willen, Hopkins, was ist das denn alles?« Am Hafen von Southampton türmten sich die Gepäckstücke. Schrankkoffer, Kisten, Körbe, große, unförmige Bündel und einige längliche, in eine Art Futteral eingeschlagene Gegenstände. Zum ersten Mal nahm Victoria das Gepäck richtig wahr.

Früh am Morgen nach ihrer nächtlichen Unterhaltung war Hopkins aufgebrochen und hatte die ersten Besorgungen getätigt. Während der folgenden beiden Tage hatte ein reges Kommen und Gehen bei ihnen zu Hause geherrscht. Ständig waren Waren angeliefert worden. Doch Victoria hatte nicht der Sinn danach gestanden, sich damit zu befassen.

Zur Waterloo Station in London war Victoria mit Leela vorausgefahren, während Hopkins und Mrs. Dodgson in zwei anderen Kutschen mit dem Gepäck gefolgt waren. So hatte Victoria das Ausmaß ihrer Reiseausrüstung noch gar nicht richtig wahrgenommen.

»Dies sind Zelte und Moskitonetze.« Hopkins deutete auf die unförmigen Bündel. »Darin befinden sich Geschirr und Besteck...«, seine Hand wanderte weiter und deutete auf einen der Körbe, »...und die Futterale enthalten ein großkalibriges Gewehr für die Tigerjagd sowie einen Elefantentöter.«

»Hopkins, ich glaube nicht, dass wir eine Jagdausrüstung benötigen werden.«

»Meiner Ansicht nach ist es sinnvoll, für alle Eventualitäten gerüstet zu sein. Finden Sie nicht auch, Mrs. Dodgson?«

»Sie haben ganz recht, Mr. Hopkins.« Mrs. Dodgson hatte es sich nicht nehmen lassen, sie in Southampton zu verabschieden.

Hopkins ließ seinen Blick über die Menge im Bahnhof schweifen. Die dunkle Kleidung eines Butlers hatte er gegen einen maßgeschneiderten dreiteiligen Sommeranzug aus hellem Wollstoff, eine dazu passende Seidenkrawatte und einen leichten Hut eingetauscht. In der Hand trug er einen Stock mit silbernem Knauf. Die Sonne brachte seine blauen Augen zum Leuchten. Er sah tatsächlich aus wie der Inbegriff eines dänischen Grafen.

Hopkins dämpfte seine Stimme. »Bislang habe ich niemanden entdeckt, der uns kennt, Miss Victoria. Und, wie ich hoffte, standen auf der Passagierliste der *Empress of India* auch keine mir bekannten Namen.«

Victoria hatte keine Ahnung, wie Hopkins es geschafft hatte, im Büro der Schifffahrtslinie die Passagierliste einzusehen.

»Wir sollten uns allmählich an unsere Namen gewöhnen, lieber Onkel«, gab sie halblaut zurück. Sie besaß nun einen deutschen Pass, der auf den Namen Comtesse Victoria von Hohenstein lautete, und Hopkins einen dänischen, der auf den Namen Graf Stephan Gulda ausgestellt war. Stephen war Hopkins' richtiger Vorname.

»Ja, in der Tat...« Gebieterisch winkte Hopkins eine Armada von Gepäckträgern herbei.

Victoria wandte sich zu Leela um, die sich schüchtern abseits hielt. »Kommen Sie, es ist Zeit, dass wir an Bord gehen«, sagte sie freundlich.

Das Wetter war sonnig und warm wie an dem Tag, an dem sie sich von Jeremy verabschiedet hatte. Ein frischer Wind kräuselte das Wasser im Hafenbecken. Die *Empress of India* war ein Schwesternschiff der *Star of India*, der Bau der beiden Ozeandampfer war nahezu identisch. Wo Jeremy jetzt wohl sein mochte? Wurde er gefangen gehalten? War er krank oder verletzt?

»Miss Victoria...« Sie hatten die Landungsbrücke erreicht. Mrs. Dodgson breitete ihre Arme aus und zog sie an sich. »Es wird alles gut werden. Bald werden Sie und Mr. Ryder heiraten. Davon bin ich fest überzeugt.«

Hopkins ergriff die Hand ihrer treuen Zugehfrau und schüttelte sie. »Mrs. Dodgson, gehaben Sie sich wohl.«

»Sie auch, Mr. Hopkins. Sie auch...« Dann drehte Mrs. Dodgson sich zu Leela um und umarmte sie tatsächlich ebenfalls. »Passen Sie gut auf Miss Victoria auf.«

»Das werde ich, Mrs. Dodgson«, versprach Leela ernst.

Jeremy lebt, und ich werde ihn wiedersehen...

An diesen Gedanken klammerte Victoria sich, während sie die Landungsbrücke hinaufstiegen.

Vor den Bullaugen glitt die Küste Südenglands in der Abenddämmerung vorbei. Die sanft gewellten grünen Hügel ein letzter Gruß der Heimat an die Reisenden. Bald würde die *Empress of India* den Atlantik erreichen. An der Decke der Erste-Klasse-Kabine brannte ein Kronleuchter. Vor einem guten Jahr noch waren Hopkins und sie so arm gewesen, dass sie nur selten den elektrischen Strom in ihrer Wohnung benutzt hatten, und Victoria hätte sich nicht vorstellen können, einmal so luxuriös nach Indien zu reisen. Doch sie konnte sich nicht darüber freuen. Auch nicht über ihr hübsches neues Abendkleid aus dunkelroter Seide mit dem aufwendig bestickten Oberteil.

»Gefällt Ihnen Ihre Frisur nicht, Miss Victoria?« Leela legte die silberne Haarbürste auf die Frisierkommode. Geschickt hatte sie Victorias Locken gebändigt und sie im Nacken zu einem Knoten zusammengefasst.

»Doch, sehr ... Vielen Dank ... Haben Sie das Frisieren etwa auch in der Missionsschule gelernt?«

»Es stand nicht auf dem Lehrplan.« Auf Leelas ernstem Gesicht erschien ein kurzes Lächeln. »Aber die anderen Schülerinnen und ich, wir haben uns gegenseitig gern die Haare frisiert und modische Varianten ausprobiert. Was die Schwestern natürlich nicht wissen durften.«

»Ach, Leela, ich habe Ihnen, glaube ich, noch gar nicht richtig gedankt.« Victoria fasste die junge Frau an den Händen und zog sie neben sich auf die gepolsterte Sitzbank. »Ich bin so froh, dass Sie Hopkins und mich begleiten.«

»Ich hoffe sehr, dass es Ihnen und Mr. Hopkins gelingt, Mr. Ryder zu finden, und ich bin glücklich, dass ich meinen Teil dazu beitragen kann.« Leela sah sie eindringlich mit ihren dunklen Augen an. »Mir ist noch etwas in Bezug auf das Medaillon eingefallen. Ich war so mitgenommen von Sumats Tod und dass ich die Kinder verlassen musste, dass ich gar nicht daran gedacht habe ...«

»Das kann ich gut verstehen ...«

»Sumat hat einen kleinen Bruder. Mahi ist sein Name. Ich habe Mahi nie kennengelernt, da Sumat und ich ja nur so wenig gemeinsame Zeit in Calcutta hatten. Aber Sumat hat sehr viel von ihm erzählt. Die beiden standen sich sehr nahe. Wenn jemand etwas über das Medaillon weiß, dann Mahi.«

»Mahi lebt in Calcutta?«

»In der Umgebung der Stadt.« Leela nickte. »Er besucht dort, seit seine Mutter starb, die Missionsschule St. Andrews. Eine indische Ärztin finanziert das. Mahi ist stumm, aber wohl ein sehr kluger Junge.«

»Ach, du meine Güte, das arme Kind...«

»Nach dem zu schließen, was Sumat mir erzählt hat, leidet Mahi nicht sehr unter seinem Gebrechen.«

Victoria legte Perlenohrringe an und bat Leela, die dazu passende Kette zu schließen. Es war Zeit, dass sie zum Dinner ging. Wenn sie Jeremy wiedergefunden hatte und es ihm gut ging, konnten sie ja vielleicht zusammen nach Calcutta fahren und Mahi aufsuchen.

DREIZEHNTES KAPITEL

Victoria ...

Jeremy Ryder nahm eine Fotografie aus seiner Brieftasche und betrachtete sie zärtlich. Es war ein Schnappschuss, den er einmal von Victoria mit einer ihrer Kameras gemacht hatte. Sie waren mit den Fahrrädern aufs Land gefahren. Victoria saß auf einer Picknickdecke. Ihr Strohhut war ihr in den Nacken gerutscht. Einige Haarsträhnen hatten sich aus ihrer Frisur gelöst. Auf ihrer hellen Haut zeichneten sich die Sommersprossen ab, die sie so sehr hasste und die er so liebte. Ihr herzförmiges Gesicht war ihm zugewandt, ihr schöner Mund leicht zu einem Lächeln geöffnet. Ein Leben ohne sie war für ihn undenkbar.

Jeremy vermisste Victoria ständig, dennoch sagte ihm sein Instinkt, dass es richtig gewesen war, nach Indien zu gehen. Von den Fenstern seines Hotelzimmers aus konnte er die Residenz des Vizekönigs sehen. Ein Gebäude, dessen Architektur aus einem ebenso seltsamen Stilmix bestand wie die der anderen Häuser im britischen Teil von Simla. Den Palast dominierten Elemente der Neogotik und -renaissance. Sonst sah man überwiegend Häuser im Pseudotudorstil oder solche, die Schweizer Chalets ähnelten. Jeremy war überzeugt, dass Victoria dies genauso befremdlich finden würde wie er.

Die Atmosphäre in Simla wirkt irgendwie klaustrophobisch, dachte Jeremy. Schon bei seinem letzten Aufenthalt hier, vor dem Beginn seines Studiums, hatte er dies ein bisschen so empfunden. Aber noch nicht so stark wie jetzt.

Während der Sommermonate zog nicht nur die Regierung von Britisch-Indien in den Bergort um. Auch viele seiner Landsleute verbrachten hier, in dieser Scheinwelt, ihren Urlaub. Jeremy blickte auf seine Taschenuhr. Es war an der Zeit, dass er sich auf den Weg zu Superintendent Reginald Gordon-Cummings machte. Er war gespannt, was der Leiter der Polizei von Simla ihm, einem Journalisten, der im Auftrag des *Spectator* über die indische Nationalbewegung recherchierte, erzählen würde. Wobei auch interessant sein würde, was der Superintendent *nicht* erwähnen würde.

Sehr sorgfältig und mit einem letzten zärtlichen Blick darauf, schob Jeremy die Fotografie zurück in seine Brieftasche.

Superintendent Gordon-Cummings ist ein Idiot, dachte Jeremy, als er die Polizeistation in der Town Hall verließ und in den sonnigen Spätnachmittag hinaustrat. Er war davon überzeugt, dass Victoria seine Meinung geteilt hätte.

Gordon-Cummings war ein drahtiger Mann Ende fünfzig, dessen stramme Körperhaltung den ehemaligen Offizier verriet. Jeremy hatte über eine halbe Stunde auf das vereinbarte Gespräch warten müssen. Der Superintendent hatte keinen Hehl daraus gemacht, dass er von Journalisten nicht viel hielt und das Treffen als Zeitverschwendung betrachtete.

»Ich habe mich in Bombay und Delhi mit mehreren Vertretern der indischen Nationalbewegung getroffen«, hatte Jeremy, um Gelassenheit bemüht, gesagt. Er hatte Gordon-Cummings nicht die Genugtuung bereiten wollen, ihm seinen Ärger zu zeigen. »Alle haben beteuert, von einem Mann namens Raghav Chandra noch nie gehört zu haben.«

»Nun, etwas anderes ist von diesen Kerlen auch nicht zu erwarten.« Die Finger des Superintendent hatten auf die Schreibtischplatte getrommelt. »Sie haben keine Ahnung, wie diese Inder sind«, hatte Gordon-Cummings gönnerhaft erklärt, während König Edward VII. hinter seinem Schreibtisch desinteressiert von einem Gemälde herabgeblickt hatte. »Vielleicht sah der Mann eine seiner Gottheiten durch einen Briten beleidigt oder einen Tempel entweiht. Oder auf den Dorfbrahmanen ist der Schatten eines unreinen Weißen gefallen. Das alles reicht aus, um diese Kerle zu Gewaltausbrüchen bis zum Mord zu treiben.«

Nach dieser Begegnung glaubte Jeremy nicht, dass Gordon-Cummings absichtlich etwas verschleierte. Nein, der Mann war einfach zu fantasielos, um etwas anderes als die naheliegendste Lösung in Betracht zu ziehen.

Jeremys Bitte, sich mit den Wachsoldaten oder den Polizisten unterhalten zu dürfen, die am Abend des Festes im Palast Dienst getan hatten, hatte der Superintendent brüsk abgelehnt. Was Jeremy auch nicht anders erwartet hatte.

Nun, er war Journalist – und Mitarbeiter der Geheimabteilung von Scotland Yard. Er würde es auch ohne offizielle Erlaubnis schaffen, mit den Männern zu sprechen.

Nein ... Mahi schüttelte den Kopf. Seine Rechte hielt das Geld für die Miete fest umklammert. Die andere Hand bewegte er so, als ob er etwas schriebe.

»Jetzt gib das Geld schon her«, schnaubte Mrs. McEvoy, Sumats Vermieterin. »Es ist nicht üblich, dass ich beglaubige, dass ich die Miete bekommen habe.«

Pah, dachte Mahi verächtlich. Für wie dumm hielt ihn die alte Vettel eigentlich? Wenn er es nicht schriftlich hätte, würde sie ganz sicher in ein paar Tagen behaupten, dass er ihr Geld schuldete. Er traute dem dicken Weib nicht über den Weg. Wieder schüttelte er energisch den Kopf.

»Ich kann dich auch auf die Straße setzen, wenn du mir das Geld nicht gibst«, drohte Mrs. McEvoy.

Mahi öffnete die Hand und zeigte ihr die Münzen, zog sie aber sicherheitshalber aus der Reichweite der Frau zurück.

»Als ob Sie die Löcher, die Sie Zimmer nennen, so ohne Weiteres loswürden.« Mr. Clement, ein Mann mit europäisch-asiatischen Gesichtszügen, steckte seinen Kopf in den schäbigen Raum, von dem aus Mrs. McEvoy ihre Häuser verwaltete. »Selbst jetzt, da die Regierung in Simla weilt und so viele Sommergäste hier sind, können Sie froh sein, wenn Sie Mieter für Ihre dreckigen Kabuffs finden.«

»Scheren Sie sich davon, Sie schamloser alter Mistkerl!«, keifte die Vermieterin. »Sie sind ja nur wieder betrunken!«

Mr. Clement grinste und zeigte Mahi den hochgereckten Daumen, dann überquerte er den von der Abendsonne beschienenen Hof und stieg die Holztreppe zu seiner Behausung hinauf. Bis auf einen Lendenschurz war er nackt.

»Ich bin einfach zu gutmütig...«

Mrs. McEvoy öffnete eine Tischschublade. Sie holte einen Schreibblock und einen Stift heraus. Ächzend kritzelte sie eine Zahl auf den Zettel und krakelte ihre Unterschrift darunter.

Mahi spähte auf das Blatt Papier – die Zahl stimmte mit der Mietsumme überein, wie er sich rasch vergewisserte. Er warf die Münzen auf den Tisch, schnappte sich den Zettel und rannte davon.

Wie so oft in den vergangenen Wochen suchte Mahi Harbirs Heim auf. Er setzte sich vor dem Haus auf den Boden, stellte die Tonschale zwischen seine Beine und streckte bittend die Hand aus. Viel einnehmen würde er nicht. Aber er war nicht hier, um zu betteln. Er wollte dem kleinen Mädchen nahe sein. Davi war ihr Name, wie er inzwischen wusste. Ihr Weinen hatte ihn traurig gemacht, und er hatte irgendwie das Gefühl, es beschützen zu müssen. Manchmal, wenn Davi auf die Straße kam, schenkte er ihr eine Süßigkeit oder ein Stück Obst. Dinge, die er, je nachdem, auf dem Basar gekauft oder von den Ständen stibitzt hatte. Wenn dann ein Lächeln auf Davis Gesicht erschien, wurde es ihm ganz warm vor Freude.

Jetzt, am Abend, wurde in vielen Häusern gekocht, und der Geruch von Currys und gebratenem Fleisch zog durch die enge Gasse. Mahi hörte die Frauen, die Asha, Harbirs Witwe, beistanden, in der Küche hantieren. Er hatte beschlossen, nicht länger darüber nachzugrübeln, ob Harbir Opfer eines Unfalls oder ob er ermordet worden war. Es änderte ja doch nichts, und einem Zwölfjährigen würde niemand glauben. Er war viel zu jung und zu unbedeutend, um etwas tun zu können. Außerdem hatte er dazu ohnehin viel zu viel Angst. Es war eine Sache, aus der Schule wegzulaufen und sich auf den Weg nach Simla zu machen, aber etwas ganz anderes, die Aufmerksamkeit eines Mörders zu erregen.

Ein *sahib* kam die Gasse entlang. Mahi schätzte ihn schnell ab. Er trug einen hellen Anzug wie die meisten Weißen, seine Ledertasche war abgewetzt. Das Gesicht konnte Mahi in der Dämmerung unter dem Strohhut nicht gut erkennen. Aus Gewohnheit hob er die Tonschale und stieß klagende Laute aus. Er rechnete nicht damit, etwas zu bekommen, aber der *sahib* zückte tatsächlich seine Brieftasche und warf ein Geldstück in die Schale. Dann klopfte er an die Tür von Harbirs Wohnung. Eine der Frauen öffnete. Mahi spitzte die Ohren.

»Ich würde gern mit Asha über Harbir sprechen«, hörte er den *sahib* zu seiner Überraschung auf Hindi sagen.

»Asha trauert. Sie empfängt keine Besucher«, erwiderte die Frau.

»Bitte, es ist sehr wichtig«, beharrte der *sahib*.

Die Frau zögerte. Aber, wie Mahi es schon oft bei seinen Landsleuten erlebt hatte, gab sie schließlich nach und ließ den Weißen ein.

Neugierig rückte er näher an das Fenster heran. Zu seiner Enttäuschung wurde es jedoch nach einem kurzen Wortwechsel geschlossen und der Vorhang zugezogen. Er bekam gerade noch mit, dass der *sahib* Ryder hieß und für eine Londoner Zeitung arbeitete. *Warum sucht ein Brite Asha wegen Harbir auf?*, fragte Mahi sich.

In diesem Moment öffnete sich die Tür erneut, und Davi erschien auf der Straße. Mahi wurde es leicht ums Herz, als sie ihn anlächelte und sich neben ihn auf den Boden kauerte. Er holte ein Stück karamellisierten Zucker mit Sesamkörnern aus dem Beutel, den er unter seinem Lendenschurz trug, und teilte es mit ihr. Davi öffnete ihre kleine Hand. Zwei Bonbons lagen darin, die nach Pfefferminz rochen. Sie gab ihm eines.

»Die hat mir der *sahib* geschenkt«, sagte sie.

Einträchtig ließen sie sich die Süßigkeiten schmecken. Davi hatte schnell begriffen, dass er stumm war. Trotzdem konnten sie sich ohne Probleme verständigen.

Aus einem Fenster auf der gegenüberliegenden Seite der Gasse fiel gelber Lichtschein. Mahi hob seine Hände in das Licht und krümmte die Finger. Mit der Rechten formte er den Schatten eines Hasen, mit der Linken einen Hund. Der Hund jagte den Hasen, aber der schlug immer tollere Haken und entkam ihm. Davi kicherte glücklich.

Nach einer Weile öffnete sich die Haustür ein drittes Mal. Der *sahib* trat auf die Gasse.

»Davi, es ist spät. Komm wieder herein«, rief die Frau, die ihn verabschiedete. Das Mädchen winkte Mahi zu, ehe es im Haus verschwand.

Der Anzug des Briten leuchtete hell in der Dämmerung. Mahi blickte ihm nach, gleich würde er nicht mehr zu sehen sein.

Er konnte sich nicht erklären, warum, aber er sprang auf und folgte dem Mann.

Mahi zog sich vorsichtig zwischen einen Stand mit Stoffen und einen Blumenstand zurück und spähte zu dem *sahib* Ryder. Dieser unterhielt sich mit einem Korbflechter. Die Geräuschkulisse auf dem Basar verhinderte, dass Mahi hätte verstehen können, was gesprochen wurde. Außer dem üblichen Stimmengewirr gackerten Hühner in ihren Käfigen ohrenbetäubend laut. Aber er war sich ziemlich sicher, dass der *sahib* den alten Korbflechter fragte, ob er vielleicht zufällig Harbirs Unfall beobachtet habe. Oder ob er ihm jemanden nennen könne, der zur fraglichen Zeit auf der Straße nach Simla gewesen sei. Diese Fragen hatte der *sahib* nämlich, wenn sich Mahi nahe genug an ihn herangetraut hatte, um ihn verstehen zu können, immer gestellt.

Nun schrieb der *sahib* etwas auf einen Notizblock und ging dann weiter. Mahi folgte ihm langsam. Als schmutziger, bettelnder Straßenjunge fiel er auf dem Basar eigentlich nicht auf, dennoch hielt er lieber einen gewissen Abstand zwischen sich und dem Weißen. Er wusste einfach nicht, was er von ihm halten sollte.

Am vergangenen Abend war er ihm in den britischen Teil von Simla nachgeschlichen, dort wohnte der *sahib* im Central Hotel. Er hatte sich in den Schatten auf der anderen Straßenseite versteckt und zugesehen, wie der Mann hinter den erleuchteten Fenstern seines Zimmers auf und ab gegangen war, so, als ob ihn etwas stark beschäftigte. Seit dem frühen Vormittag – Mahi war schon im Morgengrauen wieder am Hotel gewesen – lief er nun über den Basar und stellte Fragen zu Harbir und dem Unfall.

Seine Behinderung hatte Mahi gelehrt, Menschen genau zu beobachten und einzuschätzen. Sein Instinkt sagte ihm, dass der *sahib* Ryder nicht der war, für den er sich ausgab. Er könnte ein Polizist in Zivil sein, aber warum zeigte er den Leuten dann keinen Ausweis? Und seitdem Mahi ihm folgte, hatte er auch noch kein einziges Mal die Polizeistation in der Town Hall oder die Polizeiwache am Rande des unteren Basars betreten. Nein, Mahi war sich ziemlich sicher, dass er kein Kriminalbeamter war. Er war gespannt, was der *sahib* als Nächstes tun würde.

Mehrere Rikschas hielten vor dem Central Hotel. Festlich zum Dinner gekleidete Weiße stiegen aus. Sie gehörten der Mittelklasse an. Die ganz Reichen und die Aristokraten besuchten, wie Mahi, während er durch die Stadt gestreift war, erfahren hatte, das Grand Hotel. Von seinem Versteck aus hatte er beobachtet, wie ein Kellner vor etwa einer Stunde dem *sahib* Ryder Essen aufs Zimmer gebracht hatte. Was wahrscheinlich bedeutete, dass der *sahib* sich nicht zum Dinner hatte umziehen wollen und noch einmal ausgehen würde.

Mahi musste nicht lange warten. Tatsächlich verließ der Brite bald das Hotel. Er verzichtete darauf, eine Rikscha zu nehmen, und ging die Ridge hinunter, dann die Mall entlang, wo schon die Öllampen brannten und die Schaufenster der eleganten Geschäfte beschienen. Einige Briten flanierten hier an diesem schönen warmen Abend wie auch Inder, die sich allerdings eher schüchtern im Hintergrund hielten.

Mahi warf einen sehnsüchtigen Blick auf die Auslage von Peliti's Café, achtete jedoch darauf, den *sahib* Ryder nicht aus den Augen zu verlieren. Ein Polizist patrouillierte auf der Mall, jedoch glücklicherweise auf der anderen Straßenseite, er bemerkte Mahi nicht.

Wie Mahi fast schon erwartet hatte, betrat der *sahib* die Gegend um den unteren Basar. Hier war es wärmer als im oberen Teil der Stadt. Wahrscheinlich, weil die Häuser enger zusammenstanden und den Wind weniger gut durchließen. Mahi erschien das Viertel viel behaglicher als das britische Simla. Die vom Abendlicht gedämpften Farben der Holzhäuser und Gewänder, das Reden und Lachen, die streitenden Stimmen und das zornige Geschrei, das aus den offenen Fenstern drang, das war seine Welt.

Der *sahib* klopfte an eine Tür neben einem Kräuterladen.

Ein grauhaariger älterer Mann öffnete ihm. Rasch schlich Mahi näher und drückte sich gegen eine Hauswand.

»Mein Name ist Ryder«, stellte sich der *sahib* auf Hindi vor. »Ich bin Journalist und schreibe an einem Artikel über die Sicherheit indischer Straßen. Auf dem Basar hat man mir gesagt, dass Sie vor einigen Wochen Zeuge wurden, wie zwei Männer in der Nähe von Simla von einem durchgehenden Ochsengespann getötet wurden. Würden Sie mir vielleicht beschreiben, wie Sie den Unfall erlebt haben?«

In seinem Versteck verdrehte Mahi die Augen. Diese Lüge war doch wirklich zu offensichtlich. Aber das machte ihn nur noch neugieriger.

Der ältere Inder hatte nur Schreie gehört und dann Harbir und das andere Opfer auf der Straße liegen sehen. Mahi folgte dem *sahib* weiter durch die engen Gassen des Basarviertels. Inzwischen hatte Mr. Ryder noch vier andere Männer und eine Frau aufgesucht. Nicht immer hatte Mahi die Gespräche belauschen können. Einmal war der *sahib* in ein Haus gebeten worden. Und ein anderes Mal hatte der religiöse Gesang aus einem kleinen Tempel die Unterhaltung übertönt. Aber da Mr. Ryder danach seinen Weg unverdrossen fortsetzte, ging Mahi davon aus, dass er auch bei diesen beiden Gesprächen nichts Wichtiges erfahren hatte.

Wieder grübelte Mahi darüber nach, wer der *sahib* wohl war und was er mit seinen Fragen bezweckte. In einigem Abstand war er hinter ihm eine Treppe hinuntergestiegen. Die Türme einer Moschee zeichneten sich nun gegen den dunklen Himmel ab. Weit oben am Berg, am Ende der Treppen, konnte Mahi die Umrisse der wuchtigen Town Hall sehen. Nun blieb der *sahib* stehen und blickte sich suchend um. Gleich darauf bog er in einen schmalen Durchgang zwischen zwei Häuserreihen ein.

Mahi verharrte im Schatten. Er hörte den *sahib* gegen eine Tür klopfen und, als ihm jemand öffnete, die vertraute Frage stellen.

»Kommen Sie doch bitte herein«, vernahm er eine raue Männerstimme auf Hindi.

Mahi lugte um die Ecke und sah gerade noch, wie der *sahib* in einem Hauseingang verschwand. In Gedanken fluchte er. Die beiden unteren Geschosse des zweistöckigen schmalen Hauses waren dunkel, nur im obersten brannte Licht. Kurz darauf erschienen Mr. Ryder und der Inder hinter einem der erleuchteten Fenster und verschwanden dann aus Mahis Blickfeld. Wahrscheinlich hatten sie sich gesetzt. Das Fenster stand offen, aber es war zu weit von Mahi entfernt, als dass er hätte verstehen können, was im Hausinnern gesprochen wurde.

Plötzlich nahm Mahi die Süße zerplatzter, überreifer Früchte wahr. Er blickte sich um. An das Haus grenzte eine Mauer. Dahinter wuchs ein Mangobaum, wie er an den länglichen Blättern und den großen Früchten erkannte. Ihm kam eine Idee. Sollte er es wagen hinaufzuklettern? Er nagte an seiner Unterlippe. Wenn er entdeckt würde, bekäme er wahrscheinlich eine Tracht Prügel. Aber er war dem *sahib* nun schon so lange gefolgt. Er wollte nicht einfach aufgeben.

Mahi nahm Anlauf und sprang hoch. Es gelang ihm, die Mauerkrone zu fassen zu bekommen und sich hochzuziehen. Einen Moment kauerte er darauf, ehe er in die Äste des Baumes kletterte. Einige Früchte fielen zu Boden, aber niemand erschien in dem kleinen Garten oder blickte aus einem der

Fenster. Nun hatte er das Dach erreicht. Die Holzschindeln waren noch warm von der Sonne. Während er sich vorwärtsschob, hörte er den Inder mit der rauen Stimme etwas sagen, das er nicht verstand.

»Sie sind sich sicher, dass Sie sich nicht getäuscht haben?« Der *sahib* sprach so laut, als ob er erschrocken wäre. Sofort dämpfte er seine Stimme wieder.

Mahi war oberhalb des erleuchteten Fensters angelangt. Mit der einen Hand hielt er sich an der Dachkante fest, während er sich hinunterbeugte, um besser verstehen zu können, was die Männer sagten.

»Ich würde beschwören, dass der Mann, der den Ochsenkarren führte, einem der Tiere ein Messer in die Seite stieß, um es zu reizen«, antwortete der Inder. Er hustete heftig und rang einen Augenblick nach Atem. »Ich habe es ganz deutlich gesehen. Und ja, ich habe meine Beobachtung auch der Polizei mitgeteilt. Aber niemand glaubt mir. Nein, dass die beiden Tiere durchgingen, war kein normaler Unfall. Es war Absicht. Jemand wollte töten.«

VIERZEHNTES KAPITEL

Keuchend und mit schmerzenden Seiten blieb Mahi vor dem Tor stehen. Sonst ging der *sahib* zu Fuß. Aber dieses Mal hatte er eine Rikscha genommen. Fast vier Meilen war er ihm bis zu dem Anwesen auf dem Elysium Hill nachgerannt. Die Mauer war zu hoch, als dass er hätte darüberklettern können. Durch die Gitterstäbe des Tores war ein großes Haus im europäischen Stil zu sehen, das ein wenig erhöht auf dem parkartigen Gelände stand. Es war weiß gestrichen und hatte viele Dächer und Fenster. Irgendwie erinnerte es Mahi an die Ozeandampfer, die er einmal bei einem Besuch in Bombay im dortigen Hafen gesehen hatte.

Mahi beschloss, sich zwischen den wilden Rhododendronbüschen gegenüber dem Tor zu verbergen, und machte es sich bequem. Er beobachtete eine Eidechse, die an ihm vorbeihuschte. Ein Vogel ließ sich auf einem Ast nieder. Er döste ein. Das Geräusch von Pferdehufen weckte ihn. Der *sahib* Ryder und Prinz Kintu ritten durch den Park. Einige in farbenprächtige Gewänder gehüllte indische Diener eilten ihnen voraus und öffneten das Tor.

Die beiden Pferde waren wunderschön. Ihr Fell glänzte wie Seide. Mahi hatte sich immer gewünscht, reiten zu lernen.

Für einen Jungen aus armen Verhältnissen war dies eigentlich unmöglich, aber Eyad besaß Pferde, und er hatte ihm einige Grundkenntnisse beigebracht. Mr. Ryder in seinem Tweed-Anzug machte eine gute Figur im Sattel, der Prinz jedoch wirkte, als wäre er mit seinem Hengst verwachsen. Obwohl er saß, sah man, dass er größer als der *sahib* war. Er erschien Mahi wie ein Held aus den mittelalterlichen Sagen, die er in der Schule gelesen hatte. Mutig und stark und schön. Unter seinem Reitanzug war sein muskulöser Oberkörper zu erahnen. Der Diamant an seinem Turban, den er als Sikh auch zu westlicher Kleidung trug, schimmerte im Sonnenlicht wie flüssiges Silber.

In Mahis Bewunderung mischte sich Furcht. Ob Prinz Kintu hinter dem Anschlag im Park des Vizekönigs steckte und ob er Harbir hatte ermorden lassen? Kurz bevor die Schüsse gefallen waren, hatte er ihn ja in den Schatten unter den Bäumen gesehen. Er traute es dem Prinzen zu. Mittelalterliche Helden töteten und ließen töten.

Plötzlich hatte er Angst um den *sahib* Ryder.

Albert Tennant lebte in einem Cottage mit Blick auf Annandale, Simlas von großen Zedern umgebenes Amphitheater. Während Jeremy Ryder die Gartentür öffnete, trainierte eine weiß gekleidete Kricketmannschaft auf dem Rasen. Das Amphitheater wurde auch für alle möglichen anderen Sportarten und Bälle genutzt.

Der Fotograf der *Simla Times* war ein schlanker, braun gebrannter Mann Ende dreißig. Sein Hemdkragen stand offen. Er trug Hosenträger, auf seinen Wangen zeichnete sich ein Bartschatten ab.

»Sie sind also der Journalist des *Spectator*, der über das Attentat auf den Vizekönig Recherchen anstellt«, sagte er zur Begrüßung.

Jeremy hatte einen Kuli mit seiner Visitenkarte zu Tennant geschickt und sich angekündigt.

»Das hat sich also schon herumgesprochen ...«

»In Simla spricht sich alles schnell herum.« Tennant führte ihn in ein Wohnzimmer, dessen Fenster auf einen der typisch englischen Gärten mit Blumenbeeten und sorgfältig geschnittenen Hecken hinausgingen, und bot ihm einen Platz in einem Polstersessel an. »Whisky oder Brandy?«

»Gern einen Brandy«, antwortete Jeremy.

Tennant ging zu einem Schrank und nahm eine Karaffe und zwei Gläser heraus. Auf dem Sofa lagen alte Zeitungen. Benutzte Gläser standen auf dem Tisch, der Aschenbecher war schon lange nicht mehr geleert worden.

»Sie müssen die Unordnung entschuldigen.« Tennant räumte die benutzten Gläser beiseite, ehe er die beiden mit dem Brandy auf den Tisch stellte. »Meine Frau ist mit unserem Sohn nach England gefahren. Er wird ab dem kommenden Herbst dort die Schule besuchen. Und wenn sie nicht hier ist, lasse ich den Bediensteten gewisse Freiheiten. Erinnert mich wohl an meine Junggesellenzeit.« Er prostete Jeremy zu.

»Freut sich Ihr Sohn auf das Internat?«

»Nein, überhaupt nicht. Er hat gebettelt, hierbleiben zu dürfen. Aber er wird sich schon eingewöhnen. Ging mir damals, als ich in seinem Alter war, genauso. Die ersten Monate in England waren schlimm. Danach jedoch kam ich gut zurecht.«

Jeremy hatte die Sitte der Mittel- und Oberschicht, die

Kinder aus den Kolonien nach England zur Schule zu schicken, nie verstanden. Er hatte das erste halbe Jahr in Eton schreckliches Heimweh gehabt, obwohl er nur gut hundert Meilen von seiner Heimatstadt Hereford entfernt gewesen war und nicht ganze Ozeane und mehrwöchige Reisen.

»Was bringt Sie denn zu der Annahme, dass dieser Raghav Chandra nicht der Unabhängigkeitsbewegung angehörte?« Tennant sah ihn über sein Brandyglas erwartungsvoll an.

»Maßgebliche Mitglieder der Bewegung bestreiten dies vehement.«

»Etwas anderes ist von ihnen ja auch nicht zu erwarten.«

»Dieser Meinung war Superintendent Gordon-Cummings ebenfalls.«

»Er mag nicht gerade ein herausragender Beamter sein, aber meines Erachtens ist er trotzdem ein fähiger Mann.« Tennant zuckte mit den Schultern.

»Waren Sie denn zum Zeitpunkt des Attentats im Palast?«

»Ja, allerdings im Gebäude, nicht im Park. Ich habe die Schreie und die Schüsse gehört und bin mit anderen nach draußen gerannt. Ich habe noch schnell eine Aufnahme von Lord Minto gemacht, der von Wachsoldaten weggeführt wurde. Dann mussten wir auch schon das Gelände verlassen.«

»Und kurz vor dem Anschlag? Waren Sie da im Park und haben fotografiert?«, vergewisserte sich Jeremy.

»Ja ... Mein Gott, wenn ich mir vorstelle, ich hätte das Attentat fotografiert ... Es wäre die Aufnahme meines Lebens geworden.« Tennant grinste. »Tut mir leid, wenn sich das für Sie seltsam anhört, aber so ist nun mal das Berufsethos.«

»Könnte ich mir Ihre Fotografien vielleicht ansehen?«

»Außer denen, die in der *Simla Times* veröffentlicht wurden, gibt es leider keine mehr. Kurz nach dem Fest brach eine Horde Affen hier ein. Sie sind wirklich eine Plage. Ich war in der Nacht...«, Tennant zögerte kurz und sein Blick wurde einen Moment unstet, »...beruflich unterwegs.« Jeremy vermutete, dass er eine Affäre hatte oder in einem Bordell gewesen war. »Einer der Bediensteten muss ein Fenster offen gelassen haben. Wie auch immer. Die Affen verwüsteten mein Arbeitszimmer und das Wohnzimmer. Fotografien und Negative waren überall im Garten verstreut. In der Nacht hat es heftig geregnet.« Tennant seufzte und vollführte eine vielsagende Geste. »Fast mein ganzes Bildarchiv ist zerstört.«

»Sind Sie sich ganz sicher, dass Sie keine Aufnahmen mehr von dem Fest haben?«, beharrte Jeremy. »Bitte, es ist wirklich sehr wichtig für mich.«

»Sie sind ganz schön hartnäckig...«

»Ich bin Journalist...«

»Ich sehe einmal in der Dunkelkammer nach...« Tennant stand auf und verließ das Wohnzimmer. Jeremy nippte an seinem Brandy und lauschte gedankenversunken den Kommandos des Krickettrainers aus dem Amphitheater. Nach einigen Minuten kehrte Tennant zurück. Er reichte Jeremy eine kleine, runde Dose aus Pappe. »Ich hatte tatsächlich noch einige Negative von dem Fest. Ich habe die Bilder nicht entwickelt, sie waren nicht sehr gut. Deshalb befand sich die Dose in der Dunkelkammer und nicht in meinem Arbeitszimmer. Sie können die Negative behalten. Auf der Mall gibt es ein Fotografenatelier. Falls Sie Abzüge davon machen lassen wollen.«

Jeremy bedankte sich gebührend. Nach einem kurzen Small Talk verabschiedete er sich.

Affen, die wenige Tage nach dem Fest Tennants Arbeits-

zimmer verwüstet haben, dachte er kopfschüttelnd, während er durch den Garten zur Straße ging. Für ihn sah das nicht nach einem Zufall aus.

An diesem Tag hingen die Wolken tief über Simla. Der Gipfel des Elysium Hill war im Nebel verborgen, vom Regen der vergangenen Nacht roch die Erde feucht und bitter. Wieder empfand Jeremy die Atmosphäre der Stadt klaustrophobisch. Über dem Amphitheater flog ein Ball hoch in die Luft und landete dann im Aus zwischen den Bäumen.

Mahi hockte in der Astgabel einer Eiche gegenüber dem Central Hotel und knabberte Nüsse. Er war hungrig. Durch die Zweige konnte er Mr. Ryder in seinem Hotelzimmer sehen. Von einer Petroleumlampe beschienen saß er an seinem Schreibtisch und machte sich Notizen.

Am Vortag war er zu einem Haus in der Nähe des Amphitheaters gegangen. Der Name Tennant am Gartentor war Mahi irgendwie bekannt vorgekommen. Als der *sahib* danach ein Fotografenatelier an der Mall aufgesucht hatte, war ihm eingefallen, dass Mr. Tennant der Fotograf der *Simla Times* war. Mr. Ryder war über eine Stunde in dem Atelier geblieben, Mahi hatte beobachtet, wie er schließlich einige Aufnahmen in Empfang nahm. Dass er so lange gewartet hatte, bedeutete sicher, dass ihm die Bilder wichtig waren. Ob sie etwas mit dem Attentat zu tun hatten? Zurück in seinem Hotelzimmer – Mahi hatte schnell wieder seinen Beobachtungsposten in der Eiche eingenommen – hatte der *sahib* Ryder die Aufnahmen eingehend studiert. Zu gern hätte Mahi ihm dabei über die Schulter gesehen.

Am Morgen dann hatte Mr. Ryder der Town Hall einen

Besuch abgestattet. Ihm in dieses Gebäude nachzuschleichen war für Mahi unmöglich gewesen. Schon in die Eingangshalle wäre er nicht gelangt, unter Androhung von Prügeln hätte ihn der Türsteher weggejagt. Mahi hatte sich auf der Ridge herumgetrieben – immer in der Gefahr, einem Polizisten aufzufallen und Schläge zu beziehen. Was der *sahib* wohl in der Town Hall getan hatte? Mahi glaubte nicht, dass er mit Polizisten auf der Wache gesprochen hatte. Und um den Klub betreten zu dürfen, hätte er eigentlich im Grand Hotel und nicht im Central Hotel logieren müssen. Denn der Klub war den Mitgliedern der Oberschicht und der Aristokratie vorbehalten. Vielleicht hatte er die Bibliothek besucht. Er war jedenfalls lange genug in der Town Hall geblieben. Erst nach einigen Stunden hatte der *sahib* das Gebäude wieder verlassen und das Telegrafenamt aufgesucht. Durch ein Fenster hatte Mahi beobachtet, wie er ein Telegramm aufgegeben hatte. Von dort aus war er zum Hotel zurückgekehrt.

Wieder grübelte Mahi, wer der *sahib* wohl war, warum er über Harbirs Tod Fragen stellte und die offizielle Version des Anschlags anzweifelte. Denn weshalb sonst sollte er so intensiv nachforschen? Ob er ein Privatdetektiv war? Aber in wessen Auftrag ermittelte er dann? So viele Fragen und keine Antworten. Mahi schüttelte den Kopf und seufzte frustriert.

Zum ersten Mal hatte er als kleiner Junge von der Existenz von Privatdetektiven erfahren. Sumat hatte die Sherlock-Holmes-Geschichten von Sir Arthur Conan Doyle sehr geliebt und ihm und ihrer Mutter Nili abends daraus vorgelesen.

Die winzige Küche in einem verschachtelten Mietshaus in Calcutta ... Sumats warme Stimme, die die Abenteuer von Sherlock Holmes und Dr. Watson lebendig hatte werden lassen … Die Mutter, die Kräuter trocknete oder nähte. Geräusche aus den Nachbarwohnungen. Monsunregen, der gegen die Fenster schlug, oder ein klarer Abendhimmel, der sich über den Häusern ausbreitete. Ein tiefes Gefühl von Geborgenheit…

Mahi gestattete es sich selten, daran zu denken. Aber wenn er es tat, vermisste er die Mutter und den Bruder sehr. Es würde sicher noch lange dauern, bis er Sumat wiedersah. Mahi wusste, wie lange eine Reise nach Europa dauerte…

Ein Telegrammbote, der die Straße entlanglief und das Central Hotel betrat, brachte Mahi in die Gegenwart zurück. Ob er wohl eine Antwort auf Mr. Ryders Telegramm auslieferte? Der Bote verließ das Hotel wieder. Einige Minuten lang geschah nichts. Dann stand der *sahib* von seinem Schreibtisch auf.

Gespannt beugte Mahi sich vor. Tatsächlich, Mr. Ryder ging zur Zimmertür. Ein Page händigte ihm etwas aus. Einen Umschlag, wie Mahi sah, als der *sahib* zum Schreibtisch zurückkehrte. Er riss ihn auf, nahm ein Blatt Papier heraus und studierte es. Es musste ein Telegramm sein. Mahi verfolgte, wie Mr. Ryder es auf den Schreibtisch legte und im Zimmer auf und ab lief, als ob ihn etwas stark beschäftigte. Nach einer Weile zog der *sahib* ein Jackett an und löschte das Licht. Kurz darauf verließ er das Hotel. Mahi wollte schon vom Baum hinuntersteigen und ihm folgen, als ihm auffiel, dass das Fenster über dem Schreibtisch nicht geschlossen war. Dicht daneben verlief eine Regenrinne. Ab der ersten Etage wurde sie vom Licht der Straßenlaternen nicht mehr erfasst und lag im Schatten. Sollte er es wagen, die Regenrinne hinaufzuklettern und in Mr. Ryders Zimmer zu steigen?

Mahi fasste sich unwillkürlich an die Brust. Dorthin, wo er

früher immer seinen Talisman getragen hatte. Eine innere Stimme sagte ihm, dass er das Wagnis eingehen musste. Die Chance, das Zimmer von *sahib* Ryder zu betreten, kam vielleicht nie wieder.

Hastig machte sich Mahi an den Abstieg. Unten angelangt, presste er sich an den dicken Stamm und blickte sich um. Der Türöffner sah einer Rikscha nach, die die Ridge hinunterfuhr. Das Geräusch der Räder übertönte das von Mahis nackten Füßen, während er zum Hotel rannte. Im Nu hatte er die Regenrinne erreicht. Er umklammerte das Metallrohr, zog sich daran hoch und atmete auf, als er außerhalb des Lichtkreises der Straßenlampen war. Wenn doch jemand in seine Richtung schaute, würde man ihn hoffentlich für einen Affen halten.

Schnell hatte Mahi die zweite Etage erreicht. Er stieß mit der freien Hand das Fenster auf und schob sich vorsichtig über den Sims in das Zimmer. Das war schwieriger, als er gedacht hatte. Sein Herz hämmerte wie wild, als er endlich auf dem Schreibtisch kauerte.

Nach einem Moment des Atemholens ließ er sich auf den Boden gleiten. Mahi hatte Augen wie eine Katze, und ein wenig Licht fiel von der beleuchteten Straße her ohnehin in das Zimmer. Neben dem Bett entdeckte er eine Kerze und Streichhölzer auf dem Nachttisch. Er zündete die Kerze an und sah sich rasch um. Auf dem Boden lag das Telegramm. Es musste eben heruntergefallen sein.

Die Kerzenflamme tanzte im Luftzug und erlosch dann. Als Mahi sie erneut angezündet hatte, sprangen ihm der Name *Raghav* ins Auge sowie die Worte *steuerpflichtig* und *District Kaveri*. Auch die Zahl *1883* – eine Jahreszahl vielleicht? Bevor er noch mehr Worte entziffern konnte, erlosch die Flamme wieder. Mahi murmelte eine Verwünschung und wollte das Fenster schließen, dabei stieß er gegen die Petroleumlampe auf dem Schreibtisch. Mit einem lauten Knall fiel sie um.

Er hatte noch die Geistesgegenwart, sie wieder aufzustellen, aber ihn hielt nichts mehr in dem Zimmer. Seine Angst, entdeckt zu werden, war viel zu groß. Panisch schlüpfte er aus dem Fenster, kletterte die Regenrinne hinunter und rannte davon. Erst als er in Sumats Zimmer ankam, beruhigte sich sein Herzschlag wieder.

Raghav ... das war der Name des Attentäters ... *steuerpflichtig* ... *District Kaveri* ... *1883* ...

Diese Informationen mussten für den *sahib* Ryder sehr wichtig sein, sonst hätte er sie nicht mit einem Telegramm angefordert. Der Fluss Kaveri, nach dem der Distrikt wohl seinen Namen hatte, lag im Süden von Indien.

Um die Worte und die Zahl auf keinen Fall zu vergessen, schrieb Mahi sie auf ein Blatt Papier. Der dicke Band *Oliver Twist*, aus dem Sumat ihm und seiner Mutter ebenfalls oft vorgelesen hatte, schien ihm ein gutes Versteck dafür zu sein.

FÜNFZEHNTES KAPITEL

Das Telegramm verfolgte Mahi bis in den Schlaf. Er träumte von dem Attentat, davon, dass sich Harbir zu dem Sterbenden hinunterbeugte. Dann sah er Harbirs Leichnam auf der Straße liegen. Harbir schaute ihn an und schien ihm etwas sagen zu wollen, doch Mahi konnte ihn nicht verstehen.

Zitternd und in Schweiß gebadet erwachte er. Daran, wie die Sonne durch das schmale Fenster schien, erkannte er, dass es später Vormittag war. Mahi trank etwas Wasser und aß eine Mango, die er auf dem Basar gekauft hatte. Voller Sorge, den *sahib* schon verpasst zu haben, machte er sich auf den Weg zum Hotel. Wieder nahm er seinen Ausguck in der Eiche ein.

Rikschas fuhren vor dem Central Hotel vor. Weiße brachen, mit Picknickkörben ausgerüstet, zu Ausflügen auf. In andere Fahrzeuge verluden die Hoteldiener Gepäck. Das Ziel dieser *sahibs* und *memsahibs* war wohl die Bahnstation. Einige Reiter, die Ladys im Damensattel in dunklen Kostümen, die Gentlemen in Anzug und Zylinder, trabten die Ridge in Richtung der Residenz entlang. Der Türsteher des Hotels jagte einen herrenlosen Hund weg, der sich zu nah an den Eingang herangetraut hatte. Schließlich, die Uhr von

Christchurch unten an der Mall schlug schon zwei Mal, und die Sonne brannte heiß durch die Zweige, war Mahi sicher, dass Mr. Ryder das Hotel längst verlassen hatte.

Mahi suchte den Basar auf und streifte durch die Gassen. Er traf Eyad an dessen Stand, plauderte kurz mit ihm und trank dankbar den Orangensaft, den ihm der Händler anbot. Doch den *sahib* konnte er nirgends entdecken.

Am späten Nachmittag wagte er sich auf die Mall. Damen in hellen Kleidern flanierten hier und Herren in Sommeranzügen. Mahi achtete sorgsam darauf, von keinem der Polizisten gesehen zu werden. Er schlich an den Rikschas entlang, die vor den Läden standen, bereit, die Kunden und ihre Einkäufe nach Hause zu fahren. Auch auf der Mall hielt der *sahib* sich nicht auf.

Ein köstlicher Duft ließ Mahi stehen bleiben. Er befand sich direkt vor Peliti's Café. Wieder starrte er auf die Kuchen und die Törtchen mit der Schokoladenglasur und den Verzierungen aus Marzipan und Zuckerguss. Der Moment der Unaufmerksamkeit wurde ihm zum Verhängnis.

»Scher dich weg, du Bengel!«, kreischte eine Dame, die aus dem Café trat. »He, Polizist...«

Mahi wirbelte herum und wollte davonlaufen. Doch schon legte sich eine schwere Hand auf seine Schulter und hielt ihn fest. Ein indischer Polizist blickte grimmig auf ihn herab. »Bettelpack wie du hat hier nichts zu suchen!«

Er schüttelte ihn, als wäre er eine Ratte. Die Ohrfeige kam so schnell, dass Mahi nicht mehr schützend den Arm hochreißen konnte. Der heftige Schlag trieb ihm die Tränen in die Augen. Noch einmal schlug der Polizist zu. Mahi wimmerte.

»Lassen Sie den Jungen los. Er hat doch nichts getan«, hörte er eine vertraute Männerstimme.

»Bengel wie er treiben sich hier herum und stehlen, Sir«, erwiderte der Polizist. »Man muss ihnen eine Lektion erteilen.«

Mit der freien Hand fuhr er in Mahis Lendenschurz. Mahi dankte dem Himmel, dass er an diesem Tag nichts auf dem Basar hatte mitgehen lassen und auch nicht gebettelt hatte. Münzen hätte der Polizist sicher als Diebesgut betrachtet.

»Sie sehen, Sergeant, der Junge hat nicht gestohlen«, erwiderte Mr. Ryder gelassen.

»Nichts für ungut, Sir.« Der Polizist führte die Hand grüßend an seinen Turban und ging dann weiter.

Mahi wischte sich die Tränen aus den Augen und schielte zu dem *sahib* hinauf. Zum ersten Mal sah er ihn ganz aus der Nähe. Er hatte freundliche Augen, die Lachfalten an seinen Mundwinkeln zeugten von Humor. Sein Englisch klang wie das von Reverend Reynolds und einigen anderen Lehrern an der Missionsschule. Offenbar war er ein gebildeter Mann.

»Ich habe gesehen, wie du in das Schaufenster gestarrt hast. Ich schätze, du würdest gern einmal ein Stück Kuchen essen?« Mahi nickte. Dann deutete er auf seinen Mund und schüttelte den Kopf. Der *sahib* betrachtete ihn forschend. »Bist du etwa stumm?« Wieder nickte Mahi. »Warte hier.«

Mr. Ryder ging in das Café. Immer noch durcheinander von dem überstandenen Schrecken verfolgte Mahi, wie er auf diverse Kuchen und Törtchen deutete und dann mit einer pastellfarbenen Papiertüte in der Hand wieder auf die Straße trat.

»Hier, das ist für dich.« Er reichte Mahi die Tüte.

Mahi legte die Hand auf die Brust und verbeugte sich zum Dank. Dann rannte er, so schnell er konnte, mit der Tüte davon.

In Sumats Zimmer setzte er sich mit gekreuzten Beinen auf das Bett und inspizierte die Tüte. Sie enthielt einen Schokoladenkuchen mit cremiger Füllung, ein würfelförmiges Törtchen, dessen Glasur aus Zuckerguss die gleiche zartgrüne Farbe hatte wie die Tüte und das außerdem mit silbernen Perlen verziert war, ein rechteckiges Törtchen mit einer rosafarbenen Glasur und einer Blüte aus Marzipan und schließlich noch ein rundes Törtchen mit Erdbeeren darin, gekrönt von Schlagsahne.

Mahi hatte seit der Mango am Morgen nichts mehr gegessen. Er zwang sich, die Köstlichkeiten nicht in sich hineinzuschlingen. Er aß langsam und andächtig. Der weiße Teigrand des Erdbeertörtchens schmeckte irgendwie nach nichts und zerbröselte in seinem Mund, aber die Erdbeeren und die Schlagsahne waren wundervoll. Die Füllung des Schokoladenkuchens zerging geradezu auf seiner Zunge.

Nachdem Mahi die letzten Krümel von seinen Fingern geleckt hatte, sinnierte er vor sich hin. Sollte er dem *sahib* Ryder anvertrauen, was er während des Festes im Park der Residenz beobachtet hatte? Der *sahib* hatte ihn vor schlimmen Prügeln gerettet und ihm außerdem ein Geschenk gemacht. Und er sah nicht aus wie ein böser Mensch.

Mahi traf seine Entscheidung.

Mahi verbarg sich hinter einer der Eichen gegenüber dem Central Hotel. Die Öllampen an der Ridge brannten erst seit ein paar Minuten. Er sah, wie Mr. Ryder das Hotel verließ. Der *sahib* trug feste Schuhe, einen Pullover und ein Tweed-Jackett, als ob er einen Ausflug in das Umland der Stadt plante. Mahi rannte zu ihm.

»Na, Kleiner, hat dir der Kuchen geschmeckt?«, fragte der *sahib*. Seine Stimme klang freundlich, jedoch auch ein bisschen angespannt. Er griff in seine Jacketttasche und förderte eine Rupie zutage. »Hier, nimm. Die ist für dich.« Im Vorbeigehen wollte er ihm das Geldstück in die Hand drücken.

Normalerweise hätte sich Mahi das Geschenk nicht entgehen lassen. Aber jetzt schüttelte er energisch den Kopf und trat Mr. Ryder in den Weg.

»Was willst du dann von mir? Es tut mir leid, ich habe es eilig.« Mahi verwünschte sich dafür, dass er nicht daran gedacht hatte, Papier und einen Stift mitzunehmen. Er deutete einige Male in Richtung der hell erleuchteten Residenz oben an der Straße. Dann hielt er seine beiden Arme so vor den Lichtschein einer Lampe, dass der Schatten einem Gewehr glich, und versuchte, mit seinem Gaumen und seiner Zunge das Geräusch eines Schusses nachzuahmen. Was allerdings misslang. »Junge, ich verstehe dich nicht...« Mahi stöhnte vor Ungeduld über seine Behinderung. Noch einmal deutete er in Richtung Residenz. Dann bewegte er seine Hand, als ob er den Abzug einer Waffe betätigen würde. Der Blick des *sahibs* wanderte vom Palast zu dem Schatten. »Willst du mir etwa etwas über den Anschlag mitteilen?« Mahi nickte eifrig. Mr. Ryder zögerte. »Ich habe jetzt keine Zeit. Warte hier auf mich. Ich bin in zwei, drei Stunden wieder da«, sagte er dann. Seine Stimme duldete keinen Widerspruch.

Mahi blickte ihm nach, wie er die Ridge hinunterging. Dann rannte er ihm in einigem Abstand hinterher. Er vertraute dem *sahib* jetzt. Trotzdem wollte er gern wissen, wer er war. Vielleicht würde er es ja in dieser Nacht herausfinden.

Mr. Ryder ging in Richtung Basar, wohl um dort wieder

Nachforschungen anzustellen. Doch er hastete schnellen Schrittes weiter – sofern das jetzt bei dem abendlichen Treiben auf den engen Gassen möglich war. Schließlich überquerte er die hölzerne Combermere Bridge und verließ das Stadtgebiet.

Der Weg verlief zwischen Zedern- und Eichenwäldern. Hin und wieder begegneten ihnen Kulis, die Lasten nach Simla transportierten. Auch Rikschas oder Maultier- und Ochsenkarren fuhren an ihnen vorbei. Ein halber Mond verbreitete einen milchigen Schein. Im Wald war es kälter als in der Stadt, und Mahi fror trotz seines Umhangs. Hin und wieder standen die Berge so eng beieinander, dass sie tiefe Schluchten bildeten. Bäche stürzten die Hänge hinab. Dann wieder liefen die Hänge in Wiesen und Weideflächen aus. Der Untergrund war uneben, aber Mahi hatte von einer dicken Hornhaut überzogene Fußsohlen. Steinige Wege konnten ihm nichts anhaben.

Er schätzte, dass sie eine Stunde unterwegs waren, als sie einen kleinen Götterschrein am Wegrand passierten. Einige Butterlampen brannten davor. Direkt dahinter bog der *sahib* Ryder in einen von Felsen und Ginster gesäumten Waldweg ein. Nach einer Weile lichteten sich die Bäume. Vor ihnen erstreckten sich Teepflanzungen. Im Mondlicht wirkten die langen Reihen der Sträucher, die sich die Hänge entlangschlängelten, wie Wellen eines riesigen Gewässers. In der Ferne glaubte Mahi, Hütten erkennen zu können. Ob der *sahib* zu den Hütten unterwegs war?

Mr. Ryder hatte den Rand der Plantage erreicht und blieb stehen, als er ob sich orientieren wollte. Deutlich wie eine Figur in einem der Schattenspiele, die Mahi so liebte, hob sich seine Silhouette vor dem monderhellten Himmel ab – und dann tauchte eine weitere Gestalt hinter ihm auf. Sie war größer und kräftiger als Mr. Ryder. Mahi war so verblüfft, dass er wie gelähmt stehen blieb und die beiden Schemen nur anstarrte.

Plötzlich stellten sich ihm die Nackenhaare auf, und er begriff, dass der *sahib* in Gefahr war. Mahi wollte einen Warnruf ausstoßen, doch nur ein klägliches Jammern kam über seine Lippen. Das Mündungsfeuer einer Waffe blitzte auf. Gleichzeitig ertönte ein Schuss. Der *sahib* duckte sich. Nun schoss auch er.

Die Schüsse verhallten, die Stille dröhnte in Mahis Ohren. Die große Gestalt verschwand zwischen den Teesträuchern. Mahi erwachte aus seiner Erstarrung.

Mr. Ryder ... Mr. Ryder ...

Er rannte dorthin, wo er den *sahib* zuletzt gesehen hatte. Er hatte geschossen, also musste er noch am Leben sein. In der Ferne glaubte Mahi, ein Pferd galoppieren zu hören.

Ein Stöhnen wies ihm den Weg. Mr. Ryder kauerte zusammengekrümmt am Feldrand. Er blickte hoch, als er Mahis nackte Füße im Gras rascheln hörte, richtete die Waffe auf ihn, nur um sie gleich wieder sinken zu lassen.

»Was machst du denn hier, Kerlchen ...« Seine Stimme war ganz heiser.

Sie müssen hier weg ... Vielleicht kommt der Angreifer zurück ...

Mahi versuchte, sich mit Gesten verständlich zu machen. Er wünschte sich so sehr wie noch nie zuvor in seinem Leben, sprechen zu können. Zu seiner großen Erleichterung begriff der *sahib*. Es gelang ihm, auf die Füße zu kommen und sich auf Mahi zu stützen.

»Die Hütten sind nicht sicher, vielleicht ist der Mann, der

auf mich geschossen hat, ja von dort gekommen«, brachte er mühsam hervor.

Mahi nickte. Das sah er genauso. Langsam bewegten sie sich in Richtung Wald. Bei jedem Schritt holte der *sahib* keuchend Atem. Er musste schwer verletzt sein.

Bis zu den Bäumen, beschwor Mahi ihn in Gedanken. *Wir müssen es dorthin schaffen ... Dort sind wir ein bisschen geschützt.*

Es schien ihm endlos zu dauern, bis sie den Waldrand erreicht hatten. Ein Gebüsch tat sich vor ihnen auf. Es gelang ihm noch, den *sahib* zwischen die Sträucher zu schleppen, dann brach dieser ohnmächtig zusammen. Blut quoll aus einer Wunde an seiner Seite.

Mahi wurde auf einmal ganz ruhig. Es musste ihm gelingen, die Blutung zu stillen, sonst würde der *sahib* sterben. Als er klein gewesen war, hatte er einmal eine stark blutende Wunde am Oberschenkel gehabt. Sumat hatte sie verbunden.

In einer von Mr. Ryders Jacketttaschen fand er ein Taschentuch, in einer anderen ein Metallkästchen. Er drückte den Stoff und das Metallkästchen auf die Wunde. Nachdem er seinen Lendenschurz gelöst hatte, schlang er ihn um Mr. Ryders Leib und verknotete ihn, so fest er konnte. So wie Sumat es damals getan hatte.

Dann erst stieg Panik in Mahi auf. Er hockte sich neben den *sahib*. O Gott, was sollte er nur tun?

SECHZEHNTES KAPITEL

Zusammen mit Leela schlenderte Victoria über den Basar der Altstadt von Aden. Die alten, hohen Häuser spendeten Schatten, was guttat in der glühenden Hitze. Die *Empress of India* hatte in der Stadt am Roten Meer einen zweitägigen Aufenthalt. Zwei Wochen waren sie nun schon unterwegs, in wenigen Tagen würden sie Bombay erreichen. Sie hatten eine Weile in einem Café gesessen. Victoria hatte die riesige dunkle Felswand gemalt, die die Altstadt mit ihren Häusern aus dem Mittelalter und die Moschee überragte, denn dieser Teil von Aden lag in einem erloschenen Vulkankrater.

Victoria war froh über die Unterbrechung. Die Schiffsreise langweilte sie inzwischen sehr. Sie hatte versucht, zu malen und zu fotografieren, aber irgendwann hatte sie den immer gleichen Horizont und den strahlend blauen Himmel nicht mehr inspirierend gefunden.

Das Essen, vor allem das abendliche Dinner, war vorzüglich. Die meisten Mitreisenden, überwiegend Kolonialbeamte und ihre Gattinnen, waren jedoch engstirnig und borniert und vom Sendungsauftrag der Briten in Indien erfüllt. Victoria konnte die Zeile aus Kiplings berühmtem Gedicht über die Bürde des weißen Mannes, der den Völkern der Kolonien die Zivilisation bringen musste, wirklich nicht mehr hören. Sie hatte es deshalb nicht bedauert, dass sie einige Male wegen Übelkeit nicht am Dinner hatte teilnehmen können. Überhaupt schien sie immer noch an den Folgen der Lebensmittelvergiftung zu leiden, sie fühlte sich oft abgeschlagen und erschöpft.

Victoria war Leela sehr dankbar, dass sie ihr und Hopkins in den vielen Stunden, in denen sie zur Untätigkeit gezwungen waren, einige Grundkenntnisse Hindustani – der *Lingua franca* Indiens – beibrachte.

Ein Stand mit Stoffen erregte Victorias Aufmerksamkeit. Leuchtendes Rot und Rosa, Sonnengelb, tiefes Grün und kühles Blau schienen im Schatten förmlich zu strahlen. Sie hatte Jeremy gebeten, ihr einen Seidenstoff aus Indien mitzubringen. Die Erinnerung versetzte Victoria einen schmerzlichen Stich. Leela strich mit ihren Fingern über eine der schimmernden Bahnen. Victoria wusste, dass sie nicht viele Kleider hatte.

»Suchen Sie sich doch bitte einen Stoff aus«, wandte sie sich an Leela. »Ich möchte Ihnen gern etwas schenken.«

»Das kann ich nicht annehmen.«

»Wenn Sie uns nicht begleiten würden, wäre ich wahrscheinlich schon längst vor Langeweile wahnsinnig geworden. Und ich hätte keine so gute Lehrerin, die mich unterrichtet.«

Leela lächelte zaghaft. »Wenn Sie das so sehen...«, gab sie nach. Sie war nicht mehr ganz so verschlossen und reserviert wie am Anfang ihrer Bekanntschaft. Victoria kam es oft so vor, als ob sie nachts weinte. Leela schlief als Zofe, die ihre Herrschaft begleitete, in einer Kabine zweiter Klasse, doch am Morgen waren ihre Augen stets gerötet. Victoria hätte sie gern getröstet, aber sie wusste nicht wie. Leela nahm die Mahlzeiten im Personalspeisesaal ein. Der Kontakt zu den anderen Dienstboten und der Schiffsmannschaft schien ihr jedoch gutzutun und sie ein bisschen von ihrem Kummer um Sumat abzulenken. »Ich würde gern diesen nehmen...« Leela hatte sich für einen blauen Seidenstoff mit Blumenmuster entschieden. Victoria wollte ihn bezahlen, aber Leela bestand darauf, mit dem Händler um den Preis zu feilschen. Schließlich erhielt Victoria ihn für die Hälfte der ursprünglich geforderten Summe. »Vielen Dank, Miss Victoria«, sagte Leela.

»Wie ich schon sagte, ich habe zu danken«, wehrte Victoria ab. Sie wünschte sich, ihr Verhältnis zu Leela wäre weniger kompliziert. Bei einer gleichaltrigen Engländerin hätte sie sich jetzt wahrscheinlich untergehakt. Doch Leela fungierte nun einmal als ihre Zofe, und es konnte gut sein, dass andere Schiffspassagiere ebenfalls auf dem Basar unterwegs waren. Außerdem war sie sich nicht sicher, ob Leela so eine Geste nicht zu vertraulich finden würde. »Gibt es Neuigkeiten aus dem Speisesaal?«, fragte sie, während sie weiterschlenderten.

»Mr. und Mrs. Binghams Tochter trifft sich heimlich mit einem Bankangestellten aus der zweiten Klasse. Er soll sehr attraktiv sein.«

»Du meine Güte ... Wenn Mrs. Bingham das wüsste, würde sie ihre Tochter wahrscheinlich für den Rest der Reise einsperren.« Victoria lachte. Mrs. Bingham gehörte zu den besonders schlimmen Mitreisenden.

»Und Eugene, der Steward, der Mr. Hopkins betreut, hat sich wieder darüber beklagt, wie schwer Graf Gulda zufriedenzustellen ist. Erst gestern musste er wieder zweimal die Schuhe für das Dinner polieren, ehe Mr. Hopkins das Ergebnis akzeptierte. Und die Hemden musste er bisher auch fast immer noch einmal bügeln.« Leela lächelte wieder.

»Ich stelle es mir sehr schwer vor, unter Hopkins Diener zu sein.« Victoria erwiderte ihr Lächeln.

»Sie hatten einen angenehmen Nachmittag, Miss Victoria?«, erkundigte sich Hopkins mit gedämpfter Stimme. Sie waren auf dem Weg zum Speisesaal.

»Ja, sehr, ich habe mir zusammen mit Leela die Altstadt angesehen, und wir waren auf dem Basar. Und Sie, Hopkins?«

»Ich hatte ebenfalls eine sehr angenehme Zeit. In der Bibliothek gibt es einige wirklich sehr gute Werke über die Vogelwelt Indiens.«

Hopkins trug einen maßgeschneiderten Frack – dank eines Falles, den er mit Victorias Vater gelöst hatte, besaß er gute Beziehungen zu einem Schneider in der Savile Row – und wirkte wieder wahrhaft aristokratisch. Victoria hatte sich für ein locker fallendes Abendkleid aus zartgrüner Seide entschieden und eine eng anliegende, mit einem grünen Halbedelstein besetzte Halskette sowie Jeremys Ohrringe. Der Landausflug hatte ihr gutgetan. Sie fühlte sich viel besser als während der vergangenen Tage.

Im Vorraum des Speisesaals wurden Aperitifs gereicht. Victoria nahm sich ein Glas trockenen Sherry und nippte daran. Müßig ließ sie den Blick über die Anwesenden schweifen. Mrs. Bingham beugte sich über den Tisch, auf dem die Platzkärtchen für diesen Abend lagen, und erbleichte. Sie wandte sich an ihren fast einen Kopf kleineren, rundlichen Gatten und redete heftig auf ihn ein.

»Hopkins, würden Sie bitte einmal nachsehen, wo wir sitzen?«, bat Victoria. »Hoffentlich nicht wieder bei den Binghams.«

Hopkins entfernte sich. Sein leicht bedauerndes Kopfschütteln, als er die Kärtchen musterte, bestätigte Victorias Befürchtung. Sie murmelte einen Fluch.

Die Türen des Speisesaals der ersten Klasse wurden geöffnet. Er erstreckte sich über zwei Stockwerke und war mit jedem erdenklichen Luxus ausgestattet. Das Licht des riesigen Kronleuchters strahlte ihnen entgegen. Die Tische waren mit erlesenem Porzellan auf feinem Damast eingedeckt. Geschliffene Kristallgläser und Silberbesteck reflektierten den Schein unzähliger Kerzen, und Rosengestecke verströmten ihren süßen Duft. Durch die Fenster war das abendlich erleuchtete Aden unter dem Sternenhimmel zu sehen.

Hopkins reichte Victoria den Arm. »Der Kapitän und die Hendersons sitzen auch an unserem Tisch«, flüsterte er ihr zu.

Was die Sache nicht viel besser machte... Captain Fowler war ein netter, umgänglicher Mensch, aber auch nicht der interessanteste Zeitgenosse. Mr. Henderson besaß einen leitenden Posten bei der Regierung von Britisch-Indien. Er war korrekt und höflich, jedoch völlig detailversessen und konnte sich endlos über Kleinigkeiten auslassen. Seine Gattin war noch sehr jung und scheu und von Mrs. Bingham eingeschüchtert. Ein Platz war noch unbesetzt.

»Lady Victoria, Mrs. Bingham, Mrs. Henderson...« Der Kapitän verbeugte sich vor ihnen. Es hatte sich eingebürgert, Victoria Lady zu nennen. Wogegen sie nichts einzuwenden hatte. Ein Steward rückte ihr den Stuhl zurecht, alle setzten sich.

»Ihre Tochter beehrt uns heute nicht, Mrs. Bingham?«, erkundigte sich Captain Fowler.

Mrs. Bingham seufzte. »Sie fühlt sich leider unpässlich. Die Hitze setzt dem armen Kind sehr zu.«

Pah, dachte Victoria, *bestimmt trifft sie sich mit dem Bankangestellten.*

Die Gespräche im Speisesaal verstummten kurz, nur um dann umso lauter anzuschwellen. Mrs. Bingham schien in ihrem Stuhl zusammenzusinken. Mrs. Henderson riss ihre grauen Augen auf. Victoria wandte den Kopf. Eine in kostbare Gewänder gehüllte ältere Inderin schritt durch den Speisesaal auf den noch freien Platz an ihrem Tisch zu.

Hopkins neigte sich zu Victoria herüber. »Laut der Tischkärtchen ist das die Maharani Rameet Kaur«, flüsterte er.

Der Sari der Maharani bestand aus türkisfarbener Seide. In den Stoff waren goldene Blumen eingewebt. Ihr Halsschmuck aus Diamanten und Smaragden, ihre Ringe und Armreife ließen Victoria an ein Märchen aus Tausendundeiner Nacht denken. Die Steine warfen ein Kaleidoskop aus roten, blauen und grünen Funken über die Tafel. Noch nie zuvor hatte Victoria so kostbaren Schmuck aus der Nähe gesehen. Dennoch wirkte er nicht protzig. Die Maharani trug ihn mit einer selbstverständlichen Anmut und Würde wie andere Frauen eine besonders schöne Blume an ihrem Kleid.

Ich bin dieser Frau schon einmal begegnet, begriff Victoria. *Ich habe sie vor dem Ritz fotografiert. Sie ist also tatsächlich eine Fürstin ...* Sie musste in Aden an Bord gegangen sein.

»Hoheit ...« Captain Fowler und die anderen Herren am Tisch erhoben sich. Dann stellte der Kapitän die Anwesenden einander vor.

Die Maharani nickte allen gelassen zu. Ihr Blick ruhte kurz prüfend auf jedem Gast.

»Eine deutsche Adlige und ein dänischer Graf auf dem Weg nach Indien, wie ungewöhnlich.« Sie setzte sich anmutig. Ihr Englisch war perfekt, sie sprach mit einem Upperclass-Akzent. »Normalerweise trifft man nur Beamte des Indian Civil Service in der ersten Klasse.« Ihr Tonfall deutete an, dass sie dies bedauerte.

»Nun, ich interessiere mich für die Vogelwelt Indiens«, erklärte Hopkins. »Und meine Nichte möchte Land und Leute malen und fotografieren.«

»Meine Tochter aquarelliert«, bemerkte Mrs. Bingham.

In ihrer Stimme schwang mit, dass dies eine achtbare Beschäftigung für eine junge Dame aus gutem Hause war. Fotografieren jedoch nicht.

»Haben Sie ein bevorzugtes Sujet, Lady Victoria?«, erkundigte sich die Maharani.

London, hätte Victoria fast gesagt. Sie hielt sich gerade noch zurück. »Äh ... Großstädte ...«, antwortete sie stattdessen.

»Nun, da dürften Sie in Indien auf Ihre Kosten kommen. Calcutta und Bombay sind sehr malerisch.«

»Der Vogelwelt wegen werden mein Onkel und ich zuerst nach Simla reisen.«

Stewards erschienen, die Weißwein und Wasser in die Gläser füllten. Andere schöpften eisgekühlte Erbsensuppe mit Minze in die Porzellanteller.

»Mein Gatte und ich werden während des Sommers ebenfalls in Simla weilen.« Mrs. Bingham griff nach ihrem Weißweinglas. »Ja, machen Sie nur einen weiten Bogen um Calcutta. In der Stadt ist es um diese Jahreszeit einfach unerträglich schwül und heiß. Überall stinkt es, Abfall liegt auf den Straßen, Bettler lungern herum, und die Eingeborenen lauern darauf, einen zu bestehlen. Die Inder, sage ich immer, sind ein Volk von Dieben.« Sie brach ab und errötete, wurde sich jetzt erst wohl bewusst, dass eine Inderin mit am Tisch saß.

»Nun, wir Inder mögen ein Volk von Dieben sein«, erwiderte die Maharani gelassen, »aber wir haben es darin nicht zu solcher Meisterschaft gebracht wie die Briten, die Maharadscha Duleep Singh sein Reich, den Punjab, und obendrein den Koh-i-Noor raubten, den Diamanten, der jetzt die englische Königskrone ziert...«

»Aber ... das war kein Raub ... Es wurden Verträge geschlossen...« Mrs. Bingham starrte sie empört an.

»Es ist mir neu, dass in Ihrem Land Verträge mit Kindern Rechtskraft besitzen.« Der Tonfall der Maharani war ganz ruhig, fast ein wenig belustigt. »Duleep Singh war erst zehn Jahre alt, als er zur Abdankung gezwungen und durch einen britischen Regenten ersetzt wurde.«

»Graf Gulda«, sagte Mr. Bingham rasch, ehe seine Gattin wieder das Wort ergreifen konnte, »beabsichtigen Sie denn auch, in Indien auf die Jagd zu gehen?«

»Ja, Graf, darüber haben wir uns noch gar nicht unterhalten.« Auch Captain Fowler wollte das Gespräch offenbar unbedingt auf ein anderes Thema lenken.

»Ich habe vor, auf die Tigerjagd zu gehen. Vielleicht werde ich auch einen Elefanten schießen.« Hopkins bewegte lässig seine Rechte, als täte er dies ständig.

»Sie interessieren sich für Vögel, und Sie gehen auf die Großwildjagd? Eine interessante Kombination, Graf.« Die Maharani sah ihn amüsiert an.

»Das Leben besteht nun einmal aus kleinen und großen Dingen, Hoheit.«

»Das, Graf, ist eine fast philosophische Bemerkung ... Wo haben Sie eigentlich so gut Englisch gelernt, wenn Sie mir die Frage gestatten? Es ist völlig akzentfrei.«

»Oh, ich hatte als Kind englische Gouvernanten. Und ich habe später gelegentlich im Auftrag der dänischen Regierung in England gelebt.«

»Ich hatte ebenfalls englische Gouvernanten und habe später einige Jahre lang ein Internat in England besucht.«

Die verkniffene Miene Mrs. Binghams zeigte deutlich, dass sie dies für Inder – auch adlige Inder – für völlig unangemessen hielt.

Captain Fowler fragte Hopkins, welche Munition er für die Elefantenjagd bevorzugte.

»Mein Enkel Kintu hat bis vor Kurzem in Oxford Mathematik und Rechtswissenschaften studiert.« Die Maharani trank einen Schluck Wein und sah Victoria an.

»Mein ...« *Verlobter* wäre Victoria beinahe herausgerutscht, sie bremste sich noch rechtzeitig. »Ein guter Freund von mir hat dort auch studiert.«

»Dann kennen Sie Oxford?«

»Ja, ich war einige Male dort. Ich mag die Colleges mit ihren verwunschenen Innenhöfen und ehrwürdigen Speisehallen sehr. Und ich bin gern an der Themse und am Cherwell spazieren gegangen ...«

Victoria hatte immer einmal einen Sommernachmittag mit Jeremy auf dem Flüsschen Cherwell verbringen wollen. Jeremy hätte das Boot vom Magdalen College aus mithilfe einer langen Stange den flachen Fluss entlanggestakt. Unter einem Baum mit überhängenden Zweigen, im Spiel von Licht und Schatten, hätten sie Rast gemacht und gepicknickt. Dazu war es bisher nie gekommen.

Stewards räumten die tiefen Teller ab. Der zweite Gang, Seezunge mit gedünstetem Gemüse und Butterkartoffeln, wurde serviert.

»Und Sie dürfen tatsächlich mit uns essen? Ich dachte immer, alle Inder müssten strenge Speisevorschriften beachten...« Mrs. Henderson griff nach der Gabel und dem Fischmesser.

»Mein liebes Kind ... Bestimmte Kasten der Hindus beachten strenge Speisevorschriften, ebenso die Religion der Jains. Aber ich bin eine Sikh«, erwiderte die Maharani nachsichtig.

»Glauben Sie denn an einen Gott oder an Götter?«

Mr. Henderson berührte die Hand seiner Ehefrau. »Meine Gattin war noch nie in Indien«, sagte er entschuldigend. »Um auf die Speisevorschriften zurückzukommen ... Ist es nicht so, dass die Brahmanen...«

Victoria befürchtete schon, dass Mr. Henderson zu einer weitschweifigen Erklärung ansetzen wollte. Doch da griff die Maharani, der es wohl ähnlich ging, die Frage seiner Gattin auf.

»Wir Sikhs glauben an einen Gott, der weder männlich noch weiblich ist.« Sie führte die Gabel mit einem Stück Seezunge zum Mund.

»Da ist Ihre Religion den christlichen Konfessionen wohl um einiges voraus«, konnte sich Victoria nicht verkneifen zu sagen. »Die propagieren ja einen männlichen Gott und leiten daraus ab, dass Männer den Frauen überlegen sind.«

Mrs. Bingham zuckte entsetzt zusammen.

»Ihrer Bemerkung entnehme ich, dass Sie für das Wahlrecht der Frauen sind?« Die Maharani sah sie aufmerksam aus ihren dunklen Augen an.

»Äh ... ja ...« Suffragetten gab es in Deutschland ja nicht, sonst hätte Victoria gesagt, dass sie bei den Frauenrechtlerinnen aktiv war.

»Nun, die englischen Suffragetten haben meine Sympathien ... Ich versuche in meinem Land, die Frauenbildung zu unterstützen.«

»Darf ich fragen, wo Ihr Fürstentum liegt, Hoheit?«, erkundigte sich Hopkins.

»An der südlichen Grenze zum Punjab. Glücklicherweise war es zu klein und zu unbedeutend, als dass sich die Briten dafür interessiert hätten.«

Victoria vergegenwärtigte sich die Landkarte von Indien. Der Punjab wurde im Westen von Afghanistan und im Norden vom Himalaya begrenzt. An seinen Osten schloss sich das Tiefland des Ganges an. Die bedeutendsten Städte waren Lahore, Amritsar und Delhi.

»Dann ist Ihr Fürstentum also nicht weit von Delhi entfernt?«, erkundigte sie sich.

»Ja, es befindet sich etwa hundertfünfzig Meilen südlich davon.« Die Maharani nickte. »Da Sie vorhin Simla erwähnten ... Ich werde auch dorthin reisen und einige Wochen in meiner Sommerresidenz verbringen.«

»Und Sie sind eine wirkliche Regentin?« Mrs. Henderson konnte es nicht lassen.

»Ja, bis zur Volljährigkeit meines Enkels im kommenden Herbst. Nicht nur die europäische Geschichte kennt Herrscherinnen. Die indische ebenso ... Etwa Lakshmibai, die Rani von Jhansi ...«

»Sie sprechen von der Fürstin, die mit den Indern im

Sepoy-Aufstand gegen die Briten kämpfte?« Mrs. Bingham schnappte nach Luft.

»Ja, genau...«

Die Maharani trank einen Schluck Wein. Ihre Miene und ihre Stimme ließen keinen Zweifel daran, dass Lakshmibai ihr Wohlwollen besaß.

»Eine sehr interessante Dame, die Maharani Rameet Kaur«, bemerkte Hopkins später im Korridor vor ihren Kabinen. »Und all der Schmuck wirkte nicht im Mindesten *vulgär*.«

Was, wie Victoria wusste, ein großes Lob von ihrem Butler war. »Ich hatte den Eindruck, dass Sie ihr auch gefallen haben«, erwiderte sie lächelnd.

»Wie meinen Sie das?«

»Ach, *Graf Gulda*, jetzt behaupten Sie nicht, Sie hätten nicht bemerkt, dass sie mit Ihnen geflirtet hat.«

»Nun, Miss Victoria...«

Breitete sich tatsächlich eine zarte Röte auf Hopkins' Wangen aus? Victoria war versucht, ihn damit zu necken. Doch rasche Schritte ließen sie sich umdrehen. Ein Steward kam auf sie zugeeilt.

»Lady Victoria, ein Telegramm für Sie«, sagte er mit einer Verbeugung.

O Gott, Constance muss es geschickt haben... Sonst weiß ja niemand, dass wir auf der Empress of India *nach Indien reisen*, durchfuhr es Victoria. *Bestimmt hat Sir Arthur versucht, mich auf dem Landsitz zu erreichen.*

»Möchten Sie das Telegramm allein lesen, Miss Victoria?«, erkundigte sich Hopkins mit gedämpfter Stimme. Auch er war besorgt.

»Nein, kommen Sie mit in meine Kabine ...«

»Nun, wenn Sie meinen ...« Ein Butler pflegte das Schlafzimmer einer Dame nur im äußersten Notfall zu betreten.

In der Kabine riss Victoria den Umschlag auf. Ja, das Telegramm stammte von Constance.

»Sir Arthur hat mir telegrafiert.« Sie bemühte sich, die Fassung zu bewahren. »Es gibt noch immer keine Neuigkeiten von Jeremy.«

»Nun, das bedeutet aber auch, dass das Schlimmste nicht eingetreten ist, Miss Victoria«, bemerkte Hopkins ruhig. »Noch können wir hoffen, Mr. Ryder wohlbehalten wiederzufinden.«

Victoria schluckte. Ja, daran wollte und musste sie sich festhalten ... Alles andere war einfach unvorstellbar ...

Als Hopkins die Kabine verlassen hatte, nahm sie Jeremys Fotografie aus der Schublade der kleinen Nachtkommode.

»Ich liebe dich so sehr«, flüsterte sie.

Ihr Herz sagte ihr, dass Jeremy am Leben war.

SIEBZEHNTES KAPITEL

»Ich würde vorschlagen, ich sehe einmal nach, wo Leela bleibt«, wandte sich Hopkins an Victoria.

Sie saßen im Erste-Klasse-Wartesaal des Bahnhofs von Delhi. Leela hatte sich erboten, sich um die Weiterfahrt zu ihrem Hotel und den Transport des Gepäcks zu kümmern, war aber noch nicht zurückgekehrt.

»Ja, tun Sie das. Sich so zu verspäten, sieht ihr gar nicht ähnlich.«

Victoria blickte Hopkins hinterher, während er den schattigen Wartesaal mit dem kolonialen Mobiliar – gepolsterte Korbstühle und -sofas – gemessenen Schrittes durchquerte. Die Fensterläden und Jalousien waren geschlossen. Die Passagiere waren ausschließlich Briten oder andere Weiße, nur einen westlich gekleideten, sichtlich wohlhabenden Inder entdeckte sie. Kellner servierten gekühlte Getränke. Ein großes Stoffsegel an der Decke wurde von unsichtbarer Hand bewegt und fächelte Luft durch den Raum. Aber die Realität Indiens ließ sich nicht ausblenden. Wann immer die Tür geöffnet wurde, brandete der Lärm des Bahnhofs wie das Tosen der Wellen im Sturm auf See in die abgeschlossene Enklave.

Von dem Moment an, als die *Empress of India* in den Hafen von Bombay eingefahren war, war Victoria von dem Land fasziniert gewesen. Zusammen mit Hopkins und Leela hatte sie an der Reling gestanden und geglaubt, Indien förmlich zu riechen. Eine Mischung aus Blumendüften, Gewürzaromen, dem Öl von Garküchen und Kochen der Speisen war über das Wasser geweht.

Leuchtende Farben, hätte Victoria gesagt, wenn sie ihre Eindrücke von Indien hätte beschreiben sollen. Sie waren überall zu sehen. In den üppigen Blumen, die an jeder Ecke feilgeboten wurden, den bunten Gewändern der Menschen, an den Hauswänden und den hinduistischen Tempelfassaden, auf denen Statuen von Gottheiten kosmische Tänze aufführten. Melonen, Orangen, Zitronen und anderes Obst lag an Ständen zum Verkauf aus. Papageien flogen durch die Straßen. Golden erhoben sich die Kuppeln von heiligen Gebäuden über Ziegel- und Lehmdächern. Im Vergleich dazu erschien ihr England grau und langweilig.

Victorias zweiter Eindruck war, dass sie noch niemals so viele Menschen unterschiedlicher Hautfarbe erblickt hatte. Schier unendliche Massen bevölkerten die Straßen und die Bahnhöfe, drängten sich in die Wagen der dritten Klasse oder klammerten sich außen daran fest. Manchmal machte sie das Gewimmel ganz benommen. London zur Stoßzeit war menschenleer dagegen.

Und dann gab es noch die Musik. Nur aus der Ferne hatte Victoria sie bisher vernommen. Lang gezogene Töne von ihr unbekannten Instrumenten, die fremd und beunruhigend, aber irgendwie auch verlockend waren.

Victoria konnte inzwischen verstehen, dass man Indien entweder hasste oder liebte. Auch die große Armut vieler

Menschen und ihre erbärmlichen Lebensumstände waren ihr nicht verborgen geblieben. Und sie musste zugeben, dass das Klima im Sommer wirklich eine Herausforderung für Europäer darstellte. Drei Tage hatten sie für die Zugfahrt von Bombay nach Delhi benötigt. In ihrem Erste-Klasse-Schlafwagenabteil hatte sich Victoria manchmal, schweißgebadet, wie sie gewesen war, gefühlt wie ein Hummer, der in siedendes Wasser geworfen wurde. Selbst Hopkins schien die Hitze zu schaffen zu machen. Nur Leela kam gut damit zurecht.

Bald würden sie in Simla sein...

Vielleicht gab es bis dahin gute Nachrichten von Jeremy. Oder, Victoria wagte es kaum zu hoffen, vielleicht war er ja mittlerweile wohlbehalten in sein Hotel zurückgekehrt.

Ein indischer Kellner näherte sich mit einem Tablett voller gekühlter Früchte. Melonenscheiben, die Schalen noch von kondensierendem Wasser beschlagen, Pfirsich- und Ananasstücke lagen appetitlich angerichtet zwischen saftigen Mangos und Papayas.

»Danke, nein...« Sie schüttelte den Kopf. Ob sie jemals wieder Freude am Essen haben würde? Allmählich bezweifelte sie es.

Hopkins betrat zusammen mit Leela den Wartesaal. Da sie eine Bedienstete war, ließen die Kellner sie passieren. Victoria glaubte, gewisse Anzeichen von Besorgnis an Hopkins wahrzunehmen.

»Hopkins, was ist geschehen?« Beunruhigt richtete sie sich auf.

»Es gab ein Erdbeben, Miss Victoria. Eine Eisenbahnbrücke auf der Strecke nach Simla ist einsturzgefährdet und gesperrt. Wir werden erst einmal in Delhi bleiben müssen.«

»Ach, das kann doch nicht wahr sein. Konnten Sie erfahren, wie lange die Sperrung dauern wird?«

»Wahrscheinlich eine Woche, Miss Victoria«, antwortete Leela an Hopkins' Stelle.

»Dann müssen wir zu Pferd oder zu Fuß dorthin gelangen.«

»Das wird leider nicht möglich sein.« Leela schüttelte bedauernd den Kopf. »Auch viele Straßen nach Simla sind wegen des Erdbebens unpassierbar.«

Verzweiflung stieg in Victoria auf. »Wenn ich eine Woche untätig in Delhi festsitzen muss, werde ich wahnsinnig«, brach es aus ihr heraus.

»Wie weit ist es denn nach Calcutta, Leela?«, fragte Hopkins zu ihrer Überraschung.

»Ungefähr neunhundert Meilen. Was einer Reisezeit von etwa drei Tagen entspricht.«

»Vielleicht möchten Sie ja die Zeit nutzen und Sumats Bruder Mahi aufsuchen, Miss Victoria.« Victoria hatte Hopkins von dem Jungen erzählt. »Möglicherweise weiß er etwas über das Medaillon. Dann wäre diese Verzögerung wenigstens nicht ganz umsonst.«

»Sie haben recht, Hopkins.« Victoria nickte. »Alles ist besser, als in Delhi untätig zu warten.«

»Ich werde mich sofort um die Fahrkarten kümmern«, versprach Leela und eilte davon.

Äußerlich gab sich Victoria gefasst. Doch die Verzögerung machte ihr Angst. Eine weitere Woche lag vor ihr, in der sie nichts für Jeremy tun konnte.

Regen hämmerte auf das Dach des Automobils. Außer den Wassermassen war ringsum nichts zu sehen. Dies war kein

Wolkenbruch. Nein, es war etwas viel Elementareres. Noch nie zuvor hatte Victoria erlebt, dass die Worte »der Himmel hat seine Schleusen geöffnet« zutreffender gewesen wären. In Calcutta herrschte der Monsun. Kleine Tropfen perlten durch das Wagendach und bahnten sich ihren Weg die Fensterscheiben hinunter, als wollte der Regen jeden letzten Winkel in Besitz nehmen. Das Automobil schlingerte immer mal wieder, hielt sich jedoch auf der Straße.

»Meine Güte...« Hopkins hob kurz die Augenbrauen und förderte dann ein blütenweißes Taschentuch zutage, mit dem er die Tropfen wegwischte.

»Verzeihung, Mr. Hopkins, aber ich glaube nicht, dass das viel nutzt«, wandte Leela ein.

»Nun, ich denke schon...«

Am Nachmittag, nach einer langen, strapaziösen Zugfahrt, hatten sie endlich die Hauptstadt von Britisch-Indien erreicht. Ventilatoren in ihren Zimmern im Eden Hotel hatten ein bisschen Abkühlung gebracht, denn Calcutta war als eine der wenigen Großstädte des Landes bereits mit Elektrizität versorgt. Doch wenige Minuten in der schwülen Hitze hatten ausgereicht, dass Victoria schon wieder die Kleidung am Leib klebte. Sie waren auf dem Weg zur St.-Andrews-Missionsschule, die etwa zehn Meilen außerhalb der Stadt lag.

Der dichte Vorhang aus Wasser lichtete sich etwas. Vom Wind gebeutelte Palmen wurden sichtbar und große steinerne Gebäude. Die Architektur war europäisch geprägt, doch Stuckarbeiten, geschwungene Erker und kleine Kuppeln zeigten indische Einflüsse. Dann, so urplötzlich, wie der Regen begonnen hatte, hörte er wieder auf. Nur noch fernes Donnergrollen und die überflutete Straße erinnerten daran. Stoisch lenkte der indische Chauffeur den Rolls-Royce weiter.

Hopkins wischte die letzten Tropfen von den Fensterscheiben.

»Ich dachte immer, dass ich mich freuen würde, Mahi kennenzulernen. Aber jetzt fürchte ich mich davor«, sagte Leela leise zu Victoria. »Er weiß ja noch gar nicht, dass Sumat tot ist. Und ich muss es ihm sagen.« In ihren Augen schimmerten Tränen.

Victoria drückte tröstend ihre Hand.

Gleißend und heiß warf die Sonne ihre Strahlen auf die Landschaft. Dunst stieg in dichten Schwaden von riesigen Reisfeldern und Palmenwäldern auf. Da und dort standen Männer, nur mit einem Lendenschurz bekleidet, an Flussarmen und angelten. Wasserhyazinthen und Lilien blühten in den Straßengräben. Hütten auf Pfählen bildeten kleine braune Inseln inmitten des beinahe übermächtigen Grüns. In einiger Entfernung trottete eine Kuh über die Felder.

Der Rolls-Royce durchquerte einen der Palmenwälder. Affen sprangen zwischen den Bäumen umher und ließen Tropfenschauer auf den Wagen prasseln. Für Momente brach sich das Licht in allen Regenbogenfarben darin. Nun hatten sie die Grenze des Waldes erreicht. Auf einer Anhöhe wurden eine hohe Mauer und dahinter Gebäude mit Ziegeldächern sowie ein kleiner Turm sichtbar. Der Chauffeur stoppte den Wagen vor einem massiven Holztor und öffnete dann den hinteren Wagenschlag. Wieder drückte Victoria Leelas Hand. Ob Mahi etwas über das Medaillon wusste? Aber verglichen mit dem Tod seines Bruders, von dem er gleich erfahren würde, war dies wirklich zweitrangig.

Der Chauffeur sprach durch ein Schiebefenster mit jemandem auf der anderen Seite des Tores. Einer der Flügel schwang jetzt auf. Ein einheimischer Diener geleitete Victoria, Leela und Hopkins über einen gepflasterten Hof, auf dem das Wasser in großen Pfützen stand. Ringsum wuchsen Azaleen- und Kamelienstäucher zwischen Maulbeerbäumen. Blätter und Blüten, die der Regensturm abgerissen hatte, lagen auf dem Boden. Indische Jungen in blauen Schuluniformen mit kurzen Hosen und weißen Hemden gingen zu zweit nebeneinander im Kreis. Einige drehten sich neugierig zu ihnen um und senkten rasch die Köpfe, als ihnen ein Mann in einem dunklen Anzug – wohl ein Lehrer – mit strenger Stimme befahl, die Besucher nicht mit ihren Blicken zu belästigen.

Der Diener winkte sie in eine Halle mit einer Balkondecke, in der die Luft schwer und schwül stand, und führte sie dann einen Korridor entlang. Nachdem er etwas auf Hindi zu Leela gesagt hatte, entfernte er sich.

»Er verständigt den Schulleiter«, erklärte Leela.

Hopkins nickte und tupfte sich mit seinem Taschentuch die Schweißtropfen von der Stirn.

Durch ein Fenster beobachtete Victoria die Jungen, die weiter schweigend im Kreis umhergingen. Anscheinend hatten sie gerade Pause. »Die St.-Andrews-Schule für Jungen hat, was ihre Ausbildung betrifft, einen sehr guten Ruf«, hörte sie Leela sagen. »Viele Absolventen erreichen sehr gute Abschlüsse.«

»Hm...«

Victoria wollte gerade erwidern, dass die Schüler auf sie nicht gerade glücklich wirkten und an dieser Schule Disziplin wohl sehr großgeschrieben wurde, als sie Schritte vernahm. Ein Mann kam um die Ecke. Sein dunkler Anzug und der weiße Kragen eines Geistlichen ließen seine von Sommersprossen gesprenkelte Haut sehr hell wirken. Sein rotblondes Haar war akkurat gescheitelt.

»Reverend Reynolds, ich leite das Internat«, stellte er sich vor, während er sie in ein Arbeitszimmer dirigierte. »Was kann ich für Sie tun?«

»Wir würden gern mit Mahi sprechen, Reverend«, sagte Victoria. »Es geht unter anderem um seinen Bruder ...«

»Nun, da kommen Sie leider einige Wochen zu spät.«

»Wie meinen Sie das?« Victoria sah, wie Leela erschrocken zusammenzuckte. »Mahi ist doch nichts passiert?«

»Oh, ich bin überzeugt, dass sich der Bengel bester Gesundheit erfreut. Er ist weggelaufen.«

»Und wo hält er sich jetzt auf?«

»Ich habe keine Ahnung, Miss.« Gleichgültig zuckte der Reverend mit den Schultern.

»Aber Mahi ist ein Kind. Und außerdem ist er stumm ...« Victoria konnte es nicht fassen.

»Trotzdem muss man sich um ihn keine Sorgen machen. Der Junge hat den Teufel im Leib. Der kommt überall durch. Ist nachts immer wieder über die Mauer gestiegen und hat sich mit allem möglichen Gesindel herumgetrieben. Einmal hat ihn ein Lehrer in Calcutta aufgegriffen, wo er bettelnd am Bahnhof saß ... Er hatte einen Bauern aus der Umgebung dazu gebracht, ihn auf seinem Fuhrwerk mit in die Stadt zu nehmen. Hat wohl einen armen, mit einem schweren Gebrechen Geschlagenen gemimt.« Der Reverend schnaubte. »Prügel und Essensentzug und andere Strafen haben überhaupt nichts bei ihm bewirkt. Er ist durchaus intelligent, sein schriftliches Englisch war nahezu fehlerlos, aber auch faul und störrisch und hat nichts als Unsinn im Kopf. Ich würde ihn nicht noch einmal in meine Schule aufnehmen, das können Sie mir glauben.«

»Trotzdem können Sie den Jungen doch nicht so seinem Schicksal überlassen«, beharrte Victoria. »Leela sagte mir, dass eine Ärztin für Mahi das Schulgeld bezahlt. Haben Sie denn wenigstens diese Frau informiert und die Polizei verständigt?«

»Selbstverständlich habe ich Dr. Kaur davon unterrichtet, dass Mahi weggelaufen ist.« Der Reverend hob indigniert die Augenbrauen. »Es wäre ja auch unrechtmäßig, weiterhin Geld für ihn anzunehmen. Aber was die Polizei betrifft ... Miss, bei allem Respekt, Sie haben keine Ahnung von diesem Land. Ein armer indischer Waisenjunge zählt hier gar nichts.«

»Könnten Sie uns denn freundlicherweise die Adresse von Dr. Kaur geben?«, schaltete sich Hopkins ein. Er kam damit einer zornigen Antwort Victorias zuvor.

»Ja, natürlich ...« Reverend Reynolds war ein wenig besänftigt. Er nahm eine Kladde aus einem Aktenschrank und blätterte darin. Dann riss er ein Blatt Papier von einem Schreibblock ab und notierte etwas darauf. »Dr. Kaur lebt mit Ihrer Familie in der Chowingtree Road im Süden von Calcutta.« Er reichte das Blatt Papier Hopkins. »Meines Wissens ist Mahi allerdings nicht bei ihr aufgetaucht.«

Victoria bemerkte die gerahmten Fotografien von Schulklassen an einer der Wände. »Ist Mahi auf einem der Bilder zu sehen?«, fragte sie.

»Ja, ich müsste sogar noch eine andere Fotografie von ihm haben, auf der er deutlicher zu erkennen ist. Falls Sie tatsächlich nach ihm suchen wollen...« Der Reverend holte einen Pappkarton aus seinem Schreibtisch und durchsuchte ihn. »Hier...«, sagte er dann und legte eine Aufnahme auf die Schreibtischplatte. Er deutete auf den mittleren von drei Jungen. »Mahi hat im letzten Winter den Sechs-Meilen-Lauf seiner Klasse gewonnen.« Leela trat neben Victoria. Mahi war klein und drahtig. Er hatte ein schmales, lebhaftes Gesicht und blickte keck in die Kamera. Seine Medaille trug er mit sichtlichem Stolz. Nein, er war sicher kein Kind, das in ein rigides englisches Schulsystem passte. »Sie können die Aufnahme gern haben«, hörte Victoria den Reverend sagen. »Ich bin froh, wenn ich diesen Jungen nicht mehr sehen muss.«

Die Chowingtree Road lag auf dem Weg zum Eden Hotel. Während ihres kurzen Gesprächs mit dem Reverend hatten sich schon wieder Wolken am Himmel aufgetürmt. Vereinzelte Sonnenstrahlen fielen hindurch, was die Landschaft in ein beinahe surreales Licht tauchte. Während der halbstündigen Fahrt zog sich der Himmel wieder zu.

Als sie die Straße erreichten, fielen die ersten schweren Tropfen. Auf beiden Seiten standen aus Stein erbaute Bungalows. Viele hatten Veranden aus Holz, die um das ganze Haus verliefen. In den Gärten wuchsen üppige Pflanzen. Ein Inder in westlicher Kleidung fuhr, trotz des einsetzenden Regens, stoisch auf seinem Fahrrad weiter. Sie passierten einige Rikschas, deren Passagiere unter dem Regen die Köpfe einzogen. Dann steuerte der Chauffeur den Rolls-Royce an den Straßenrand und wies auf ein Haus. Auf einem Schild am Gartentor stand: DR. TEJ SINGH UND DR. TAMANA KAUR. Die Nachnamen des Ehepaares ließen darauf schließen, dass sie beide Sikhs waren.

Victoria hakte sich bei Leela ein. Sie duckten sich unter einen Schirm, rannten durch den Garten und dann die Stufen zu der Veranda hinauf. Hopkins folgte ihnen gemesseneren

Schrittes. Auf der Veranda saß eine ältere Bedienstete, die Gewürze mit einer Handmühle mahlte. Die Aromen mischten sich in den Geruch des niederprasselnden Regens. Leela wandte sich auf Hindi an die Frau. Die schüttelte schließlich bedauernd den Kopf.

»Was sagt sie denn?« Victoria ahnte schon, dass auch dieser Besuch nicht erfolgreich sein würde.

»Dr. Kaur ist nicht zu Hause«, erwiderte Leela denn auch. »Sie ist vor zwei Wochen nach Madras gefahren, da es ihrer Mutter nicht gut geht. Mahi ist hier in den letzten Wochen nicht aufgetaucht. Dr. Singh, Dr. Kaurs Gatte, arbeitet während der Nacht im Medical College and Hospital und wird erst am Morgen nach Hause kommen. Die Hausangestellte meint, wir sollten es morgen Nachmittag, wenn sich Dr. Singh ausgeruht hat, noch einmal versuchen.«

»Da Mahi in der letzten Zeit nicht hier war, können wir uns diesen Besuch sparen. Wir sollten lieber wieder nach Delhi fahren.«

»Das erscheint mir auch vernünftiger.« Hopkins nickte.

Auf der Fahrt zurück zum Eden Hotel starrte Victoria stumm in den Regen, der an den Fenstern des Wagens herabrann. Ihre Suche nach Mahi war vergebens gewesen. Was, wenn dies ein schlechtes Omen für ihre Suche nach Jeremy war?

Der Ventilator an der Decke des Hotelzimmers sorgte für ein bisschen Kühlung. Der Himmel schien nahezu schwarz, ohne das elektrische Licht wäre es dunkel gewesen. Victoria hatte sich auf das Bett gelegt. Sie fühlte sich völlig erschöpft.

»Miss Victoria...« Leela trat an ihr Bett und reichte ihr ein

Glas Eistee mit Zitrone. »Trinken Sie das hier«, sagte sie. »Und dann sollten Sie zum Dinner gehen. Es tut Ihnen bestimmt nicht gut, den ganzen Abend über Mr. Ryder nachzugrübeln.«

»Ich habe solche Angst, dass ich ihn nicht wiedersehen werde ...« Sie hatte den Satz noch nicht ganz ausgesprochen, da wurde Victoria bewusst, von wem sie sich da Trost erhoffte.

»Das kann ich mehr als jeder andere verstehen.« Leela setzte sich neben sie und streichelte ihre Hand, während Victoria an dem wohltuenden kühlen Getränk nippte. »Aber Sie können jetzt nichts für ihn tun.«

»Wie kommen Sie nur mit Sumats Tod zurecht?«

»Ich komme nicht damit zurecht. Ich versuche nur, Stunde um Stunde zu überstehen. Und dann einen Tag und noch einen Tag ... Und ich bin froh, dass ich eine Aufgabe habe ...«

Leela war so tapfer. Und sie selbst erging sich in Selbstmitleid. Victoria trank noch einen Schluck und stand dann entschlossen auf. »Gut, ich werde zum Dinner gehen.«

»Das ist schön. Welches Abendkleid möchten Sie denn tragen?«

»Das grüne aus Seide, mit dem golden bestickten Samtoberteil.«

Victoria ließ sich von Leela beim Ankleiden helfen und die Haare frisieren. Sie fühlte sich tatsächlich etwas besser. »Meine Großmutter Leontine würde sagen, dass es hilft, Haltung zu bewahren«, sagte sie, während sie ihren Schmuck anlegte.

»Dieser Ansicht ist Mr. Hopkins wahrscheinlich ebenfalls.« Leela zögerte. »Dürfte ich noch einmal die Fotografie von Mahi sehen?«, fragte sie dann fast schüchtern.

»Natürlich...« Victoria legte die Aufnahme auf die Frisierkommode. Leela betrachtete sie schweigend. »Ähneln sich Sumat und Mahi denn?« Victoria kannte Sumats Gesicht ja nur von der Aufnahme aus der Gerichtsmedizin.

Leela schien mit sich zu ringen. »Wenn Sie ... wenn Sie möchten, kann ich Ihnen eine Aufnahme von Sumat zeigen«, erwiderte sie schließlich.

Victoria war klar, dass dies ein großer Vertrauensbeweis war. Leela rannte auch schon aus dem Zimmer und kehrte nach einigen Minuten außer Atem zurück. Mit einer Geste, als würde sie Victoria etwas sehr Kostbares zeigen, ja ein Stück von sich selbst offenbaren, reichte sie ihr eine kleine Aufnahme in einem versilberten Rahmen.

Victoria versuchte, das Bild des toten mit dem des lebenden Sumat in Einklang zu bringen. Auf der Fotografie trug Sumat einen Turban. Er und Mahi sahen sich nicht direkt ähnlich – Sumats Gesicht war voller, und seine Augen waren ovaler –, aber beide blickten zuversichtlich und selbstbewusst in die Welt. Bei Mahi kam noch diese spezielle Keckheit dazu, die Reverend Reynolds so verabscheute.

Und doch, eine Ähnlichkeit gab es. »Sumat und Mahi haben eine sehr helle Haut«, wandte sich Victoria an Leela.

»Sie meinen, für Inder? Nun, es gibt auch Inder, die blaue Augen und blonde Haare haben.«

»Ich meinte das nicht kränkend...«

»Ich weiß. Sumats und Mahis Großvater oder Urgroßvater war ein Brite. Bis vor sechzig, siebzig Jahren galt es noch nicht als schändlich, wenn Weiße Inderinnen heirateten; die Kinder aus diesen Ehen wurden noch nicht als Makel betrachtet, den es zu verstecken gilt. Damals, unter den Mogulen, war Indien noch mächtig, und die Briten klassifizierten uns noch nicht als schwach und minderwertig.« Leidenschaftlicher Zorn und Bitterkeit schwangen in Leelas Stimme mit. »Wie ich diese weißen Missionare hasse, die unsere Sitten und Gebräuche und unsere Religionen als barbarisch erachten...«

»Ich verstehe das so gut, es tut mir wirklich leid...«

»Sie und Mr. Hopkins verhalten sich ja nicht so.« Leela hatte sich wieder gefasst.

Ein Klopfen war zu hören. Auf Victorias Herein, öffnete Hopkins die Tür. »Miss Victoria, wären Sie bereit, mich zum Dinner zu begleiten?« Hopkins' Blick blieb auf einen imaginären Punkt in der Ferne gerichtet.

»Ja, ich bin so weit.« Victoria erhob sich.

Leelas leidenschaftliche Worte gingen ihr noch den ganzen Abend nach.

ACHTZEHNTES KAPITEL

Dampf und Rauch wehten am Fenster vorbei, während der Zug über eine steinerne Brücke fuhr. Weit unter ihnen schlängelte sich ein Fluss durch ein tiefes Tal. Victoria wagte es immer noch nicht zu glauben, dass sie in weniger als einer Stunde Simla erreichen würden. Ein Tunnel tat sich vor ihnen auf – wie schon oft auf der Strecke – und verschluckte sie in seiner Schwärze, nur um sie gleich darauf wieder auf einer Brücke weit über einem Tal auszuspeien. Mit ihren hohen gemauerten Bögen erinnerte sie Victoria an die Viadukte, die sie auf einer Reise durch Italien gesehen hatte.

Zypressen, Eichen und Pinien wuchsen auf felsigen Berghängen. *Und jetzt...* Victoria beugte sich vor. In der Ferne tauchte der Himalaya über den Wipfeln auf. Die schneebedeckten Gipfel erhoben sich majestätisch vor dem blauen Himmel. Ob Jeremy von diesem Anblick auch so gebannt gewesen war? Für einen Moment regte sich in ihr erneut die widersinnige Hoffnung, dass er inzwischen doch wohlbehalten nach Simla zurückgekehrt war.

Wenigstens fühlte sie sich körperlich besser. Schon in Kalka, wo Hopkins, Leela und sie den Zug aus Delhi verlassen hatten und in die Bergbahn nach Simla umgestiegen waren, war es nicht mehr so heiß gewesen. Je höher sie kamen, desto frischer wurde die Luft, und Victoria hatte endlich wieder das Gefühl, frei atmen zu können. Erneut fuhren sie durch einen Tunnel. Auf der anderen Seite wehte Pinien- und Zypressenduft durch das einen Spaltbreit geöffnete Fenster.

»Ich muss schon sagen«, Hopkins gestattete es sich, tief ein- und auszuatmen, »ich kann verstehen, dass die Regierung von Britisch-Indien die Sommermonate in Simla verbringt.«

»So schön ich die Landschaft auch finde, sehr viel von der indischen Realität bekommen die Beamten hier oben aber nicht mit.«

Victoria schüttelte den Kopf. Es war wirklich seltsam. Ihre Landsleute beherrschten ein riesiges Territorium und zogen sich für über ein halbes Jahr in eine Enklave in den Bergen zurück, die die Größe einer englischen Kleinstadt hatte.

»Die Briten wollen nichts mit uns zu tun haben«, sagte Leela leise. »Sie verachten uns.«

»Nun, vielleicht haben wir ja auch Angst vor den Indern«, erklärte Hopkins begütigend. »Man muss bedenken, etwa zweihunderttausend Briten leben unter über dreihundert Millionen Indern, die eine, nun ja ... uns doch teilweise recht fremde Kultur haben ...«

»Aber warum geben uns die Briten dann nicht die Unabhängigkeit und ziehen sich in ihr eigenes Land zurück?«

»Dieser Gedanke besitzt durchaus eine gewisse Plausibilität, Leela.« Hopkins neigte zustimmend den Kopf. »Aber ich fürchte, dem stehen die Idee von der Größe des Empires und auch wirtschaftliche Interessen entgegen. Wobei meines Erachtens wir Briten besser keine Länder beanspruchen sollten, deren Klima wir nicht gewachsen sind.«

War Jeremy ein Opfer des britischen Willens geworden, die Welt zu beherrschen? Oder hatte sein Verschwinden nichts mit dem Wunsch nach der Unabhängigkeit Indiens zu tun?, überließ sich Victoria einen Moment ihren Gedanken. Ach, sie musste herausfinden, was mit ihm geschehen war.

»In den nächsten Tagen dürfte die Maharani Rameet Kaur in Simla eintreffen«, bemerkte Hopkins nun. »Als wir von Bord gingen, sagte sie mir, dass sie in etwa einer Woche dorthin reisen und sich über unseren Besuch freuen würde. Wenn Sie nichts dagegen haben, Miss Victoria, werde ich ihr noch heute unsere Visitenkarten zukommen lassen.«

»Ja, natürlich. Veranlassen Sie das.« Hatte Hopkins' Stimme eben etwas zu beiläufig geklungen? Auf der *Empress of India* hatte er sich häufig mit der Fürstin unterhalten, und Victoria hatte den Eindruck gehabt, dass er ihre Gegenwart wirklich sehr schätzte.

Der Zug verlangsamte nun seine Fahrt und kam in einem kleinen Bahnhof zum Stehen. Ein indischer Schaffner öffnete die Tür des Abteils. Scharen von Gepäckträgern standen auf dem Bahnsteig bereit.

Victoria ließ sich von Hopkins nach draußen helfen und folgte ihm dann zu den Rikschas. Dort angekommen, blickte er besorgt zu Leela zurück, die mit den Gepäckträgern verhandelte.

»Sie kommt schon zurecht, Hopkins«, sagte Victoria.

»O ja, gewiss ... gewiss ... Leela hat sich bisher als sehr zuverlässig und tatkräftig erwiesen.«

Wenn Victoria nicht wegen Jeremy so besorgt gewesen wäre, hätte sie sich darüber erheitert. Gepäckstücke waren für Hopkins nun einmal fast wie Kinder. Die Rikschas boten nur Platz für eine Person. Jeweils zwei barfüßige Männer, die eine khakifarbene Uniform und einen Turban trugen, zogen das Gefährt. Ein dritter hielt die Stangen an der Rückseite und schob oder bremste. Victoria fand es befremdlich, sich auf diese Weise befördern zu lassen. Menschen waren doch keine Zugtiere.

Es war ihr lieb, allein mit ihren Gedanken zu sein. Auf diesem Bahnhof war Jeremy vor über sechs Wochen auch angekommen und wahrscheinlich dann dieselbe Straßen in einer Rikscha entlanggefahren. Hatte er sich an dem Anblick der Natur erfreut und an den Häusern, die immer wieder malerisch zwischen dem Grün auftauchten, oder war er in Gedanken schon ganz bei seinem Auftrag gewesen?

Die Rikschas bogen jetzt in eine breite Straße ein. Die Häuser hier erinnerten Victoria an Schweizer Chalets – nur, dass in einem Bergdorf niemals Bauwerke in parkähnlichen Gärten standen, sie besaßen auch nicht verschwenderisch viele Balkone. Wieder andere Gebäude imitierten mit ihren Fachwerkbalken und Türmchen die Tudorarchitektur.

Ob Jeremy dieses Stildurcheinander bei seiner Ankunft auch so absurd gefunden hatte? Ja, bestimmt hatte er sich darüber amüsiert.

Die Rikschas passierten eine steinerne neugotische Kirche mit einem quadratischen Turm, die genauso gut in einem englischen Dorf hätte stehen können, und schwenkten kurz dahinter wieder in einen schmalen Weg ein. Nach wenigen Minuten hielten die Kulis vor einem Gartentor an. Einer der Männer, die Victorias Gefährt gezogen hatten, öffnete das Tor. Auf einem von Clematis umrankten Schild las Victoria ZEDERNHAUS. Während Hopkins die Inder entlohnte, sah sie sich neugierig um.

Am Ende einer Auffahrt stand ein hübsches Cottage mit

gewölbtem Dach und Sprossenfenstern. Es hätte auch direkt dem ländlichen England entsprungen sein können, wenn nicht eine riesige alte Zeder schützend ihre Äste darüber ausgebreitet hätte. Sie hatte dem Cottage wohl ihren Namen gegeben. Hortensien, Rhododendren und Azaleen wuchsen in dem angrenzenden Garten zwischen akkurat angelegten Blumenbeeten. Ein indischer Gärtner, der die Rosenstöcke gewässert hatte, bemerkte Victoria und Hopkins nun und rannte davon.

»Ein Cottage! Es wirkt sehr nett und komfortabel.« Victoria wandte sich zu Hopkins um, der das Haus schon in London über einen Agenten gebucht hatte.

»Es freut mich, dass es Ihre Zustimmung findet.«

Der Gärtner kehrte mit einer ganzen Gruppe weiterer Bediensteter zurück. Sie bezogen Stellung vor der Treppe, die zum Eingang hinaufführte.

»Lieber Himmel, Hopkins, das sind ja fast zwei Dutzend Menschen. Finden Sie nicht, dass das viel zu viele sind?«, raunte Victoria ihrem Butler zu.

»Es gibt kein fließendes Wasser. Schon allein für den Wassertransport von der nächstgelegenen Quelle werden etliche Diener benötigt.« Hopkins war nicht aus der Ruhe zu bringen. »Außerdem haben wir als ein dänischer Graf und eine deutsche Comtesse ein gewisses Prestige zu wahren...«

Victoria öffnete die Fenster ihres Zimmers und blickte hinaus. Auch von hier aus konnte sie den Himalaya sehen. Sie fand den Anblick atemberaubend und wünschte sich, sie könnte diesen Moment mit Jeremy teilen. Das Innere des Cottages war, wie sie bei einem raschen Rundgang mit

Hopkins festgestellt hatte, ebenso hübsch wie das Äußere. Im Erdgeschoss gab es eine kleine, weiß getäfelte Halle und ein Wohnzimmer mit bequemen Samtsesseln und -sofas, einem Kamin und Regalen voller Bücher. Die Mahagonimöbel im Esszimmer waren blank poliert.

Drei Schlafzimmer befanden sich im ersten Stock. In Victorias stand ein weißes Himmelbett, daneben eine schlichte, aber hübsche Kommode, unter dem Fenster ein Schreibtisch und vor dem Kamin ein Ledersessel – in Calcutta hätte sie der bloße Anblick eines Kamins zum Schwitzen gebracht. Natürlich fehlten auch die typisch britischen Wandschränke nicht. Tapeten und Vorhänge hatten ein schönes Muster aus rosafarbenen und hellblauen Blumen. Eine Vase mit Rosen und eine Schale voller Früchte auf einem Tischchen machten den Raum zusätzlich anheimelnd. Die indischen Diener mussten sich darum gekümmert haben.

Es klopfte. »Miss Victoria...« Leela hatte den Raum betreten. »Mr. Hopkins lässt fragen, ob Sie den Tee jetzt oder lieber später möchten.« Sie zögerte kurz, ein kleines Lächeln erschien um ihren Mund. »Ich fürchte, es fällt ihm nicht leicht, dass er durch mich mit den Dienern kommunizieren muss.«

»Das glaube ich auch. Und ich möchte den Tee später. Ich werde jetzt Jeremys Hotel aufsuchen. Vielleicht erfahre ich ja dort etwas über ihn. Und danach werde ich meine und Hopkins' Visitenkarten im Palast des Vizekönigs abgeben. Es wäre gut, wenn uns Lord Minto bald empfangen würde.«

»Wünschen Sie, dass ich Sie begleite?«

»Ja, das wäre mir sehr lieb.« Victoria nickte.

»Bevor wir gehen, sollten wir die Fenster schließen. Der Affen wegen. Sonst kommen wir zurück, und es herrscht ein großes Durcheinander. Sie springen bestimmt von der Zeder herein.«

»Ach, Leela, ich weiß wirklich nicht, was Hopkins und ich ohne Sie tun würden«, sagte Victoria impulsiv.

Leela senkte den Kopf und erwiderte nichts. Aber Victoria hatte den Eindruck, dass sie sich über ihre Worte freute.

Das Central Hotel war ein Mittelklassehotel und damit einem Journalisten angemessen. Es war im oberen Teil Simlas gelegen, nicht weit entfernt von der Residenz des Vizekönigs. Mit seinen überladenen Balkonen und Arkaden im Stil der Neorenaissance und -gotik hätte der Palast, fand Victoria, einem Zuckerbäcker als Vorbild dienen können. Was auch immer Jeremy zugestoßen war, hatte dort, während jenes Festes, seinen Anfang genommen. Davon war sie fest überzeugt.

Sie reichte den Kulis einige Rupien inklusive eines großzügigen Trinkgeldes und betrat dann zusammen mit Leela die Halle des Hotels. Für einen Moment hatte sie die irrwitzige Hoffnung, Jeremy in einem der Ledersessel sitzen zu sehen. Vertieft in eine Zeitung, würde er hochblicken und ihr auf seine so typische Weise zulächeln.

Deine Angst und deine Sorge um mich waren ganz unnötig, würde ihr sein Lächeln sagen. Sie würde auf ihn zustürzen und ihm aus Erleichterung mit den Fäusten gegen die Brust trommeln, während ihr die Tränen in die Augen schössen. *Wie konntest du mir das antun*, würde sie schluchzend hervorbringen. Dann würden sie sich umarmen und ...

»Miss Victoria ...«

Leela berührte ihren Arm. Der Portier hinter der Rezeption blickte neugierig zu ihnen herüber. Victoria schluckte. Außer ihm hielt sich niemand in der Halle auf.

»Mein Name ist Victoria von Hohenstein«, stellte sie sich dem Portier vor. »Man hat mir gesagt, dass Mr. Jeremy Ryder seit einigen Wochen verschwunden ist. Er hat mit meinem Bruder in Deutschland studiert. Ich mache mir große Sorgen um ihn.«

Noch einmal regte sich Hoffnung in Victoria. Doch die Antwort des Portiers machte sie endgültig zunichte.

»Es tut mir sehr leid, Miss. Aber es gibt keine neuen Nachrichten über Mr. Ryder.« Der Portier, ein rundlicher Mann mit leichtem schottischem Akzent, schüttelte bedauernd den Kopf. »Wir alle im Hotel sind sehr besorgt über sein Verschwinden.«

»Wann wurde Mr. Ryder denn das letzte Mal im Hotel gesehen?«, zwang sich Victoria zu fragen.

»Anfang Juni.«

Das deckte sich mit dem Zeitraum, den ihr Sir Arthur genannt hatte. »Mr. Ryder ist ein sehr lieber Freund. Könnte ich vielleicht das Zimmer sehen, das er bewohnt hat?«

Der Portier konsultierte das Gästebuch. »Der Raum wird gerade für einen neuen Gast hergerichtet«, sagte er dann zu Victorias Erleichterung. »Sie können sich gern eine Weile dort aufhalten.« Mitgefühl schwang in seiner Stimme mit. Anscheinend war ihm nicht entgangen, wie aufgewühlt sie war.

»Was ist denn mit Mr. Ryders Sachen geschehen?«

»Die Polizei hat alles mitgenommen«, erwiderte der Portier.

Victoria hatte das eigentlich schon befürchtet. Aber vielleicht fand sich ja doch noch etwas, das die Polizei oder das Personal übersehen hatten.

Jeremys Zimmer lag im zweiten Stockwerk, auf der Vorderseite des Hotels. Durch die Fenster war der Palast des Vizekönigs zu sehen. Große Eichen wuchsen auf der anderen Straßenseite. Es roch schwach nach Reinigungsmitteln. Auch das Bett war frisch bezogen. Bestimmt war der Raum seit Jeremys Verschwinden schon einige Male an Gäste vermietet worden.

Vor einem der Fenster stand ein Schreibtisch. Dort hatte Jeremy sicher gesessen und sich Notizen gemacht. *Ach, wenn ich doch nur wüsste, was du aufgeschrieben hast,* dachte Victoria.

»Leela, ich glaube ja nicht, dass wir etwas in den Schränken finden werden«, wandte sie sich an die junge Frau, »aber lassen Sie uns trotzdem nachsehen.«

Victoria nahm sich den Schreibtisch und die Kommode vor. Leela blickte in den Kleiderschrank. Alle Fächer und Schubladen waren penibel sauber und leergeräumt. Obwohl Victoria nichts anderes erwartet hatte, war sie enttäuscht und deprimiert.

Wenn doch nur der Polizei zu trauen wäre...

Die Vorstellung, dass vielleicht etwas Wichtiges in Jeremys Habseligkeiten verborgen war und sie keine Möglichkeit hatte, das Gepäck zu durchsuchen, machte Victoria schier verrückt.

Sie wollte Leela eben vorschlagen, das Zimmer wieder zu verlassen, als sich die Tür öffnete und ein hübscher indischer Hotelpage, einen Stapel frischer Handtücher auf den Armen, hereinkam.

»Verzeihung, ich wollte nicht stören...« Erschrocken blickte der Junge die beiden Frauen an.

Mit Leelas Übersetzungshilfe wandte Victoria sich an ihn. »Wir sind keine Gäste. Der Portier hat uns erlaubt, das Zimmer zu sehen«, sagte Victoria beruhigend. »Hast du denn Mr. Ryder gekannt?«

»Ja, er war ein sehr netter Gentleman.« Der Junge nickte eifrig. »Und großzügig mit dem Trinkgeld.«

»Ist dir an dem Tag, als er verschwunden ist, oder an den Tagen davor irgendetwas an ihm aufgefallen?«

»Die Polizei hat mich das auch schon gefragt. Nein, mir ist nichts aufgefallen, Miss. Und, soviel ich weiß, auch keinem sonst vom Personal. Wir waren alle überrascht, als sich herausstellte, dass Mr. Ryder nicht mehr wiederkam.«

»Hast du sonst noch etwas bemerkt?«, fragte Leela und übersetzte. »Komm schon, ich habe genug Erfahrungen mit Jungen, um zu wissen, dass dir etwas auf der Seele liegt.«

»Es ist nichts Wichtiges ...«

»Sag es doch einfach.« Victoria lächelte den Pagen an. Sie holte eine Rupie aus ihrem Portemonnaie und reichte sie ihm.

»Zu meinen Aufgaben gehört es, die Post zum Postamt zu bringen.« Der Junge trat von einem Fuß auf den anderen. »Einen Tag vor seinem Verschwinden sah ich dort Mr. Ryder ein Telegramm aufgeben.«

»Hast du gehört, was Mr. Ryder zu dem Postbeamten sagte?«, hakte Victoria nach.

»Nein«, der Junge schüttelte energisch den Kopf. »Ich habe ihn nur an dem Schalter gesehen. Am Abend kam dann ein Telegramm für Mr. Ryder an. Ich habe es ihm selbst aufs Zimmer gebracht.«

»Machte Mr. Ryder irgendeine Bemerkung, als du es ihm gabst?«

»Nein, er wirkte nur irgendwie angespannt, aber auch erleichtert, als ich ihm das Telegramm überreichte. Und sein Trinkgeld war noch großzügiger als sonst.«

Victoria machte sich niedergeschlagen auf den Weg zum Palast. Leela hatte gefragt, ob sie vielleicht Sumats Zimmer im Basar aufsuchen dürfe. Da Victoria wusste, dass sie in der Residenz gut allein zurechtkommen würde, hatte sie dem gern zugestimmt.

Der Palast des Vizekönigs wirkte aus der Nähe noch protziger als aus der Ferne betrachtet. Victoria nannte den indischen Wachsoldaten ihren Namen und erklärte, weshalb sie gekommen war. Einer der Männer geleitete sie in die Eingangshalle und bat sie zu warten.

O Gott ... Das Innere entspricht wirklich dem Äußeren des Gebäudes ... Victoria erschauderte. Im Verhältnis zur Höhe, die sich über zwei Stockwerke erstreckte, war die Halle sehr schmal. Was ein Gefühl von Enge hervorrief, die von den dunklen Wandverkleidungen und den wuchtigen Türumrandungen noch verstärkt wurde. Schwere Samtvorhänge taten ein Übriges. Zwei lange, chintzbezogene Sofas wirkten steif und formell und luden nicht gerade zum Sitzen ein. Die einzigen Reminiszenzen an Indien stellten einige große Bronzebehältnisse dar sowie die beiden unvermeidlichen Tigerfelle auf dem Boden.

Victoria erwartete, dass der Wachsoldat mit einem würdevollen Butler zurückkehrte, doch er hatte einen jungen Lakai an seiner Seite.

»Mein Name ist Victoria von Hohenstein. Mein Onkel, Graf Gulda, und ich würden gern den Exzellenzen Lord und Lady Minto unsere Aufwartung machen.«

Victoria reichte dem jungen Mann ihre Visitenkarten. Der warf einen kurzen Blick darauf.

»Sie kommen aus Deutschland oder Österreich, Comtesse?«

Der Lakai hatte ein rosiges Gesicht und sprach mit dem leicht singenden Akzent der Waliser. Offenbar war er einem kleinen Schwatz nicht abgeneigt.

»Ich bin Deutsche, mein Onkel ist Däne«, erwiderte Victoria.

»Ich habe je ein Jahr in München und in Baden-Baden in einem Hotel gearbeitet.«

»Und jetzt sind Sie in Indien. Sie sind ja ziemlich herumgekommen.« Victoria lächelte den Lakai an.

»Vorher war ich noch in der Schweiz, und in London war ich Diener bei einem Earl. So bin ich an die Stelle im Haushalt von Lord Minto gelangt.«

»Sagen Sie ...«, Victoria gab vor, dies sei ihr gerade eingefallen, »... vor einigen Wochen hat doch ein Attentat auf den Vizekönig stattgefunden. Ich habe davon gelesen. Was für ein Glück, dass er den Anschlag unverletzt überstanden hat.«

»Ja, es war für alle im Palast ein ziemlicher Schock.«

»Wurden Sie denn etwa Zeuge der Schüsse?« Als würde der bloße Gedanke sie entsetzen, legte Victoria die Hand auf die Brust.

Es war dem jungen Mann anzusehen, dass er gern eine aufregende Geschichte erzählt hätte, doch zu Victorias Bedauern schüttelte er den Kopf. »Nein, ich war im Ballsaal und habe den Gästen Getränke serviert.«

Ach, wenn ich doch nur mit jemandem ins Gespräch käme, der das Attentat beobachtet hat, dachte sie enttäuscht. »Sagen Sie ... Aber, ach nein, das kann ich Ihnen nicht zumuten ...« Sie brach, scheinbar verlegen, ab.

»Was denn ...?«

»Sie müssen mich für schrecklich sensationslüstern halten.

Doch dürfte ich mir vielleicht die Stelle ansehen, an der das Attentat stattgefunden hat? Wissen Sie ... Ich schreibe manchmal Gedichte und Kurzgeschichten, und es wäre eine Inspiration, den schrecklichen Ort zu sehen ...«

Victoria bedachte den jungen Mann mit einem tiefen Blick aus ihren grünen Augen. Jeremy hätte sich über ihre Lüge köstlich amüsiert.

Jeremy ... Jetzt nur nicht über ihn nachdenken ...

Die Kehle wurde Victoria eng, und sie schluckte die Tränen weg.

»Nun, warum nicht?«

Der junge Mann führte sie in einen großen, dunkel getäfelten Salon, der Repräsentationszwecken diente und der wahrscheinlich, wenn der Vizekönig nicht in der Residenz weilte, öffentlichen Führungen zugänglich war. Er war in dem gleichen überladenen viktorianischen Stil gestaltet wie die Halle, aber lange nicht so düster, da er eine große Fensterfront zum Park hatte.

Die Vorstellung, wie entsetzt Hopkins darüber sein würde, dass ein englischer Lakai dermaßen pflichtvergessen sein konnte – noch dazu einer, der dem Vertreter der englischen Krone auf indischem Boden diente, heiterte Victoria ein wenig auf.

Sie gingen auf eine Terrasse, die sich über die ganze Breite der Rückfront erstreckte. Der Lakai deutete auf eine weitläufige Rasenfläche. »Sehen Sie die Zeder am Ende des Rasens, die ihre Krone über die Mauer neigt? Dort stand Lord Minto, als auf ihn geschossen wurde. Der Attentäter starb ganz in der Nähe.«

Die Zeder warf ihren Schatten über das sorgfältig gemähte Grün. Dort hatte also das seinen Anfang genommen, was zu

183

Jeremys Verschwinden geführt hatte. Die Angst legte sich wie ein schweres, drückendes Band um Victorias Herz.

Als sie in ihr Cottage zurückkehrte, erwartete Victoria im Esszimmer ein zum Tee gedeckter Tisch. Eine Etagere mit Sandwiches und frisch gebackenen Scones stand dort. Sie dufteten unwiderstehlich, doch Victoria hatte, wie so oft in der letzten Zeit, keinen Appetit.

»Von einem Pagen haben wir erfahren, dass Mr. Ryder, einen Tag bevor er verschwand, ein Telegramm bekam«, erzählte Victoria Hopkins. »Ich bin mir ziemlich sicher, dass es eine Antwort auf jenes war, das er abgeschickt hatte. Der Inhalt muss mit seinem Verschwinden zu tun haben.«

»Das ist gut möglich. Leider dürfte ein britischer Postbeamter nur unter der Folter bereit sein, Postgeheimnisse weiterzugeben. Ganz zu schweigen davon, dass sich nach mehreren Wochen ohnehin niemand auf dem Amt mehr an die Botschaft erinnern wird.«

»Ob sich das Telegramm unter Mr. Ryders Sachen auf der Polizei befindet?« Ein Affe lugte zwischen den Zweigen eines blühenden Strauches zu einem der Sprossenfenster herein und sprang dann davon. Die Nachmittagssonne beschien den grünen, englischen Rasen.

»Das wage ich zu bezweifeln.« Hopkins wiegte den Kopf. »Wenn die Nachricht wirklich wichtig war, hat er sie höchstwahrscheinlich vernichtet.«

»Ja, da haben Sie recht.«

»Nicht dass ich nicht andernfalls zumindest die Möglichkeit erwogen hätte, bei der Polizei einzubrechen.« Hopkins nahm sich ein Gurkensandwich und betrachtete es prüfend, ehe er hineinbiss. »Die Bibliothek in der Town Hall hat bereits geschlossen. Aber ich werde sie morgen aufsuchen und die britischen Zeitungen durchsehen. Ganz gewiss findet sich im Gesellschaftsteil eine Liste der Gäste, die beim Fest des Vizekönigs im April anwesend waren. Dank der Maharani werden wir auch sicher Zugang zu Lord Mintos Hof erhalten. Sie dürfen die Hoffnung nicht aufgeben, Miss Victoria.«

»Ich kann mir ehrlich gesagt nicht vorstellen, dass der Vizekönig und die Maharani gut miteinander harmonieren. Ich habe übrigens vorhin unsere Visitenkarten im Palast hinterlassen.«

»Die Maharani ist eine Fürstin. Lord Minto dürfte deshalb pragmatisch über ihre Äußerungen hinwegsehen.« Hopkins tupfte sich mit einer gestärkten Leinenserviette über den Mund. »Leela hat mir versichert, dass sich die Küche in einem sehr reinlichen Zustand befindet. Aber ich würde mich, ehrlich gesagt, gern selbst davon überzeugen. Halten Sie das für statthaft?«

»Nun, wären Sie ein englischer Adliger, wäre es sehr ungewöhnlich. Vielleicht wundern sich die Diener über einen dänischen Grafen, der so ein exzentrisches Verhalten an den Tag legt, aber nicht«, erwiderte Victoria lächelnd.

Sie fand es seltsam beruhigend, dass Hopkins die hygienischen Zustände in der Küche wichtig waren. Dies bedeutete ein Stück Normalität inmitten des Chaos, in das sich ihr Leben verwandelt hatte.

Nach dem Tee, Hopkins inspizierte die Küche, Victoria hatte sich ins Wohnzimmer zurückgezogen, kündigten rasche

Schritte auf dem Korridor Leela an. Victoria stand auf und ging ihr entgegen.

»Wie ist es Ihnen ergangen?«, erkundigte sie sich freundlich. »Konnten Sie sich Sumats Zimmer ansehen?«

»Ach, nein ...« Zu Victorias Erschrecken brach Leela in Tränen aus.

»Was ist denn geschehen?« Victoria zog sie in den Raum und neben sich auf das Sofa.

»Mrs. McEvoy, die Vermieterin, behauptet, Sumat sei ihr die Miete schuldig geblieben. Deshalb hat sie all seine Sachen an sich genommen. Ich will ja nichts Wertvolles. Ich hätte einfach nur gern ein Andenken an ihn. Aber ich durfte noch nicht einmal einen Blick auf seine Dinge werfen.« Leela schluchzte herzzerreißend.

»Ich gehe morgen mit Ihnen zusammen dorthin. Wir können Sumats Sachen bestimmt auslösen«, versuchte Victoria Leela zu beruhigen.

Sie fühlte sich auch schrecklich, weil Jeremys Gepäck auf der Polizei verwahrt wurde. Ganz sicher würde man ihr den Zugang nicht gestatten.

»Das ist sehr nett von Ihnen ...«

»Nach all dem, was Sie für Hopkins und mich getan haben, ist das ja das Mindeste.« Victoria lächelte Leela an. »Legen Sie sich ruhig ein bisschen hin, wenn Sie möchten. Ich komme allein zurecht.«

Es war tatsächlich so kühl geworden, dass sie einen Diener gebeten hatte, ein Feuer im Kamin ihres Zimmers anzuzünden. Eine Petroleumlampe auf dem kleinen Schreibtisch verbreitete ein warmes Licht. Das Dinner war exzellent gewesen – nicht dass Victoria viel Appetit gehabt hätte. Aber das Wenige, das sie gegessen hatte, hatte ihr gut geschmeckt. Die Inspektion der Küche hatte Hopkins zufriedengestellt, er hatte sich sehr lobend über die Zustände dort geäußert.

Victoria versuchte, sich auf ein Buch mit Reisebeschreibungen über Indien zu konzentrieren, doch sie war zu müde. Die vergangenen Tage hatten sie doch sehr angestrengt. Sie verzichtete darauf, nach heißem Wasser zum Waschen zu klingeln – am nächsten Morgen würde sie sich ein Bad gönnen –, und zog sich aus.

Nachdem sie in ihr Nachthemd geschlüpft war, löschte sie die Petroleumlampe und öffnete die Vorhänge. Der Nachthimmel war klar, die Sterne erschienen ihr riesengroß. Die schneebedeckten Gipfel des Himalaya zeichneten sich unter den Gestirnen ab.

Wo bist du, Jeremy?, dachte Victoria. Wieder glaubte sie zu fühlen, dass er noch am Leben war. Ob er sich irgendwo in ihrer Nähe befand oder an einem anderen Ort in diesem riesigen, fremden Land? Hopkins und Leela waren bei ihr. Sie konnte den beiden unbedingt vertrauen. Trotzdem fühlte sie sich auf einmal sehr einsam, und sie fröstelte trotz der Wärme, die das Feuer im Kamin verbreitete.

Eine Bewegung im rückwärtigen Teil des Gartens erregte plötzlich Victorias Aufmerksamkeit. Stand dort jemand und blickte zu ihr herüber? Zwischen den Büschen glaubte sie, einen Schemen wahrzunehmen. Unwillkürlich zog Victoria sich in das Zimmer zurück und schloss das Fenster.

Die Äste der Zeder erzitterten. Ein Affe sprang kreischend hinunter auf den Rasen. Sie atmete auf. Ihre Fantasie war mit ihr durchgegangen. Um Jeremys willen musste sie jetzt vernünftig bleiben und einen kühlen Kopf bewahren.

NEUNZEHNTES KAPITEL

Der indische Teil von Simla war bunt und chaotisch und laut und so ganz anders als die wohlgeordnete Welt der Briten. Wie eine riesige Pflanze, die jeden noch so kleinen Felsvorsprung ausnutzte, kletterten die Holzhäuser an den steilen Hängen empor. Die Straßen und Gassen waren eng, manche nicht breiter als ein Korridor. Die Luft war schwer von Gewürzen, von Speisegerüchen und den Ausdünstungen der Menschen und Tiere. Rufe und Stimmen in zahlreichen Sprachen umschwirrten Victoria. So viele verschiedene Eindrücke stürmten auf sie ein. Eine alte Frau kauerte in einem Hauseingang und mahlte Gewürze mit einer Handmühle. Ihr Mund war zahnlos, ihr Gesicht von Falten durchfurcht. Aber um die Handgelenke und Fußknöchel trug sie goldene Reifen wie ein junges Mädchen. Bei jeder Bewegung stießen sie leise klingend aneinander. Hinter einem Fenster hingen von Fliegen umschwirrte Lammhälften. Säcke voller Farbpigmente standen vor einem anderen Haus. Durch einen Torbogen erhaschte Victoria einen Blick in einen Hof, in dem ein Färber Stoffe in einen Sud tauchte. Leuchtend blaue Leinenbahnen wehten zum Trocknen im Wind. Victoria nahm sich vor, hier zu fotografieren.

Leela schritt zielstrebig durch das Gewimmel. Ohne sie hätte Victoria schon längst die Orientierung verloren. Schließlich drückte Leela eine Tür auf, von der die grüne Farbe in großen Schuppen abblätterte. Dahinter erstreckte sich ein schattiger Gang, der in einen Innenhof mündete. Über Treppen verbundene Galerien hingen wie Nester an den Wänden. Nun wirkte Leela doch ängstlich. Victoria drückte rasch ihre Hand.

»Mrs. McEvoy«, rief sie.

Ein Vorhang aus bunten Perlenschnüren bewegte sich auf der anderen Seite des Innenhofes. Eine füllige, schwarz gekleidete Frau trat dahinter hervor. Ihr wirres graues Haar war von einzelnen roten Strähnen durchzogen. Mit in die Hüfte gestemmten Händen, das breite Kinn vorgestreckt wie ein gereizter Stier, der bereit war zum Angriff, watschelte sie auf sie zu.

Ach du lieber Himmel, dachte Victoria. Kein Wunder, dass Leela eingeschüchtert war. Dieses Weib hätte jeder Kaschemme im Londoner East End zur Ehre gereicht.

»Du hast dir also Verstärkung mitgebracht.« Mrs. McEvoys Blick wanderte verächtlich von Leela zu Victoria. »Von mir werdet ihr nichts bekommen. Schert euch weg!«

Sie hatte einen starken irischen Akzent. Wahrscheinlich war sie die Gattin oder die Tochter eines irischen Soldaten und so nach Indien gelangt.

»Mrs. McEvoy, wir möchten Sumats Sachen haben«, erwiderte Victoria mit fester Stimme.

»Haut ab!«

Die Vermieterin trat drohend einen Schritt auf Victoria zu. Sie stank nach billigem Gin. Bei Demonstrationen der Suffragetten hatte Victoria gewalttätige Auseinandersetzungen mit Polizisten erlebt, und ihr unkonventioneller Vater hatte ihr außer Schießen auch Jiu-Jitsu beigebracht. Sie war imstande, sich zu wehren, und hatte nicht vor, dieser Frau das Feld zu überlassen. Sie blieb stehen, wo sie war, und sah Mrs. McEvoy entschlossen an.

»Sie werden uns jetzt sofort Sumats Sachen übergeben. Andernfalls zeige ich Sie wegen Diebstahls an.«

Victoria sprach bewusst in ihrem hochnäsigsten Oberschichtakzent. Armer britischer Pöbel war bei der Kolonialpolizei nicht sehr beliebt. Was auch Mrs. McEvoy wusste.

»Er hatte Mietschulden bei mir. Für fünfzehn Rupien könnt ihr seinen Kram meinetwegen haben.« Sie zuckte gleichgültig mit den Schultern.

Fünfzehn Rupien entsprachen einem britischen Pfund.

»Sieben Rupien und keinen Penny mehr.«

»Diese alte, habgierige Vettel lügt schon wieder.« Auf einem der Balkone war ein Mann erschienen. Er hatte den groben Körperbau eines Europäers und die dunkle Haut eines Inders. Bis auf einen schmuddligen Lendenschurz war er nackt. »Ich hab genau gesehen, wie ihr der Junge die Miete gegeben hat.«

»Was für ein Junge?«, fragte Victoria verblüfft.

»Na, der kleine, stumme Kerl.«

Victoria wechselte einen Blick mit Leela. »Heißt der Junge etwa Mahi?«

»Ja, genau, das ist sein Name. Wenn ich seine Gesten richtig gedeutet hab, ist er Sumats Bruder. Ein cleveres Kerlchen und nicht unterzukriegen. Den Eindruck hatte ich ...«

Victoria versuchte, ihre Gedanken zu ordnen. »Aber jetzt ist Mahi nicht mehr hier?«

»Ich hab ihn jedenfalls schon 'ne ganze Weile nicht mehr gesehen.« Der Mann kratzte seine dicht behaarte Brust.

»Ja, er ist vor ein paar Wochen abgehauen«, keifte Mrs. McEvoy. »Und das mit der bezahlten Miete stimmt nicht.«

»Lügnerin!«, scholl es vom Balkon.

»Wann war Mahi denn das letzte Mal hier?«, erkundigte sich Victoria.

»Keine Ahnung. Vielleicht vor fünf, sechs Wochen. Solange meine Mieter pünktlich zahlen, kümmere ich mich nicht um sie.«

»Auch wenn dieses Weib ständig lügt, in dem Punkt sagt es die Wahrheit!«, brüllte der Mann. »Es ist ungefähr sechs Wochen her, dass ich den Jungen das letzte Mal geseh'n hab.«

»Vier Rupien, Mrs. McEvoy, und keinen Penny mehr für Sumats Sachen«, erklärte Victoria entschieden. »Und achten Sie bitte auf Vollständigkeit. Sonst sehe ich mich doch noch zu einer Anzeige gezwungen.«

»Schon gut, schon gut, ich hol Ihnen den Kram.« Mrs. McEvoy trottete davon. Der Mann auf dem Balkon spuckte in ihre Richtung und zog sich dann zurück.

»Ich kümmere mich um eine Rikscha«, sagte Leela rasch.

Die Perlenschnüre des Vorhangs schlossen sich leise klappernd hinter Mrs. McEvoy. Victoria nahm plötzlich die Hitze in dem Hof wahr. Jeremy wurde vermisst, und nun wussten sie, dass Mahi zwar hier gewesen war, doch auch er war seit Wochen verschwunden. Was für ein seltsamer Zufall. Als ob sich die beiden gekannt hätten...

Nein, es war äußerst unwahrscheinlich, dass es da einen Zusammenhang gab. Bestimmt war Mahi einfach weitergezogen.

Im Allgemeinen war Hopkins der Ansicht, dass die britische Lebensart allen anderen Lebensweisen vorzuziehen war. Die Künste, die Architektur, die Manieren, das Essen – all dies war in seinen Augen unübertroffen und konnte der ganzen Welt als Vorbild dienen. Dennoch kam er nicht umhin festzustellen, dass die Town Hall von Simla wirklich scheußlich war. Das neugotische Bauwerk wirkte plump und unproportioniert. Mit seinem weit heruntergezogenen Dach und dem von dicken Säulen flankierten Vorbau hockte es wie eine fette Kröte, die auf Beute lauert, inmitten einer Rasenfläche über der Ridge, der Hauptstraße von Simla.

Die Town Hall beherbergte alles, was für das gesellschaftliche Leben von Aristokratie und Oberschicht wichtig war – einen Klub, Gesellschaftsräume, ein Theater, eine Bibliothek, zwei Leseräume sowie einen Ball- und einen Speisesaal und natürlich die Polizeistation. Außerdem gab es, als Reaktion auf den Aufstand der indischen Soldaten 1857, ein Waffenlager.

Die beiden Gentlemen, die Hopkins in der dämmrigen Eingangshalle begegneten, trugen helle Sommeranzüge und waren friedlich gestimmt. Sie rochen nach Zigarrenrauch und kamen wahrscheinlich aus dem Klub. Hopkins lüpfte höflich seinen Hut. Er kannte die Männer – George, den vierten Earl of Abbingdon, und seinen Bruder Sir Antony Palmer, den Gouverneur des Punjab und von Burma – von Fotografien. Hopkins war sich darüber im Klaren, dass er unauffällig gemustert und eingeschätzt wurde. Nun, sein von einem der besten Schneider Londons angefertigter Anzug, seine Seidenkrawatte und der silberne Knauf seines Spazierstocks sollten ihm früher oder später zu einer Einladung in den Klub verhelfen.

Hopkins erinnerte sich, gelesen zu haben, dass sich der Earl of Abbingdon Hoffnungen auf den Posten des Vizekönigs machte und sich schon seit einigen Monaten in Indien aufhielt. Es konnte nicht schaden, gegenüber dem Ministerium für Indien in London Interesse für Land und Leute zu demonstrieren.

Die Bibliothek war Hopkins' eigentliches Ziel. Hinter einer Art Empfangstresen saß eine junge Frau und schrieb etwas auf Karteikarten. Sie war blond und rosig und ihre Brille mit den runden Gläsern stand ihr, wie Hopkins fand, ganz entzückend. Der Name auf einem Schild wies sie als Miss Perkins aus. Er räusperte sich und fragte, wo er die Ausgaben der *Simla Times* finden könne.

»Die Ausgaben bis Anfang April finden Sie am Ende der Bibliothek. Die älteren Ausgaben werden gerade gebunden.«

Hopkins versicherte Miss Perkins, dass die Ausgaben bis Anfang April für seine Zwecke völlig ausreichend seien.

Freundlich erkundigte sich Miss Perkins, ob sie noch etwas für ihn tun könne.

»Nein, das heißt, ja...« Hopkins besann sich. »Hat vor ein paar Wochen vielleicht ein Journalist des *Spectator* die Dienste der Bibliothek in Anspruch genommen? Sein Name ist Jeremy Ryder.«

»Ein sehr freundlicher, gut aussehender Mann, nicht wahr?« Eine zarte Röte breitete sich auf Miss Perkins' Wangen aus. »Ja, ich erinnere mich gut an ihn. Er hat nach Verzeichnissen der District Collectors der letzten zwanzig bis dreißig Jahre gefragt. Ich musste sie ihm aus dem Archiv holen.«

»Hat Mr. Ryder gesagt, warum er sich für Verzeichnisse leitender Provinzbeamter interessierte?« Hopkins war verblüfft.

»Ja, er sagte, dass er sie als Recherche für einen Artikel benötige. Mr. Ryder soll verschwunden sein, habe ich sagen hören. Ich hoffe so sehr, dass er gefunden wird.«

Hopkins versicherte Miss Perkins, dass sie mit diesem Wunsch nicht allein war, und machte sich auf den Weg zu den Zeitungen. Darunter befanden sich auch wichtige britische Blätter wie die *Times* und der *Spectator*. Die neuesten Ausgaben waren etwa vier Wochen alt.

Hopkins zog sich mit der *Simla Times* in einen der Leseräume zurück. Wie erwartet fand er im Gesellschaftsteil die Gästeliste des Saisoneröffnungsfestes des Vizekönigs. Unter den Geladenen befanden sich Lord Abbingdon und Sir Antony Palmer und viele andere Männer von Rang und Bedeutung in Britisch-Indien. Doch ein Name ließ Hopkins stutzen. Nachdenklich blickte er durch das Fenster auf das Dächergewirr des unteren Basars.

Mit schnellen Bleistiftstrichen warf Victoria eine Skizze auf ihren Zeichenblock – die Hügel Simlas und dahinter die Bergkette des Himalaya. Einige Diener liefen nun durch den Garten und zum Küchengebäude. Sie trugen Eimer und andere große Gefäße. Anscheinend hatten sie gerade Wasser von einer Quelle geholt.

Was für eine elende Plackerei! Hopkins zahlte den Bediensteten bestimmt einen mehr als angemessenen Lohn. Er achtete immer sehr darauf, dass das Personal gut behandelt wurde. Aber Victoria beschloss, allen Bediensteten bei der Abreise vom Zedernhaus zusätzlich ein wirklich großzügiges Trinkgeld zu geben.

Leela hatte sich zurückgezogen, um in Ruhe Sumats Habseligkeiten durchzusehen. Sie war wie Victoria der Meinung, dass Mahi einfach weitergezogen war. Das würde zu der Aussage des Schulleiters passen, der ihn einen Streuner genannt hatte. Wie bedauerlich, dass sie den Jungen ein zweites Mal verfehlt hatten.

Ein Affe sprang aus den Zweigen der alten Zeder und beäugte interessiert Victorias Zeichenutensilien.

»Verschwinde!«, rief Victoria. Sie konnte schon verstehen, dass die Tiere, die sie anfangs possierlich gefunden hatte, eine ziemliche Plage sein konnten. Ein Gong ertönte jetzt vom Haus her und rief zum *tiffin*, wie in Indien ein früher Lunch genannt wurde. In der Eingangshalle traf Victoria Leela. Ihre Augen waren vom Weinen gerötet. Aber sie wirkte gefasst.

»Waren Sumats Sachen denn vollständig?«, fragte Victoria besorgt.

»Es sieht nicht so aus, als ob jemand darin herumgestöbert oder etwas entwendet hätte. Sumat hat ja nichts wirklich Wertvolles besessen, das zu verkaufen sich für Mrs. McEvoy gelohnt hätte. In Calcutta hat er auch nur in einem möblierten Zimmer gelebt. Fotografien, Bücher und natürlich Kleidung habe ich in der Kiste gefunden.« Leela drückte Victorias Hand. »Ich bin so froh, dass ich seine Sachen bekommen habe. Ich hätte es furchtbar gefunden, wenn sie in die Hände fremder Menschen geraten wären.«

»Das kann ich gut verstehen. Kommen Sie, Hopkins wartet bestimmt schon auf uns.«

Der Tisch im Speisezimmer war hübsch mit Silber und Porzellan gedeckt. In der Mitte prangte ein Strauß aus Rosen und Hortensien. Hopkins rückte eine gestärkte Leinenserviette zurecht und korrigierte die Lage eines Messers. Victoria unterdrückte ein Lächeln. Er konnte es einfach nicht lassen.

Hopkins strahlte. Sein Besuch in der Bibliothek schien erfolgreich gewesen zu sein. Auf einem kleinen Silbertablett entdeckte Victoria einen Briefbogen aus exquisitem Papier mit einem Wappen. Eine Einladung der Maharani Rameet Kaur an sie und den Grafen Gulda für den Nachmittag, wie sie nun sah.

»Hopkins, werden Sie die Fürstin mit mir besuchen?«, vergewisserte sich Victoria.

»Selbstverständlich, sehr gern.«

Hopkins brach ab, denn die Diener trugen das Essen auf. Die Mahlzeit umfasste knusprig gebratene Lammstreifen, würziges Blumenkohl-, Spinat- und Linsengemüse, Eier in einer Sesam-Joghurt-Soße, Brotfladen und Reis.

Victoria hatte endlich wieder einmal Hunger, und sie nahm von allem reichlich. »Nun, was haben Sie herausgefunden?«, wandte sie sich an Hopkins, als die Diener wieder gegangen waren.

»Mr. Ryder hat die Bibliothek ebenfalls aufgesucht...«

»Oh, tatsächlich?« Zum ersten Mal erfuhr sie etwas Konkretes, das Jeremy in Simla unternommen hatte. Vielleicht ergab sich daraus ja eine Spur. Sie hoffte es so sehr.

»Mr. Ryder hat sich Verzeichnisse der District Collectors der vergangenen Jahre aus dem Archiv holen lassen.«

»Haben Sie eine Ahnung, was er damit wollte?«

»Ich tappe leider ebenso im Dunkeln wie Sie, Miss Victoria.« Hopkins schob mit dem Messer sorgfältig Reis und Gemüse auf seine Gabel. »In der *Simla Times*, in der ich auch ein bisschen gestöbert habe, gab es tatsächlich eine Gästeliste des Festes, auf dem das Attentat verübt wurde. Ein Prinz

Kintu war aufgeführt. Wenn mich meine Erinnerung nicht täuscht, trägt der Enkel der Maharani Rameet Kaur diesen Namen...«

»Sie hat ihn beim Dinner an ihrem ersten Abend an Bord erwähnt und danach noch einige Male.« Victoria nickte.

»Nun, dann werden wir heute Nachmittag sicher herausfinden, ob ihr Enkel tatsächlich der Einladung des Vizekönigs gefolgt ist.« Hopkins widmete sich wieder kurz seinem Essen. »Ich dachte, es könnte ferner nicht schaden, die Zeitungen auf wichtige Ereignisse durchzusehen. Etwas, das mit Mr. Ryders Verschwinden oder dem Attentat auf den Vizekönig zu tun haben könnte... Und dabei bin ich auf etwas Merkwürdiges gestoßen.« Er legte eine Kunstpause ein.

»Was meinen Sie damit? Ach, Hopkins, nun spannen Sie mich und Leela doch nicht so lange auf die Folter«, neckte Victoria ihn.

»Ein Mann namens Harbir Singh wurde wenige Tage nach dem Fest in der Residenz auf der Straße von der Bahnstation nach Simla von einem durchgehenden Ochsengespann überfahren und kam dabei um. Ich habe ein wenig recherchiert, unter anderem im Archiv der *Simla Times*. Dabei entdeckte ich, dass Harbir Singh zu den Wachsoldaten des Vizekönigs gehörte und sich während des Festes im Park aufhielt.«

»Das ist wirklich seltsam«, sagte Victoria nachdenklich. »Hat der Mann Angehörige in Simla?«

»Ja, er hinterlässt eine Gattin und eine kleine Tochter.«

»Es könnte sich lohnen, mit der Witwe zu sprechen.«

»Genau das wollte ich Ihnen vorschlagen, Miss Victoria.«

»Ich begleite Sie gern.« Leela, die bisher schweigend zugehört hatte, blickte Victoria an.

»Ja, wahrscheinlich ist die Witwe Frauen gegenüber offener als einem Mann, und wahrscheinlich wird sie kein Englisch sprechen.«

»Mir ging eben noch etwas durch den Kopf«, sagte Leela zögernd. »Dieser Prinz Kintu ... Ich bin mir nicht ganz sicher, aber ich glaube, ein Adliger mit diesem Namen unterstützt die Nationalbewegung ...«

Das Anwesen der Maharani lag auf dem Elysium Hill, einem Berg am Rande von Simla. Das Gebäude besaß die Architektur eines komfortablen edwardianischen Landsitzes. Die Mauern waren weiß, die Gebäudeflügel ineinander verschachtelt. Es gab sehr viele Fenster, so als hätte der Erbauer Wert darauf gelegt, auch im Haus möglichst viel von der Umgebung zu sehen.

Ein indischer Diener geleitete Victoria und Hopkins die Stufen zum Portal hinauf. Ein anderer öffnete ihnen die Eingangstür und führte sie zu einem weitläufigen Raum auf der Rückseite des Gebäudes, wo er sie bat zu warten. Die Maharani werde gleich bei ihnen sein, sagte er.

Neugierig blickte Victoria sich um. Fenstertüren gingen auf einen terrassenförmig angelegten Park hinaus. Vergoldete Schnitzereien zierten die mit cremefarbener Seide bespannten Wände. Die Porträts in aufwendig gearbeiteten, ebenfalls vergoldeten Rahmen zeigten indische Herrscher und Herrscherinnen – wohl Ahnen der Maharani, denn die Ähnlichkeit mit ihr war unübersehbar. Überall im Raum standen niedrige, mit rotem Samt bezogene Sofas und Sessel, die einen bequemen Eindruck machten. Den Boden bedeckten kostbare Teppiche, die farblich mit den Möbeln harmonierten.

»Mein lieber Graf, Lady Victoria ... Wie erfreulich, dass

Sie tatsächlich heute schon Zeit hatten.« Lächelnd schritt die Maharani nun auf sie zu. »Darf ich Ihnen meinen Enkel, Prinz Kintu, vorstellen?«

Der junge Mann an ihrer Seite war ihr wie aus dem Gesicht geschnitten und – wie Victoria zugeben musste – wirklich äußerst gut aussehend. Sein schmales Gesicht mit der gebogenen Nase hatte etwas von einem stolzen Raubvogel. Die mandelförmigen Augen mit den langen Wimpern waren ausdrucksvoll und verliehen dem Antlitz eine gewisse Weichheit, ohne dass es dadurch feminin gewirkt hätte. Wie seine Großmutter trug der Prinz indische Kleidung. Sein Obergewand war aus weißem Brokat gefertigt. Den Turban zierte ein in Silber eingefasster Smaragd.

»Lady Victoria, wie schön, Sie und Ihren Onkel kennenzulernen.« Der Prinz verbeugte sich. »Meine Großmutter hat mir schon viel von Ihnen erzählt.« Er sprach Englisch mit einem ausgeprägten Oxford-Akzent, was Victoria schmerzlich an Jeremy erinnerte.

»Oh, das Vergnügen ist ganz auf unserer Seite«, erwiderte sie höflich.

»Graf, Lady Victoria, möchten Sie sich vor dem Tee den Park und unsere Pferdeställe ansehen?«, erkundigte sich die Maharani.

»Sehr gern, Hoheit, wenn ich auch zugeben muss, dass ich nicht mehr reite«, erklärte Hopkins.

»Tatsächlich? Wie schade...« Die Maharani öffnete eine der Fenstertüren.

»Ein Reitunfall in meiner Jugend bei einer Jagd...« Hopkins vollführte eine Geste, die besagte, dass er knapp dem Tode entronnen war.

Reiten war also eines der wenigen Dinge, die Hopkins

nicht beherrschte ... Wobei Victoria ihn sich sehr gut vorstellen konnte, wie er mit einem Zylinder auf seinen grauen Haaren elegant über ein Hindernis setzte.

»Worüber amüsieren Sie sich gerade?« Der Prinz blickte Victoria fragend an, er schien ein guter Beobachter zu sein.

Sie hatten mittlerweile die Terrasse betreten und gingen eine Steintreppe zu einer Rasenfläche hinunter, in deren Mitte sich ein großes, rechteckiges Wasserbecken befand. Zwischen unzähligen Seerosen blitzten Goldfische auf. Eine Fontäne sprühte einen Tropfenschleier gen Himmel.

»Ach, mir ging nur etwas durch den Kopf«, redete sich Victoria heraus. »Verzeihen Sie, dass ich so geistesabwesend war.«

»Sie müssen sich nicht entschuldigen«, wehrte er ab. »Meine Großmutter sagte mir, dass dies Ihre erste Reise nach Indien ist.«

»Ja, das stimmt.«

»Und, wie gefällt Ihnen das Land?«

»Ich finde es überwältigend und faszinierend. Die Farben, die Düfte, die Blumen, die uralten Tempel und die wunderschöne Natur ... Die Temperaturen in Delhi und Calcutta haben mir allerdings schon sehr zugesetzt.«

»Das nächste Mal sollten Sie zu einer anderen Jahreszeit wiederkommen.« Der Prinz lachte, was ihn sympathisch machte. »Vielleicht können Sie sich umgekehrt vorstellen, wie ich mich in den kalten und nassen britischen Wintern in Oxford gefühlt habe. Ich habe oft mit einer Decke um die Schultern frierend vor dem Kaminfeuer in meinem Zimmer im College gesessen.«

»An welchem College haben Sie denn studiert?«

»Am Oriel College.«

Jeremy hatte das Exeter College besucht. Er hatte die Zeit dort sehr genossen. »Haben Sie das Studium gemocht?«

»Ja, die Atmosphäre ist einzigartig. Die Diskussionen mit den anderen Studenten und die intensiven Gespräche mit meinen Tutoren. Und ich fand es immer wieder faszinierend, in dem Speisesaal mit der gotischen Balkendecke zu sitzen, an der Stirnwand die Gemälde berühmter Absolventen, und mir vorzustellen, dass schon vor Jahrhunderten Studenten dort ihre Mahlzeiten einnahmen.«

»Ich wünschte, Frauen könnten überall auf der Welt genauso selbstverständlich studieren wie Männer«, sagte Victoria impulsiv.

»In Deutschland ist das nicht möglich?«

»Äh ... nein ...« Victoria rief sich gerade noch rechtzeitig ins Gedächtnis, dass sie ja eine deutsche Comtesse war.

»Meine Großmutter erzählte mir, dass Sie für die Emanzipation der Frauen sind. Was sie sehr für Sie eingenommen hat.« Prinz Kintu schenkte ihr ein Lächeln. »Ich möchte die Zeit in Oxford nicht missen. Ich hatte viel Kontakt zu Studenten aus der Oberschicht und der Aristokratie, habe mit ihnen Kricket gespielt und bin mit ihnen gerudert. Aber mir war immer klar, dass ich letztlich nicht wirklich dazugehöre.«

»Sie meinen, weil Sie Inder sind?«, fragte Victoria leise.

»Ja, genau.« Er sagte es ohne Bitterkeit.

Inzwischen hatten sie eine weitere Gartenterrasse erreicht. Rosen in den unterschiedlichsten Rottönen, von fast Schwarz bis hin zu Altrosa, blühten in Beeten um einen Brunnen. Doch das eigentlich Überwältigende war die Aussicht. Unter ihnen breitete sich Simla auf mehreren Hügeln aus. Ein grüner Dschungel, in dem die Häuser fast verschwanden. Dahinter, an diesem klaren Tag beinahe zum Greifen nah, ragte der Himalaya auf. Majestätisch und erhaben, jedoch auch Furcht gebietend. Victoria konnte gut verstehen, dass ihn die Einheimischen als Sitz der Götter verehrten.

»Der Blick gefällt Ihnen?«, hörte Victoria Prinz Kintu fragen.

»Ja, sehr...«

»Meine Großmutter genießt es, hier zu wohnen. Und es bereitet ihr eine besondere Befriedigung, dass die Regierung es nicht mehr gern sieht, wenn indische Fürsten in Simla Anwesen erwerben.« Seine Stimme klang amüsiert.

»Hassen Sie die Briten eigentlich?«

»Nein, das nicht.« Prinz Kintu schüttelte den Kopf. »Ich halte viele der Briten einfach nur für arrogant und ignorant und verstehe nicht, wie sie sich uns Indern kulturell überlegen fühlen können. Indien hatte schon eine jahrtausendealte städtische Hochkultur, während in der Heimat der Briten die Menschen noch in strohgedeckten Lehmhütten hausten.« Er warf Victoria einen raschen Blick von der Seite zu. »Ich hoffe, Sie verzeihen mir meine Offenheit.«

»Ich habe Sie ja gefragt. Und ich kann Sie gut verstehen...«

Schweigend schlenderten sie nebeneinander her. Ein Stück vor ihnen reichte Hopkins der Maharani galant die Hand, um ihr die Stufen zu einer nächsten Gartenterrasse hinunterzuhelfen. Rameets Sari aus roter Seide und ihr Schmuck leuchteten im Sonnenlicht.

»Sind Sie denn zusammen mit Ihrer Großmutter in Simla eingetroffen?« Mit der Frage gab Victoria vor, nicht die Wahrheit zu kennen. Der Zeitpunkt schien ihr günstig, das Gespräch auf das eigentliche Ziel ihres Besuchs zu lenken.

»Nein, ich kam bereits Anfang April hierher. Ich habe auch an dem Fest des Vizekönigs zur Eröffnung der Sommerregierungsperiode teilgenommen.«

»Etwa jenem Fest, bei dem das Attentat auf Lord Minto verübt wurde?« Victoria war sehr erleichtert, dass ihr Prinz Kintu unabsichtlich den Ball zugespielt hatte. »Es war bestimmt schrecklich...«

»Ich hielt mich im Palast auf und habe nicht viel davon mitbekommen. Schüsse fielen... Ich rannte mit den anderen Gästen nach draußen. Da wurde der Vizekönig schon von den Wachen weggebracht und der Attentäter lag tot am Boden...«

»Der Attentäter soll dem radikalen Flügel der indischen Nationalbewegung nahestehen«, tastete sich Victoria weiter vor.

»Es liegt zumindest eine gewisse Logik darin, dass die Briten dies so sehen möchten.« Kintus Stimme klang neutral.

»Sie glauben es nicht?«

»Ich habe keine Ahnung, ob es die Wahrheit ist oder nicht.«

Benahm er sich jetzt etwas zu gleichmütig? Victoria war sich nicht sicher.

»Befürworten Sie denn die Unabhängigkeit?« Sie riskierte es, den Prinzen direkt zu fragen.

»Ja, natürlich. Indien sollte einen Status erhalten wie etwa Australien und Kanada und eine eigene Regierung haben, jedoch mit Großbritannien in einem Staatenbund unter der englischen Krone vereinigt bleiben. Gewalt kann jedoch kein Mittel sein, um dieses Ziel zu erreichen.«

An die unterste Gartenterrasse schlossen sich weitläufige Stallungen an. Hopkins und die Maharani hatten schon einen der Ställe betreten. Victoria folgte ihnen an Prinz Kintus Seite. Ihre Augen benötigten einen Moment, ehe sie sich an das Licht im Inneren gewöhnt hatten. Es roch nach Heu und Stroh.

Etwa ein Dutzend Boxen grenzten an einen gekachelten Gang. Einige schlanke, dunkle Pferdeköpfe beugten sich über das Holz und beäugten die Menschen neugierig. Andere Pferde ließen sich nicht stören und rupften weiter Heu aus einer Raufe.

Victoria betrachtete sich nicht als Pferdekennerin. Aber es war einfach unübersehbar, dass jedes der Tiere ein Vermögen wert war.

»Die Pferde sind wunderschön.« Sie streichelte eine Stute zwischen den Ohren. Das Tier schnaubte leise.

»Khurti mag Sie.« Prinz Kintu lächelte Victoria an. »Hätten Sie denn Lust, demnächst einmal mit mir auszureiten?«

»Sehr gern...«

Ja, Victoria fand den Prinzen sympathisch. Aber konnte sie ihm wirklich trauen? Sie hoffte, dass sie bei einem Ausritt mehr über ihn erfahren würde.

ZWANZIGSTES KAPITEL

Zum ersten Mal seit ihrer Ankunft in Simla war der Himmel bedeckt. Als Victoria am Morgen aus den Fenstern ihres Zimmers geblickt hatte, war der Himalaya im Dunst verschwunden gewesen. Mit dem Wetterwechsel war auch ihre Abgeschlagenheit zurückgekehrt. Zusammen mit Leela war sie nun wieder im indischen Teil der Stadt unterwegs. Anders als am Vortag bereiteten ihr die intensiven Gerüche Übelkeit. Allmählich fragte sie sich, ob mit ihrem Magen etwas ernsthaft nicht stimmte.

Die Kulis, die Victorias Rikscha zogen, blieben stehen, denn ein Karren, der getrockneten Kuhdung geladen hatte, versperrte den Weg. Eine hitzige Diskussion mit dem Fahrer entwickelte sich. Victoria drehte sich um. Hinter ihr hielt die Rikscha, in der Leela saß. Ein Stück entfernt wendete eine Frau Gemüse auf dem offenen Feuer einer Garküche. Hinter dem schmalen Fenster eines Ladens lag Schmuck, ein Mann mit einem blauen Turban betrachtete interessiert die Auslage. Ein anderer balancierte eine lange Stange, die über seinen Schultern lag, durch die Menge. An beiden Enden hing je ein Wassereimer.

Leela stieg aus und lief zu dem Karren. Sie redete heftig auf den Fahrer ein – ihrer Mimik und Gestik nach zu schließen, bedachte sie ihn mit Schimpfworten. Ihre Tirade zeigte Wirkung, denn der Fahrer lenkte das Fahrzeug nun zur Seite. Victoria dankte Leela mit einem Lächeln, und sie fuhren weiter.

Während Victoria und Hopkins die Maharani besucht hatten, hatte Leela herausgefunden, wo Harbir Singhs Witwe wohnte und dass sie Asha hieß. Mit ihr ins Gespräch zu kommen, würde wahrscheinlich nicht ganz einfach sein. Deshalb hatte Victoria sich überlegt, in der Gegend um den Basar zu fotografieren. Sie würde erklären, an indischem Leben interessiert zu sein. Alles Weitere würde sich dann ergeben.

Victoria rief den Kulis zu anzuhalten, als sie sich dem Basar näherten. Während Leela die Männer entlohnte, stieg sie mit ihrer Faltkamera aus der Rikscha. Dieser Fotoapparat war viel handlicher als ihre große Kamera mit dem Stativ, wirkte jedoch auch professionell und erregte bestimmt mehr Aufsehen als die kleine Kodak. Ganz in der Nähe befand sich ein Laden, vor dem Stoffballen auf Tischen lagen. Victoria machte einige Aufnahmen. Ihr Plan ging auf. Sofort drehten sich Menschen neugierig zu ihr um. Einige Kinder umringten sie, Leela scheuchte sie energisch davon.

Lampions aus Papier und Stoff und Perlenschnüre mit dicken Quasten hingen vor einem anderen Laden. Victoria fotografierte auch sie, dann einen Affen auf einem Hausdach und Gewürze, die auf Blechtellern, zu kleinen Kegeln geformt, an einem Stand feilgeboten wurden. Götterfiguren für Hausaltäre waren so bunt, dass es fast in den Augen schmerzte, und Victoria bedauerte es, dass all die überwältigenden Farben nur als Grauschattierungen auf den Fotografien zu sehen sein würden.

Langsam schritten Leela und sie durch den Basar. Immer wieder blieb Victoria stehen und fotografierte. Nun richtete sie ihre Kamera auf eine alte Frau, die sich aus einem Fenster lehnte und am Mundstück einer Wasserpfeife sog. Die Alte lachte und rief Victoria etwas zu, das sie nicht verstand.

»Was hat sie gesagt?« Fragend sah sie Leela an.

»Sie meinte, für eine Europäerin wären Sie sehr hübsch, und sie wünscht Ihnen einen guten Gatten und viele Söhne.«

Victoria rang sich ein Lächeln ab. Ob sie und Jeremy wohl jemals heiraten und Kinder miteinander haben würden? Damit Leela ihren Schmerz nicht sah, wandte sie sich rasch ab. Ihr Blick fiel auf einen Mann mit einem blauen Turban. Er stand vor einem Teeladen. War es derselbe, den sie schon vor dem Schmuckladen beobachtet hatte? Und sah er in ihre Richtung? Nun betrat er das Geschäft. Wahrscheinlich bildete sie sich nur ein, dass er sie verfolgte.

Dann endlich erreichten sie ihr Ziel, ein niedriges Holzhaus, neben dem eine Treppe zur Mall hinaufführte. Leela klopfte an die Tür. Eine Frau öffnete und spähte scheu in die Gasse. Das musste Asha sein. Ein kleines Mädchen klammerte sich an ihren Sari.

Leela deutete auf Victoria und die Kamera. Sie hatten verabredet, dass Leela sie vorstellen und fragen würde, ob Victoria das Innere der Wohnung fotografieren dürfe. Harbir Singhs Witwe zögerte, ließ sie dann jedoch ein.

»Anscheinend hat sich schon herumgesprochen, dass Sie auf dem Basar unterwegs sind.« Leela wechselte ins Englische.

»Ich bin Asha«, sagte die Witwe. »Ich spreche Ihre Sprache, denn ich war auf einer Klosterschule.«

»Oh ... Vielen Dank, dass Sie uns einlassen«, erwiderte Victoria freundlich.

Asha geleitete sie in eine Küche, in der ein gemauerter Herd stand, und dann in ein Zimmer, das wohl als Wohnraum diente. Es war indisch und europäisch eingerichtet. Die Wände waren orangefarben und gelb gestrichen. Es gab einen Tisch und Stühle, außerdem Polster mit bunten Kissen darauf. Auf einem Schrank standen Messinggefäße und blaue und türkisfarbene Tonschalen.

Das kleine Mädchen blieb im Türrahmen stehen und musterte Victoria und Leela scheu. Es hatte ein hübsches, von dunklen Haaren umrahmtes Gesicht. Victoria lächelte es an, doch es drehte sich um und rannte davon.

»Sie müssen Davi entschuldigen«, bat Asha. »Sie ist in der letzten Zeit sehr schüchtern. Mein Mann starb vor Kurzem ...«

»Das tut uns sehr leid.« Victoria hatte plötzlich ein schlechtes Gewissen, dass sie sich unter einem Vorwand eingeschlichen hatten.

»Darf ich Ihnen einen Tee anbieten?«

»Sehr gern. Und dürfte ich Sie vielleicht beim Teezubereiten fotografieren?«

Asha hatte nichts dagegen. So folgte ihr Victoria in die Küche. Anmutig gab die junge Frau, sie war vielleicht Mitte zwanzig, schwarzen Tee und Minzblätter in eine Kanne und füllte sie mit heißem Wasser. Victoria entzündete das Blitzlichtpulver. Als es knallte, sah sie Davi zum Fenster hereinlugen. Gleich darauf war das Kind verschwunden.

Victoria machte mehrere Aufnahmen von Asha. Sie hatte ein ebenmäßiges Gesicht und große Augen. Es wirkte sehr malerisch, wie sie in ihrem Sari vor dem gemauerten Herd stand, über dem Töpfe an Wandhaken hingen. Mit einem Tablett ging Asha schließlich zurück ins Wohnzimmer und stellte die Kanne, Tassen und ein Schälchen mit Zucker auf den Tisch. Victoria verstaute ihre Kamerautensilien in ihrer Umhängetasche und folgte ihr.

»Fotografieren Sie für eine Zeitung, Lady Victoria?«, fragte Asha schüchtern.

»Äh... nein, es ist mehr ein Hobby«, schwindelte Victoria. »Das heißt, eigentlich sind Leela und ich aus einem anderen Grund zu Ihnen gekommen.« In Ashas Augen trat ein wachsamer Ausdruck, und sie zog die Tasse, die sie vor Victoria hatte stellen wollen, zurück. »Mein Verlobter, Mr. Ryder, ist vor einigen Wochen in Simla verschwunden. Er untersuchte das Attentat auf den Vizekönig.« Victoria hatte sich entschlossen, Asha die Wahrheit zu sagen. »Ihr Gatte war ein Wachsoldat Lord Mintos. Es erscheint mir merkwürdig, dass er so kurz nach dem Anschlag bei einem Unfall ums Leben kam. Deshalb möchte ich Sie fragen, ob vielleicht irgendetwas an diesem Unfall seltsam war.«

Victoria hatte vermutet, dass Asha auf dieses Geständnis zornig reagieren würde. Aber sie hatte nicht damit gerechnet, dass die Reaktion der jungen Witwe so heftig werden würde. Asha sprang auf und stieß dabei gegen den Tisch. Eine der Tassen fiel um, der Tee ergoss sich über die Holzplatte und floss auf den Boden.

»Wie können Sie es wagen, mich so anzulügen!« Ihre Augen blitzten vor Zorn, Victoria glaubte jedoch auch Angst darin zu erkennen.

»Asha, es tut mir so leid... Ich...«

»Gehen Sie auf der Stelle!« Harbirs Witwe wies auf die Tür.

Victoria sah ein, dass jedes weitere Wort zwecklos sein würde. Stumm nahm sie ihre Tasche an sich und bedeutete Leela, mit ihr das Haus zu verlassen.

Asha wusste irgendetwas. Davon war Victoria überzeugt. Aber es gab keine Möglichkeit, sie zum Reden zu bringen. Und jetzt standen sie in der Gasse, ohne weiteren Plan. Ach, wenn sie doch nur der Polizei in Simla vertrauen könnte!

Eine Bewegung in einem Hauseingang nicht weit von Ashas Holzhaus entfernt ließ sie den Kopf wenden. Dort kauerte Davi und starrte sie und Leela an. Das Mädchen hatte den Daumen in den Mund gesteckt. Wie um sich selbst Halt zu geben, sog es daran. Seine Verlorenheit griff Victoria ans Herz. Ihr fielen die Bonbons in ihrer Umhängetasche ein. Für den Fall, dass sie Kinder fotografieren wollte, hatte sie eigentlich immer welche dabei. Vielleicht würde sich Davi ja über eine Süßigkeit freuen.

»Würden Sie dem Kind bitte sagen, dass ich etwas Leckeres für es habe?«, wandte sie sich an Leela.

Leela ging vor Davi in die Hocke, lächelte sie an und sagte etwas auf Hindi zu ihr. Victoria holte ein paar Pfefferminzbonbons aus ihrer Handtasche und zeigte sie der Kleinen. Zuerst reagierte Davi nicht, dann riss sie Victoria die Leckereien aus der Hand und stopfte sie sich in den Mund. Ein zaghaftes Lächeln breitete sich auf ihrem Gesicht aus und enthüllte eine große Zahnlücke.

»Schmeckt es dir?«, fragte Victoria.

Leela wiederholte den Satz auf Hindi. Davi nickte. Dann brabbelte sie etwas mit vollem Mund. Leela runzelte die Stirn.

»Was hat sie gesagt?« Fragend sah Victoria Leela an.

»Sie meinte, ein *sahib* habe ihr vor ein paar Wochen auch Bonbons geschenkt. Sie hätten genauso ausgesehen und auch nach Minze geschmeckt.«

Ein *sahib*... der genau die gleichen Bonbons gehabt hatte? Jeremy lutschte manchmal Pfefferminzpastillen.

»Fragen Sie Davi doch bitte, wie dieser Mann ausgesehen hat«, bat Victoria rasch.

Leela übersetzte. Davi sprudelte einige Worte hervor.

»Sie weiß nicht mehr, wie der *sahib* ausgesehen hat.« Leela wandte sich Victoria zu. »Aber auf der Bonbondose war das Bild einer alten Frau mit einer Krone auf dem Kopf. Und der Mann hat die Dose aus einer viereckigen Ledertasche genommen, wie sie auch die britischen Beamten haben. Nur war seine schon ziemlich abgewetzt.«

Queen Victoria ... Jeremys Pastillen, die Royal Peppermint, hatten ein Bild der einige Jahre zuvor verstorbenen Königin auf der Dose. Und Jeremys Aktentasche sah in der Tat ziemlich mitgenommen aus. Victoria hatte geplant, ihm bei nächster Gelegenheit eine neue zu schenken.

Ashas ärgerliche Stimme schallte plötzlich durch die Gasse. Sie rief dem Kind etwas auf Hindi zu. Wahrscheinlich forderte sie es auf, sofort nach Hause zu kommen. Jeremy hatte tatsächlich Asha aufgesucht...

Kurz entschlossen nahm Victoria Davi an die Hand und drängte sich, gefolgt von Leela, an Asha vorbei ins Haus.

Victoria schlug die Tür zu. Sie würde nicht gehen, ehe sie nicht von Asha die Wahrheit erfahren hatte.

»Was fällt Ihnen ein! Verlassen Sie auf der Stelle mein Haus!«, fuhr Asha sie an. »Sonst rufe ich um Hilfe!«

Davi klammerte sich an ihre Mutter und begann zu weinen.

»Asha, Harbirs Tod war kein Unfall, nicht wahr? Ihr Gatte hat irgendetwas über das Attentat gewusst. Und ich will von Ihnen erfahren, was.«

Asha stieß Victoria zurück. Sie versuchte, sich an ihr vorbeizuschieben und die Tür zu erreichen. Doch Victoria hielt sie fest.

»Jeremy, mein Verlobter, war vor seinem Verschwinden bei Ihnen und hat mit Ihnen über Harbirs Tod und den Anschlag gesprochen. Wahrscheinlich hat er Nachforschungen über Harbirs Tod angestellt. Wenn Sie mir sagen, was Sie wissen, finde ich vielleicht heraus, was meinem Verlobten zugestoßen ist. Und wer dafür verantwortlich ist.«

Asha schluchzte auf und schlug die Hände vors Gesicht. »Bitte, gehen Sie ...«

»Asha, haben Sie Harbir wirklich geliebt? So sehr, dass Sie glauben, ohne ihn nicht leben zu können? Dass Ihnen alles leer und sinnlos erscheint und Sie sich wünschen, selbst tot zu sein? Wenn ja, dann müssen Sie mir helfen!« Nun schossen auch Victoria die Tränen in die Augen.

Asha ließ sich, als hätte sie plötzlich alle Kraft verlassen, gegen die Wand sinken. »Ja, Ihr Verlobter war bei mir«, sagte sie. »Er hat ebenfalls vermutet, dass Harbir absichtlich getötet wurde, weil er am Abend oder während des Anschlags irgendetwas gehört oder beobachtet hat ...«

»Was wusste Harbir?«

»Das weiß ich nicht. Nach dem Attentat war er irgendwie bedrückt, was gar nicht seine Art war. Ich fragte ihn, was denn los sei. Er meinte, gar nichts. Alles sei in Ordnung. Aber ich ließ nicht locker. Schließlich gab er zu, etwas gesehen zu haben. Deshalb war er überzeugt, dass der Anschlag nicht Lord Minto galt. Er wollte mir allerdings nicht anvertrauen, was. Ich beschwor ihn, was auch immer er beobachtet hatte, seinen Vorgesetzten zu melden. Ach, er war so stolz, als er im letzten Herbst zur Wache des Vizekönigs versetzt wurde...« Asha brach ab und schluchzte verzweifelt.

Victoria wartete, bis sie sich etwas beruhigt hatte. »Und, folgte Harbir Ihrem Rat?«, fragte sie behutsam.

»Er sagte am Tag vor seinem Tod, er habe mit jemandem gesprochen, aber er nannte keinen Namen. Und er vertraute mir auch nicht an, was ihn so beunruhigt hatte. Seit sein Leichnam nach Hause gebracht wurde, frage ich mich ständig, ob Harbir noch am Leben wäre, wenn ich ihn nicht gedrängt hätte, mir seine Beobachtung mitzuteilen...« Wieder wurde Asha von einem heftigen Weinen geschüttelt.

Victoria legte ihr den Arm um die Schultern. Sie führte sie ins Wohnzimmer, schob sie auf das Sofa und setzte sich neben sie. Aus der Küche hörte sie Leela beruhigend auf Davi einreden.

Ja, wahrscheinlich würde Harbir noch leben, wenn er geschwiegen hätte, dachte sie traurig.

»Asha, was auch immer geschehen ist, ist nicht Ihre Schuld«, sagte sie, als sich die junge Frau etwas beruhigt hatte. »Sie wollten doch nur das Beste für Ihren Mann. Ich verspreche Ihnen, ich werde versuchen herauszufinden, wer Harbirs Tod auf dem Gewissen hat.«

»Und Sie glauben wirklich, dass derjenige auch für das Verschwinden Ihres Verlobten verantwortlich ist?«

»Ja, da bin ich ganz sicher...«

Asha wischte sich die Tränen von den Wangen. »Vor ein paar Tagen kam ein Mann zu mir... Er wies sich als Polizist aus und befragte mich auch zu Harbirs Tod und zu Mr. Ryder. Ich traute ihm nicht und habe ihm nichts gesagt ...«

»Das war wahrscheinlich gut so ...« Victoria musste plötzlich an den Mann mit dem blauen Turban denken. War Leela und ihr möglicherweise doch jemand gefolgt? »Asha, haben Sie Verwandte oder eine Freundin, die Sie mit Davi für einige Zeit besuchen könnten?«

»Meine Mutter lebt in Lahore ...«

»Dann sollten Sie noch heute mit Ihrer Tochter dorthin fahren. Achten Sie darauf, dass Sie auf dem Weg zum Bahnhof nicht beobachtet werden. Leela wird Sie begleiten.« Victoria nahm ihr Portemonnaie aus ihrer Handtasche und reichte Asha alles Geld, das sie dabeihatte. »Das ist für Sie und Davi. Ich wünsche Ihnen beiden viel Glück. Und danke, dass Sie mit mir gesprochen haben.«

Victoria versicherte Leela, dass sie, um zur Mall zu gelangen, nur die Treppe hinaufsteigen müsse und dass sie das auch allein schaffen werde. In Gedanken versunken, bahnte sie sich ihren Weg zwischen den Menschen hindurch. Ja, wer auch immer Harbir getötet hatte oder ihn hatte umbringen lassen, war auch für Jeremys Verschwinden verantwortlich. Davon war sie jetzt fest überzeugt. Nur zu gut konnte sie sich vorstellen, wie Jeremy nach dem Gespräch mit Asha Nachforschungen über den vermeintlichen Unfall angestellt hatte. Wie er einfach nicht locker gelassen und damit die Aufmerksamkeit von Harbirs Mörder auf sich gezogen hatte. Vielleicht war er auch schon durch seine Ermittlungen über das Attentat in dessen Fokus geraten. *Ach, warum habe ich Jeremy nur nach Indien reisen lassen?*, dachte sie verzweifelt.

Die Menschen auf der Treppe drängten plötzlich zur Seite. Der Herd einer kleinen Garküche, die jemand waghalsig auf einem Absatz betrieb, stürzte um. Eine Frau, die sich an der heißen Suppe verbrüht hatte, schrie auf. Eine Kuh, das den Hindus heilige Tier, stieg die Stufen hinunter, völlig ungerührt von dem Durcheinander.

Verblüfft starrte Victoria das Tier an, als sie gepackt und in einen Hauseingang gezerrt wurde. Eine kräftige Hand legte sich auf ihren Mund. Der Geruch von ranzigem Öl drang ihr in die Nase und verursachte ihr Übelkeit. Ein Mann beugte sich über sie – es war der Inder mit dem blauen Turban, den sie zuvor auf dem Basar gesehen hatte. Panik stieg in ihr auf, sie konnte nicht mehr atmen.

Der Mann zischte ihr etwas zu, das sie nicht verstand. Hopkins und sie waren zu spät gekommen... Halb bewusstlos, wie Victoria war, konnte sie sich nicht länger gegen den Gedanken wehren. Jeremy war vielleicht längst tot. Was, wenn dies sein Mörder war?

Nein...

Jähe Wut stieg in Victoria auf und riss sie aus der beginnenden Ohnmacht. Mit aller Kraft, derer sie fähig war, rammte sie ihr Knie zwischen die Beine des Mannes. Er stieß einen erstickten Schrei aus und ließ von ihr ab. Sie rannte aus dem Hauseingang und zur Treppe.

Weg, nur weg von dem Kerl...

Schluchzend drängte sie sich zwischen den Menschen hindurch. Erst oben auf der Mall wagte Victoria sich umzusehen. Der Mann war ihr nicht gefolgt. Sie lief zu den Rikschas, die neben dem Grünstreifen warteten, und nannte den Kulis ihre Adresse, das Zedernhaus. Dann begann sie am ganzen Leib zu zittern.

Die Kulis eilten mit der Rikscha um eine Wegbiegung auf dem Elysium Hill. Unter sich konnte Hopkins Simla sehen. Die Christchurch mit ihrem viereckigen Turm, die Verwaltungsgebäude der Regierung von Britisch-Indien und der Palast des Vizekönigs bildeten vertraute Landmarken inmitten des aus dieser Perspektive fast übermächtigen Grüns.

Wie gut, dass es in jeder zivilisierten Gegend des Empires eine Bibliothek mit Ausgaben der *Times* sowie anderer britischer Zeitungen gab. Auch wenn sie schon mehrere Wochen alt waren, hatten sie dennoch Hopkins' Zwecken genügt. Am Vorabend hatte er sich an eine Notiz im Zusammenhang mit dem Anschlag auf den früheren Gouverneur von Bombay, Lord Nicolas Elgin, im vergangenen Herbst zu erinnern geglaubt. Sein Besuch in der Bibliothek hatte ihm bestätigt, dass ihn sein Gedächtnis nicht getrogen hatte.

Die Rikscha erreichte das Anwesen der Maharani. Indische Diener rissen das Tor auf. Hopkins hoffte sehr, Prinz Kintu anzutreffen und das Gespräch unauffällig auf Oxford und die Kricketmannschaft lenken zu können, in der der Prinz gespielt hatte.

Ein älterer Diener geleitete Hopkins zur Terrasse und zu den Stufen, die zu der darunterliegenden Rasenfläche führten. Dort stand die Maharani mit einem Golfschläger in den Händen. Sie trug einen leuchtend roten Sari – Rot war offenbar ihre Lieblingsfarbe. Nun holte sie aus und ließ den Schläger niedersausen. Unwillkürlich stellte sich Hopkins vor, wie sie auf einem Pferd saß, gegen eine feindliche britische Armee vorpreschte und einen Säbel schwang. Sie war wirklich eine beeindruckende Dame.

»Graf, wie schön, Sie zu sehen...« Sie hatte ihn bemerkt und winkte ihn zu sich.

»Ich habe in den Bergen nach seltenen Vögeln Ausschau gehalten«, schwindelte Hopkins, »und da dachte ich, ich schaue auf dem Rückweg einmal vorbei. Ich störe doch hoffentlich nicht?«

»Ganz und gar nicht. Ich würde mich freuen, wenn Sie mir beim Tee Gesellschaft leisten würden. Mein Enkel spielt Tennis im Klub und sagte, er werde nicht vor dem Abend zurück sein.«

Womit sich seine Hoffnung, den Prinzen anzutreffen, zerschlagen hatte...

Hopkins gestattete es sich, in Gedanken einen Fluch zu murmeln.

Auf dem Rasen hüpfte ein Vogel umher, dem charakteristischen roten Fleck auf dem Kopf nach zu schließen ein Himalaya-Specht. Die Maharani betrachtete ihn einen Moment nachdenklich. »Ich mag Vögel. Es sind schöne, anmutige Geschöpfe. Aber ich kann mir nicht vorstellen, stundenlang durch die Gegend zu streifen, um sie zu beobachten.« Sie schüttelte lächelnd den Kopf.

»Nun, ich kann durchaus nachvollziehen, dass sich die Faszination der Ornithologie nicht jedem erschließt.« Hopkins vollführte eine Geste der Höflichkeit. »Wobei ich allerdings gelegentlich auch auf dem Golfplatz anzutreffen bin.«

»Möchten Sie sich einmal versuchen?«

Die Maharani deutete auf einen Rosenstock am Ende der Rasenfläche auf der anderen Seite des quadratischen Wasserbeckens mit den Seerosen.

»Hm...ja gern...«

Hopkins nahm den Golfschläger entgegen und wog ihn in der Hand. Er hatte schon sehr lange nicht mehr gespielt. Hatte er sich möglicherweise bei dem Versuch, die Maharani zu beeindrucken, etwas weit vorgewagt? Den Ball über das Wasserbecken zu schlagen, war jedoch nicht zu anspruchsvoll. Er rollte noch ein Stück über den Rasen. Nun war er mit einem einzigen weiteren Schlag zu dem Rosenstock zu befördern.

Hopkins schätzte die Höhe der Grashalme ab. Der Boden war ein bisschen uneben, was auch zu berücksichtigen war. Nicht auszudenken, wenn er den Ball im hohen Bogen an dem Rosenstock vorbeibeförderte. Oder, noch schlimmer, wenn er den Ball verfehlte und stattdessen Grashalme und Erde aufwirbelte. Der Schweiß brach ihm aus. Ob er um einen anderen Schläger bitten sollte? Einen mit einem breiteren Eisen vielleicht?

Er straffte sich. Er hatte schon andere Herausforderungen gemeistert. Konzentriert holte er aus. Das Eisen traf den Ball, Hopkins schloss unwillkürlich die Augen.

»Bravo, Graf...«

Er blinzelte. Der Golfball war genau vor dem Rosenstock liegen geblieben. Er holte ein Taschentuch aus seinem Tweed-Jackett und tupfte sich die Stirn ab.

»Ich habe übrigens heute Morgen eine Einladung von Lord Minto und seiner Gattin zu einem Kostümball erhalten. Ich bin sicher, dass ich auch für Sie und Ihre Nichte eine Einladung erwirken kann.«

»Das wäre sehr freundlich...« Bisher hatte der Vizekönig auf die Visitenkarten der Comtesse von Hohenstein und des Grafen Gulda noch nicht reagiert.

»Oh, die Freude ist ganz auf meiner Seite. Dann habe

ich wenigstens jemanden, mit dem ich angeregt plaudern kann.«

»Kann Ihr Enkel denn der Gesellschaft der Briten auch so wenig abgewinnen?«

»Mein Enkel flirtet mit den Damen und unterhält sich dabei gut.« Die Maharani lächelte. »Das Motto des Balls ist übrigens ›Shakespeare‹. Ich verstehe die Vorliebe der Briten für Maskenbälle ja wirklich nicht.«

»Oh, ich für meinen Teil kann dem durchaus etwas abgewinnen. Auch wenn ich Däne bin«, fügte Hopkins hastig hinzu.

Er liebte Verkleidungen und Charaden an Weihnachten. Er überlegte, wie er das Gespräch auf Kricket lenken könnte. Aber ihm fiel einfach nichts Ungekünsteltes ein.

Vom Haus her ertönte ein Gong, der zum Tee rief.

»Gehen wir«, sagte die Maharani.

Aus Gewohnheit griff Hopkins nach der Golftasche, nur um sich im nächsten Moment für seine Unachtsamkeit zu verwünschen. Er war als Graf hier, nicht als Butler. Die Maharani brachte ihn wirklich ganz durcheinander.

»Ich pflege meine Golftasche immer selbst zu tragen«, improvisierte er.

»Nun, wenn Sie mein Caddy sein möchten, können wir die Golfsachen auch gern zusammen ins Haus bringen, statt dies einem Diener zu überlassen.« Die Maharani war sichtlich amüsiert.

»Es wäre mir eine Ehre...« Hopkins stellte fest, dass er die Golftasche tatsächlich sehr gern trug.

Die Maharani ging mit ihm zu einem Anbau neben der Terrasse, einem großen Raum, in dem Sportgeräte aufbewahrt wurden. Mehrere Golfausrüstungen und Poloschläger lehnten an den Wänden. In Regalen wurden Tennisschläger in Leder- und Segeltuchhüllen aufbewahrt. Diverse Pokale standen auf einem Schrank.

»Die Krickettrophäen meines Enkels«, bemerkte die Maharani trocken.

»Tatsächlich...«

Erst jetzt registrierte Hopkins die Fotografien, die an einer der Wände hingen. Darauf waren dunkelhäutige junge Männer in weißen Hosen und Pullovern abgebildet.

»Das ist die Mannschaft, mit der mein Enkel in Oxford spielte.« Die Maharani wies auf eines der Bilder. »Sie gewannen etliche Pokale in Turnieren gegen britische Mannschaften, worüber mein Enkel ungemein stolz war.«

Hopkins ging näher heran und betrachtete die Fotografie. Er erkannte Prinz Kintu und neben ihm... Das war doch... Ja, es bestand kein Zweifel. Dies war Bhagirath Lal, der junge Mann, der das Attentat auf Lord Elgin begangen hatte. Er war sich ganz sicher, dass er dessen Bild soeben in der Bibliothek in einer alten Ausgabe der *Times* gesehen hatte.

EINUNDZWANZIGSTES KAPITEL

Jeremy ging eine steile Straße hinunter, die von Zedern und Eichen flankiert wurde. Es war sonnig, aber ein angenehmer Wind wehte. Ein von einem Esel gezogener Karren kam ihm entgegen. Kulis mühten sich mit einer Rikscha den Berg hinauf. Jeremy lief an zwei Frauen in bunten Saris vorbei. Er trug einen hellen Anzug. Sein Gesicht war braun gebrannt, sein Haar wirr wie immer. Victoria ertappte sich bei dem Wunsch, es glatt zu streichen. Sie war so glücklich, Jeremy zu sehen. Irgendwann werden wir zusammen Simla besuchen, *dachte sie.*

Ihr Glücksgefühl wandelte sich in Entsetzen. Wie aus dem Nichts tauchte ein Ochsenkarren hinter Jeremy auf. Victoria wollte schreien, Jeremy warnen, ihn von der Straße stoßen. Aber sie bekam keinen Ton über ihre Lippen, und ihre Hände griffen durch ihn hindurch, als wäre sie ein Geist. Die Ochsen rannten auf Jeremy zu. Er hörte ihre Hufe, ihr wütendes Schnauben, und wandte den Kopf. Doch zu spät. Die Ochsen rissen ihn nieder und trampelten, den Karren hinter sich herziehend, über ihn hinweg.

»Miss Victoria, Miss Victoria ...«

Victoria schlug die Augen auf. Leela beugte sich über sie

und blickte sie besorgt an. »Sie haben im Schlaf geschrien. Ich dachte, ich wecke Sie besser.«

»Ich ...« Mühsam richtete Victoria sich auf. »Ja, ich hatte einen Albtraum ...«

Sie fühlte sich völlig zerschlagen, das Entsetzen klang noch in ihr nach. Das Gespräch mit Asha ... Der Mann, der sie auf der Treppe zur Mall überfallen hatte ... Zurück im Cottage war ihr sterbensübel gewesen. Sie hatte sich ins Bett gelegt und war irgendwann in einen bleiernen Schlaf gefallen. Lange Schatten fielen ins Zimmer. Der Wecker auf ihrem Nachttisch zeigte sieben Uhr an.

»Sie haben Asha und Davi zum Bahnhof begleitet? Die beiden sind in den Zug nach Lahore gestiegen?«

Leela nickte. »Wir haben das Haus durch einen Hinterausgang verlassen und sind durch mehrere Höfe gegangen. Ich bin mir sicher, dass uns niemand gefolgt ist.«

»Gott sei Dank ... Hopkins ist auch zurück?«

»Seit etwa einer Stunde. Ich habe ihm von Ihrem Gespräch mit Asha erzählt.«

»Ich komme gleich hinunter ins Wohnzimmer. Warten Sie doch bitte dort mit Hopkins auf mich.«

Abendlicher Sonnenschein tauchte das Wohnzimmer in ein warmes Licht. Hopkins saß auf dem Sofa, vor sich eine Teetasse. Er war in ein Buch über Vogelkunde vertieft. Leela stopfte Strümpfe. Der vertraute Anblick erschien Victoria völlig irreal.

»Miss Victoria ...« Hopkins stand auf und rückte ihr einen Sessel zurecht.

»Auf dem Weg zur Mall ... Ich bin ... Ich wurde überfallen.« Victoria kam es vor, als ob eine andere Person dies sagte.

»Um Himmels willen...« Hopkins, der sich wieder hatte setzen wollen, hielt in der Bewegung inne. Leela starrte sie erschrocken an.

»Ich hatte Glück. Ich konnte mich losreißen. Mir ist nichts geschehen.« Victoria berichtete knapp, was passiert war. Sie glaubte, wieder das ranzige Öl zu riechen, und ihr drehte sich der Magen um. »Während... während der Mann mich gepackt hielt, wurde mir zum ersten Mal bewusst, dass Jeremy... dass Mr. Ryder... dass es sein kann, dass er wirklich nicht mehr am Leben ist. Aber wenn er getötet wurde, will ich wissen, wer dafür verantwortlich ist. Und ich will, dass derjenige dafür zur Rechenschaft gezogen wird.« Wieder kam es Victoria vor, als ob nicht sie selbst spräche. Es war so unvorstellbar, dass Jeremy nicht mehr lebte. »Alles hat ja mit dem Anschlag auf den Vizekönig im Park der Residenz begonnen.« Victoria konnte nicht verhindern, dass ihre Stimme zitterte. »Ich... ich möchte, dass wir diesen Anschlag so betrachten, als wäre er ein normaler Fall, als wären wir nicht persönlich involviert.«

Eine Erinnerung blitzte in Victoria auf, wie sie als Kind mit ihrem Vater und Hopkins in der Bibliothek in ihrer Wohnung in London gesessen hatte. Die beiden Männer hatten über einen Mordfall gesprochen. Sie war überzeugt gewesen, dass ihr Vater ihn aufklären und die Welt wieder in Ordnung bringen würde. Sie wusste ja inzwischen, dass er nicht nur der strahlende Held gewesen war, als den sie ihn damals gesehen hatte, aber in diesem Moment vermisste sie ihn schmerzlich.

»Nun, solange Mr. Ryders Leichnam nicht gefunden wurde, sollten wir davon ausgehen, dass er noch am Leben ist.« Hopkins räusperte sich. »Aber ich gebe Ihnen recht, Miss Victoria. Wir müssen versuchen, unsere Emotionen zurückzustellen, und den Fall nüchtern betrachten. Das sind wir Mr. Ryder schuldig. Bisher wissen wir nur zweifelsfrei, dass ein Mann namens Raghav Chandra auf dem Fest des Vizekönigs Schüsse abgab und getötet wurde. Ob Lord Minto tatsächlich das Ziel der Schüsse war, ist dagegen noch offen.«

»Der Mord an Harbir beweist meiner Meinung nach, dass die Nationalbewegung nichts mit dem Anschlag zu tun hat.« Leelas Augen leuchteten vor Leidenschaft. »Deren Anhänger würden niemals einen einfachen Soldaten töten.«

»Nun, möglicherweise sehen Sie die Bewegung zu idealistisch, Leela.« Hopkins wiegte den Kopf. »In politischen Gruppierungen sammeln sich stets die unterschiedlichsten Menschen. Solche mit hehren Zielen und andere, die von niedrigen Instinkten getrieben werden. Wie auch immer ... Ich habe heute herausgefunden, dass Prinz Kintu Kontakt mit Bhagirath Lal hatte, dem Mann, der letzten Herbst das Attentat auf Lord Elgin verübte. Sie haben in Oxford zusammen in einer Kricketmannschaft gespielt.«

»Aber das muss erst einmal nichts bedeuten«, wandte Victoria ein. »Ich bin bei den Suffragetten aktiv und gehöre trotzdem nicht zu den Frauen, die Bomben in Briefkästen deponieren. Auch wenn Sir Arthur das anders sieht ...«

Sie hatte den Prinzen sympathisch gefunden. Allerdings hatte sie schon einmal einem Mann vertraut, der sich schließlich als ein Mörder entpuppt hatte, und damals war sie nicht außer sich vor Sorge um Jeremy gewesen.

»Wir können diese Verbindung aber auch nicht außer Acht lassen, Miss Victoria.« Hopkins blieb bei seiner Argumentation.

»Nein, natürlich nicht...«

»Scotland Yard und die hiesige Polizei müssen doch von der Verbindung zwischen Prinz Kintu und Bhagirath Lal gewusst haben.« Leela blickte von Victoria zu Hopkins. »Bestimmt wurde Prinz Kintu überprüft...«

»Nun, ich zweifle sehr an der Kompetenz der hiesigen Polizei.« Hopkins winkte ab. »Ich halte es allerdings für durchaus wahrscheinlich, dass Sir Arthur von der Verbindung wusste und Mr. Ryder damit beauftragte, Nachforschungen über den Prinzen anzustellen.«

O Gott, wenn Prinz Kintu tatsächlich in den Anschlag auf den Vizekönig und den Mord an Harbir involviert ist, dann haben wir es mit einem intelligenten und kaltblütigen Mann zu tun...

»Bislang haben wir aber noch keine schlüssigen Beweise, dass es sich um einen politisch motivierten Anschlag handelt«, sagte Victoria leise. »Und selbst wenn, muss nicht der Prinz der Drahtzieher gewesen sein.«

»Allerdings, auch ein anderer könnte Raghav Chandra den Auftrag zu dem Attentat erteilt haben.« Hopkins nickte zustimmend.

»Wenn ich mit dem Prinzen ausreite, werde ich versuchen, ihn auszuhorchen.«

»Tun Sie dies mit aller Vorsicht, Miss Victoria.« Hopkins verbarg seine Sorge nicht. »Es gibt jedoch noch einen zweiten Ermittlungsansatz neben dem politischen. Raghavs Motiv könnte privater Natur gewesen sein.«

»In diesem Fall wäre Lord Minto eher nicht das Ziel der Schüsse gewesen, oder?« Victoria schwirrte der Kopf.

»Es ist nicht auszuschließen, jedoch eher unwahrscheinlich...« Hopkins nickte zustimmend.

Ein Affe hockte vor dem Wohnzimmerfenster. Er betrachtete Hopkins interessiert und ahmte ihn dann nach. Etwas, das Victoria normalerweise zum Lächeln gebracht hätte. Glücklicherweise sah Hopkins das Tier nicht.

»Was könnte denn Raghavs Motiv gewesen sein? Rache? Aber wofür?«

»Nun, da fiele mir einiges ein.« Hopkins erhob sich und ging im Wohnzimmer auf und ab. Der Affe verlor das Interesse. Er sprang über den Rasen davon und verschwand in den Bäumen. »Raghav Chandra war, den Zeitungsberichten zufolge, Anfang sechzig. Der Sepoy-Aufstand wurde ja, wie ich leider zugeben muss, teilweise auf sehr brutale Weise niedergeschlagen. Vielleicht musste Chandra als Kind erleben, wie seine Eltern oder Geschwister von unseren Soldaten getötet wurden.«

Schweigen breitete sich in dem Wohnzimmer aus. Während des Sepoy-Aufstandes hatten sich indische Soldaten in Zentralindien und im Ganges-Delta gegen die als ungerecht empfundene Kolonialherrschaft erhoben. In Städten wie Delhi waren Massaker an der britischen Zivilbevölkerung begangen worden. Als Vergeltung hatten britische Armeeeinheiten ganze Dörfer niedergebrannt, auch Alte und Kinder waren dabei ums Leben gekommen, und es hatte Massenhinrichtungen ohne Gerichtsverfahren gegeben.

»Der Sepoy-Aufstand liegt einundfünfzig Jahre zurück«, unterbrach Leela schließlich die Stille. »Die Soldaten, die an der Niederschlagung beteiligt waren, sind jetzt wahrscheinlich um die siebzig und älter.«

»In der Tat.« Hopkins wandte sich ihr zu. »Ich werde die Gästeliste vom Abend des Attentats noch einmal auf das Alter der Anwesenden überprüfen.«

Der Wunsch nach Rache ist ein sehr starkes Gefühl, ging es Victoria durch den Sinn. *Ich würde an Jeremys Mörder Rache nehmen wollen...*

Sie schob den Gedanken weg. Hopkins hatte recht. Jeremy war noch am Leben. Etwas anderes wollte und durfte sie sich jetzt nicht vorstellen.

»Vielleicht wurde ja auch jemand, der Raghav nahestand, von einem der Gäste oder im Haushalt einer der Gäste getötet«, sagte sie, »und Raghav wollte dafür Rache üben. Morde an indischen Dienern interessieren britische Gerichte nicht besonders, sie lassen sich leicht vertuschen.«

»Oder eine Tochter Raghavs wurde von einem der Männer entehrt.« Leelas Stimme war kaum hörbar. Sie starrte auf ihre Hände.

»Auch das könnte ein Motiv sein.« Hopkins dachte kurz nach. »Falls wir es nicht mit einem politischen Anschlag zu tun haben, dürfte der Beweggrund für die Schüsse in der dunklen Vergangenheit eines Gastes zu finden sein«, sagte er dann. »Eine Tat, deren Aufdeckung so bedrohlich für ihn wäre, dass er Harbir tötete oder töten ließ.«

»Wir müssen endlich Zugang zu dem Kreis um Lord Minto erhalten. Ach, wie ich diese Regeln hasse, dass man erst vorgestellt werden muss, um gesellschaftlich miteinander verkehren zu können«, brach es aus Victoria heraus.

Hopkins zuckte kaum erkennbar zusammen. »Nun, diese Regeln haben durchaus Sinn«, erklärte er. »Die Maharani bemüht sich im Übrigen um eine Einladung zu einem Kostümball des Vizekönigs für uns. Das Motto ist ›Shakespeare‹.«

»Ein Ball mit Kostümen, inspiriert von Shakespeare-Stücken...«

Wieder hatte Victoria das Gefühl, die Welt, in der sie sich bewegte, sei irreal. Wenigstens hatte sie jetzt, neben dem Ausritt mit Prinz Kintu, ein weiteres Vorhaben, das ihr hoffentlich bei ihrer Suche nach Jeremy weiterhelfen würde.

»Großmutter, Sie wollten mich sprechen...« Kintu verneigte sich höflich.

»Setz dich, Kintu.« Die Maharani wies auf einen Sessel in ihrem Boudoir. Es befand sich neben ihrem Schlafzimmer im oberen Stockwerk des Gebäudes. Auf einer Louis-XVI.-Kommode standen Fotografien von seinen Eltern. Sie waren bei einem Erdbeben ums Leben gekommen, als er vier Jahre alt gewesen war. Er hatte nur wenige Erinnerungen an seinen Vater und seine Mutter. Die prägende Person in seinem Leben war seine Großmutter. Er liebte und verehrte sie. Sie hatte wie eine Löwin für ihn gekämpft, als ein Großonkel Anspruch auf seinen Thron erhoben hatte, und es war ihr gelungen, ihm sein Erbe zu sichern. Aber manchmal wünschte er sich, sie wäre weniger dominant. »Was hältst du von Lady Victoria?«

»Sie ist sehr hübsch, klug und charmant«, erwiderte Kintu ausweichend. Er freute sich auf den Ausritt mit ihr und war einem Flirt nicht abgeneigt.

»Ich mag sie und ihren Onkel, den Grafen. Aber ich hatte schon an Bord den Eindruck, dass die beiden nicht diejenigen sind, für die sie sich ausgeben.«

»Sie halten sie doch nicht für Hochstapler, oder?«

»Nein, dazu sind sie zu kultiviert und gebildet. Heute habe ich allerdings durch einen meiner Leute erfahren, dass Lady Victoria zusammen mit ihrer Dienerin Harbirs Witwe aufgesucht hat. Auch jener angebliche Journalist Mr. Ryder, der sich mit dir getroffen hat, hat ja mit Asha gesprochen.«

»Dass sich eine deutsche Comtesse mit Harbirs Witwe trifft, ist wirklich seltsam.«

»Du reitest doch bald mit Lady Victoria aus. Versuche herauszufinden, ob es irgendeine Verbindung zwischen ihr und diesem Mr. Ryder gibt.«

»Das werde ich tun.«

Kintu hatte das Misstrauen seiner Großmutter gegenüber der Regierung von Britisch-Indien lange für übertrieben gehalten. Aber jetzt war er doch dankbar dafür, dass sie ein Netz von Spitzeln unterhielt. Dieser Mr. Ryder hatte sich zu sehr für das Attentat auf den Vizekönig interessiert.

Während er wie oft abends zu den Stallungen ging, um dort nach dem Rechten zu sehen, dachte er, dass es nicht schaden konnte, sich in Ryders Hotel zu erkundigen, ob Lady Victoria dort ebenfalls aufgetaucht war.

ZWEIUNDZWANZIGSTES KAPITEL

»Ich kann Sie auch wirklich allein lassen, Miss Victoria?« Leela blickte sie zweifelnd an.

»Nur weil sich Hopkins wie eine Glucke benimmt, müssen Sie das nicht auch tun.« Victoria lächelte. »Das hier ist die Mall und nicht der Basar. Ich bin hier sicher. Kaufen Sie ruhig Ihre Handschuhe, während ich das Fotografenatelier aufsuche. Und warten Sie doch in dem Café dort auf mich, wenn Sie früher fertig sind als ich.« Sie deutete auf ein elegantes Café auf der anderen Straßenseite.

»Das geht leider nicht, Miss Victoria.« Leela schüttelte den Kopf. »Peliti's Café ist sehr vornehm. Dort würde man mich, eine einfache Inderin, bestimmt nicht Platz nehmen lassen. Außerdem trinkt eine adlige junge Dame nicht mit einer Bediensteten in der Öffentlichkeit Tee.«

»Ach, Leela ...« Victoria legte ihr die Hand auf den Arm. »Ich wünschte, wir müssten diese Maskerade nicht aufrechterhalten und könnten uns als Freundinnen zeigen. Denn für mich sind Sie schon längst eine Freundin.«

»Es ... es freut mich sehr, dass Sie das so sehen ...« Leelas Stimme zitterte. »Und ich fühle mich sehr geehrt. Aber ich glaube, ich sollte jetzt besser gehen. Sonst fallen wir noch auf.«

Ach, diese verwünschten Klassenunterschiede und Rassenschranken...

Victoria war sehr froh, dass ihr Vater sie dazu erzogen hatte, alle Menschen als gleich zu erachten. Sie sah Leela nach, bis diese eines der Geschäfte betrat. Dann schlenderte sie die Mall entlang. Sie hatte zusammen mit Leela Einkäufe für den Kostümball getätigt – an diesem Morgen hatte ein Diener des Vizekönigs ihr und Hopkins die Einladung gebracht. Victoria hatte beschlossen, sich als Puck aus dem *Sommernachtstraum* zu verkleiden, Hopkins würde als römischer Senator aus *Julius Cäsar* zu dem Ball gehen. Es erschien Victoria absurd, sich Gedanken über die Kostüme zu machen, andererseits war sie dankbar für die Ablenkung.

Erst jetzt nahm sie die Mall richtig wahr. Am Vortag war sie viel zu verängstigt und durcheinander gewesen. Zwischen der Straße und den breiten Gehsteigen verliefen Grünstreifen mit Bäumen, wie es sie auch in englischen Kleinstädten auf dem Land gab. Auf den Bänken saßen Männer in Anzug und Hut und lasen Zeitung. Nannys führten Kinder spazieren. Die Fassaden der Häuser muteten europäisch an – manche waren aus Fachwerk gefertigt oder besaßen die für Großbritannien so charakteristischen, leicht abgerundeten Erker mit Sprossenfenstern.

Die Auslagen in den Schaufenstern hatten allerdings nichts Kleinstädtisches. In Sachen Qualität und Preise standen sie denen exquisiter Londoner Läden in nichts nach. Es erschien Victoria kaum vorstellbar, dass der Basar ganz in der Nähe war. Selbst die für Indien so typischen Düfte nahm man auf der Mall nicht wahr. Die Luft war klar.

Hier ist Jeremy sicher oft gewesen...

Den Buchladen hatte er ganz bestimmt häufig aufgesucht.

Er liebte ja Bücher. Vielleicht hatte er auch in einem der Herrenmodengeschäfte ein neues Hemd oder eine Krawatte gekauft. Ob sie in den Läden nach ihm fragen sollte, oder erregte sie damit zu viel Aufmerksamkeit?

Die Tür eines Feinkostladens wurde geöffnet, und eine große, hagere Dame trat auf den Gehweg.

Um Himmels willen ... Mrs. Bingham ... Natürlich, sie hatte ja auch nach Simla kommen wollen.

Hastig wandte Victoria sich ab. Sie hatte nicht die geringste Lust, mit der bigotten Dame Konversation zu betreiben.

Victoria stellte fest, dass sie vor dem Schaufenster eines Modeateliers stand. Die beiden darin ausgestellten Kostüme waren nach dem neuesten Pariser Chic gearbeitet. Die langen Jacken reichten etwa bis zum Knie und waren mit Borten und Stickereien verziert. Auch die Hüte entsprachen der aktuellsten Mode. Auf jenem, der zu dem cremefarbenen Kostüm getragen wurde, bauschten sich üppige Federn über einer breiten, gebogenen Krempe. Der Hut des anthrazitfarbenen Kostüms mit Faltenrock war rund und wurde von einem kunstvoll verschlungenen Band geschmückt.

Wenn dieser Albtraum zu Ende ist und ich Jeremy gesund und wohlbehalten in die Arme geschlossen habe, werde ich dieses Geschäft aufsuchen, versprach sich Victoria. Sie sah vorsichtig die Straße entlang. Mrs. Bingham war in die entgegengesetzte Richtung gegangen.

Victoria wollte gerade die Mall überqueren und zu dem Buchladen gehen, als ein indischer Polizist sie ansprach. »Verzeihen Sie, Miss, aber Sie haben Ihr Taschentuch verloren.«

»Danke, das ist sehr nett von Ihnen.« Victoria starrte auf das Taschentuch, das der Mann ihr reichte.

Es gehört mir nicht ...

»Schreien Sie bitte nicht. Ich bin ein Freund«, raunte er ihr rasch zu.

»Was...?«

Nun hob der Polizist den Kopf und blickte sie an. Es war der Mann, der sie am Vortag in den Hauseingang gezogen hatte.

»Schicken Sie einen Diener zur Polizeistation in der Town Hall. Er soll sagen, Ihnen sei etwas gestohlen worden und Sie wünschen, dass ein Polizist Sie in Ihrer Unterkunft hier aufsucht, um Ihre Aussage aufzunehmen.«

»Ich denke ja nicht daran...«

»Bitte, tun Sie, was ich gesagt habe. Nur so kann ich unauffällig zu Ihrem Cottage kommen.«

Einige Kulis gerieten sich am Straßenrand in die Quere, als sie ihre Rikschas abstellen wollten, und eine lautstarke Auseinandersetzung begann. Der Polizist eilte zu ihnen, um den Streit zu schlichten.

Victoria starrte ihm nach. Sie fühlte sich wieder ganz schwach. Was sollte sie jetzt nur tun?

»Ich bin sicher, Miss Victoria, dass wir dem Mann gewachsen sind«, erklärte Hopkins zum wiederholten Male.

Es war nach dem Lunch. Sie saßen im Wohnzimmer. Noch auf der Mall hatte sich Victoria mit Leela beraten. Leela hatte gemeint, sie sollten das Risiko eingehen und den vermeintlichen Diebstahl melden. Sie war selbst zur Town Hall gegangen.

Ob der Mann etwas über Jeremy wusste? Victoria hatte versucht, den Garten zu zeichnen, um sich abzulenken, es dann aber aufgegeben. All ihre Skizzen misslangen. Sie war einfach viel zu nervös. Was, wenn der Mann erst gegen Abend zu ihnen kommen würde oder vielleicht überhaupt nicht?

Das Gartentor schlug zu. Schritte erklangen auf dem Kiesweg, und der Klopfer an der Haustür wurde betätigt. Gleich darauf erschien ein Diener im Wohnzimmer und meldete, dass Constable Ranjit Singh Lady Victoria zu sprechen wünsche. Dem Nachnamen nach zu schließen, war auch er ein Sikh.

»Führen Sie ihn bitte herein.« Victorias Mund war plötzlich ganz trocken.

Hopkins' Rechte schob sich unter das Sofakissen, wo er eine Pistole verborgen hatte. Er wollte gewappnet sein, falls sie doch einem Feind aufgesessen waren. Aufmunternd nickte er Victoria zu.

Nun betrat der Constable den Raum. Der Diener schloss die Tür hinter ihm. Constable Ranjit Singh war größer, als Victoria ihn in Erinnerung hatte. Sein Turban reichte fast an den Türbalken heran.

»Miss Bredon, Mr. Hopkins, nehme ich an?« Der Constable verbeugte sich höflich.

»Woher wissen Sie...?«

Victoria starrte ihn verblüfft an. Auch Hopkins stieß einen überraschten Laut aus, hatte sich jedoch gleich wieder gefasst.

»Ich erhielt vor etwa zwei Wochen ein Telegramm von Sir Arthur Stanhope, in dem stand, dass Sie beide wahrscheinlich nach Simla kommen würden, und eine kurze Personenbeschreibung. Als ich Sie dann gestern im Basar mit Ihrer Kamera sah«, Constable Ranjit Singh blickte Victoria an, »habe ich Sie erkannt. Es tut mir leid, dass ich Sie erschreckt habe. Ich dachte, das Durcheinander auf der Treppe böte eine gute Gelegenheit, mit Ihnen zu sprechen.«

»Sie waren in Zivil...« Victoria hatte das Gefühl, nicht recht zu begreifen.

»Ich hatte dienstfrei.«

»Also arbeiten Sie für die Geheimabteilung?«

»Ja, das tue ich.« Constable Ranjit Singh nickte.

Kann ich ihm wirklich vertrauen? Was, wenn dies eine Falle ist?, fragte sich Victoria.

»Sir Arthur schrieb in dem Telegramm, ich solle Ihnen gegenüber ein Medaillon mit dem Bild Ihres Vaters erwähnen, dann würden Sie mir glauben«, sagte der Constable, als hätte er ihre Zweifel bemerkt.

»Und woher wusste Sir Arthur...?«

»Er war wohl darüber informiert, dass Sie sich nicht bei Ihrer Freundin auf dem Lande aufhalten, und zog daraus gewisse Schlussfolgerungen.«

Hatte Sir Arthur dies schon gewusst, als Hopkins und sie sich noch an Bord der *Empress of India* befunden hatten, und das Telegramm an Constance geschickt, im Vertrauen darauf, dass sie die Information über Jeremy weiterleiten würde?

»Sir Arthur trug mir auf, mein Wissen über Mr. Ryder mit Ihnen zu teilen und mit Ihnen zusammenzuarbeiten. Er erwartet jedoch ausdrücklich, dass Sie mit mir kooperieren.«

Victoria tauschte einen Blick mit Hopkins. Gewiss hatte Sir Arthur die Passagierlisten der Schiffe nach Indien überprüfen lassen und dabei festgestellt, dass sie nicht unter ihrem richtigen Namen gereist waren. Aber wenn er den Constable angewiesen hatte, mit ihnen zusammenzuarbeiten, standen die Chancen ganz gut, dass er sie nicht wegen der falschen Pässe belangen würde.

»Sie suchen also auch nach Mr. Ryder?«, vergewisserte sich Victoria.

»Ja, ich wurde deswegen offiziell von Calcutta hierher versetzt. Das Verschwinden eines britischen Staatsbürgers aus der Mittelschicht, noch dazu eines Journalisten, der für eine einflussreiche Zeitung wie den *Spectator* arbeitet, nehmen die Behörden sehr ernst.«

»Aber inoffiziell führen Sie auch Ermittlungen zum Attentat und zum Mord an Harbir durch?«, kam Hopkins einer weiteren Frage Victorias zuvor.

»Natürlich, denn Mr. Ryders Verschwinden hängt damit zweifelsfrei zusammen.« Constable Ranjit Singh nickte.

»Was haben Sie bisher herausgefunden?« Hopkins' blaue Augen leuchteten erwartungsvoll.

»Leider nicht viel ...« Der Constable hob verneinend die Schultern und machte damit Victorias jäh aufgeflammte Hoffnungen zunichte. »Ich weiß bisher nur, dass Mr. Ryder Harbirs Tod für Mord und nicht für einen Unfall hielt. Ferner, dass er mit Harbirs Witwe sprach und auch mit Zeugen des angeblichen Unfalls ...«

»Dann waren Sie der Polizist, der Asha aufgesucht hat?«, hakte Victoria nach.

»Ja, aber sie vertraute mir nicht. Seit gestern halten sie und ihre Tochter sich nicht mehr in der Wohnung auf ...«

»Ich habe ihr Geld für eine Zugfahrt nach Lahore gegeben. Leela hat sie zum Bahnhof begleitet und ist sich sicher, dass ihnen niemand gefolgt ist.« Victoria wies auf die junge Frau, die der Unterhaltung bisher schweigend gefolgt war, und lächelte sie an. »Asha erzählte, Harbir sei nach dem Attentat sehr verstört gewesen und sie habe ihn beschworen, sich einem Vorgesetzten anzuvertrauen. Sie hatte jedoch keine Ahnung, was Harbir so bedrückte ...«

»Also wurde Harbir tatsächlich wegen eines Vorfalls im

Zusammenhang mit dem Attentat ermordet. Wie ja auch Mr. Ryder vermutete.« Constable Ranjit Singh seufzte. »Ich konnte außerdem herausfinden, dass Mr. Ryder den Fotografen der *Simla Times*, Mr. Tennant, aufgesucht und ihn nach Aufnahmen des Festes gefragt hat. Mr. Tennants Arbeitszimmer war kurz nach dem Fest angeblich von Affen verwüstet worden...«

»Tatsächlich? Wie überaus praktisch«, sagte Victoria sarkastisch.

Als hätten sie gehört, dass von ihren Artgenossen die Rede war, kletterten zwei Affen schnatternd die Zeder hoch. Am Ende des Gartens sprang ein weiteres Tier auf den Zaun und biss in eine Mango. Wahrscheinlich hatte es die Frucht in der Küche gestohlen.

»Ich nehme auch an, dass es ein Einbruch war.« Der Constable nickte. »Mr. Tennant entdeckte einen noch nicht entwickelten Film in der Dunkelkammer, den er Mr. Ryder gab. Mr. Ryder ließ davon in dem Fotografenatelier auf der Mall Bilder abziehen. In seinem Hotelzimmer fanden sich allerdings keine Aufnahmen. Vielleicht hat er sie vernichtet...«

»Oder sie wurden nach seinem Verschwinden entwendet«, sagte Victoria leise. Aufnahmen von den Gästen im Park vor dem Attentat hätten ihnen wirklich weiterhelfen können. Ob Jeremy darauf etwas Wichtiges entdeckt hatte? Hatte das zu seinem Verschwinden geführt? Sie musste sich zusammennehmen. Dieses Grübeln half nicht weiter. »Befindet sich unter seinen Sachen denn ein Telegramm? Ein Page sagte mir, dass er Mr. Ryder, einen Tag, ehe er verschwand, ein Telegramm aushändigte.«

»Nein, ich habe seine Sachen gründlich durchsucht.« Constable Ranjit Singh schüttelte den Kopf. »Darunter ist kein Telegramm.«

Victoria schluckte. Eine Frage musste sie noch stellen, doch es fiel ihr sehr schwer. »Wann und wo wurde Mr. Ryder denn das letzte Mal gesehen?«

»Am Abend des 5. Juni. Er durchquerte den unteren Basar und verließ die Stadt über die Combermere Bridge. Eine ältere Frau hat ihn dann noch eine gute Stunde später in der Nähe eines hinduistischen Schreins gesehen. Es war eine Vollmondnacht. Sie meinte, er sei in Richtung der Teeplantagen gegangen. Es gibt dort ein paar Hütten. Doch von den Bewohnern hat ihn niemand zu Gesicht bekommen.«

Hopkins und ich müssen uns dort unbedingt umhören, überlegte Victoria.

Constable Ranjit Singh schwieg einen Moment. Aus dem Garten war das Klappern eines Rasenmähers zu hören. Ein *mali*, ein indischer Gärtner, zog dort seine Bahnen.

»Ich habe versucht, etwas über das Attentat herauszufinden«, fuhr der Constable schließlich fort, »aber anders als bei den Ermittlungen über Mr. Ryders Verschwinden habe ich dafür ja keinen offiziellen Auftrag. Ich muss vorsichtig sein, um keinen Argwohn zu erregen.«

»Das ist verständlich.« Hopkins nickte. »Ich nehme jedoch an, Sie fanden eine Gelegenheit, die Akte über das Attentat einzusehen?«

»Ja, ich habe mir dazu Zugang verschafft. Sie ist bedauerlicherweise nicht sehr umfangreich. Superintendent Gordon-Cummings und seine Vorgesetzten in der Regierung von Britisch-Indien sind nun einmal davon überzeugt, dass der Anschlag Lord Minto galt. Der Attentäter ist tot und handelte allem Anschein nach allein...« Der Constable hob resigniert die Hände.

»Es ist eine Schande, wie die hiesige Polizei gearbeitet hat!«

Ausnahmsweise verbarg Hopkins seinen Zorn nicht hinter einer Fassade der Gelassenheit. Er vergaß sich so weit, dass er mit der Faust auf den Tisch schlug. Leela zuckte erschrocken zusammen. Auch Victoria hatte ihn selten so aufgebracht erlebt.

»Wie gelangte dieser Raghav Chandra denn in den Palast?«, fragte sie. »Das hat die Polizei doch hoffentlich ermittelt?«

»Er arbeitete schon seit ein paar Wochen als Kuli für einen Weinhändler, der den Haushalt des Vizekönigs beliefert. So schlich er sich am Vortag des Festes in die Residenz und versteckte sich dort.«

»Konnten Sie herausfinden, wer sich zum Zeitpunkt des Attentats im Park oder in der Nähe von Lord Minto aufhielt?« Victoria war gespannt auf die Antwort. Sie konnte ihnen vielleicht weiterhelfen.

»Wie ich schon sagte... Ich habe keinen offiziellen Ermittlungsauftrag, und die Akte enthält dazu gar nichts. Ich habe unter einem Vorwand mit Dienern und Wachsoldaten gesprochen. Manche Gäste flanierten im Park. Andere blieben im Palast oder unterhielten sich auf der Terrasse und der Rasenfläche davor. Immer wieder bildeten sich neue Grüppchen. Dazu das unstete Licht der Fackeln und Lampions...« Victoria hatte schon einige Feste in nächtlichen Parks und Gärten erlebt. Sie konnte sich gut vorstellen, wie wenig dem Personal im Gedächtnis geblieben war. Vor allem, da es nicht direkt nach dem Anschlag systematisch befragt worden war.

»Aber laut der Aussagen einiger Diener hielten sich Lord Abbingdon und sein Bruder Sir Antony Palmer im hinteren Teil des Parks auf. Auch Prinz Kintu wurde zum Zeitpunkt des Anschlags dort gesehen.«

»Aber Prinz Kintu hat mir versichert, dass er sich zu dieser Zeit im Palast aufhielt.« Victoria war verblüfft.

»Dann hat er wohl gelogen. Ein Diener und ein Wachsoldat sagten, sie hätten ihn in der Nähe Lord Mintos bemerkt.«

»Sind viele Sikhs unter Ihren Kollegen, Constable?«, fragte Leela unvermittelt.

Constable Ranjit Singh sah sie überrascht an, als hätte er sie ganz vergessen. »Ja, etliche. Ich selbst bin ja auch ein Sikh. Worauf wollen Sie hinaus, Miss?«

Leela errötete, als sich plötzlich alle Aufmerksamkeit auf sie richtete. »Prinz Kintu ist ein Sikh. Ich dachte gerade, falls Mr. Ryder die Fotografien von dem Fest nicht vernichtet hat, könnte der Prinz einen Sikh unter den Polizisten veranlasst haben, sie zu entwenden.«

»O Gott, Sie haben recht, Leela.« Victoria sah Hopkins an, dass er daran auch nicht gedacht hatte.

Der Constable nickte. »Ich werde mich bei meinen Kollegen umhören, ob etwas über Kontakte zwischen dem Prinzen und Sikh-Polizisten bekannt ist.« Er zögerte. »Da ist noch etwas, auch wenn es wahrscheinlich unwichtig ist ... Mr. Ryder kam einem Betteljungen auf der Mall zu Hilfe, als einer meiner Kollegen ihn verprügelte, und kaufte ihm Kuchen in Peliti's Café. Ungefähr um die Zeit, als Mr. Ryder verschwand, verschwand auch der Junge.«

»Ich habe unter Sumats Sachen eine Papiertüte aus Peliti's Café gefunden«, bemerkte Leela sichtlich aufgeregt. »Kann es sein, dass dieser Betteljunge stumm ist?«

»Ja, das ist er, trotzdem ist er wohl sehr aufgeweckt.«

Also haben sich Jeremy und Mahi gekannt ...

Victoria wechselte einen Blick mit Leela. »Wissen Sie, wann Mr. Ryder dem Jungen zu Hilfe kam?«

Constable Ranjit Singh schlug sein Notizbuch auf. »Warten Sie, das kann ich nachsehen. Hier... Am 5. Juni war das.«
Der Tag, an dem Jeremy verschwand...

In ihrem Zimmer holte Victoria die Mappe mit der Fotografie des Medaillons aus der Kommode und schlug sie auf. Verwegen wie ein Pirat aus elisabethanischer Zeit blickte ihr Vater ihr von der Aufnahme entgegen. Seit sie in Simla angekommen waren, hatte Victoria kaum noch an das Medaillon gedacht. Ihre Angst um Jeremy hatte es ganz in den Hintergrund treten lassen. Nun, da sich herausgestellt hatte, dass es eine Verbindung zwischen Jeremy und Mahi gab, war ihr das Rätsel wieder nur zu präsent.

Wie war Sumat nur in den Besitz des Medaillons gelangt? Ein Klopfen an der Tür schreckte Victoria auf. Leela, die an ihrem Reitkleid einen abgerissenen Knopf angenäht hatte, betrat das Zimmer.

»Ich verstehe das einfach nicht...« Victoria schüttelte den Kopf. »Wenn Mr. Ryder Mahi an dem Tag zu Hilfe kam, an dem er verschwand, können sich die beiden ja kaum gekannt haben. Und trotzdem ist auch Mahi kurz darauf verschwunden. Es muss eine Verbindung zwischen den beiden geben, die über die Begegnung vor Peliti's Café hinausreicht...«

»Vielleicht findet ja der Constable etwas darüber heraus. Er weiß jetzt ja, dass wir die Begegnung zwischen Mr. Ryder und Mahi für wichtig halten, und wird sich umhören.« Leela legte das Reitkleid auf das Bett. Sie trat neben Victoria und berührte die Fotografie.

»Sie denken daran, dass Sumat das Medaillon in den Wochen vor seinem Tod trug, nicht wahr?«, fragte Victoria sanft.

»Ja … und … Sumat und Mahi standen sich wirklich nahe. Ich habe Mahi nie kennengelernt. Aber ich mache mir solche Sorgen um ihn. Die Vorstellung, dass ihm vielleicht etwas zugestoßen ist …« Leela brach ab. Tränen schimmerten in ihren Augen.

Victoria drückte ihre Hand. Jetzt, da sie wusste, dass Jeremy und Mahi sich gekannt hatten, fühlte sie sich auch für den Jungen verantwortlich. Was war nur mit den beiden geschehen? Vielleicht würde ihr der Ausritt mit Prinz Kintu Antworten auf diese Frage geben. Es war ohnehin höchste Zeit, dass sie sich umkleidete und auf den Weg machte. Und sie würde Jeremys Ohrringe tragen. Auf diese Weise hatte sie das Gefühl, ihm nahe zu sein.

DREIUNDZWANZIGSTES KAPITEL

Prinz Kintu wartete schon bei den Stallungen auf Victoria. Sie hatte sich verspätet. »Es tut mir leid, ich habe mich nach dem Lunch hingelegt und dann verschlafen«, schwindelte sie. Ein indischer Pferdeknecht hielt die Stute Khurti an einer Trense. Victoria streichelte ihren Kopf.

»Das macht doch nichts«, erwiderte der Prinz lächelnd.

Sein schwarzer Reitanzug saß wie angegossen und betonte seinen muskulösen Körper. Statt eines Zylinders trug er einen Turban, den ein dunkelblauer Diamant in einer kunstvoll gearbeiteten Fassung und eine Feder schmückten.

Der Pferdeknecht half Victoria in den Sattel. Sie wünschte sich, statt des Reitkleides ebenfalls einen Anzug tragen zu können, was sie, sehr zum Missfallen ihrer Großtante Hermione, bevorzugte. Aber eine deutsche Comtesse in Hosen wäre zu ungewöhnlich gewesen. Sie war schon lange nicht mehr im Damensattel geritten, im seitlichen Sitz fühlte sie sich unsicher.

Der Prinz hatte sie, was seinen Aufenthalt während des Attentats anbelangte, also angelogen. Was, wenn er Jeremys Verschwinden, ja vielleicht sogar seinen Tod zu verantworten hatte?

»Habe ich durch irgendetwas Ihr Missfallen erregt? Sie sind so schweigsam.« Prinz Kintu sah sie von der Seite an.

Ich muss mich zusammennehmen...

»Nein, ganz und gar nicht.« Victoria zwang sich zu einem Lächeln. »Mir geht es heute nur nicht so gut.« Das zumindest war nicht gelogen.

»Wir können auch gern umkehren. Sie müssen sich nicht verpflichtet fühlen, mit mir auszureiten.« Bei ihrer letzten Begegnung hätte sie seine Sorge für aufrichtig gehalten.

»Nein, ich habe mich so sehr auf den Ausritt gefreut«, erwiderte Victoria rasch. »Und Bewegung tut mir gut. Ich kann nicht immer nur in unserem Cottage sitzen oder mich in einer Rikscha umherfahren lassen.« Sie hatten den Park durch ein Seitentor verlassen und ritten auf einer schmalen, von Bäumen und Sträuchern gesäumten Straße den Hügel hinunter. Insekten und kleine Vögel schwirrten um die Blüten der Büsche und Blumen. Khurti gehorchte bereitwillig jedem von Victorias Befehlen. Die Luft war klar, und der Himalaya schien wieder zum Greifen nahe. Die schneebedeckten Gipfel des Hochgebirgsmassivs und die grauen Felshänge hoben sich deutlich voneinander ab. Wenn Victoria nicht dem Mann an ihrer Seite misstraut hätte, hätte sie den Ausritt genossen. Sie rief sich ins Gedächtnis, dass sie Konversation betreiben musste. »Ihre Pferde sind wirklich wunderschön...«

»Es freut mich, dass Sie das so sehen. Ich reite sie selbst zu und trainiere sie.«

»Edle Pferde zu züchten, das habe ich immer mit mittelalterlichen oder orientalischen Herrschern assoziiert.«

»Nun, die englischen Könige haben auch ein Faible für schöne Pferde.« Prinz Kintu lachte.

»Ja? Ich habe einmal gelesen, dass Edward VII. etliche Rennpferde besitzt. Doch er reitet sie nicht selbst zu, und er hat Jockeys, die für ihn die Rennen bestreiten.«

»Übrigens habe ich nicht nur das, wie Sie es bezeichnet haben, mittelalterliche Hobby, Pferde zu züchten. Ich züchte auch Falken und richte sie ab.«

»Tatsächlich? Wie aufregend...«

Victoria glaubte vor sich zu sehen, wie der Prinz einen Falken in die Lüfte steigen ließ und geduldig darauf wartete, bis der Raubvogel mit der Beute zu ihm zurückkehrte. Man benötigte gewiss viel Ausdauer und Selbstdisziplin, um ein solches Tier abzurichten. Eigenschaften, derer es auch bedurfte, um ein Attentat zu planen? Was, wenn der Prinz Raghav Chandra angeheuert und dieser in seinem Auftrag auf den Vizekönig geschossen hatte? Hatte der Prinz gewusst, dass Chandra bei dem Anschlag ums Leben kommen würde? Hatte er ihm vielleicht kaltblütig beim Sterben zugesehen? Victoria rief sich zur Ordnung. Sie durfte sich nicht in diese Gedanken hineinsteigern.

»Ihr Onkel und Sie müssen meine Großmutter und mich unbedingt in unserer Residenz, unserem eigentlichen Zuhause, besuchen kommen.«

»Oh, natürlich, sehr gern....«

»Ja, Ihr Onkel dürfte dort als Ornithologe auf seine Kosten kommen. Das Schloss liegt auf einer kleinen Insel in einem See. Dort gibt es viele seltene Vögel.«

»Ein Schloss in einem See. Das klingt ja sehr malerisch...«

»Es ist mehrere Hundert Jahre alt und besitzt Kuppeln und Türmchen, spiegelnde Marmorböden und außergewöhnliche Steinmetzarbeiten. Womit es alle Indienklischees erfüllt.« Prinz Kintu lachte wieder. »Bei unserem Spaziergang im Park haben wir uns über Oxford unterhalten, falls Sie sich noch erinnern ...«

»Ja, natürlich.« Victoria fragte sich, worauf der Prinz hinauswollte.

»Vor ein paar Wochen hat mich ein Journalist besucht, der auch in Oxford studiert hat. Ryder war sein Name ...« Khurti scheute. Ohne dass ihr dies bewusst gewesen wäre, hatte Victoria heftig am Zügel gezogen. »Na, was ist denn los mit dir? Du bist doch sonst nicht aus der Ruhe zu bringen, meine Schöne.« Prinz Kintu griff in die Zügel und beruhigte das Pferd. Dabei streifte sein Arm den Victorias. Sie spürte die Muskeln unter dem Anzug, seine Körperkraft.

»Für welche Zeitung arbeitet er denn?« Victoria wandte den Kopf ab, um zu verbergen, wie aufgewühlt sie war.

»Für den *Spectator*. Bedauerlicherweise verschwand er kurz nach unserer Begegnung. Ich mochte ihn. Er recherchierte die Vorkommnisse um das Attentat. Anscheinend hatte er Zweifel, dass die Schüsse wirklich Lord Minto galten.«

Erwähnte der Prinz dies wirklich zufällig, oder ahnte er, dass es eine Verbindung zwischen ihr und Jeremy gab? Sie durfte sich von ihm nicht so verunsichern lassen. »Und Sie? Glauben Sie, dass der Anschlag gegen den Vizekönig gerichtet war?« Victoria sah den Prinzen an.

»Wem, wenn nicht Lord Minto hätte er denn sonst gelten sollen? Ich bin froh, dass er nicht verletzt wurde. Wie ich Ihnen schon einmal sagte, halte ich Gewalt für völlig ungeeignet, um politische Ziele durchzusetzen.«

Er klang so aufrichtig ...

Sie erreichten ein Tal. Uralte Zedern streckten ihre Zweige über den Weg. Wo Sonnenstrahlen durch die Äste fielen, bildeten sich goldene Flecken auf den Steinen und dem Moos, sonst umgab Victoria und den Prinzen ein Tunnel aus grünem, gedämpftem Licht. Ein Bach floss an ihnen vorbei.

»Darf ich fragen, ob es einen Mann in Ihrem Leben gibt?«

Prinz Kintus Frage kam so unvermittelt, dass sie Victoria aus der Fassung brachte. »Wie ... wie bitte ...?«, stammelte sie.

»Verzeihen Sie meine Direktheit ...«

Er hat das Gespräch auf Jeremy gebracht, und jetzt fragt er, ob ich einen Mann liebe, schoss es Victoria durch den Sinn. Nein, diese Frage war kein Zufall.

»Ja, es gibt einen Mann in meinem Leben«, erklärte sie fest. »Wir sind verlobt und werden demnächst heiraten.«

»Wie schön ... Meine Glückwünsche ...« Prinz Kintu neigte höflich den Kopf.

»Wie steht es mit Ihnen? Gibt es eine Frau, in die Sie verliebt sind?«

»Zurzeit nicht. Aber Liebe spielt bei indischen Ehen keine sehr große Rolle. Meine Großmutter wird eine passende Gattin für mich aussuchen.«

»Um Himmels willen«, sagte Victoria impulsiv.

Die Vorstellung, dass Großtante Hermione oder ihre Großmutter Leontine einen Ehemann für sie ausgesucht hätten, war wirklich zu furchtbar.

»Das indische Ideal einer guten Ehe unterscheidet sich sehr vom europäischen.« Der Prinz wirkte amüsiert. »Ich vertraue darauf, dass meine Großmutter weiß, welche Frau zu mir passt.«

»Meine britische Großtante Lady Glenmorag und meine Großmutter Fürstin von Marssendorff hätten einen langweiligen Adligen mit guten Karriereaussichten für mich auserkoren.« Was Victorias Großmutter betraf, hatte dies zumindest bis zu ihrer Begegnung im vergangenen Sommer gegolten. Danach hatte sich ihr Verhältnis geändert. »Für mich ist es unvorstellbar, einen Mann zu heiraten, den ich nicht wirklich liebe.«

»Meiner Meinung nach werden die Gefühle in Europa überbewertet. Anfangs begehren sich beide Partner leidenschaftlich«, Prinz Kintu zuckte mit den Schultern, »dann lernt man sich wirklich kennen. Die Leidenschaft weicht oft Ernüchterung. In selteneren Fällen wandelt sie sich in Liebe. Bei indischen Ehen steht das Kennenlernen am Anfang. Daraus entwickeln sich häufig Liebe und auch Leidenschaft.«

»Ich bin sehr zuversichtlich, dass sich bei meinem Verlobten und mir keine Ernüchterung einstellen wird und dass unsere Liebe stark genug sein wird, Schwierigkeiten und Gefahren zu überwinden.«

Victoria stockte. Ihr wurde klar, wie aufgewühlt sie sich angehört hatte. Sie hatte sich schon wieder von dem Prinzen verleiten lassen, viel zu viel von sich zu offenbaren.

»Kulturen sind unterschiedlich und Menschen auch. Sie sind eine leidenschaftliche Frau, Lady Victoria. Ich kann mir gut vorstellen, dass es Ihnen gelingt, dieses Feuer zeit Ihres Lebens zu bewahren. Ich wünsche Ihnen und Ihrem Verlobten jedenfalls viel Glück.« Wieder klang der Prinz teilnahmsvoll und aufrichtig.

Vor ihnen formten die Zweige der Eichen und Zedern ein Tor. Das Dämmerlicht wich hellem Sonnenschein. Der Weg mündete in eine Lichtung. In der Ferne lag Simla mit seinen baumbewachsenen Hügeln, man sah den Turm der Christchurch und die Residenz des Vizekönigs.

Dann erst nahm Victoria nicht weit von ihnen einen Tempel wahr. Die Zedern und Eichen breiteten schützend ihr Dach darüber. Meterhohe Kletterhortensien wuchsen entlang der Mauern. Ihre Blüten bildeten Farbkaskaden aus Pink- und Blautönen. Eine breite Treppe führte zum Eingang hinauf. Über dem Dach erhob sich ein Turm mit einer weißen, abgerundeten Haube. Ein kleiner Anbau war wie eine Pagode gestaltet. Gebetsfahnen flatterten im Wind, Vögel zwitscherten. Irgendwo rauschte ein Bach.

Ist das der Tempel aus meinem Albtraum, in dem Jeremy nach einem Erdbeben von den Wassermassen weggerissen wurde?, fragte Victoria sich. Ob Prinz Kintu sie absichtlich hierhergeführt hatte? Aber nein, er war ja kein Hexenmeister, der die Träume anderer durchschauen und deuten konnte.

»Was ist das für ein Tempel?«, flüsterte sie.

»Er ist der Göttin Tara Devi geweiht. Im Volksglauben ist sie die Göttin der Liebenden.«

»Wenn Sie mit den Pferden warten würden ... Ich ... ich würde mir den Tempel gern ansehen.«

»Selbstverständlich. Lassen Sie sich ruhig Zeit.«

Die Stimme des Prinzen war höflich und zuvorkommend. Aber Victoria wurde das Gefühl nicht los, dass er unter seiner Liebenswürdigkeit etwas verbarg.

Butterlampen brannten zwischen Blumenranken und Blüten vor einem Altar. Darauf stand die kleine goldene Statue einer Göttin. Langsam ging Victoria näher. Das Licht der Flammen spiegelte sich in dem Metall, sodass sie das Gesicht der Göttin zuerst nicht richtig erkennen konnte. Nun lag es ruhig vor ihr. Die Andeutung eines Lächelns spielte um Tara Devis Lippen, wie im Wissen um die Vergänglichkeit der Welt. Doch es war freundlich und voller Mitgefühl.

Die Angst um Jeremy schnürte Victoria die Kehle zu. Sie hatte sich nie als einen besonders frommen Menschen betrachtet, nun aber kniete sie vor dem Altar nieder.

Bitte, beschütze den Mann, den ich liebe, betete sie im Stillen. *Bring ihn zu mir zurück.*

Draußen vor dem Tempel ertönten Stimmen. Ein Pferd wieherte. Doch dies war weit entfernt und gehörte einer anderen Welt an. Victoria wünschte sich, sie hätte ein Licht mitgebracht oder eine Blume. Irgendetwas als ein Zeichen ihrer Ehrfurcht. Dann fiel ihr ein, dass sie ja die Ohrringe trug, die Jeremy ihr zum Abschied geschenkt hatte. Sie nahm sie ab, küsste sie und legte sie zwischen die Blumen.

Jeremy würde verstehen, warum sie sein Geschenk der kleinen Göttin überlassen hatte. Davon war sie fest überzeugt. Als sie aufstand, fühlte sie sich getröstet.

Als sie zurück ins helle Sonnenlicht trat, blieb Victoria überrascht stehen. Prinz Kintu plauderte mit drei Reitern, zwei Männern und einer Frau. Blond und hellhäutig wie sie waren, waren sie ganz offensichtlich Briten. Ihren edlen Pferden und der teuren Reitkleidung nach zu schließen gehörten sie dem Adel oder zumindest der Oberschicht an.

Nun bemerkte der Prinz sie und winkte ihr lächelnd zu. »Lady Victoria, darf ich Ihnen Lord und Lady Abbingdon und Sir Antony Palmer, den Gouverneur des Punjab und von Burma, vorstellen?«, sagte er, als sie die Gruppe erreicht hatte.

Lord Abbingdon und Sir Antony ... Sie waren unter den

Gästen und hielten sich im hinteren Teil des Parks auf, als der Anschlag stattfand ...

Neugierig betrachtete Victoria die Männer. Beide waren blond, sie schätzte sie auf Anfang oder Mitte vierzig. Sie waren unbestreitbar attraktiv. Hatte Hopkins nicht erwähnt, dass sich der Lord Hoffnungen machte, der nächste Vizekönig zu werden?

Lady Abbingdon war viel jünger als ihr Gatte, bestimmt nicht älter als Mitte zwanzig. Großtante Hermione wäre bestimmt der Ansicht gewesen, dass sie die ideale Gattin war, um ihren erfolgreichen Mann zu unterstützen. Sie hatte rosige Wangen und war sehr hübsch. Ihr blondes Haar hatte sie in Zöpfen um den Kopf gesteckt, was ihr, ebenso wie ihre großen blauen Augen, eine sanfte, unschuldige Ausstrahlung verlieh. Sie mochte durchaus klug sein, war aber ganz sicher keine Intellektuelle. Victoria konnte sie sich gut inmitten einer großen Kinderschar, vielen Hunden und Pferden vorstellen.

»Lady Victoria ist eine deutsche Comtesse«, Prinz Kintu wandte sich ihr zu, »ihr Name lautet von Hohenstein.« Seine Zunge stolperte charmant über die Worte in der fremden Sprache.

»Sehr erfreut, Sie kennenzulernen...« Die beiden Herren lupften höflich ihre Zylinder.

»Oh, das Vergnügen ist ganz auf meiner Seite«, hielt sich Victoria an die gesellschaftlichen Spielregeln. Sie lächelte so liebenswürdig, dass dies gewiss auch Großtante Hermiones Wohlwollen gefunden hätte.

»Aus Deutschland, wie interessant...« Lady Abbingdon strahlte sie an. »Gehören Sie zum Umfeld des deutschen Botschafters?«

»Nein, mein Onkel und ich sind Reisende. Ich fotografiere und Graf Gulda interessiert sich für die Vogelwelt Indiens.«

»Ich habe im vergangenen Herbst einige Wochen mit meiner Mutter in Bad Kissingen verbracht. Sie war dort zur Kur. Auf der Rückreise haben wir Station am Rhein gemacht.«

»Im vergangenen Sommer war ich dort auch eine Zeit lang...«, warf Victoria ihren Köder aus. »Ich habe natürlich den Drachenfels besucht.« Seit Byrons berühmtem Gedicht war der Drachenfels ein Muss für alle englischen Touristen im Rheinland.

»Darüber müssen wir uns unbedingt unterhalten«, erwiderte Lady Abbingdon prompt. »Ich gebe morgen Nachmittag eine Teegesellschaft. Ich würde mich sehr freuen, wenn Sie und Ihr Onkel kommen könnten.«

»Sehr gern...«

»Nun, dann dürfen wir Sie also morgen bei uns begrüßen, Lady Victoria«, bemerkte Lord Abbingdon. Er hatte das kurze Gespräch der beiden Frauen geduldig, doch sichtlich gelangweilt verfolgt. Sehr verliebt in seine hübsche Gattin wirkte er nicht gerade. »Wir sollten nun weiterreiten, meine Liebe. Lady Victoria ... Prinz...« Die üblichen Höflichkeitsfloskeln zum Abschied wurden ausgetauscht.

Prinz Kintu sprang von seinem Hengst. Während er sie hochhob, um ihr in den Sattel zu helfen, war sie sich seiner Körperkraft wieder nur zu sehr bewusst.

»Der Tempel hat Ihnen gefallen?«, erkundigte er sich.

»Ja, sehr...«

Sie ritten nun wieder den tunnelartigen Weg zwischen den Zedern und Eichen entlang. Es war schattiger geworden. Victoria spürte, dass der Prinz sie prüfend von der Seite ansah. Bestimmt war ihm aufgefallen, dass sie ihre Ohrringe nicht mehr trug. Sie biss sich auf die Lippen. Ach, wenn sie doch nur schon zurück im Zedernhaus und bei Hopkins und Leela wäre ...

Aus dem Garten des Cottages drang ein ohrenbetäubender Lärm. Victoria fragte sich noch, was dies zu bedeuten hatte, als sie Hopkins, mit einem Gewehr bewaffnet, über die Rasenfläche schreiten sah.

Sie sprang aus der Rikscha, entlohnte rasch die Kulis und eilte zu ihm. Hopkins' Haar war zerzaust, seine Weste falsch zugeknöpft. Victoria hatte noch nie erlebt, dass er so aus der Fassung geraten war. Diener liefen umher. Einige trugen Lampen und leuchteten in die Bäume. Andere schlugen mit Löffeln und Kellen auf Pfannen und Töpfe ein. Was zumindest den Lärm erklärte. Ein Esszimmerstuhl lag auf dem Rasen zwischen Zeitungen und Büchern.

»Um Himmels willen, Hopkins, was ist geschehen?«, rief Victoria erschrocken.

»Diese verwünschten Affen!«

»Was meinen Sie damit?«

»Sie sind ins Haus eingedrungen und haben im Erdgeschoss das Unterste zuoberst gekehrt.« Tiefe Empörung sprach aus Hopkins' Stimme.

»Könnte es sich wie bei dem Fotografen der *Simla Times* um einen vorgetäuschten Einbruch handeln?«

»Ich glaube nicht. Ein Diener hat zugegeben, das Flurfenster offen gelassen zu haben. Ich habe unsere Sachen bereits durchgesehen. Allem Anschein wurde nichts gestohlen. Ich hatte mich nur zu einem kurzen Nachmittagsschlaf zurückgezogen ...«

In den Zweigen der Zeder raschelte es. Hopkins riss die Waffe hoch und feuerte. Nadeln rieselten zu Boden. Ein Affe rannte zornig kreischend über die Wiese. Er trug eine Tischdecke wie einen Umhang auf dem Rücken. Wenn Victoria nicht so verstört gewesen wäre, hätte sie gelacht.

»Hopkins«, Victoria legte ihm die Hand auf den Arm, »bitte, kommen Sie ins Haus. Ich muss Ihnen und Leela ganz dringend etwas erzählen.«

Nach einem letzten aufgebrachten Blick in die Baumkronen folgte Hopkins ihr geknickt wie ein Feldherr, der eine wichtige Schlacht verloren hatte. Nun konnte Victoria sich ein kleines Lächeln doch nicht verkneifen.

Leela kniete im Wohnzimmer auf dem Boden und sammelte Bücher auf, die die Affen dort überall verstreut hatten. Einige Seiten in Hopkins' ornithologischen Fachbänden waren zerrissen. Vor den Fenstern lagen die Scherben einer Vase. Rosen- und Hortensienblüten schwammen in der Wasserlache, die Sessel- und Sofakissen waren überall im Raum verstreut. Im Esszimmer sah es auch nicht besser aus, wie Victoria im Vorbeigehen mit einem Blick durch die offen stehende Tür festgestellt hatte. Dort waren Diener mit dem Aufräumen beschäftigt.

»Nun, was möchten Sie uns mitteilen, Miss Victoria?« Hopkins rückte ihr einen Sessel zurecht und ließ sich dann selbst mit Leela auf dem Sofa nieder.

»Ich bin überzeugt, Prinz Kintu weiß, dass Mr. Ryder und ich uns kennen«, sagte Victoria, als sich die Diener zurückgezogen hatten. Sie erzählte Hopkins und Leela von dem Gespräch während des Ausritts.

»Woher könnte der Prinz denn wissen, dass es eine Verbindung zwischen Ihnen und Mr. Ryder gibt?«, fragte Leela erschrocken.

»Möglicherweise hat er sich bei den Angestellten des Central Hotel erkundigt. Oder jemanden damit beauftragt, dort Erkundigungen einzuziehen«, bemerkte Hopkins. »Vielleicht hat er auch herausgefunden, dass Sie, Miss Victoria, wie Mr. Ryder mit Asha gesprochen haben.«

Victoria war bedrückt. Wieder wünschte sie sich, sie hätte sich während des Ausritts besser in der Gewalt gehabt.

»Falls Prinz Kintu tatsächlich hinter dem Anschlag auf den Vizekönig stecken sollte, kann ich mir nicht vorstellen, dass seine Großmutter, die Maharani, davon keine Kenntnis hat«, sagte Hopkins nachdenklich.

»Dieser Meinung bin ich auch.« Victoria seufzte. »Aber das macht alles nur noch schlimmer. Ich finde, die Maharani ist eine angsteinflößende Gegnerin.«

»In der Tat ... Ich würde es auch vorziehen, sie nicht als Feindin zu haben.« Hopkins nickte.

Schwang eine gewisse Wehmut in seiner Stimme mit? In einer anderen Situation, wenn nicht Jeremys Leben auf dem Spiel gestanden hätte, hätte Victoria ihn wahrscheinlich damit geneckt, dass er eine Vorliebe für die Maharani entwickelt hatte. Jetzt flößte ihr die Vorstellung, die Maharani und Prinz Kintu könnten hinter Jeremys Verschwinden stecken, einfach nur Furcht ein.

Sie durfte sich nicht gehen lassen ... Sie musste einen klaren Kopf bewahren.

»Ein Gutes hatte der Ausritt wenigstens. Prinz Kintu hat mich Lord und Lady Abbingdon und Sir Antony Palmer vorgestellt.« Victoria zwang sich zur Gelassenheit.

»Lady Abbingdon hat Sie und mich für morgen zum Tee eingeladen, Hopkins. Bestimmt sind unter ihren Gästen auch viele, die sich während des Anschlags im Garten der Residenz aufgehalten haben.«

»Davon ist auszugehen.« Hopkins nickte zustimmend. »Lord Abbingdon und Sir Antony Palmer ... Lassen Sie mich kurz überlegen ...« Er legte die Fingerspitzen aneinander. »Die beiden wurden als Söhne eines Rechtsanwalts aus der Mittelschicht geboren. Lord George – der vierte Earl of Abbingdon und ältere der Brüder – hat den Titel und ein großes Vermögen von einem Urgroßonkel geerbt. Als ganz junger Mann nahm er am zweiten Anglo-Afghanischen Krieg teil. Er diente einige Jahre in der britischen Armee im Nahen Osten. Bald nachdem er den Titel geerbt hatte, machte ihn der Generalgouverneur von Ägypten zu seinem persönlichen Sekretär und protegierte ihn auch fernerhin. So hatte Lord Abbingdon hohe Posten in der Militärverwaltung von Ägypten, Kanada und Australien inne.«

»In Indien war Lord Abbingdon nie tätig?«, vergewisserte sich Victoria.

»Nein ...«

»Und trotzdem macht er sich Hoffnungen auf den Posten des Vizekönigs?«

»Nun, ich muss leider zugeben, dass bei der Vergabe hoher Positionen in Regierung und Verwaltung nicht immer die persönliche Eignung im Vordergrund steht.«

»Lord Abbingdon wäre nicht der Erste, der für das Amt des Vizekönigs völlig ungeeignet ist«, warf Leela zornig ein.

»Im Falle von Lord Abbingdon stellen seine Gattin beziehungsweise ihre verwandtschaftlichen Verhältnisse einen wichtigen Trumpf dar«, fuhr Hopkins mit seinen Erläuterungen fort. »Doch dazu komme ich gleich... Sir Antony Palmer wäre von seinem beruflichen Werdegang her der Geeignetere. Schließlich trat er schon in jungen Jahren in den Indian Civil Service ein und durchlief eine makellose Laufbahn bis zum Gouverneur des Punjab und von Burma – Simla liegt ja im Punjab, nach Lord Minto ist er hier der ranghöchste Beamte. Aber die Vizekönige gehörten bisher immer dem Adel an.«

»Lady Abbingdon ist Lord Abbingdons erste Gattin? Er hat die vierzig doch sicher schon weit überschritten...«

»Ja, sie ist seine erste Gemahlin. Nun, Lord Abbingdon werden diverse Liebschaften nachgesagt. Frauen sollen, neben Automobilen, seine große Leidenschaft sein.« Hopkins räusperte sich. »Vor ihrer Hochzeit war Lady Abbingdon Eleanor Darlton, die Tochter Lord Benjamin Darltons und Enkelin des siebten Dukes of Cavendish. Sie und Lord Abbingdon heirateten vor zwei Jahren.«

»Ich hatte den Eindruck, dass ihr Gatte nicht sehr verliebt in sie ist.«

»Nun, die Liebe stand bei dieser Verbindung wohl auch nicht unbedingt im Vordergrund. Lord Abbingdon hat von seinem Urgroßonkel ein großes Vermögen geerbt. Die Cavendishes wiederum sind von uraltem Adel, ihr Stammbaum reicht bis in die Zeit Wilhelms des Eroberers zurück.« Hopkins konnte eine gewisse Bewunderung nicht verhehlen. »Sie verfügen über erstklassige gesellschaftliche und politische Beziehungen. Ein Onkel Lady Abbingdons war lange Zeit in Whitehall Minister für Indien, und einer ihrer Vettern ist zurzeit in diesem Ministerium Staatssekretär.«

»Jetzt verstehe ich, dass die Hoffnungen Lord Abbingdons auf den Posten des Vizekönigs durchaus realistisch sind«, sagte Victoria sarkastisch.

»Ja, in der Tat...« Hopkins vollführte eine vielsagende Handbewegung.

»Leider nutzt es ihm nichts, Lord Minto durch einen Anschlag beseitigen zu lassen, sonst hätten wir jetzt einen möglichen Täter mit einem Motiv...«

Als Kintu das Speisezimmer betrat, saß seine Großmutter bereits am Kopfende der langen, ovalen Tafel. Ein Bouquet aus roten Blumen verströmte einen süßen Duft. Das Besteck war vergoldet wie auch die Stiele der geschliffenen Gläser. Das hauchdünne Porzellan war mit dem Familienwappen geschmückt und, ebenso wie die Gläser, eigens für die fürstliche Familie angefertigt worden. Die Maharani trug wie immer kostbaren Schmuck. Aber Prinz Kintu wusste, dass ihr an all diesem Luxus nicht wirklich etwas lag. Ihre Freiheit und die Unabhängigkeit ihres Landes waren ihr viel wichtiger.

»Großmutter...« Nach indischer Sitte verbeugte er sich vor ihr.

»Ich dachte, du bringst Lady Victoria mit zum Dinner.« Die Maharani wies auf ein drittes Gedeck.

»Lady Victoria hat sich nach dem Ausritt entschuldigt. Es gehe ihr nicht gut, sagte sie.«

»Wie schade... Du konntest sie aushorchen?«

»Ja, Lady Victoria erschrak, als ich Mr. Ryder erwähnte. Ich ritt mit ihr zum Tempel der Göttin Tara Devi. Irgendwie schien er sie zu verstören. Als ich ihr sagte, Tara Devi sei die Göttin der Liebenden, wollte sie den Tempel besuchen. Ich ließ sie allein hineingehen. Sie blieb eine Weile dort und kam ohne ihre Ohrringe wieder heraus.«

»Du meinst, sie hat die Ohrringe als Opfergabe auf dem Altar zurückgelassen?«

»Ja, so kam es mir vor...«

Diener brachten Schalen mit Wasser und kostbare Leinentücher. Der Prinz und die Maharani wuschen ihre Hände. Nachdem die Maharani einen Diener angewiesen hatte, das dritte Gedeck abzuräumen, trug ein anderer den ersten Gang auf – Bagara Baingan, süßsaure Auberginen, und Dum Ka Gosht, butterweiche Lammstücke. Der Prinz und seine Großmutter nahmen sich von den Speisen und ließen sich französisches Mineralwasser und Wein in die Gläser füllen. Dann zogen sich die Diener wieder zurück.

»Eine deutsche Adlige, die einen britischen Journalisten liebt und in Begleitung ihres Onkels nach Indien reist, das erscheint mir alles sehr unwahrscheinlich...« Die Maharani schüttelte den Kopf. »Viel plausibler wäre es, wenn Lady Victoria ebenfalls Britin wäre. Womit aber immer noch nicht erklärt ist, was Mr. Ryder in Simla wollte.«

»Lady Abbingdon hat Lady Victoria für morgen Nachmittag zum Tee eingeladen. Wollen Sie sich nicht auch um eine Einladung bemühen, Großmutter?«

»Ja, allerdings, das könnte sich lohnen.« Die Maharani nickte versonnen.

Im Esszimmer herrschte wieder Ordnung. Alle Stühle standen vollzählig um den hübsch gedeckten, mit einem kleinen Rosenstrauß dekorierten Tisch. Es gab Salate und kalten Braten. Ein improvisiertes Dinner, das, so nahm Victoria an, auch Hopkins in Anbetracht der Umstände verzeihlich fand. Sie hatte eben mit ihm Platz genommen, als Leela einen unterdrückten Schrei ausstieß. Die junge Frau hatte noch die letzten Bücher aufräumen wollen, bevor sie zum Essen kam.

»Wenn das schon wieder diese verwünschten Tiere sind ...« Hopkins sprang zornentbrannt auf. Die Affen reizten ihn offenbar bis zur Weißglut.

Doch Leela kam schon in das Esszimmer gerannt. In der Hand hielt sie ein dickes Buch.

»Leela, was ist denn?«, fragte Victoria besorgt.

»Ich habe das hier unter dem Buch gefunden.« Leela legte ein Blatt Papier auf den Tisch. »Es muss herausgefallen sein, als die Affen die Bücher aus dem Regal warfen. *Oliver Twist* hat Sumat gehört. Er mochte den Roman sehr, und ich fand ihn unter seinen Sachen. Ich habe ihn mit ins Wohnzimmer genommen und darin gelesen. Aber Sumat kann das doch nicht geschrieben haben ... Es ist auch nicht seine Schrift ...«

Victoria beugte sich vor. *Raghav Chandra, 1883, District Kaveri, steuerpflichtig* stand in krakeligen Buchstaben auf dem Zettel.

»Das hört sich an, als wäre es von einem Telegramm abgeschrieben«, sagte Leela.

»Der Meinung bin ich auch.« Hopkins nickte zustimmend. »Könnte es sich vielleicht um die Abschrift jenes Telegramms handeln, das Mr. Ryder einen Tag vor seinem Verschwinden erhalten hat?«

»Aber die Notiz stammt nicht von Jeremy. Das ist nicht seine Schrift.« Victoria schüttelte den Kopf. »Und überhaupt ... Wie könnte eine Notiz, die er verfasst hat, in ein Buch von Sumat gelangen?«

»Vielleicht hat Mahi das ja geschrieben?« Leela sah Victoria aus großen Augen an. »Sumat hat mir einmal erzählt, dass er seiner Mutter und ihm oft aus *Oliver Twist* vorgelesen hat und dass Mahi das Buch sehr liebte. Vielleicht hat er es gerade deshalb als Versteck gewählt?«

»Wie sollte Mahi denn von dem Telegramm erfahren haben?« Victoria war nicht überzeugt. »Jeremy hat es ihm ganz sicher nicht gezeigt. Es betraf bestimmt seine Arbeit.«

»Wir haben uns doch heute Nachmittag gefragt, ob es nicht eine Verbindung zwischen Mahi und Mr. Ryder gab, ehe sich die beiden vor Peliti's Café begegneten. Möglicherweise liegt der Schlüssel in dieser kurzen Notiz«, beharrte Leela. Sie legte ihre Schüchternheit mehr und mehr ab und schien ihre Idee vehement verteidigen zu wollen.

»Wer auch immer diese Notiz verfasst hat, ich gebe Leela recht, dass sie wichtig ist«, warf Hopkins ein. »Mr. Ryder ließ sich in der Bibliothek Bände mit den Listen der District Collectors heraussuchen. Vielleicht wollte er ja überprüfen, wer der für Raghav Chandras Provinz zuständige Beamte im Jahr 1883 war.«

»Was bedeuten könnte, dass sich der damalige District Collector als Gast am Abend des Attentats im Park der Residenz befand und Raghav Chandra auf ihn schoss statt auf Lord Minto?«

»Ja, Miss Victoria, in diesem Fall wäre das Motiv für die Schüsse in der Vergangenheit Raghavs und des ehemaligen District Collectors zu suchen.«

»Aber das passt nicht damit zusammen, dass Prinz Kintu versucht hat, mich über Jeremy auszuhorchen.« Eben hatte Victoria noch geglaubt, einen Zusammenhang erkennen zu können. Doch nun verlor sie ihn schon wieder.

»Mit Verlaub, Miss Victoria, eines nach dem anderen.« Hopkins' Stimme klang unerschütterlich. »Ich schlage vor, morgen früh die Bibliothek aufzusuchen. Dann sehen wir weiter. Und nun sollten wir endlich mit dem Dinner beginnen. Ich denke, nach den Aufregungen dieses Abends bedürfen wir alle einer Stärkung.«

VIERUNDZWANZIGSTES KAPITEL

Victoria nippte an ihrem Tee und biss dann ein Stück von ihrem Toast ab. Es war spät am Morgen. Die Jalousien des Frühstückszimmers waren, um das Sonnenlicht zu dämpfen, halb heruntergezogen. Hopkins und Leela hatten schon vor einer ganzen Weile gefrühstückt, und Hopkins war zur Bibliothek aufgebrochen. Ein Diener hatte Victoria gefragt, ob sie Rührei, gebratenen Speck und Tomaten haben wolle – das typisch englische Frühstück. Aber sie hatte dankend abgelehnt. Als sie gegen sieben Uhr aufgewacht war, hatte sie sich wieder heftig übergeben müssen. Da waren Tee und Toast die bessere Wahl.

Jetzt fühlte sie sich nicht mehr ganz so schwach. Gegen vier Uhr würden Hopkins und sie zum Tee zu Lady Abbingdon aufbrechen. Sechs lange Stunden lagen bis dahin vor ihr, in denen sie nichts für Jeremy tun konnte. Oder doch?

Ich muss mich von der Grübelei über Jeremy und Mahi ablenken, dachte Victoria, *sonst werde ich verrückt.*

Durch die Fenster sah sie jetzt, wie Leela, ein Buch in der Hand, über den Rasen schlenderte und sich im Schatten eines Baumes auf eine Bank setzte. Victoria wollte nicht erst nach oben gehen und sich anziehen. Sie raffte ihren Morgenmantel zusammen – etwas, das Großtante Hermione für unverzeihlich und Hopkins für äußerst unangemessen halten würde – und lief in den Garten.

»Geht es Ihnen wieder besser, Miss Victoria?« Leela sah sie besorgt an.

»Ja, ich habe beschlossen, wenn es irgendwie möglich ist, diese Anfälle von Übelkeit zu ignorieren. Sonst komme ich aus dem Bett überhaupt nicht mehr heraus.« Victoria setzte sich neben die junge Frau. »Es tut mir leid, dass ich Sie störe. Aber ich wollte Hopkins heute Morgen eigentlich fragen, ob er mit mir zu den Teeplantagen gehen würde. Mr. Ryder war ja möglicherweise in der Nacht, in der er verschwand, dort. Würden Sie mich an Hopkins' Stelle dorthin begleiten? Er ist in der Bibliothek, was ich ganz vergaß.«

»Nun, ich weiß nicht, Miss Victoria.« Leela zögerte. »Mr. Hopkins würde es bestimmt nicht gern sehen, dass wir beide allein dorthin gehen.«

»Ich schätze Hopkins' Fürsorge wirklich. Aber manchmal übertreibt er ein bisschen. Ich werde sicherheitshalber eine Pistole mitnehmen.«

»Können Sie denn damit umgehen?«

»Ja, mein Vater hat es mir beigebracht. Ach, bitte Leela, ich kann nicht bis zum Tee bei Lady Abbingdon warten und nichts tun«, bat Victoria. »Wenn Sie nicht mitkommen möchten, werde ich mich allein auf den Weg machen.«

»Gut, ich begleite Sie«, gab Leela schließlich zu Victorias Erleichterung nach.

Leela bat die Kulis bei der Einmündung des Pfades in die Straße nach Simla in der Nähe des kleinen Göttinnenschreins zu warten. Dieser Weg zu den Teeplantagen war eine Abkürzung und so schmal, dass selbst die zierlichen Fahrzeuge Schwierigkeiten haben würden, dort voranzukommen. Victoria hatte ihre Kamera dabei, Leela trug das Stativ. Zu fotografieren war Victoria wieder als eine gute Möglichkeit erschienen, um mit den Menschen ins Gespräch zu kommen. Wie genau sie vorgehen würde, wollte sie je nach Situation entscheiden.

Der Pfad verlief durch die für die Umgebung so typischen Zypressen, Eichen und Pinien. Hin und wieder sah man Hortensienbüsche zwischen den Bäumen, sie bildeten Farbtupfer inmitten des dichten Brauns und Grüns. Der Boden war steinig, und Victoria war froh über die Stiefel, die sie und Leela zum Schutz gegen die Schlangen trugen. Vögel zwitscherten. Ein Wildschwein tauchte zwischen den Bäumen auf und rannte davon, als es sie witterte. Auch grazile rotbraune Tiere, die Rehen ähnelten, erspähte Victoria kurz. Einmal raschelte es in den Zedernnadeln und trockenen Blättern am Wegesrand, und Victoria glaubte tatsächlich, eine gefleckte Schlange zu erblicken, die sich zwischen den Felsen hindurchwand.

War Jeremy diesem Pfad in der Nacht, in der er verschwand, gefolgt? Und wenn ja, warum war er hier gewesen? Was war ihm zugestoßen? Die Fragen kreisten unaufhörlich und quälend in Victorias Kopf.

Nach etwa einer halben Stunde hatten sie und Leela das Ende des Waldes erreicht. Die Teeplantage erstreckte sich vor ihnen. Lange Reihen von Sträuchern wuchsen auf Terrassen um die Hügel. Das Grün der Pflanzen wirkte fast smaragdfarben unter dem blauen Himmel, es erinnerte an ein kühles Gewässer.

In einiger Entfernung entdeckte Victoria schindelgedeckte Holzhütten. Wahrscheinlich lebten Arbeiter darin.

»Lassen Sie uns dorthin gehen«, wandte sie sich an Leela. »Vielleicht weiß von den Arbeitern jemand etwas über Jeremy.«

»Ja, wir sollten es dort versuchen.« Leela nickte zustimmend.

Der Weg verlief durch die Plantage. Manchmal kamen sie an Frauen vorbei, die ihnen scheue Blicke zuwarfen, sich dann jedoch schnell wieder abwandten und ihrer Arbeit widmeten. Das Ernten des Tees schien Aufgabe der Frauen zu sein. Manche trugen große Körbe auf dem Rücken, in denen sie die geernteten Blätter sammelten. Andere warfen die Teeblätter in Säcke, die mithilfe von Gurten am Kopf befestigt waren.

Vor den Hütten spielten Kinder. Einige waren nackt, manche trugen einen Lendenschurz. Eine alte Frau, deren dunkle Haut ganz faltig war, mahlte Mehl mit einer Handmühle. Als sie ihr zulächelte, sah Victoria, dass ihr die meisten Zähne fehlten. Eine jüngere Frau – sie trug einen einfachen blauen Sari und ein Farbfleck leuchtete auf ihrer Stirn über der Nasenwurzel – buk Brotfladen auf heißen Steinen über einem Feuer. Die Kinder liefen weg, als sie die beiden *memsahibs* sahen, blieben jedoch in sicherem Abstand stehen.

Leela erläuterte den beiden Inderinnen auf Hindi, dass Victoria sie gern fotografieren würde. Sie gaben nickend ihre Zustimmung. Während Victoria ihre Kamera aufbaute, rückten die Kinder ein Stück näher. Victoria machte Aufnahmen von den Frauen und bat dann Leela, den Kindern zu sagen, dass sie auch sie gern fotografieren würde. Um sie anzulocken, holte sie Bonbons aus ihrer Umhängetasche – mit Erfolg. Die Kinder stellten sich vor den Hütten auf. Sie waren, so schätzte Victoria, zwischen zwei und zehn Jahre alt. Das Kleinste steckte den Daumen in den Mund und betrachtete sie neugierig. Von den älteren lächelten einige sie an. Bei jedem Klicken des Auslösers zuckten die Kinder zusammen und kicherten dann.

Während Victoria die Kamera betätigte, überlegte sie, wie sie vorgehen sollte. Schließlich entschied sie, direkt nach Jeremy zu fragen. Sie holte seine Fotografie aus ihrer Umhängetasche und bat Leela, sie den Frauen und Kindern zu zeigen und sich zu erkundigen, ob jemand diesen *sahib* gesehen habe.

Die Frauen und die älteren Kinder betrachteten das Bild aufmerksam, doch ihr Kopfschütteln bewies Victoria, auch ohne dass sie die Antworten verstanden hätte, dass niemand Jeremy kannte. Sie unterdrückte eine Verwünschung.

»Hat niemand in letzter Zeit etwas Auffälliges oder Sonderbares gehört oder gesehen?«, wandte sie sich ohne viel Hoffnung an Leela.

»Constable Ranjit Singh sagte, die Nacht, in der Mr. Ryder verschwand, sei eine Vollmondnacht gewesen, nicht wahr?«

»Ja, ich glaube schon.« Victoria nickte. »Warum ist das wichtig?«

»Westliche Kalenderdaten bedeuten diesen Menschen nicht viel.« Leela lächelte. »Der Stand von Sonne und Mond ist dagegen sehr wichtig für sie. An ihnen orientieren sie sich.«

Wieder übersetzte Leela. Die beiden Frauen verneinten das, wonach sie fragte, wie Victoria aus ihrer Gestik schloss.

Aber einer der Jungen sagte etwas, woraufhin ihn die Frau in dem blauen Sari ärgerlich anfuhr.

»Was sagte der Junge, Leela?« Victoria trat einen Schritt näher.

»Er meinte, er habe in der vorletzten Vollmondnacht Schüsse gehört und ein Pferd wiehern. Aber laut seiner Mutter hat er nur schlecht geträumt und sich das alles eingebildet.«

Jetzt nickte auch ein Mädchen und sprudelte rasch ein paar Worte hervor.

Leela sah Victoria an. »Die Kleine behauptet, sie habe auch Schüsse vernommen in jener Nacht.«

Zwischen den Hütten nahm Victoria eine Bewegung wahr. Ein dünner junger Mann, der bis auf einen Lendenschurz nackt war, hielt sich dort verborgen und starrte sie an. Er musste die Fragen mit angehört haben.

»Leela ...«

Victoria machte eine Bewegung auf ihn zu, doch im nächsten Moment rannte der Inder in Richtung der Teefelder davon. Ohne zu überlegen, lief Victoria hinterher. Der junge Mann sprang über einen Wassergraben und verschwand dann zwischen den Pflanzenreihen.

Die Sonne blendete Victoria. Wo war er? Ganz bestimmt wusste er etwas, sonst wäre er nicht weggerannt. In einiger Entfernung glaubte sie, ihn zu entdecken, und hastete ihm nach.

»Miss Victoria ...«

Von irgendwoher erklang Leelas Stimme. Victoria achtete nicht darauf. Sie schob eine Arbeiterin zur Seite, die ihr auf dem Pfad inmitten der Sträucher entgegenkam, und dann entdeckte sie den jungen Inder wieder.

»He, warten Sie!«, rief sie, vergaß ganz, dass er ihre Sprache wahrscheinlich nicht verstand. Er drehte sich zu ihr um. Sie erhaschte einen Blick auf ein mageres Gesicht mit weit auseinanderstehenden dunklen Augen. Plötzlich stolperte sie und stürzte der Länge nach hin. »O nein...«

Als Victoria versuchte, auf die Füße zu kommen, schoss ein stechender Schmerz durch ihren rechten Knöchel. Der junge Mann war nirgends mehr zu sehen.

»Miss Victoria... Haben Sie sich verletzt?« Leela kniete sich neben sie.

»Der Inder... Der junge Mann... Er ist davongelaufen... Ich bin fest davon überzeugt, dass er etwas über Jeremy weiß. Wir müssen ihn finden.«

»Auf keinen Fall, das ist viel zu gefährlich.« Leela schüttelte entschieden den Kopf.

»Aber... Au!« Victoria stieß einen Schmerzenslaut aus, als Leela ihr auf die Füße half. Einige Arbeiter näherten sich ihnen. Zwei hielten Harken in den Händen. Ein älterer Mann rief Leela etwas zu. »Was sagt er?«

»Er meint, wir hätten hier nichts zu suchen und sollten gehen. Bitte, Miss Victoria, kommen Sie mit.«

Victoria sah ein, dass sie in ihrem Zustand nichts ausrichten konnte. Widerstrebend stützte sie sich auf Leela und humpelte mit ihr zu den Hütten zurück.

Dieser verflixte Knöchel...

Victoria saß im Wohnzimmer des Cottages neben Leela auf dem Sofa. Den rechten Fuß hatte sie hochgelegt. Obwohl sie den Knöchel kühlte, schmerzte er immer noch höllisch. Der Rückweg von der Teeplantage zur Straße war lang und beschwerlich gewesen. In Simla hatte sie dann mit Leela einen Arzt aufgesucht. Dieser hatte den Knöchel untersucht und festgestellt, dass er lediglich verstaucht war. Er hatte ihr geraten, den Fuß ein paar Tage lang ruhig zu halten. Außerdem hatte er ihr eine Salbe für ihre aufgeschürften Hände gegeben. Victoria hatte dennoch nicht vor, sich von der Teegesellschaft bei Lady Abbingdon abhalten zu lassen.

Wieder musste sie an den jungen Inder denken, der ihr entwischt war. *Ach, wenn ich doch nur schneller reagiert hätte,* dachte sie zum wiederholten Male. *Vielleicht hätte ich ihn ja mit der Pistole einschüchtern und so zum Reden bringen können.*

Die Haustür wurde geöffnet. Sie hörte, wie Hopkins in der Halle mit einem Diener sprach. Gleich darauf kam er ins Wohnzimmer. Seine Miene war gemessen wie immer, doch Victoria kannte ihn gut genug, um zu erkennen, dass auch sein Vormittag nicht sehr erfolgreich gewesen war.

»Guten Tag, Miss Victoria«, begrüßte er sie förmlich. Sein Blick fiel auf ihren Fuß. »Haben Sie sich etwa verletzt?«

»Äh ... ja ... Nichts Schlimmes. Erzählen Sie doch bitte zuerst, wie es Ihnen ergangen ist.«

»Nun, es war nicht schwer herauszufinden, dass von 1881 bis 1884 ein gewisser Robert Towler der für Raghav Chandra zuständige District Collector war.« Hopkins ließ sich in einem Sessel nieder. »Allerdings befand sich am Abend des Anschlags kein Mann dieses Namens unter den Gästen des Vizekönigs. Und auch im *Debrett's* kommt ein Robert Towler nicht vor.«

»Ach, herrje ...« Victoria stöhnte frustriert. »Es kann doch nicht sein, dass diese Spur auch wieder ins Nichts führt.«

»Nun, Sir Arthur ist in der Position, beim Ministerium

für Indien Auskunft zu erlangen. Nach meinem Besuch in der Bibliothek habe ich ihm ein Telegramm geschickt. Vielleicht lässt sich ja so mehr über diesen Towler herausfinden.« Hopkins entfernte ein imaginäres Stäubchen auf seinem Hosenbein. »Darf ich fragen, Miss Victoria, was zu Ihrer Verletzung geführt hat?«

»Leela und ich haben die Teeplantage aufgesucht, zu der Mr. Ryder vermutlich in der Nacht ging, in der er verschwand. Dort bin ich gestürzt.«

»Miss Victoria, bei allem Respekt, aber das war äußerst unvernünftig!« Hopkins war entsetzt. »Und, Leela, ich verstehe wirklich nicht, dass Sie nicht alles versucht haben, Miss Victoria dieses törichte Unterfangen auszureden.«

Leela zuckte schuldbewusst zusammen und errötete.

»Leela trifft wirklich keine Schuld«, verteidigte Victoria die junge Frau. »Ich habe sie überredet, mich zu begleiten. Unser Besuch war jedenfalls erfolgreich. Ein kleiner Junge hat erzählt, dass er in der Nacht, als Mr. Ryder verschwand, Schüsse und ein Pferd wiehern hörte.«

»Umso schlimmer, dass Sie beide allein dorthin gegangen sind.«

»Außerdem bin ich überzeugt, dass ein junger Inder etwas zu verbergen hat. Er rannte vor mir davon...«

»Miss Victoria!« Hopkins schüttelte fassungslos den Kopf.

»Mein Gott, Hopkins...« Victoria verlor die Geduld. »Wenn Mr. Ryder an meiner Stelle zu der Plantage gegangen wäre, wären Sie jetzt nicht außer sich.«

»Mit Verlaub, aber Mr. Ryder ist ein junger Gentleman und keine junge Dame.«

»Ich kann auf mich aufpassen. Sie waren selbst dabei, als mir mein Vater das Schießen und Jiu-Jitsu beigebracht hat.«

»Manchmal neigen Sie dennoch dazu, sich selbst zu überschätzen, Miss Victoria. Mr. Ryder hätte Ihr Verhalten ganz sicher auch nicht gutgeheißen.«

Das war zu viel. Und es machte es nicht besser, dass Hopkins, was Jeremy betraf, wahrscheinlich recht hatte.

Victoria sprang auf. »Das muss ich mir wirklich nicht anhören. Ich werde um vier Uhr zu Lady Abbingdon aufbrechen. Und wenn Sie mich nicht begleiten möchten, Hopkins, kann ich auch gut auf Sie verzichten.«

Mit Mühe unterdrückte Victoria einen Schmerzenslaut, als sie mit dem verletzten Fuß aus dem Zimmer humpelte. Sie konnte sich gerade noch zurückhalten, voller Zorn die Wohnzimmertür zuzuschlagen.

Victoria betrachtete sich niedergeschlagen im Spiegel der Frisierkommode. Sie hatte sich für den Nachmittagstee umgezogen. Das Oberteil ihres Kleides war aus pastellgrüner Seide mit Punkten in einem etwas helleren Farbton gearbeitet. In den Rock aus feinem Musselin waren Blumen eingewebt – das Untergewand schimmerte hindurch. Die breite Seidenschärpe, die am Rücken zu einer Schleife gebunden war, hatte dieselbe Farbe wie das Oberteil. Die eng anliegenden Ärmel reichten bis zu den Ellbogen und waren, ebenso wie der Halsausschnitt, mit Spitze besetzt. Die Halskette und der Armreif aus großen Jadesteinen passten farblich perfekt dazu. Wenn sich Victoria nicht so große Sorgen um Jeremy gemacht hätte, hätte sie ihre Freude an dem schönen Kleid gehabt.

Aber auch der Streit mit Hopkins machte ihr zu schaffen. Sie verstand selbst nicht, warum sie so gereizt reagiert hatte. Manchmal hatte sie das Gefühl, ein anderer Mensch zu sein, seit sie in Indien war. Bisher hatten Hopkins und sie sich nur einmal heftig gestritten. Damals hatte er sie davon abgehalten, sich einem Mann hinzugeben, in den sie sehr verliebt gewesen war. Im Nachhinein war sie sehr froh darüber gewesen. Sie und Jeremy hatten sich zu diesem Zeitpunkt schon gekannt, jedoch noch nicht ineinander verliebt.

Nach einem leisen Klopfen trat Leela in Victorias Schlafzimmer. Sie wirkte ganz unglücklich. »Miss Victoria, Mr. Hopkins würde das mir gegenüber nie offen sagen, ich bin dennoch überzeugt, dass er sich große Sorgen um Sie macht.«

»Das weiß ich ja.« Victoria seufzte. »Aber er ist nun einmal nicht mein Großvater.«

Nun ja, in gewisser Weise ist er das schon, raunte ihr eine innere Stimme zu. *Und du liebst ihn wie einen nahen Verwandten.*

Victoria beschloss, diese Stimme vorerst zu ignorieren. Irgendwann würde sie sich bei Hopkins entschuldigen. Aber noch nicht jetzt. Dazu war sie zu sehr in ihrem Stolz verletzt. Sie war kein kleines Kind mehr. Schließlich stand das Leben des Mannes, den sie liebte, auf dem Spiel.

FÜNFUNDZWANZIGSTES KAPITEL

Das Anwesen von Lord und Lady Abbingdon lag auf dem Prospect Hill. Eine von kugelförmig beschnittenem Buchsbaum gesäumte Auffahrt führte zu einem Gebäude im Tudorstil. Ein weit heruntergezogenes Vordach verlief über die gesamte Breite des Hauses. Der linke Seitenflügel bestand ganz aus Holz und besaß mehrere Erker. Der rechte war mit Fachwerk gestaltet. Victoria fand das Anwesen ebenso geschmacklos wie den Palast des Vizekönigs.

Stumm hinkte sie neben Hopkins die Treppe zum Portal hinauf. Seinen hilfreich ausgestreckten Arm ignorierte sie. In der Halle empfingen sie Lachen und Stimmengewirr. Vor einem wuchtigen Kamin streckte der obligatorische, bei der Jagd erlegte Tiger seine krallenbewehrten Pfoten aus. Ein konservierter Elefantenfuß diente als Schirmständer. An den Wänden hingen Säbel und Schwerter, den Verzierungen nach zu schließen antike indische Waffen. Am anderen Ende der Halle stand eine Flügeltür offen. Durch sie konnte man in ein Wohnzimmer und durch französische Fenstertüren bis auf eine Terrasse und in den angrenzenden Garten blicken.

»Lady Victoria ... Und das muss Ihr lieber Onkel Graf Gulda sein ...« Lady Abbingdon trat, begleitet von der

Maharani Rameet, zu ihnen. »Die Maharani hat mir schon so viel von Ihnen erzählt.«

»Fürstin...« Victoria zwang sich zu einem Lächeln. Sonst hatte sie sich immer gefreut, die alte, unkonventionelle Dame zu sehen, doch jetzt wäre sie ihr lieber nicht begegnet. Ihr Misstrauen war einfach zu groß.

»Sie haben sich verletzt, meine Liebe?« Täuschte sie sich, oder musterte die Maharani sie forschend? Wusste sie vielleicht von ihrem und Leelas Besuch auf der Plantage?

»Nichts Schlimmes, nur ein verstauchter Knöchel.«

»Mein Enkel hofft sehr, beim Ball des Vizekönigs mit Ihnen tanzen zu können.«

»Oh, bis dahin ist der Knöchel bestimmt wieder auskuriert.«

»Ach, ich freue mich schon so auf den Ball.«

Lady Abbingdon strahlte. Sie trug ein hellblaues Seidenkleid, das mit einer weißen Blumenstickerei verziert war. Es passte gut zur Farbe ihrer Augen, ließ sie jedoch auch kindlich wirken.

Die Maharani bedachte Lady Abbingdon mit einem Blick, der Victoria an den eines Hundebesitzers erinnerte, der sein Schoßtier possierlich, aber auch anstrengend fand, und wandte sich dann Hopkins zu. Sie hatte sich für einen weißen Seidensari und Schmuck aus Perlen und Diamanten entschieden, der ihr etwas Kühles und Unnahbares verlieh.

Sie legte Hopkins die Hand auf den Arm. »Graf, wir müssen unbedingt wieder einmal eine Runde Golf miteinander spielen.«

Hopkins spielte Golf? Das war ja etwas ganz Neues...

Hopkins benahm sich der Maharani gegenüber ganz ungezwungen.

Lady Abbingdon blickte sie fragend an. Sie hatte etwas gesagt, das Victoria nicht verstanden hatte.

»Verzeihen Sie, ich war gerade mit den Gedanken woanders...«, sagte sie rasch.

»Ich erwähnte nur, dass ich als Julia zu dem Ball kommen werde«, erklärte Lady Abbingdon.

»Ich habe mich für den Puck aus dem *Sommernachtstraum* entschieden.«

»Ach, Sie werden ganz sicher ein reizender Puck sein.« Lady Abbingdons Aufmerksamkeit fiel auf eine ältere Dame, die jetzt die Halle betrat. Sie trug ein lavendelfarbenes Nachmittagskleid mit üppigem Spitzenbesatz und einen mit großen Stoffrosen geschmückten Hut. »Ah, da kommt Lady Summerdale... Sie ist entfernt mit der Gattin Lord Mintos verwandt...«

Irgendwie kam die Dame Victoria bekannt vor. Lady Abbingdon strahlte ihren Gast auf eine etwas zu enthusiastische Weise an. »Lady Summerdale, darf ich Ihnen Lady Victoria von Hohenstein vorstellen? Sie ist eine deutsche Comtesse, die mit ihrem Onkel Indien bereist...«

Lady Summerdale ist eine der sogenannten Freundinnen von Großtante Hermione...

Victoria begriff plötzlich. Sie war ihr ein- oder zweimal bei ihrer Großtante begegnet.

»Eine deutsche Comtesse, wie interessant...« Die ältere Dame musterte Victoria aus kurzsichtigen Augen. »Sie erinnern mich an jemanden aus der Londoner Gesellschaft, aber ich komme nicht darauf, an wen...«

»Oh, ich bin gelegentlich in London. Wahrscheinlich sind wir uns einmal bei einem gesellschaftlichen Anlass über den Weg gelaufen.«

»Wahrscheinlich...«, sagte Lady Summerdale, aber sie wirkte nicht ganz überzeugt.

Victoria spähte zu Hopkins und der Maharani. Zu ihrer Erleichterung schien die Fürstin nichts von dem kurzen Wortwechsel mitbekommen zu haben. Zwei weitere elegant gekleidete Damen betraten jetzt die Eingangshalle und kamen auf Lady Abbingdon zu. Victoria nutzte die Gelegenheit. Sie murmelte eine Entschuldigung und ergriff die Flucht.

Auf der Terrasse standen Tische und Stühle unter Sonnensegeln, ebenso auf der Rasenfläche. Dort gab es die Möglichkeit, es sich in Liegestühlen bequem zu machen. Der parkartige Garten mit seinen Blumenbeeten, dem kleinen Bach, der zwischen großen Azaleen einen Hang hinunterfloss, und verschwenderisch gelb und orangefarben blühenden Rosensträuchern hätte auch irgendwo in England liegen können. Indische Diener eilten zwischen den Gästen umher. Sie trugen Tabletts mit Champagnergläsern und Etageren, die mit dünnen Sandwiches, Scones und kleinen Kuchen bestückt waren.

Victoria ließ sich an einem Tisch am Rande der Terrasse nieder. Sie lehnte den Champagner dankend ab. Außer dem Toast am Morgen hatte sie nichts gegessen, der Alkohol wäre ihr sofort zu Kopf gestiegen. Sie stellte plötzlich fest, dass sie völlig ausgehungert war, und nahm sich reichlich von den ihr präsentierten Delikatessen – ein feines Schinken- und ein Gurkensandwich, ein Schokoladenküchlein, ein Erdbeertörtchen sowie einen mit Sahne gefüllten Eclair. Sie musste sich zwingen, nicht zu hastig darüber herzufallen.

Großtante Hermione wäre über den undamenhaft über-

ladenen Teller entsetzt. O Gott, hoffentlich erinnert sich Lady Summerdale nicht daran, wer ich wirklich bin ...

Victoria ließ ihren Blick über die Terrasse und den Rasen schweifen. In einem der Liegestühle saß ein älterer Gentleman, der jetzt einen der Inder, die die Tabletts mit den Champagnergläsern trugen, zu sich winkte. Seiner Gesichtsfarbe nach zu schließen schien er dem Alkohol nicht abgeneigt zu sein. Sein Anzug spannte über seinem Bauch. Nun nahm er ein Glas Champagner entgegen und leerte es dann viel zu schnell.

Die meisten Gäste waren weiblich. Die wenigen Herren waren wohl als ihre Begleiter gekommen. Das Spektrum der Geladenen umfasste, so schätzte Victoria, die obere Mittelschicht bis hin zur Aristokratie. Lord Abbingdon und seinen Bruder, Sir Antony Palmer, konnte sie nirgends entdecken.

Sie wollte sich gerade wieder unter die Gäste mischen, schließlich war sie mit dem Ziel hergekommen, etwas über den Anschlag zu erfahren, als Mrs. Bingham und ihr Gatte die Terrasse überquerten. Mit Mrs. Bingham Konversation zu betreiben, hatte sie nicht die geringste Lust. Victoria senkte hastig den Kopf.

Mrs. Bingham und ihr Gatte schritten nun in den Garten hinunter und zu dem korpulenten Herrn. Sie begrüßten sich freudig. Anscheinend kannten sie sich gut. Auch Hopkins kam nun mit der Maharani nach draußen. Sie war der einzige indische Gast, wie Victoria feststellte. Eine Dame in einem mauvefarbenen Kleid zögerte ganz offensichtlich, sie anzusprechen, wechselte dann aber doch einige Worte mit ihr. Hopkins schlenderte langsam weiter. Jeder Zoll ein Adliger, der sich unter seinesgleichen vergnügte.

»Hier finde ich Sie also ...« Lady Abbingdon war an

Victorias Tisch getreten. »Wir wollten uns doch über Deutschland und den Rhein unterhalten.«

»Setzen Sie sich doch bitte zu mir«, sagte Victoria lächelnd.

Während sie angeregt über den Drachenfels plauderten, behielt Victoria den Garten im Auge. Lady Abbingdon hatte mit ihrer Mutter Bonn und Godesberg besucht und erzählte begeistert von einer Schifffahrt zur Loreley. Victoria beobachtete derweil, dass Mrs. Bingham Hopkins liebenswürdig begrüßte. Schon auf der *Empress of India* hatte sie den Eindruck gehabt, dass er – anders als sie selbst – das Wohlwollen der Matrone besaß. Nun wies sie auf den korpulenten Gentleman.

Zwischen Victoria und Lady Abbingdon breitete sich eine kurze Stille aus. »Wer ist eigentlich dieser Herr dort unten im Liegestuhl?«, erkundigte sich Victoria scheinbar beiläufig. »Briten im Pensionsalter in Indien anzutreffen ist ja recht selten...«

Tatsächlich kehrten die meisten Beamten des Indian Civil Service am Ende ihrer Laufbahn nach England zurück. Nur wenige ließen sich, anders als in Kolonien wie etwa Australien oder Kanada, im Land nieder, um den letzten Abschnitt ihres Lebens in Ruhe zu genießen.

»Das ist Mr. Archibald Pargenter. Soviel ich weiß, kam er schon als ganz junger Mann nach Indien. Angeblich hat er geholfen, den Sepoy-Aufstand niederzuschlagen...«

»Wirklich?« Victoria war alarmiert.

Sie hatten ja angenommen, dass, falls Raghav Chandras Motiv in der Tat Rache gewesen war, der Grund dafür in der brutalen Niederschlagung des Aufstandes zu finden sein könnte.

»Mr. Pargenter hat, so habe ich sagen hören, sein ganzes Berufsleben in Indien verbracht. Nach seiner Pensionierung lebte er für kurze Zeit in England, kehrte dann jedoch nach Indien zurück. Angeblich war sein Heimweh nach Calcutta und Simla zu stark. Wenn Sie mich fragen, konnte er aber in England einfach nicht mehr Fuß fassen. Er ist ein Junggeselle, und meiner Meinung nach ... nun ja ... trinkt er zu viel ...« Lady Abbingdon verzog ein wenig den Mund. »Jedenfalls ist er eine wandelnde Börse, was Klatsch und Tratsch aller Art betrifft ...«

Dies bedeutete, dass es sich dringend empfahl, mit Mr. Pargenter ins Gespräch zu kommen ...

Als hätte eine Gedankenübertragung zwischen ihnen stattgefunden, schritt nun Hopkins zusammen mit Mrs. Bingham zu dem älteren Herrn.

»Gefällt Ihnen Indien eigentlich?«, fragte Lady Abbingdon plötzlich.

»Wie bitte ...? Oh, ja, sehr ...« Victoria war ganz darauf konzentriert gewesen zu verfolgen, wie sich Hopkins und Mr. Pargenter die Hand schüttelten. Mrs. Bingham ging weiter, während Hopkins sich in einem Liegestuhl neben dem älteren Herrn niederließ. »Äh ... ich finde Indien wirklich faszinierend. Die vielfältige Natur, all die Farben und Gerüche, die alten Tempel und Pagoden, die vielen Menschen ...«

»Mir macht das Land Angst ...« Lady Abbingdon blickte auf ihre Hände. Sie hatte ihren Enthusiasmus abgelegt und erschien nun auf einmal wie eine sehr junge und eingeschüchterte Frau. »Ich habe als Kind ein paar Jahre hier gelebt. Schon damals mochte ich Indien nicht. Die Hitze und die Schreie der wilden Tiere in der Nacht ... Eine meiner *ayahs* ist innerhalb von zwei Tagen an der Cholera gestorben. Ich nehme an, Sie haben hinduistische Tempelfassaden gesehen?«

»Ja...«

Victoria nahm an, dass Lady Abbingdon auf Fruchtbarkeitssymbole wie Penisse und Vaginen anspielte. Da ihr Vater Arzt gewesen war und sie als Kind heimlich in seinen medizinischen Lehrbüchern geblättert hatte, war ihr derlei vertraut. Ihr Vater war auch alles andere als prüde gewesen. Aber sie konnte verstehen, dass diese Symbole für die meisten ihrer Landsleute, vor allem für die Frauen, schockierend waren.

»Dann wissen Sie ja, was ich meine...« Lady Abbingdon errötete.

»Ich habe sagen hören, dass Ihr Gatte gute Chancen hat, der nächste Vizekönig zu werden«, wechselte Victoria das Thema, um ihrer Gesprächspartnerin eine weitere Verlegenheit zu ersparen.

»Ja, seine Aussichten stehen wohl wirklich gut. Ihm liegt sehr viel daran. Ich werde ihn natürlich nach Kräften unterstützen und mit ihm – falls ihm diese Ehre tatsächlich zuteilwird – in Indien leben und mich bemühen, ihm eine Ehefrau zu sein, die dieser hohen Position würdig ist.«

»Etwas anderes hätte ich auch nicht vermutet«, erwiderte Victoria freundlich.

»Ich dürfte das jetzt wahrscheinlich nicht sagen, aber... Sie sind ja keine Britin. Und ich brauche einfach jemanden, mit dem ich reden kann. Vielleicht habe ich auch zu viel Champagner getrunken... Was ich sagen wollte, ist... Manchmal hoffe ich, er wird die Ernennung nicht erhalten.« Lady Abbingdon wirkte richtiggehend verstört.

»Ich finde es ganz normal und menschlich, Furcht vor Aufgaben zu haben, die vor einem liegen, und zu glauben, man wäre ihnen nicht gewachsen.« Victoria berührte ihre Hand. »Haben Sie denn einmal mit Ihrem Gatten darüber gesprochen, dass Indien Sie ängstigt?«

»Nein, George würde das nicht verstehen...« Lady Abbingdon schüttelte heftig den Kopf.

So wie Victoria ihn gegenüber seiner Gattin bei dem Ausritt erlebt hatte, glaubte sie das leider gern.

»Ich fürchte, ich höre mich wirklich wie ein jämmerlicher Feigling an. Dabei bilden gerade wir Briten uns so viel darauf ein, in schwierigen Situationen standzuhalten...« Lady Abbingdon rang sich ein missglücktes Lächeln ab.

»Nun, Selbstbeherrschung ist meiner Meinung nach nicht immer eine Tugend...«

Hopkins würde das wahrscheinlich anders sehen...

Victoria spähte zu ihm. Er war immer noch ins Gespräch mit Mr. Pargenter vertieft.

»Es ist nur... Mein Gatte war ganz in der Nähe, als auf den Vizekönig geschossen wurde. Er hätte ohne Weiteres von den Kugeln getroffen werden können.«

»Tatsächlich?« Victoria starrte Lady Abbingdon an. »Ihr Gatte und sein Bruder standen in der Nähe von Lord Minto?« Sie konnte es kaum glauben, so plötzlich davon zu erfahren.

»Ja, ich ging durch den Park. Ich sehe es noch genau vor mir... Das Licht der Fackeln und Lampions. Die festlich gekleideten Menschen. Die drei Männer, die miteinander sprachen. Der Attentäter stürzte zwischen den Büschen hervor. Er hob seine Waffe, feuerte und brach im nächsten Moment von Schüssen getroffen zusammen. Ein indischer

Wachsoldat beugte sich über ihn. Dann schleppten andere Soldaten den Mann weg.«

»Gibt es sonst noch etwas, an das Sie sich erinnern?«

»Der Attentäter bewegte die Lippen, als ob er etwas zu dem Wachsoldaten sagen wollte ... Und ich sah etwas Glitzerndes an seiner Hand ... Er schien es anzublicken ...« Lady Abbingdon war tief in Gedanken versunken.

»Wirklich? Wie aufregend ... Einen Ring vielleicht?« Victoria heuchelte Sensationsgier, um ihr brennendes Interesse zu kaschieren.

»Das weiß ich nicht ... Ich konnte es nicht richtig erkennen.« Lady Abbingdon erschauderte. »Manchmal träume ich davon ...«

Mit zusammengebissenen Zähnen humpelte Victoria neben Hopkins den Gartenweg entlang. Der verstauchte Knöchel schmerzte wieder höllisch. Bei der erstbesten Gelegenheit hatte sie Hopkins mitgeteilt, dass sie wichtige Neuigkeiten habe. Daraufhin hatten sie die Teegesellschaft verlassen. Eine Gelegenheit, sich auszusprechen, hatte es noch nicht gegeben, da sie in zwei Rikschas fahren mussten. Was Victoria auch ganz recht war.

Sie trafen Leela im Wohnzimmer an, wo die junge Frau inmitten von Blättern aus Stoff in Grün-, Rot- und Brauntönen saß. Draußen war es noch hell, dennoch hatte sie eine Petroleumlampe angezündet. Auf den Knien hielt sie ein Untergewand aus einem dicken, mit Stäben verstärkten Material, an das sie die Blätter nähte. Vor ihr auf dem Tisch lag ein Gebilde aus Zweigen, eine Art Krone, an dem ebenfalls Stoffblätter befestigt waren, wie Victoria bei näherem Hinsehen feststellte. Jetzt begriff sie, dass Leela an ihrem Puck-Kostüm arbeitete. Die junge Frau blickte etwas unsicher von Victoria zu Hopkins und ließ das Untergewand auf ihren Schoß sinken. Sie fragte sich wohl, ob sie sich ausgesöhnt hatten.

»Sie sagten, Sie hätten neue Informationen?« Hopkins rückte Victoria einen Sessel zurecht. Eine für ihn selbstverständliche Geste, die ihr aber einen Stich versetzte.

»Lady Abbingdon hat mir erzählt, dass sich ihr Gatte und sein Bruder zum Zeitpunkt des Anschlags in der Nähe von Lord Minto aufhielten. Sie beobachtete, wie der Attentäter schoss, und hatte große Angst, dass ihr Ehemann von den Schüssen getroffen werden könnte. Die Brüder könnten Raghav Chandras eigentliches Ziel gewesen sein.«

»Leider hilft uns dies nicht direkt weiter, Miss Victoria.« Hopkins wiegte nachdenklich den Kopf. »Zumindest kann ich im Moment keine Verbindung zwischen Lord Abbingdon und Sir Antony einerseits und einem District Collector namens Robert Towler und dem Attentäter Raghav Chandra andererseits erkennen.«

»Aber jetzt wissen wir zum ersten Mal aus sicherer Quelle von zwei weiteren Personen, die sich, außer Lord Minto, in der Schusslinie aufhielten.« Victoria war so froh über diese Information gewesen. Sie wollte sie sich von Hopkins nicht kleinreden lassen.

»Ich bin nicht der Ansicht, dass dieser Hinweis nutzlos ist. Ich kann nur noch keinen Sinn darin erkennen, beziehungsweise erschließt sich mir noch nicht, wie er zu der Information passt, dass Raghav Chandra 1883 im Distrikt Kaveri steuerpflichtig war. Lord Abbingdon hält sich erst seit diesem Frühjahr in Indien auf. Und sein Bruder Sir Antony absolvierte zu jenem Zeitpunkt eine Ausbildung zum Beamten des Indian Civil Service in London.«

»Vielleicht lassen wir uns ja zu sehr von dieser Jahreszahl leiten«, wandte Victoria ein. »Möglicherweise ist sie in einem ganz anderen Zusammenhang wichtig, den ich nur noch nicht verstehe. Lady Abbingdon hat übrigens beobachtet, dass Raghav Chandra etwas zu Harbir sagte, und sie sah etwas Glitzerndes an oder in seiner Hand. Was, das konnte sie leider nicht erkennen.«

»Tatsächlich? Constable Ranjit Singh erwähnte nichts dergleichen«, sagte Hopkins nachdenklich. »Leela, könnten Sie unter einem Vorwand die Polizeiwache aufsuchen und den Constable fragen, ob in Chandras Akte solch ein glitzernder Gegenstand, vielleicht ein Ring, erwähnt wird? Am besten heute Abend noch.«

Dies immerhin schien Hopkins beeindruckt zu haben...

»Natürlich, gern...« Leela nickte.

»Ich habe übrigens etwas über Prinz Kintu erfahren, das durchaus ebenfalls von Interesse sein könnte.« Hopkins hüstelte. »Mrs. Bingham erzählte mir, dass Mr. Pargenter, ein ehemaliger Beamter des Indian Civil Service, dem Klatsch und Tratsch nicht abgeneigt, ihn zusammen mit einer Dame am Abend des Festes aus den Büschen habe kommen sehen.« Hopkins hob vielsagend die Augenbrauen. »Wer die Dame war, konnte Mr. Pargenter zu seinem großen Bedauern leider nicht erkennen.«

»Der Prinz ist ein sehr attraktiver Mann...« Victoria glaubte vor sich zu sehen, wie er am Ufer eines Sees stand und einen Falken in den klaren Himmel steigen ließ. Das Spiel seiner Muskeln unter seinem Reitanzug war ihr plötzlich wieder sehr gegenwärtig, und sie erinnerte sich an seine Körperkraft, als er ihr in den Sattel geholfen hatte. *Wenn ich nicht Jeremy lieben würde und Prinz Kintu unter anderen Umständen begegnet wäre, hätte ich mich in ihn verlieben können*, begriff sie. Sie spürte, wie sie errötete. »Ich kann mir vorstellen, dass sich eine Frau zu ihm hingezogen fühlt«, sagte sie verlegen.

»Wahrscheinlich ist dieser Klatsch ohne Belang ...« Hopkins räusperte sich wieder. »Was wichtig sein könnte, ist, dass mir Mr. Pargenter explizit sagte, jene Büsche, aus denen er den Prinzen kurz vor dem Anschlag habe kommen sehen, hätten sich nicht weit entfernt von dem Ort befunden, an dem der Vizekönig gestanden habe.«

»Was ich sage, ist vielleicht dumm«, meldete sich Leela schüchtern zu Wort, »aber wäre es nicht möglich, dass jemand Prinz Kintu töten wollte, um sein Erbe anzutreten? In dem Fall wäre Raghav Chandra einfach nur ein Auftragsmörder gewesen. Oder, gesetzt den Fall, Prinz Kintu war tatsächlich an dem Attentat auf Lord Elgin im Herbst vergangenen Jahres beteiligt, könnte Chandra doch auch angeheuert worden sein, um ihn als Mitwisser auszuschalten ...«

»Diese Gedanken sind gar nicht dumm.« Victoria lächelte sie an. »Aber Chandra musste damit rechnen, von den Wachsoldaten des Vizekönigs getötet zu werden. Dass er den Anschlag für Geld verübte, erscheint mir deshalb nicht sehr wahrscheinlich. Außerdem hat mich der Prinz während des Ausritts ausgehorcht. Das spricht, finde ich, dagegen, dass ihn jemand als Erbe und Thronfolger beseitigen wollte.«

»Inder sind oft sehr arm ... Raghav Chandra könnte sich geopfert haben, um das Geld seiner Familie zukommen zu lassen«, wandte Leela ein.

»Nun, die Möglichkeit, dass jemand den Prinzen als Mitwisser des Anschlags auf Lord Elgin umbringen wollte, sollten wir vorerst nicht außer Acht lassen«, bemerkte Hopkins. »Wir sollten bei Constable Ranjit Singh nachhören, ob etwas über Chandras familiäre Verhältnisse bekannt ist. Das kann auf keinen Fall schaden.«

»Ich werde den Constable auch danach fragen.« Leela nickte.

»Da Sie Mr. Pargenter erwähnten, Hopkins ... Lady Abbingdon sagte, er sei schon als ganz junger Mann nach Indien gekommen und habe ihres Wissens nach an der Niederschlagung des Sepoy-Aufstands teilgenommen ...«

»Dank der Gästeliste in der *Simla Times* wusste ich schon seit einigen Tagen von Mr. Pargenter und habe mich selbstverständlich über ihn informiert.« Hopkins schüttelte den Kopf. »Mr. Pargenter kam erst 1861 nach Indien, also gut drei Jahre nach der Beendigung des Aufstands. Irgendeine Verbindung zwischen ihm und Raghav Chandra kann ich, zumindest im Moment, nicht erkennen.«

Schweigen breitete sich im Raum aus.

»Dann werde ich die Diener gleich bitten, mir eine Riksha zu rufen«, sagte Leela schließlich und räumte das Puck-Kostüm und die Stoffblätter beiseite. Draußen war es inzwischen dämmrig geworden. Das Wohnzimmer spiegelte sich in den Fensterscheiben.

»Und ich werde mich bis zum Dinner auf mein Zimmer zurückziehen und mich einem vogelkundlichen Werk widmen.«

Hopkins erhob sich. Seine Hand tastete für einen Moment nach der Sessellehne, als ob er nach einem Halt suchte. Im Licht der Petroleumlampe schien er Victoria plötzlich älter geworden zu sein, ja fast gebrechlich.

Hopkins wird doch nie alt ...

Der Anblick berührte sie. Sie musste sich mit ihm aussprechen. Aber ehe sie etwas sagen konnte, hatte er den Raum schon verlassen.

SECHSUNDZWANZIGSTES KAPITEL

Ein Pferd wieherte panisch. Als Rameet das Gehölz in der Nähe der Reitställe durchquert hatte, lag der Trainingsplatz vor ihr. Kintu saß auf einem jungen Hengst, der bockte und versuchte durchzugehen. Sein dunkles Fell glänzte vom Schweiß. Das Pferd arbeitete mit all seiner Muskelkraft gegen den Reiter, aber ihr Enkel blieb scheinbar mühelos im Sattel. Er trug dunkle Stiefel, helle Reithosen und ein weißes Hemd, dessen Kragen offen stand. Die Ärmel hatte er bis zu den Ellbogen hochgekrempelt.

Rameet neigte nicht zu Übertreibungen, sie hätte Kintu auch niemals gesagt, dass sie ihn im Licht der tief stehenden Sonne schön fand wie einen jungen Gott. Wie ihr lange verstorbener Gatte und sein Vater hatte er eine sehr sinnliche Ausstrahlung, gepaart mit Kraft und einer hohen Intelligenz. Sie liebte ihn tief und innig, er bedeutete ihr mehr als alles auf der Welt. Er hätte es verdient, in einer anderen Zeit sein Erbe anzutreten. In einem Jahrhundert, in dem er sich nicht mit den Briten hätte arrangieren müssen. Solange sie lebte und noch Atem in ihr war, würde sie es nicht zulassen, dass ihm ein Leid geschah.

Kintu gelang es jetzt, den Hengst einmal im Schritt über

den mit Gras bewachsenen Platz laufen zu lassen. Als er seine Großmutter sah, sprang er ab und warf einem indischen Pferdeknecht die Zügel zu. Er ließ sich ein Handtuch reichen, wischte sich den Schweiß vom Gesicht und kam dann, das Handtuch über die Schultern geworfen, zu ihr.

»Wenn Sie um diese Tageszeit hierherkommen, Großmutter, muss etwas wirklich Wichtiges geschehen sein.« Er lächelte ihr zu.

»Wie du weißt, war ich zum Tee bei Lady Abbingdon.« Langsam gingen sie durch das schattige Wäldchen. Die weiß blühenden Blumen, die zwischen den Stämmen wuchsen, hatten jetzt einen fahlen Ton. »Ich hörte zufällig mit an, wie eine gewisse Lady Summerdale zu Lady Victoria sagte, dass sie sie ganz stark an jemanden erinnere. Lady Victoria behauptete zwar, dass sie öfter London besuche und sie sich bestimmt bei irgendeinem gesellschaftlichen Anlass begegnet seien. Aber ich fand, es könne nicht schaden, noch einmal bei Lady Summerdale nachzuhorchen.«

»Und, ich vermute, Sie konnten dem Gedächtnis dieser Dame auf die Sprünge helfen?« Prinz Kintu warf Rameet einen amüsierten Blick zu.

»Ja, es fiel ihr ein, dass Lady Victoria der Großnichte ihrer Freundin, Lady Hermione Glenmorag, verblüffend ähnlich sieht. Die leuchtend roten Haare und die auffallend grünen Augen, die porzellanfarbene Haut mit den Sommersprossen... Lady Summerdale erklärte sich die frappierende Ähnlichkeit so, dass die Großnichte ihrer Freundin Verwandte in Deutschland hat.«

»Ich nehme an, diese Erklärung hat Sie nicht befriedigt?« Die Stimme des Prinzen klang trocken.

»Nein, ganz und gar nicht...« Seine Großmutter tauschte

einen belustigten Blick mit ihm. »Ich bohrte ein bisschen nach, und Lady Summerdale war gern bereit, mit mir über die Großnichte ihrer Freundin zu plaudern. Ihr Name ist Victoria Bredon...«

Sie hatten das Wäldchen hinter sich gelassen. Vor ihnen erstreckte sich der Park mit seinen zum Haus hin ansteigenden Terrassen. Das feuchte Gras verströmte seinen typischen Geruch. Die Blätter der alten Rhododendren wirkten fast schwarz im Licht der tief stehenden Sonne.

»Also auch eine Entsprechung im Vornamen... Gab es nicht einen berühmten Gerichtsmediziner? Lord Bernard Bredon?«

»Ja, er war ihr Vater. Victoria Bredon ist mit einem Journalisten des *Spectator* verlobt.«

»Sein Name ist, nehme ich an, Jeremy Ryder?«

»Genau...«

»Und wer verbirgt sich hinter Victoria Bredons Onkel Graf Gulda?«

»Laut Lady Summerdale hat Miss Bredon kein gutes Verhältnis zu ihrem Großvater, dem Duke of St. Aldwyn. Sonst hätte ich in Betracht gezogen, dass er sie begleitet. Sie wohnt mit dem alten Butler ihres Vaters zusammen in einer Wohnung am Green Park in London, was Lady Summerdale und Lady Glenmorag beide einigermaßen skandalös finden. Jener Butler, Stephen Hopkins, hat Lord Bredon häufig bei Kriminalfällen assistiert. Ich vermute, Hopkins ist Graf Gulda.«

»Wenn Ihre Annahme zutrifft, spielt er seine Rolle perfekt.«

»Nun, ein guter Butler muss mindestens ebenso gute Manieren haben wie ein Adliger.«

»Miss Bredon ist also zusammen mit ihrem Butler nach

Indien gekommen, um nach ihrem verschwundenen Verlobten zu suchen. Eine wirklich bemerkenswerte junge Dame.«

Kintu flirtete gern, aber er war eigentlich nicht leicht von Frauen zu beeindrucken. Hatte sich ihr Enkel etwa in Miss Bredon verliebt? Rameet hoffte, dass dies nicht der Fall war. Sie würde die angebliche Comtesse und ihren Onkel jedenfalls weiter beobachten.

Die Diener hatten Teller mit einer kalten Gurkensuppe gebracht, auf der kleine lilafarbene Borretschblüten und -blätter appetitlich angerichtet waren. Victoria saß Hopkins gegenüber am Esszimmertisch. Er aß schweigend, sein ergrautes Haupt über den Teller gebeugt. Kerzen brannten in makellos polierten silbernen Leuchtern. Dunkelrote, weiße und rot geflammte Nelken waren in einer Kristallvase hübsch arrangiert. Hier in Simla kümmerten die Diener sich darum, aber wie oft hatte Hopkins in London für sie gekocht und den Tisch gedeckt, sich darum gesorgt, dass es ihr gut ging und es ihr an nichts fehlte. Er hatte sich ihre Sorgen angehört, ihr geholfen, wenn sie in Not war... Sie hatte sich bei ihm ausgeweint...

»Hopkins...« Victoria legte den Löffel neben den Teller. Sie kämpfte gegen das Zittern in ihrer Stimme an. Wenn die Umstände nicht gerade außergewöhnlich waren, fand Hopkins Gefühlsausbrüche unangebracht. »Es tut mir so leid, dass ich Sie angefahren habe. Sie haben recht, es war unvernünftig von mir, mit Leela zu der Teeplantage zu gehen. Aber ich konnte einfach nicht untätig herumsitzen. Ich musste etwas für Mr. Ryder tun. Sie haben auch recht damit, dass Jeremy... dass Mr. Ryder mein Handeln bestimmt nicht gutgeheißen hätte. Und... Ach, Hopkins, ich bin so durcheinander. Dabei bin ich Ihnen so dankbar, dass Sie mich nach Indien begleitet haben und dass Sie mir immer zur Seite stehen. Ohne Sie würde ich mich völlig verloren fühlen ... Bitte, können Sie mir verzeihen?«

»Sie haben keinen Grund, sich zu entschuldigen, Miss Victoria.« Hopkins strich eine unsichtbare Falte in dem gestärkten Leinentischtuch glatt. »Ich hatte eine Grenze überschritten. Manchmal vergesse ich, dass Sie zwar noch nicht vor dem Gesetz volljährig, aber eine erwachsene, ernst zu nehmende junge Dame sind. Es ist nur ... Seit Sie vier Jahre alt sind, sehe ich Sie aufwachsen. Ihr Vater war für mich wie ein Sohn ... Ich fühle mich mehr als verantwortlich für Sie.« Hopkins' Augen schimmerten feucht. Er räusperte sich. »Es tut mir leid, ich fürchte, ich habe auf ein Pfefferkorn gebissen.«

»Und ich fürchte, das geht mir ähnlich ...« Victoria senkte den Kopf. Sie kämpfte auch mit den Tränen. Gleichzeitig hatte sie das Gefühl, endlich eine schwere Last losgeworden zu sein. In einvernehmlichem Schweigen leerten sie ihre Teller. Die Diener brachten den zweiten Gang, einen Salat mit Mangos und Avocados, als Leela zurückkehrte und mit am Tisch Platz nahm. Victoria lächelte sie an. »Haben Sie Constable Ranjit Singh auf der Wache angetroffen?«

Leela sah Victoria an, dann huschte ihr Blick zu Hopkins, als müsste sie sich versichern, ob die Stimmung noch immer angespannt war. Sichtlich gelöst nickte sie. »Ja, er hatte gerade Feierabend, und wir haben uns auf eine Bank vor der Town Hall gesetzt und miteinander gesprochen.« Wurde Leela etwa ein bisschen rot? Hastig redete sie weiter. »In Raghav Chandras Akte, da ist sich der Constable sicher, ist nichts vermerkt, das er in der Hand hielt, auch kein Ring, den er trug. Eine Familie oder sonstige Angehörige werden nicht erwähnt. Er war ein Bauer und, laut der Steuern, die er zu zahlen hatte, nicht direkt arm, aber auch nicht wirklich wohlhabend.«

»Es könnte natürlich sein, dass dieser glitzernde Gegenstand – sofern sich Lady Abbingdon nicht getäuscht hat und es überhaupt einen gab – aus Raghavs Hand geglitten ist, als sein Leichnam weggeschafft wurde.« Hopkins hatte sich in sein altes, würdevoll gelassenes Selbst zurückverwandelt. »Es wäre interessant zu wissen, ob er in der Gerichtsmedizin bemerkt wurde.«

»Sie sind nicht zufällig mit dem für Simla zuständigen Gerichtsmediziner bekannt?«, neckte Victoria ihn. »Durch meinen Vater haben Sie doch so viele Kontakte.«

»Dr. Ambrose Forster ist der hiesige Gerichtsmediziner, ich habe mich bereits erkundigt. Bedauerlicherweise bin ich ihm noch nie begegnet ...«

Victoria überlegte kurz. »Ich könnte morgen die Gerichtsmedizin aufsuchen und behaupten, ich wäre eine deutsche Journalistin und Fotografin und würde mich deshalb für den Attentäter interessieren.«

»Nun, es wäre einen Versuch wert.« Hopkins nickte zustimmend.

Ach, sie war so froh, dass sie wieder miteinander im Reinen waren.

Leela schlug die Bettdecke zurück und zog die Vorhänge zu. Aufgaben, die Victoria auch selbstverständlich selbst übernommen hätte, die Leela aber als zu ihren Pflichten gehörend erachtete. Hopkins agierte in Simla nur selten als Butler, aber die junge Frau schien sein Arbeitsethos übernommen zu haben.

»Vielen Dank, Leela«, sagte Victoria freundlich. Sie saß in einem Morgenmantel vor der Frisierkommode und bürstete ihr widerspenstiges Haar. Im Licht der Petroleumlampe leuchtete es flammend rot. Leela hatte ihr schon beim Auskleiden geholfen. »Werden Sie sich auch gleich schlafen legen?«

»Ich werde mich noch ein bisschen in ein Französischarbeitsbuch vertiefen. Ich habe es mir vor ein paar Tagen auf der Mall gekauft.« Leela hängte Victorias Nachmittagsteekleid über einen Bügel. »Ich möchte nicht mehr als Gouvernante in einer Familie arbeiten. Ich habe vor, mich irgendwann als Lehrerin in einer Schule in Calcutta zu bewerben.«

»Dann planen Sie also nicht, mich und...«, Victoria schluckte und zögerte kurz, »... Mr. Ryder nach England zu begleiten?« Jeremy musste am Leben sein. Es gab keine Zukunft ohne ihn. Aber es schien ihr plötzlich vermessen, von ihrer gemeinsamen Heimreise zu sprechen. So, als würde sie damit das Schicksal herausfordern.

»Indien ist meine Heimat. Das habe ich erst so richtig begriffen, seit ich wieder hier bin. Und es erscheint mir viel sinnvoller und wichtiger, Kinder aus armen Familien zu unterrichten, als die Sprösslinge von Reichen. Vor allem für Mädchen aus den unteren Schichten ist es immer noch sehr schwierig, auch nur lesen und schreiben zu lernen.« Leelas Stimme klang leidenschaftlich.

»Ich werde Sie sehr vermissen. Aber lassen Sie es mich bitte wissen, wenn ich Ihnen irgendwie helfen kann. Sei es finanziell oder wenn Sie Empfehlungsschreiben brauchen...«

»Ach, Sie haben schon so viel für mich getan«, wehrte Leela ab. »Und Sie bezahlen mich mehr als gut...«

Victoria beschloss, die Sache nicht auf sich beruhen zu lassen. Aber da Leela das Thema peinlich zu sein schien, wechselte Victoria es. »Sie werden natürlich weiterhin die indische Nationalbewegung unterstützen ...«

»Ja, das auch. Indien hat es verdient, eigenständig zu werden.«

»Finden Sie Constable Ranjit Singh sympathisch?« Victoria sah im Spiegel der Frisierkommode, wie Leela sich hastig an einem Stapel Handtücher zu schaffen machte, der auf einem Stuhl neben der Sitzbadewanne aus Messing lag.

»Er ist sehr nett und höflich. Man kann sich gut mit ihm unterhalten, er ist wirklich gebildet. Er arbeitet jedoch für die Regierung von Britisch-Indien und für die Geheimabteilung von Scotland Yard ...«

»Nun, das dürfte kein unüberwindliches Hindernis darstellen. Mr. Ryder ist ja ebenfalls für die Geheimabteilung tätig, und ich engagiere mich bei den Suffragetten. Wir hatten und haben unsere Schwierigkeiten deswegen. Aber wir konnten sie doch immer beilegen. Wenn Sie den Constable wirklich mögen, sollten Sie ihm eine Chance geben.«

»Wenn Sie mich nicht mehr benötigen, würde ich mich jetzt gern zurückziehen, Miss Victoria.«

»Ja, natürlich, gehen Sie nur ...«

Als Leela gleich darauf aus dem Zimmer floh, unterdrückte Victoria ein Lächeln. Leela würde noch Zeit benötigen, um über Sumats Tod hinwegzukommen. Aber es war schön, dass sich eine neue Liebe für sie andeutete.

Victoria schlang ihr Haar im Nacken zu einem lockeren Knoten und zog den Morgenmantel aus. Dann stieg sie in die Sitzbadewanne. Sie legte den Kopf auf den Wannenrand, schloss die Augen und genoss das warme Wasser.

Jeremy, der in seinem Schlafzimmer in Camden ihr Haar

löste ... Seine Hände, die ihren Körper liebkosten und ein Feuer in ihr entfachten ... Ihre Münder, versunken in einem Kuss, der nach mehr und immer mehr verlangte ... Ihre Lust, quälend und schöner als alles, was sie je erlebt hatte ...

Nein, es war unvorstellbar, dass jene Nacht die letzte gewesen sein sollte, die sie miteinander verbracht hatten. Dass sie sich nie wieder Jeremy hingeben und ganz eins mit ihm werden würde. Nie wieder, noch ganz erfüllt von ihm, neben ihm einschlafen würde.

Victoria schlug die Augen wieder auf und wusch sich rasch mit einem Schwamm. Als sie, in ein Handtuch gewickelt, aus der Wanne stieg, fröstelte sie. Vor den Zimmerfenstern war das Rascheln der Zedernäste zu hören. Irgendwo im Garten oder in der Umgebung stieß ein Tier einen seltsamen, beinahe klagenden Laut aus.

Wo mochte Jeremy sein, und wie ging es ihm? Wie sollte sie ihn nur finden? Plötzlich machte das riesige fremde Land ihr Angst.

SIEBENUNDZWANZIGSTES KAPITEL

Hand in Hand mit Jeremy verließ Victoria den Tara-Devi-Tempel. Jeremy war wieder bei ihr. Die Göttin hatte ihre Opfergabe angenommen. Draußen vor dem Eingang umarmten sie sich.

»Ich liebe dich«, flüsterte Jeremy.

Seine Lippen streiften über ihre Wangen, legten sich sanft und zugleich fordernd auf ihren Mund. Victoria wollte in einen Kuss mit ihm versinken, als eine Bewegung auf der Lichtung sie aufschrecken ließ. Prinz Kintu stand dort, in ein dunkles indisches Gewand gekleidet. Der blaue Diamant an seinem Turban leuchtete wie eine kalte Flamme. Nun hob der Prinz den Arm – ein böser gebieterischer Magier, dem die Elemente gehorchten.

Nein, nicht, bitte nicht…, wollte Victoria schreien, aber es kam kein Laut über ihre Lippen.

Der Himmel verfinsterte sich. Ein gewaltiger Wind kam auf. Donner grollte, und die Erde erbebte. Bäume knickten um, die Mauern des Tempels zerbarsten. Eine gigantische Wasserwand rollte auf Jeremy zu und riss ihn mit sich.

Von Entsetzen gepackt erwachte Victoria. Morgenlicht sickerte durch die Ritzen der Jalousien. Sie war in Schweiß gebadet. Ein heftiger Brechreiz trieb sie aus dem Bett. So schnell es ihr immer noch schmerzender Knöchel zuließ, rannte sie zur Toilette, wo sie sich heftig übergab. Eine Weile kauerte sie sich auf den Boden. Dann zog sie sich am Waschtisch hoch und schleppte sich zurück ins Bett.

Mehr als zwei Monate plagten sie die Übelkeitsattacken nun schon. Sie musste endlich zu einem Arzt gehen.

Victoria schloss die Augen und schlummerte wieder ein. Als sie erneut erwachte, glaubte sie einen Moment, Jeremy neben sich liegen zu spüren.

Jeremy...

Victoria richtete sich jäh auf. Mehr als zwei Monate? Ihr Unwohlsein hatte mit der Lebensmittelvergiftung kurz nach Jeremys Abreise begonnen. Dann auf dem Schiff nach Indien war ihr auch immer wieder übel gewesen, obwohl sie eigentlich nicht an der Seekrankheit litt. Was, wenn die Ursache eine ganz andere war?

Ihr Herz klopfte, als ihr ein Gedanke kam ... Sie war schnell gereizt, was sie so gar nicht von sich kannte. Phasen, in denen sie kaum Essen hinunterbekam, wechselten mit Heißhungerattacken. Sie wurde das Gefühl, dass ihr Körper ihr irgendwie fremd geworden war, nicht los ... Und wann hatte sie eigentlich das letzte Mal ihre Regel gehabt? Es gab nur eine plausible Erklärung für all diese Anzeichen.

Sie war immer so stolz darauf gewesen, dass sie über die Vorgänge im weiblichen Körper Bescheid wusste, da ihr Vater Arzt gewesen war. Trotzdem hatte sie seit Wochen die Augen davor verschlossen, dass sie schwanger war.

»Jeremy, ich ... ich trage unser Kind in mir«, flüsterte sie.

In die Angst um Jeremy mischte sich eine tiefe Freude. Sie würde zu Beginn des kommenden Jahres Mutter sein und alles dafür tun, dass der Vater ihres Kindes dieses große Glück mit ihr teilen konnte.

Hopkins und Leela saßen beim Frühstück, als Victoria nach unten kam. Sie hatte irgendwie immer erwartet, dass sich die Welt verändern würde, sobald sie erführe, dass sie in anderen Umständen war. Aber alles war so normal wie immer. Sie sah aus dem Fenster in den sonnenbeschienenen Garten. Ein indischer Gärtner wässerte den Rasen. Andere jäteten die Beete. In einiger Entfernung hockte ein Affe auf einer Mauer, eine Blume hinter dem Ohr, und spähte in Richtung Haus, als wartete er nur auf eine Gelegenheit einzudringen. Vögel zwitscherten in den Büschen. Aus dem Küchengebäude war das Klappern von Töpfen und Stimmen zu hören.

Wie stets, wenn kein Diener in der Nähe war, schlüpfte Hopkins in die Rolle des Butlers und rückte ihr einen Stuhl zurecht. »Tee, Miss Victoria?«

»Ja, gern.«

Sie hatte tatsächlich großen Appetit und sich schon Rührei und gebackene Tomaten auf den Teller gegeben. Nun griff sie nach dem Toast und butterte sich eine Scheibe.

»Wie schön, dass Sie wieder Appetit zu haben scheinen...«

»Das finde ich auch...« Sie musste jetzt ja für zwei essen.

»Sie strahlen so heute Morgen, Miss Victoria.« Leela lächelte.

»Ach, ich fühle mich einfach gut.«

Irgendwann würde sie den beiden von der Schwangerschaft erzählen. Aber zuerst sollte es natürlich Jeremy erfahren.

»Ich habe mir überlegt, dass ich heute als Vogelkundler getarnt zu der Teeplantage gehe und versuche, etwas über den jungen Mann zu erfahren, der vor Ihnen davongelaufen ist, Miss Victoria«, ergriff Hopkins wieder gemessen das Wort. »Natürlich nur, wenn dies Ihre Billigung findet.«

»Ja, sicherlich, gehen Sie nur.« Victoria nickte. »Aber nehmen Sie sicherheitshalber eine Waffe mit. Ich werde, wie ich schon gestern Abend sagte, mein Glück in der Gerichtsmedizin versuchen.«

»Wenn Sie mich dort nicht brauchen, nähe ich an Ihrem Kostüm weiter.« Leela bestrich sich nun auch einen Toast mit Butter und Marmelade.

»Ich komme allein zurecht, bleiben Sie nur hier, Leela.«

Victoria lächelte vor sich hin. Sie benötigte jetzt dringend Zeit für sich allein, um die große Neuigkeit zu verarbeiten.

Victoria stieg auf der Mall aus der Rikscha und entlohnte die Kulis. Die Gerichtsmedizin war nicht weit entfernt von dort. Indische Straßenkehrer reinigten die Gehwege und die Fahrbahn, ehe sie, dem Verdikt der Regierung gemäß, die Mall für die nächsten Stunden nicht mehr betreten durften, um das europäisch anmutende Flair nicht zu stören. Auch Kulis, die sich als Lastenträger verdingten, lieferten die letzten Pakete und Waren in den Geschäften aus. Sie waren ebenfalls von dem Bann betroffen.

Ich kann Leelas Zorn auf uns Briten, die wir uns als die Herren im Land benehmen, wirklich verstehen, dachte Victoria. Wobei sie sich eingestand, dass auch sie die Dienste der Kulis und Diener selbstverständlich in Anspruch nahm. Es hatte sicher einiger Männer bedurft, um das Wasser für ihr warmes Bad am vergangenen Abend zum Cottage zu tragen, es zu erhitzen und in ihr Zimmer zu bringen.

Ein Schaufenster, in dem eine weiß gestrichene Wiege stand – der Baldachin hatte ein reizendes Muster aus kleinen Elefanten, der Rand des Korpus' und die Kufen waren mit kunstvollen Holzschnitzereien versehen –, erregte Victorias Aufmerksamkeit. Schühchen aus Wolle und Leder standen auf einem ebenfalls weiß gestrichenen Kinderstuhl und einem dazugehörigen Tischchen. Zwischen den Möbeln waren mit Spitze und Schleifen verzierte Säuglingskleider und Mützchen drapiert. Victoria ertappte sich bei dem Wunsch, Schuhe oder eine Jacke für ihr Kind zu stricken, entschied sich jedoch sofort dagegen. Freiwillig handarbeitete sie nie, sie hatte auch nicht das geringste Talent dafür. Außerdem würde Hopkins sofort Verdacht schöpfen.

Eine Rikscha fuhr die Mall entlang und spiegelte sich in dem Schaufenster. Eine ältere, in einen eleganten taubengrauen Sommermantel gekleidete Dame saß darin, die aussah wie Großtante Hermione.

Großtante Hermione...?

Victoria drehte sich alarmiert um. Doch sie konnte nur noch einen großen, mit einer üppigen grauen Schleife bestückten Hut erkennen, bevor die Rikscha in eine Seitenstraße einbog.

Großtante Hermione wäre außer sich, wenn sie von ihrer unehelichen Schwangerschaft wüsste. Wahrscheinlich hatte ihr Unterbewusstsein ihr deshalb einen Streich gespielt. Nein, in Simla war glücklicherweise nicht mit Lady Glenmorag zu rechnen.

Die Gerichtsmedizin war in einem Gebäude in der Nähe des Telegrafenamtes untergebracht. Der kleine Turm und die Spitzbogenfenster erweckten in Victoria die Assoziation einer Kirche. Dieses Gefühl setzte sich im Innern fort, denn Säulen trugen die Strebepfeiler der Decke. Der Gerichtsmediziner Dr. Ambrose Forster hatte jedoch nichts von einem gütigen Priester an sich. Sein grau meliertes Haar war akkurat gescheitelt, sein Schnurrbart penibel gestutzt. Die schnarrende Sprache und die Körperhaltung verrieten den ehemaligen autoritären Militärarzt, der sich durch einen tiefen Blick aus ihren grünen Augen und einen Flirt sicher nicht zu Auskünften bewegen ließ. Schon bevor Victoria ihm in seinem Büro ihr Anliegen vorgetragen hatte, wusste sie, dass er ihr jede Bitte abschlagen würde.

Nun lehnte Dr. Forster sich in seinem hölzernen Drehstuhl zurück. Er legte die Fingerspitzen aneinander, als hätte er es mit einer besonders begriffsstutzigen Schülerin zu tun. »Miss? Oder sollte ich besser Comtesse sagen? Ich pflege grundsätzlich nicht mit Vertretern der Presse zu sprechen. Mit weiblichen, die noch dazu einer anderen Nation angehören und eine überspannte Sensationsgier in Bezug auf ein versuchtes Attentat befriedigen wollen, schon gar nicht ...«

»Aber ...« Victoria wusste, dass es sinnlos war. Sie wollte sich jedoch nicht einfach geschlagen geben.

Aus einem angrenzenden Raum ertönte ein Schrei des Entsetzens. Mit einem Fluch sprang Dr. Forster auf und eilte hinaus.

Das hört sich ja fast an, als ob ein Toter lebendig geworden wäre, dachte Victoria amüsiert.

Dann nahm sie den Karbolgeruch wahr. Seit ihrer Kindheit war er ihr durch ihren Vater vertraut. Auch die medizinischen

Zeichnungen des menschlichen Körpers an den Wänden und das Gipsmodell des Bauchraums, aus dem sich einzelne Teile herausnehmen ließen, sodass die dahinter liegenden Organe sichtbar wurden, weckten Erinnerungen in ihr. Ihr Vater hatte all ihre Fragen immer geduldig beantwortet und ihr beigebracht, dass man einen Leichnam und die Verwesung nicht fürchten musste. Im Gegenteil – die Verwesung war für ihn ein chemischer Prozess gewesen, der seine ganz eigene Schönheit besaß.

»Miller, jetzt reißen Sie sich zusammen«, hörte Victoria Dr. Forster brüllen. »Was sich dort in der Ecke windet, ist eine harmlose grüne Rattenschlange und keine giftige Kobra oder Viper.«

Die Realität Indiens lässt sich in Simla wirklich nicht aussperren. Sosehr meine Landsleute dies auch versuchen ...

Victoria lächelte vor sich hin. Unter den medizinischen Büchern entdeckte sie jetzt eines mit dem Namen Dr. Bernard Bredon auf dem Rücken. Sie stand auf und nahm es aus dem Regal. Es war eine Abhandlung zur Unterscheidung von menschlichem und tierischem Blut an Tatorten. Auf dem Vorsatzblatt las sie *Gewidmet meiner Tochter Victoria*. Victoria wurde die Kehle eng. Sie hatte gar nicht gewusst, dass ihr Vater ihr diese Arbeit gewidmet hatte. Sie musste Hopkins danach fragen.

»Diese jungen Mediziner aus England sind wirklich eine Plage.« Dr. Forster war zurückgekommen. Nun sah er das Buch in Victorias Händen. »Was fällt Ihnen ein, Miss, in meinen Lehrbüchern herumzukramen? Stellen Sie den Band augenblicklich zurück und verschwinden Sie.«

»Ich ... Es tut mir leid ... Aber ich kannte Dr. Bredon. Ich bin mit seiner verstorbenen deutschen Gattin verwandt ...«

»Ich erinnere mich, dass er mit einer deutschen Adligen verheiratet war. Sie verschied früh, nicht wahr? Irgendeine tragische Geschichte...« Dr. Forsters Miene und Stimme wurden milder.

»Ja, sie starb sehr jung...« Victoria nickte.

»Ich habe Vorträge von Dr. Bredon in Delhi gehört. Ein Lord und Sohn eines Herzogs... Ich dachte erst: Was für ein Laffe. Er war sehr unkonventionell, aber ein wirklich kluger Kopf, der brillante Arbeit leistete. Ich verdanke jenen Vorträgen viel.« Dr. Forster fasste Victoria scharf ins Auge. »Was allerdings nicht heißt, dass ich mit Ihnen über das Attentat auf den Vizekönig sprechen werde. Sparen Sie sich die Mühe!«

Victoria ließ sich nicht beirren. »Eine Dame, die während des Festes anwesend war, sagte mir gestern, sie habe etwas Glitzerndes an oder in der Hand des Attentäters gesehen«, entgegnete sie, ungerührt der harschen Worte des Mediziners.

»Wie ich bereits sagte, Sie sollten jetzt gehen.« Dr. Forster wies zur Tür.

»In der Polizeiakte über den Fall wird nichts Derartiges erwähnt.«

Der Gerichtsmediziner stutzte. »Sie reden Unsinn...«, entfuhr es ihm.

»Raghav Chandra hielt also etwas in der Hand...«

»Woher haben Sie die Sache mit der Polizeiakte? Da haben Sie sich doch was zusammenfantasiert.«

»Nein, ich weiß davon aus einer verlässlichen Quelle. Jemand muss dafür gesorgt haben, dass Informationen und Beweismaterial aus der Akte entfernt wurden oder erst gar nicht hineingelangten.« Victoria hielt Dr. Forsters ärgerlichem Blick stand. »Sie sagten eben, dass Sie Dr. Bredons

Vorträge sehr schätzten. Er hätte diese Sache nicht einfach akzeptiert. Er wäre ihr nachgegangen. Handelt es sich hier um einen Ring?«

Schließlich seufzte Dr. Forster. »Ja, ein Goldring, der mit einem großen grünen Halbedelstein geschmückt war.«

»Ein Männer- oder ein Frauenring?«

»Miss ...« Victoria sah den Gerichtsmediziner stumm an. »Sie sind wirklich so hartnäckig wie Dr. Bredon.« Dr. Forster vollführte eine Geste der Resignation. »Mir hätte der Ring nicht gepasst. Aber die meisten Inder sind ja recht zierlich. Der Ring steckte am kleinen Finger von Chandras rechter Hand.«

Hopkins trug einen leichten Tweed-Anzug und eine Tweed-Kappe. Um seinen Hals hing ein Fernglas, wie es zur Standardausrüstung eines Ornithologen gehörte. In seiner Ledertasche befanden sich jedoch keine Landkarten und vogelkundlichen Werke, sondern eine Pistole. Am Waldrand blieb er stehen und richtete das Fernglas auf die Teeplantage und die Ansammlung von Hütten, als würde er dort nach einem seltenen Vogel Ausschau halten.

Er war so froh, dass Victoria – Hopkins gestattete es sich ausnahmsweise, auf eine sehr persönliche Art an sie zu denken – und er ihre Auseinandersetzung beigelegt hatten. Ja, er war manchmal überfürsorglich, und er wusste nur zu gut, dass sie es hasste, bevormundet zu werden. Schließlich hatten sie und Mr. Ryder sich deswegen schon des Öfteren gestritten. Aber er liebte sie nun einmal, als wäre sie seine Enkeltochter, und er würde es sich niemals verzeihen, wenn ihr etwas zustoßen sollte.

Aus einem Baum am Rand der Teeplantage flatterte nun ein Vogel hoch, dessen braunes Gefieder mit weißen Tupfen übersät war. Er hatte rote Augen. War das etwa ein Weibchen des Indischen Koels? Normalerweise waren Kuckucke nicht in dieser Höhe zu finden. Hopkins' Herz klopfte rascher. Aber nein, dies war nicht die Zeit, seiner Leidenschaft zu frönen. Er hatte eine Aufgabe zu erfüllen.

Hopkins überquerte den Fahrweg, der von der Teeplantage zur Straße nach Simla führte. *Ein Junge aus den Hütten hat in der Nacht, als Mr. Ryder verschwand, ein Pferd wiehern hören*, rief er sich ins Gedächtnis. Ein Reiter hätte sicher diesen Weg genommen und nicht den schmalen, unebenen zwischen den Bäumen, auf dem er zur Plantage gekommen war und der bei Dunkelheit sehr schlechte Sichtverhältnisse bot.

In der Teeplantage blieb Hopkins immer wieder stehen und hob zur Tarnung sein Fernglas an die Augen. Er spürte, wie ihn die Blicke der Arbeiter trafen und rasch weiterwanderten, wenn er sich zu ihnen umwandte. Die Hütten lagen verlassen in der Vormittagssonne da. Zwischen Steinen glommen die Reste eines Feuers. Hopkins klopfte an eine der Türen.

»Ist da jemand? Könnte ich vielleicht ein Glas Wasser haben?«, rief er auf Hindustani.

Als ihm niemand antwortete, trat er trotzdem ein. Fast jeder seiner Landsleute hätte so gehandelt. Nicht dass Hopkins derlei schlechte Manieren gutgeheißen hätte. Aber jetzt heiligte, fand er, ausnahmsweise der Zweck die Mittel.

Ein ärmlicher Raum mit einem Schlaflager aus Decken auf dem Lehmboden fiel in sein Blickfeld. Es gab eine niedrige, gemauerte Feuerstelle ohne einen Rauchabzug. Auf einem Regal standen Tongeschirr und einige Blechtöpfe. Hopkins öffnete eine geflochtene Truhe. Zwischen der spärlichen Kleidung der Bewohner fand er nichts, was ihm irgendwie hätte weiterhelfen können.

In der benachbarten Hütte hielt sich ebenfalls niemand auf. Auch hier bestand die Einrichtung nur aus den lebensnotwendigsten Gegenständen. Hopkins hatte sie schnell durchsucht.

»Könnte ich vielleicht ein Glas Wasser...?«

Er stieß die Tür der nächsten Hütte auf und brach ab. Auf dem Boden kauerte ein junger, magerer Mann, der nur mit einem Lendenschurz bekleidet war. Er sprang auf, als er Hopkins sah. Er hatte etwas in der Hand gehalten und betrachtet, das ihm jetzt entglitt und zu Boden fiel, direkt vor Hopkins' Füße.

Der junge Mann wich zurück. Als Hopkins sah, was ihm aus den Händen geglitten war, glaubte er, seinen Augen nicht zu trauen – es war die Fotografie einer jungen Frau. Sie trug einen Strohhut und lächelte in die Kamera. Sommersprossen zeichneten sich auf ihrer Nase ab.

Miss Victoria ... Sie war es unverkennbar ...

Am Rand der Aufnahme befanden sich kleine dunkle Flecken wie von getrocknetem Blut.

Eine Bewegung ließ Hopkins aufschauen. Der junge Inder sprang, ein Messer in der Hand, auf ihn zu.

O Gott, warum habe ich nur nicht daran gedacht, die Pistole griffbereit zu halten?

Hopkins gelang es, den Angriff abzuwehren. Doch er wurde zu Boden gerissen. Der junge Mann hielt ihn fest und umklammerte seine Kehle. Und dann sah Hopkins, wie er die Hand mit dem Messer hob.

Im nächsten Moment fuhr die Klinge auf ihn nieder.

ACHTUNDZWANZIGSTES KAPITEL

Victoria drehte sich vor dem Spiegel in ihrem Schlafzimmer. Ihr Puck-Kostüm war fast fertig. Stoffblätter in grünen, braunen und rötlichen Farbschattierungen bildeten dichte Lagen auf dem Untergewand des Rockes.

Farben wie im Unterholz eines Waldes im Spätsommer ...

Sie glaubte fast, den herben Geruch des Laubes und den süßer reifer Früchte wahrzunehmen. Das eng taillierte Oberteil bestand wie die Ärmel aus dunkelgrüner Seide. An den Saum dicht unterhalb der Ellbogen hatte Leela weitere Blätter genäht, die bis zu ihren Händen reichten. Blätter umrahmten auch den tiefen, runden Halsausschnitt und steckten in dem Kopfputz aus Zweigen zwischen roten Beeren.

»Das Kostüm ist wirklich wunderschön geworden.« Victoria drehte sich zu Leela um. »Vielen, vielen Dank!«

»Mit Ihrer hellen Haut und den roten Haaren sehen Sie aus wie ein Waldwesen.« Leela erwiderte ihr Lächeln.

Wie schade, dass Jeremy mich nicht in dem Kostüm sehen kann, dachte Victoria. *Ob er mich darin wohl auch so hübsch gefunden hätte? Jeremy ...*

Ihr Anflug von guter Stimmung drohte zu verfliegen.

Sie hatte Leela von ihrem Gespräch mit Dr. Forster erzählt.

Für irgendjemanden musste der Ring, den Raghav Chandra am kleinen Finger getragen hatte, so wichtig gewesen sein, dass er das Risiko eingegangen war, ihn aus der Akte zu tilgen.

»Laut Constable Ranjit Singh arbeiten außer ihm ja noch weitere Sikhs für die Polizei. Gut möglich, dass einer von ihnen in den Diensten von Prinz Kintu und der Maharani Rameet Kaur steht und dafür verantwortlich ist«, sagte Victoria nachdenklich. »Oder jemand anderes mit Geld, Macht und Einfluss hat einen Polizisten bestochen. Sir Antony Palmer verfügt als Gouverneur des Punjab und von Burma über all dies, und er lebt auch schon so lange im Land, dass sich seine und Raghav Chandras Wege einmal gekreuzt haben könnten. Wir müssen versuchen, mehr über ihn herauszufinden.«

»Raghav Chandra war nicht reich, wie ich schon sagte ...« Leela zupfte an den Blättern und betrachtete Victoria noch einmal prüfend. »Ein mit einem Halbedelstein besetzter Ring ist sehr kostbar. Ich verstehe nicht, wie er sich ihn leisten konnte.«

»Das habe ich mich auch schon gefragt ... Ist es in Indien üblich, Ringe am kleinen Finger zu tragen?«

»Eigentlich nur, wenn jemand schon an allen anderen Fingern Ringe trägt.«

»Vielleicht gehörte der Ring ja ursprünglich einer Frau und passte nicht an Raghav Chandras andere Finger?«, mutmaßte Victoria. »Was uns aber auch nicht wirklich weiterhilft.«

»Nein, denn dazu müssten wir wissen, wer diese Frau war und in welcher Beziehung sie zu Chandra stand ... Wo Mr. Hopkins nur bleibt?« Leela nahm Victoria die Krone ab und half ihr vorsichtig aus dem Kleid. »Finden Sie nicht auch, dass er allmählich von der Teeplantage zurückkommen müsste?«

Hopkins war etwa zur selben Zeit wie Victoria aufgebrochen. Mittlerweile war es früher Nachmittag. Victoria zögerte. »Vielleicht hat er in der Plantage irgendeine Spur entdeckt, der er nun folgt«, sagte sie. »Oder irgendetwas in Simla hat seine Aufmerksamkeit erregt. Hopkins kann sehr hartnäckig sein. Aber Sie haben recht. Wenn er bis zum Tee noch nicht wieder hier ist, sollten wir nach ihm suchen.«

Die Diener hatten den Teetisch im Esszimmer überreich gedeckt – es gab Scones, Marmelade, Sandwiches und Kuchen, was sicherlich Hopkins' Zustimmung gefunden hätte. Aber er war immer noch nicht zurückgekehrt. Allmählich machte sich Victoria wirklich Sorgen. Auch Leela war unruhig. Sie kannte Hopkins ja noch gar nicht lange, hatte jedoch ganz offensichtlich eine große Zuneigung zu ihm entwickelt.

Victoria trank eine halbe Tasse Tee und überwand sich, ein Sandwich zu essen. Dann klingelte sie nach einem Diener. Sie wollte ihn bitten, Rikschas für sich und Leela zu rufen. Sie hatte eingesehen, dass es besser war, die Teeplantage nicht mehr aufzusuchen – zumal Hopkins ja eine Waffe dabeihatte. Aber sie hatte beschlossen, mit Leela zur Polizeiwache zu fahren und mit Constable Ranjit Singh zu sprechen. Danach würde sie weitersehen.

»*Memsahib*...«

Ein junger Diener verneigte sich vor ihr. Gleichzeitig hörte Victoria Hopkins' Stimme in der Halle.

Dem Himmel sei Dank, er ist wohlbehalten zurückgekommen...

Doch ihre Erleichterung verwandelte sich in Erschrecken, als Hopkins nun das Speisezimmer betrat. Der Kragen seines Tweed-Jacketts war zerrissen, seine Wange aufgeschürft, und an der rechten Hand trug er einen Verband.

»Mr. Hopkins ...« Leela stieß einen Schrei aus.

Was Victoria jedoch am meisten beunruhigte, war der besorgte Blick, den Hopkins ihr zuwarf. Auch Angst und Trauer glaubte sie in seinen Augen zu lesen. Sie hatte das Gefühl, dass es ihr die Brust zuschnürte, dass sie nicht mehr atmen konnte.

»Danke, ich brauche Ihre Hilfe nicht mehr«, zwang sie sich zu einem ruhigen Tonfall. Es schien ihr sehr lange zu dauern, bis der Diener aus dem Raum gehuscht war und Hopkins sich zu ihr und Leela gesetzt hatte. »Hopkins, was ist geschehen?«

»In einer Hütte in der Teeplantage traf ich auf den jungen Mann, der vor Ihnen davongelaufen war.«

»Weshalb sind Sie da so sicher?«

Hopkins räusperte sich. »Gedulden Sie sich bitte noch einen Augenblick. Ich werde der Reihe nach erzählen, was geschehen ist. Der Mann ging mit einem Messer auf mich los und stieß mich zu Boden. Ich konnte ihn abwehren und mit einem Tongefäß bewusstlos schlagen, dann gelang es mir, ihn zu fesseln. Mit vorgehaltener Pistole führte ich ihn zur Straße nach Simla. Dort stoppte ich einen Ochsenkarren, der uns zur Polizeiwache in der Town Hall und zu Constable Ranjit Singh brachte ... Der Constable ist ja offiziell damit beauftragt, das Verschwinden von Mr. Ryder zu untersuchen. Deshalb hatte ich keine Bedenken ...«

Obwohl Hopkins in Lebensgefahr geraten war, war sein Tonfall so gemessen, als ob er eines von Mrs. Ellinghams

Rezepten vortrüge. Aber da war etwas, das er ihr vorenthielt... Sie kannte ihn zu gut.

»Hopkins, was verschweigen Sie mir?« Victoria kam es vor, als ob eine andere Person dies fragte.

»Als ich die Hütte betrat, hielt der junge Mann – Juggal Khanna ist übrigens sein Name – eine Fotografie von Ihnen in den Händen. Sie tragen darauf einen Strohhut...«

»Von mir? Mit einem Strohhut? Das muss der Schnappschuss sein, den Mr. Ryder einmal von mir gemacht hat. Er trug das Foto immer in seiner Brieftasche bei sich.«

»Juggal gab Constable Singh gegenüber zu, in der Nacht von Mr. Ryders Verschwinden aus dem Wald Schüsse und Pferdewiehern gehört zu haben. Am nächsten Morgen suchte er den Waldrand ab.« Hopkins hob in einer hilflosen Geste die Hände. Es war ihm deutlich anzusehen, wie schwer es ihm fiel, weiterzusprechen. »Juggal fand dort zwischen Büschen eine Brieftasche. Sie lag nicht weit entfernt von einer großen Lache getrockneten Blutes im Gras. Juggal nahm die Brieftasche an sich. Er behauptet, das Verbrechen, das dort ganz offensichtlich verübt wurde, nicht gemeldet zu haben, da er fürchtete, von der Polizei selbst dafür verantwortlich gemacht zu werden. Meiner Meinung nach hatte er es auf das Geld in der Brieftasche abgesehen. Wie auch immer... Er entdeckte Ihr Foto, Miss Victoria, und verliebte sich in Sie, und gestern sah er Sie mit Leela, und Sie liefen ihm nach. Gegenüber dem Constable beteuerte er, er habe mich nicht töten wollen. Er sei nur ganz außer sich vor Angst gewesen, als ich ihn mit der Aufnahme entdeckte, weil er fürchtete, dass man ihn eines Mordes beschuldigen würde.«

Victoria spürte, wie sich Leelas Hand auf ihre legte.

»Nach Juggals Verhör ist Constable Singh zusammen mit

anderen Polizisten in Richtung Teeplantage aufgebrochen. Ich begleitete sie. Sie suchten den näheren Umkreis der Stelle ab, wo Juggal auf Mr. Ryders Brieftasche und das getrocknete Blut stieß. Dort zumindest...«, Hopkins stockte kurz, »... ließen sich keinerlei Anzeichen erkennen, dass kürzlich ein Leichnam verscharrt worden wäre.«

»Vielleicht wurde Mr. Ryder verschleppt und ist irgendwo seinen schweren Verletzungen erlegen. Oder er wurde tiefer im Wald vergraben...« Victoria wollte das nicht sagen. Die Worte drängten wie von selbst aus ihrem Mund.

»So dürfen Sie nicht denken«, Hopkins' Stimme hatte einen beschwörenden Unterton.

Victoria stand auf. Sie wollte nur noch weg aus diesem Zimmer und von Hopkins und Leela. Weg aus dem Cottage, weg aus dem verfluchten Simla. Sie wollte an einen Ort, wo sie Jeremy wiederfinden würde. Sie würde sich an ihn schmiegen und ihren Kopf an seiner Brust vergraben, und er würde sie festhalten.

Leela sprang hastig auf und versuchte Victoria zu stützen, doch sie stieß ihren Arm fort. Sie wollte ungestört mit Jeremy sein. Eine schwere Klammer legte sich um ihren Brustkorb und drückte ihn unbarmherzig zusammen. Victoria bekam keine Luft mehr. Ihr wurde schwarz vor Augen, und sie brach ohnmächtig zusammen.

Irgendetwas Furchtbares war geschehen...

Ein Teil von Victoria wusste es, noch ehe sie richtig erwachte. Sie wünschte sich, mit geschlossenen Lidern liegen bleiben zu können und das, was auf sie lauerte, wenn sie richtig bei Bewusstsein sein würde, für immer aussperren zu können. Doch ein Geräusch und der Geruch eines brennenden Streichholzes ließen sie widerwillig die Augen öffnen.

Hopkins zündete eine Kerze an. Es war dämmrig vor den Fenstern, der Himmel tiefblau und gesprenkelt von den ersten Sternen. Die Äste der Zeder hoben sich schwarz und struppig davon ab. Nun schloss Hopkins die Jalousien und ließ sich in einem Korbstuhl neben dem Bett nieder. Ein- oder zweimal, als sie als Kind sehr krank gewesen war, hatten sich ihr Vater und Hopkins nachts an ihrem Bett abgewechselt.

»Hopkins...«, flüsterte Victoria.

»Wie schön, dass Sie wieder zu sich gekommen sind, Miss Victoria...« Hopkins' besorgter Blick strafte seinen enthusiastischen Tonfall Lügen. »Leela und ich hielten es für ratsam, einen Arzt zu rufen. Der Arzt meinte, es bestehe keine Gefahr. Wir sollten Sie am besten ruhen lassen, bis Sie von selbst erwachten.« Er beugte sich vor und streichelte ihre Hand. »Wie ich schon sagte, Miss Victoria, wir dürfen die Hoffnung nicht aufgeben.«

»Hopkins, ich... ich bin... ich bin schwanger...« Victoria musste sich ihm einfach anvertrauen.

»Das...«, er lächelte sie an, »... hatte ich fast schon vermutet.«

»Woher wussten Sie...?«

»Nun, die häufige Übelkeit und Ihre Reizbarkeit. Normalerweise sind Sie sehr ausgeglichen. Ich hatte ja einen Sohn, Richard... Mir ist noch sehr gegenwärtig, wie meine verstorbene Gattin mit ihm guter Hoffnung war.« Hopkins' Blick richtete sich auf einen imaginären Punkt in der Ferne, als ob er mit seinen Gedanken in die Vergangenheit schweifte, ehe er sich wieder an Victoria wandte. »Mr. Ryder wird, davon bin ich fest überzeugt, sein Kind aufwachsen sehen.«

Jeremy ... Er würde sicher ein guter Vater sein. Ein kleines Lächeln huschte über ihr Gesicht. Was gäbe sie dafür, wenn Hopkins recht hätte. »Ich habe heute Morgen mit Dr. Forster gesprochen ...«, sagte sie, als die Realität sie wieder einholte.

Hopkins nickte. »Ich weiß von der Unterhaltung. Leela hat mir alles erzählt. Auch von den Schlüssen, die Sie daraus zogen.«

»Es muss mir bei dem Kostümball unbedingt gelingen, mit Sir Antony Palmer ins Gespräch zu kommen.«

Victoria wusste, sie hatte ein Ziel, und es bewahrte sie davor, in Verzweiflung zu geraten. Ganz gleich, was geschah, sie würde die Hoffnung niemals aufgeben.

NEUNUNDZWANZIGSTES KAPITEL

Victoria und Hopkins stiegen vor der Residenz des Vizekönigs aus ihren Rikschas. Sie gehörten zu den letzten eintreffenden Gästen. Kurz vor ihrem Aufbruch waren schon wieder Affen ins Erdgeschoss eingebrochen. Hopkins hatte zu einem Gewehr gegriffen und versucht, sie zu vertreiben.

Zum ersten Mal seit ihrer Ankunft in Simla war es sehr schwül. Die Wolken hingen tief am sich verdunkelnden Himmel und kündeten von Regen, die Luft war gesättigt und schwer von Gerüchen. Selbst die Holz- und Kohlefeuer des Basars waren im britischen Teil Simlas wahrnehmbar.

Den ganzen Tag schon hatte Victoria sich elend gefühlt, es bereitete ihr Mühe zu atmen, wie so oft, wenn sie aufgeregt war. Zum Glück hatte Leela ihren verstauchten Knöchel bandagiert, eine der Küchenhilfen hatte ihr eine Salbe gegeben, die wahre Wunder zu wirken schien. Victoria hatte kaum noch Schmerzen.

Sie und Hopkins reichten den indischen Dienern am Eingang ihre Einladungskarten. Hopkins hatte sich in einen römischen Senator verwandelt und trug seine Toga voller Würde. *Wenn es eine Zeitmaschine gäbe, die Hopkins in die Römerzeit transportieren würde, könnte er ohne Weiteres sei-*

nen Platz im Senat einnehmen, dachte Victoria. Mit seinem silbergrauen Haar, den distinguierten Gesichtszügen und den gemessenen Bewegungen war er geradezu der Inbegriff eines Patriziers. Hopkins war nicht der einzige römische Adlige – auch andere Männer hatten sich für diese recht einfache Verkleidung entschieden –, aber er war bei Weitem der eindrucksvollste.

In der Halle und im angrenzenden repräsentativen Salon, aus dem die Möbel geräumt worden waren, herrschte Gedränge. Neben Hopkins bahnte sich Victoria einen Weg durch die Menge. Es waren etliche Julias vertreten – zumindest nahm Victoria an, dass die jungen Frauen mit den offenen Haaren und den mittelalterlichen Gewändern die Julia darstellen wollten. Auch Romeos gab es einige, zu erkennen ebenfalls an der Kleidung. Ein Mann mit einem geschwärzten Gesicht mimte den Othello. Seine Begleiterin, die Desdemona, hatte sich makaber und demonstrativ ein Tuch um den Hals gebunden – das Mordwerkzeug, mit der ihr eifersüchtiger Gatte sie im Laufe des Stückes erdrosselte. Viele Elfen jeden Alters und Geschlechts tummelten sich unter den Gästen, außerdem zwei oder drei Zimmermänner und Schreiner, die Charaktere Squenz und Schnock aus dem *Sommernachtstraum*. Ein buckliger King Richard schlich Ränke schmiedend umher, einige als Gespenster verkleidete Männer mimten Hamlets Geist. Dazwischen bewegten sich viele Maskierte, deren Kostüm Victoria nicht eindeutig einem Charakter aus Shakespeares Stücken zuordnen konnte.

Die Decke war mit dunkelblauen, sternengeschmückten Stoffbahnen verhängt worden, was einen märchenhaften Eindruck erweckte. Vor die Wände waren grüne, mit Bäumen bemalte Stoffe drapiert, die einen Wald vortäuschen sollten.

Die ganze Szenerie erschien Victoria völlig irreal. Die Düfte der schweren Parfüms der Damen legten sich auf ihre Lunge. Sie zwang sich, ruhig und gleichmäßig zu atmen. Glücklicherweise standen die Fenstertüren weit offen und sorgten für ein wenig frische Luft. Draußen im Park brannten Fackeln, bunte Lampions hingen in den Bäumen und Büschen. Der gleiche Anblick musste sich den Gästen am Abend des Attentats dargeboten haben.

Von der Terrasse schlenderten jetzt die Maharani und Prinz Kintu in den Salon. Die Maharani entdeckte Hopkins und Victoria und kam auf sie zu. Ihr dunkles Haar wallte bis zu ihren Hüften. Ihr Gesicht war grell geschminkt, und sie trug ein grobes und obendrein zerrissenes Gewand. Sie hatte sich für eine Hexe aus *Macbeth* entschieden.

Und Prinz Kintu...

Victorias Mund war plötzlich ganz trocken. Sein schwarzer Turban und der Umhang waren mit Blitzen aus vergoldetem Metall oder gar reinem Gold verziert. Er war Prospero, der Herzog und Magier aus dem *Sturm*. Das Grauen aus ihrem Albtraum, in dem sich auf Prinz Kintus Befehl hin eine Wasserwand erhob, die Jeremy mit sich gerissen hatte, stieg wieder in ihr auf.

Der Prinz verneigte sich tief vor ihr. Wieder war sich Victoria seiner geheimnisvollen, erotischen Ausstrahlung nur zu bewusst.

»Lady Victoria, Sie sind wirklich ein reizender Puck.« Die Maharani lächelte sie an. »Und Sie, Graf, sind der Inbegriff eines römischen Patriziers. Viel mehr als der gute Lord Minto.« Sie nickte in Richtung der Saalmitte, wo der Vizekönig und seine Gattin Hof hielten. Ein Lorbeerkranz schmückte Lord Mintos schütteres Haar. Er hatte sich ganz offensichtlich entschieden, der Cäsar aus *Julius Cäsar* zu sein. Allerdings passte sein gezwirbelter Schnurrbart nicht ganz zu dieser Rolle. Seine Gattin stellte eine Matrone dar.

»Soll ich Sie beide Seiner Exzellenz vorstellen?« Fragend blickte die Maharani von Hopkins zu Victoria.

»Sehr gern, Fürstin«, erwiderte Hopkins an Victorias Stelle. »Mit der Wahl Ihres Kostüms beweisen Sie Humor.«

»Die meisten Anwesenden halten mich sowieso für eine gefährliche Hexe.« Sie lachte.

Vor nicht allzu langer Zeit noch hätte sich Victoria über eine solch selbstironische Antwort amüsiert. Jetzt war sie sich nicht sicher, ob sie nicht vielleicht eine doppelte Bedeutung beinhaltete.

Während sie durch die Menge zu dem Vizekönig und seiner Gattin gingen, suchte Victoria den großen Salon nach Sir Antony ab. Sie entdeckte ihn schließlich in einem Grüppchen bei seinem Bruder und Lady Abbingdon. Sein Obergewand und seine Hose bestanden aus dunklem Samt, unter den Arm hatte er sich ein dickes Buch geklemmt.

Lieber Himmel ...

Obwohl er dazu eigentlich viel zu alt war, hatte er beschlossen, Hamlet zu sein ... Mit ihrem offenen blonden Haar und dem mittelalterlichen Kleid mimte Lady Abbingdon die Julia, wie sie es Victoria schon bei der Teegesellschaft angekündigt hatte. Lord Abbingdon trug ein Kettenhemd und um die Hüften einen Schwertgurt. Heinrich V., nahm Victoria an. Prinz Kintu neigte sich zu ihr herunter.

»*... denn es sind eure Gedanken, die nun unsere Könige schmücken müssen. Tragt sie hierhin und dorthin, überspringt Zeiten und verwandelt die Errungenschaften vieler Jahre in ein Stundenglas*«, raunte er eine berühmte Sentenz aus dem

Stück in ihr Ohr. Konnte er doch Gedanken lesen? »Heinrich V. ist immerhin zu erkennen. Bei vielen Charakteren muss man raten, was sie darstellen. Die Personen hätten sich Schilder mit den entsprechenden Rollennamen umhängen sollen.« Er lächelte.

»Sie haben völlig recht...« Victoria zwang sich, sein Lächeln zu erwidern.

»Ihre Exzellenzen Lord Minto, Lady Minto ... Darf ich Ihnen Graf Stephan Gulda vorstellen und seine Nichte, Comtesse Victoria von Hohenstein?« Sie standen vor dem Vizekönig und seiner Gattin. Die Maharani wies auf Victoria und Hopkins.

»Ah, der dänische Graf, der sich für Vögel interessiert, und die deutsche Adlige, die fotografiert ... Sehr erfreut, Sie kennenzulernen«, schnarrte Lord Minto. Victoria knickste. Mit halber Aufmerksamkeit nahm sie wahr, wie Hopkins mit dem Vizekönig einige Worte wechselte. Er hatte es nicht direkt gesagt, aber sie war überzeugt, dass er es *erhebend* fand, einem Vertreter der britischen Krone vorgestellt zu werden, und sei es unter einem falschen Namen. Auch Mrs. Dodgson wäre hingerissen. Gleichzeitig suchte sie nach Sir Antony. Wo war er nur? Sie konnte ihn nirgends mehr entdecken. In einem benachbarten Raum wurden nun Instrumente gestimmt. Die Klänge mischten sich in die Gespräche und das Lachen. »Wenn Sie mich bitte entschuldigen würden... Wir müssen gleich den Ball eröffnen...« Lord Minto strich über seinen Schnurrbart und reichte dann seiner Gattin den Arm.

Plötzlich entdeckte Victoria Sir Antony. Er unterhielt sich mit einer älteren Dame und einer jungen Frau. Die Gäste setzten sich in Bewegung und folgten dem Vizekönigspaar.

Sir Antony und die beiden Damen verschwanden wieder aus Victorias Blickfeld.

Sie musste unbedingt ins Gespräch mit ihm kommen ...

Der Ballsaal war ähnlich ausgestattet wie der repräsentative Salon. Nur war die Decke hier mit Bahnen aus hellblauer Seide verhängt, und statt der Sterne blinkten Sonnen aus dem Blau. Auch die Farben des Waldes waren heller gehalten; sie repräsentierten den Tag, nicht die Nacht. Lord und Lady Minto positionierten sich in der Mitte der Gästeschar.

»Der erste Tanz mit Ihnen gehört mir.« Wieder erklang Prinz Kintus Stimme dicht an Victorias Ohr.

»Natürlich, es ist mir eine Freude«, murmelte Victoria.

Die Kapelle spielte auf. Der Vizekönig und seine Gemahlin begannen, sich zur Musik zu drehen.

Auf der anderen Seite des Saales erspähte Victoria nun Sir Antony. Und ...

O Gott ...

Sie blinzelte, in der Hoffnung, von dem flackernden Licht des Kronleuchters genarrt worden zu sein. Aber die ältere, immer noch attraktive Dame, die die grauen, geflochtenen Haare zu einer Krone aufgesteckt hatte und ganz offensichtlich Hamlets Mutter darstellen wollte, war unzweifelhaft Großtante Hermione. An ihrer Seite stand Ophelia im weißen Gewand, mit Wasserpflanzen im langen, kunstvoll wirr frisierten blonden Haar – Victorias Cousine Isabel.

Sie berührte Hopkins' Arm und nickte unauffällig in die Richtung der beiden. Er sah hin und zuckte zusammen. Lady Glenmorag durfte sie auf keinen Fall zu Gesicht bekommen ...

»Ich brauche frische Luft«, flüsterte sie Hopkins zu.

Victoria bahnte sich einen Weg zwischen den Gästen hindurch in Richtung Terrassentür.

Isabel eine sensible, schwermütige Ophelia ...
Wenn sie nicht so erschrocken gewesen wäre, hätte sie laut gelacht. Ihre Cousine hatte den Charakter von Goneril und Regan, König Lears hartherzigen, machtbesessenen Töchtern. Warum waren sie und Großtante Hermione nur ausgerechnet jetzt nach Simla gekommen?
»Lady Victoria ...«
Sie hatte die Tür fast erreicht, als Prinz Kintu sich vor ihr verbeugte. Victoria wollte erst ablehnen und sagen, ihr sei nicht gut, besann sich dann jedoch anders. Vielleicht würde sie ja von ihm etwas Wichtiges über Jeremy erfahren. Sie reichte dem Prinzen ihre Hand und ließ sich von ihm zur Tanzfläche führen.
Am anderen Ende des Ballsaals forderte Sir Antony Isabel zum Tanz auf. Die Kapelle stimmte einen langsamen Walzer an. Victoria musste plötzlich daran denken, wie Jeremy und sie im vergangenen Herbst bei ihrer Verlobungsfeier im Anwesen von Constance und Louis die Nacht durchgetanzt hatten. Damals waren sie so glücklich gewesen. Sie wünschte sich sehnlich, er wäre jetzt bei ihr und würde sie im Takt der Musik leicht und sicher über die Tanzfläche führen. »Meine Großmutter hatte recht. Sie sind ein ganz reizender Puck.« Prinz Kintus Stimme riss sie aus ihren Erinnerungen. »Aber warum haben Sie sich nur ausgerechnet für das Kostüm des koboldhaften Waldelfen entschieden, der im *Sommernachtstraum* für so viel Verwirrung sorgt?«
Sie musste sich zusammennehmen ...
»Ich habe ihn einmal im Internat gespielt. Ich mag ihn. Er ist vorlaut und witzig, und ich dachte, für ihn lässt sich ein hübsches Kostüm kreieren. Und wie kamen Sie auf Prospero?«

»Von einem meiner Vorfahren heißt es, er sei in der schwarzen Magie bewandert gewesen. Jetzt schauen Sie nicht so erschrocken drein.« Der Prinz lachte. »Ich verfüge über keinerlei derartige Fähigkeiten. Nein, ernsthaft, ich fand es langweilig, ein Romeo zu sein, und Macbeth ist mir zu tragisch ...«

»Ich verstehe ...« Sir Antony und Isabel tauchten kurz zwischen den Tanzpaaren auf und verschwanden wieder aus Victorias Blickfeld. »Orsino aus *Was ihr wollt* wäre aber auch nicht schlecht gewesen.«

»Bei ihm besteht die Schwierigkeit, den Charakter in einem Kostüm erkennbar zu machen.« Prinz Kintu geleitete sie geschickt an einem Tanzpaar vorbei, das ihnen zu nahe kam. »Ich hatte übrigens gehofft, noch einmal mit Ihnen ausreiten zu können.«

»Ich habe während der vergangenen Tage recht oft fotografiert. Aber ich werde sehr gern auf das Angebot zurückkommen.«

»Einer meiner Bediensteten hat Sie gestern aus der Gerichtsmedizin kommen sehen. Ein ungewöhnlicher Ort für eine junge Dame, wenn Sie mir die Bemerkung gestatten.«

Der Prinz lächelte sie wieder an. Ein zufälliger Beobachter hätte sie für ein junges Paar halten können, das miteinander flirtete. Ließ er ihr etwa nachspionieren? Ja, wahrscheinlich tat er das. Victoria beschloss, die Herausforderung anzunehmen.

»Ich fotografiere nicht nur, gelegentlich betätige ich mich auch als Journalistin«, schwindelte sie. »Deshalb habe ich Dr. Forster aufgesucht.«

»Sie schreiben für eine Zeitung? Da haben Sie ja etwas mit Mr. Ryder gemein.«

Er hatte diesen Namen ganz sicher absichtlich fallen lassen...

»Wer ist Mr. Ryder?« Es kostete Victorias ganze Selbstbeherrschung, dies scheinbar beiläufig zu fragen.

»Der Journalist, der ebenfalls in Oxford studierte und mich zu dem Attentat befragte.«

»Jetzt erinnere ich mich... Sie erwähnten ihn bei dem Ausritt.« Prinz Kintu führte sie in eine Drehung. Er war ein guter Tänzer. Und obwohl seine Hand scheinbar nur leicht auf ihrem Rücken lag, war sich Victoria seiner Kraft nur zu bewusst. Hatte er etwa auf Jeremy am Rande der Teeplantage geschossen und dafür gesorgt, dass er verwundet oder gar tot verschleppt worden war?

Nicht an so etwas denken... Sie durfte sich jetzt nicht in ihrer Angst um Jeremy verlieren...

»Bei meiner Unterhaltung mit Dr. Forster bin ich auf etwas sehr Merkwürdiges gestoßen. Der Attentäter soll, als er auf Lord Minto schoss, einen Ring am kleinen Finger der rechten Hand getragen haben. Aber in der Polizeiakte wird dieser Ring nicht erwähnt.«

»Tatsächlich? Wenn das stimmen sollte, wäre es wirklich sehr seltsam. Nun, ich halte von Superintendent Gordon-Cummings, ehrlich gesagt, nicht viel.«

Prinz Kintu hörte sich aufrichtig verwundert und ganz gelassen an. Victoria traute ihm jedoch auch zu, ein guter Schauspieler zu sein.

»Jemand hat mir anvertraut, Sie während des Attentats im Park gesehen zu haben.« Victoria strahlte den Prinzen an, als würde sie ihn mit einer harmlosen Unwahrheit necken.

Für einen Moment verengten sich seine Augen. »Dieser Jemand muss sich täuschen«, erwiderte er leichthin, aber er hatte sich schon verraten. Die Melodie klang aus. »Einer der nächsten Tänze gehört wieder mir, Lady Victoria«, sagte der Prinz liebenswürdig.

Doch in ihren Ohren klang es wie eine Drohung. Sie war froh, als nun ein junger Romeo auf sie zukam, sich vor ihr verbeugte und sie erlöste.

Isabel tanzte immer noch mit Sir Antony, und auch bei der folgenden Masurka wich er nicht von ihrer Seite. Zwei Tänze hintereinander mit demselben Partner waren auffällig und sorgten bereits für Getuschel. Drei bedeuteten ernsthafte Absichten. Victoria glaubte zu verzweifeln. Sie musste unbedingt mit Sir Antony ins Gespräch kommen, aber sie wusste nicht wie, ohne sich gegenüber ihrer Cousine und ihrer Großtante zu verraten. Natürlich konnte sie ihn als Frau auch nicht einfach zum Tanz auffordern. Vielleicht wusste Hopkins ja einen Rat.

Nach der Masurka blickte Victoria sich nach Hopkins um. Er war in eine Unterhaltung mit einer älteren Dame vertieft. Ehe sie ihm ein Zeichen geben konnte, hatte er die Dame schon zum Tanz gebeten. Sie ging in den angrenzenden Raum, wo das Büfett aufgebaut war. Auch hier standen die Fenstertüren zur Terrasse offen, und sie konnte endlich wieder frei atmen. Das Büfett war opulent und luxuriös. Hummer lagen auf silbernen Platten zwischen Eiswürfeln. Mangos und Melonen waren zu kunstvollen Blumen geschnitzt worden. Dazwischen thronten Ananas. Es gab Salate und gebratene, mit ihren Schwanzfedern geschmückte Puten, Rebhühner und Fasane, gekochte Zunge und kalten Braten in verschwenderischen Mengen, außerdem in Öl und indischen Gewürzen marinierte Lammkronen und Hähnchenschenkel. Auf einer Platte lag eine riesige, mit Zitronenscheiben verzierte Flunder. Üppige Torten und Süßspeisen standen zum Dessert bereit, zwischen im Licht funkelnden Eisblöcken türmten sich Sorbetkugeln in Silberschüsseln.

Victoria lehnte den Champagner dankend ab, den ihr einer der in farbenprächtige Gewänder gekleideten Diener reichen wollte, und nahm stattdessen ein Fruchtsorbet. Sie hatte keinen Hunger, aber ihr war nach einer kühlen Erfrischung. Zu spät, um sich noch unauffällig zu entfernen, bemerkte sie, dass sich Mrs. Bingham dem Büfett näherte. Sie trug eine Haube und ein graues, züchtiges mittelalterliches Kleid. Wahrscheinlich wollte sie Julias Amme darstellen oder eine sittsame Dienstmagd. In ihrer Begleitung befand sich Mr. Pargenter als ein voluminöser Falstaff.

Mrs. Bingham ließ ihren Blick über Victoria gleiten, ohne sie in ihrem Puck-Kostüm zu erkennen. Trotzdem wandte sie sich sicherheitshalber ab und entfernte sich einige Schritte. Große Palmen in blank polierten Messingkübeln standen als Dekoration in dem Raum. Victoria suchte hinter einer Pflanze Deckung. Aus den Augenwinkeln beobachtete sie, wie Mr. Pargenter herrisch einen der Diener herbeiwinkte, die die Tabletts mit den Champagnergläsern balancierten. Mrs. Bingham entschied sich für etwas kalten Braten und Salat – eine vernünftige, wenn auch ein wenig langweilige Wahl, die zu ihr passte.

Durch die weit geöffnete Flügeltür konnte Victoria in den Ballsaal sehen. Isabel schwebte in Sir Antonys Armen zu einem Walzer über das Parkett. Sie erhaschte einen Blick auf Lord und Lady Abbingdon.

Heute Abend werde ich es nicht schaffen, mit Sir Antony zu sprechen, begriff Victoria. Das Gefühl, im Augenblick nichts für Jeremy tun zu können, quälte sie.

»Tja, Lord Abbingdon, im maßgeschneiderten Frack, im Begriff, der nächste Vizekönig zu werden...«, hörte sie Mr. Pargenter mit seiner Bassstimme zu Mrs. Bingham sagen. »Ich erinnere mich noch gut, wie ich ihn bei einem Ball in Calcutta traf – fünfundzwanzig Jahre ist das her, wenn ich mich recht entsinne. Damals war er ein armer Schlucker, in einem schlecht sitzenden Abendanzug, den er sich von irgendeinem Freund geliehen hatte. Sein Akzent war Middleclass mit einem leichten Anklang von Yorkshire-Englisch. Mittlerweile hat er die Redeweise der Aristokratie verinnerlicht...«

Mrs. Binghams leise Antwort ging in der Musik und im Gläser- und Tellerklappern unter.

Victoria hatte in den Ballsaal zurückkehren und Hopkins bitten wollen, mit ihr zum Zedernhaus zurückzufahren, denn sie fühlte sich mit einem Mal ganz erschöpft. Ihr Knöchel schmerzte auch wieder. Doch sie blieb stehen.

Lord Abbingdon war doch erst seit dem Frühjahr in Indien...

Sie ignorierte, dass sie und Mr. Pargenter einander noch nicht vorgestellt worden waren, kam dann doch hinter der Palme hervor und wandte sich direkt an ihn. »Tatsächlich? Sie haben Lord Abbingdon vor fünfundzwanzig Jahren in Calcutta getroffen? Ich habe immer sagen hören, dies sei sein erster Sommer hier.« Victoria hoffte, dass man ihr nicht anmerkte, wie aufgeregt sie war, und bedachte Mr. Pargenter mit einem tiefen Blick aus ihren grünen Augen.

»Lady Victoria...« Mrs. Bingham schnappte überrascht nach Luft.

»Was für ein allerliebster Puck...« Mr. Pargenter versenkte sich in ihren Blick und tätschelte ihre Hand. »Lord

Abbingdon hat damals für ein paar Monate das Land bereist, zusammen mit seinem Freund, einem District Collector. Sein Name war Talbot oder Thompson. Nein, warten Sie, Towler hieß er. Ist vor fünfzehn Jahren an der Cholera gestorben. Meiner Meinung nach braucht ein Vizekönig keinen Adelstitel. Es wäre viel sinnvoller, wenn er Land und Leute kennen würde und ein paar Jahre beim Indian Civil Service gedient hätte ...«

Da war sie ... Die Verbindung zwischen Lord Abbingdon und Raghav Chandra ... Victoria konnte es kaum fassen. Lord Abbingdon und Robert Towler waren Freunde gewesen ... Jeremy musste das herausgefunden haben ...

»Sieht Lady Victoria nicht Ihrer Großnichte Victoria verblüffend ähnlich ...?« Victoria schreckte auf. Lady Summerdale stand vor ihr, daneben ihre Großtante. »Darf ich vorstellen, liebste Hermione ... Das ist Comtesse Victoria von Hohenstein. Sie ist deutscher Abstammung. Vielleicht gibt es ja eine verwandtschaftliche Verbindung zu Ihrer Großnichte.« Lady Summerdale strahlte sie an. »Meine liebe Comtesse, dies ist Lady Glenmorag ...«

»Sehr erfreut ...«, brachte Victoria über die Lippen.

Ihre Großtante starrte sie an. »In der Tat ... ich sehe eine erstaunliche Ähnlichkeit.« Nur ein kaum wahrnehmbares Zittern der Stimme verriet Lady Glenmorags Überraschung.

»Oh, und hier kommt Lady Victorias Onkel, Graf Gulda. Er ist sehr an der Vogelwelt Indiens interessiert ...« Lady Summerdale wies auf Hopkins, der sich in seiner römischen Toga näherte. »Lady Glenmorag, darf ich Ihnen auch Graf Gulda vorstellen?«

»Lady Glenmorag ...« Hopkins verneigte sich, ohne eine Miene zu verziehen.

»Graf...«

Großtante Hermione schenkte ihm ein huldvolles Kopfnicken. Auch sie wahrte formvollendet die Fassung. Dann legte sie die Hand auf Lady Summerdales Arm, und mit einem letzten höflichen Nicken schritt sie mit ihr davon.

Doch Victoria war überzeugt, dass das letzte Wort in dieser Sache noch nicht gesprochen war. Auf keinen Fall würde ihre Großtante diese Begegnung auf sich beruhen lassen.

»Hopkins, lassen Sie uns gehen«, flüsterte sie. »Ich muss ganz dringend mit Ihnen sprechen.«

DREISSIGSTES KAPITEL

»Lord Abbingdon war mit Robert Towler befreundet und bereiste 1883 mit ihm Indien«, sprudelte Victoria hervor, kaum dass sie und Hopkins das Esszimmer des Cottages betreten hatten.

Nachdenklich zündete Hopkins die Petroleumlampe an, während Victoria ihm berichtete, was sie von Mr. Pargenter erfahren hatte. Die Diener waren schon schlafen gegangen. Auf dem Tisch lag ein Zettel mit einer Nachricht von Leela. Sie habe sich kurz hingelegt, Victoria solle sie wecken, sobald sie zurückgekehrt sei. Doch Victoria wollte sie nicht stören. Es war immer noch drückend schwül. Auf dem Nachhauseweg waren dicke Tropfen gefallen, ein kühlender Regen oder ein Gewitter waren jedoch ausgeblieben.

»Jeremy ... Mr. Ryder ... hat entdeckt, dass es eine Verbindung zwischen Lord Abbingdon und Raghav Chandra gab und dass die Schüsse in Wahrheit ihm und nicht dem Vizekönig galten«, endete Victoria. »Zwischen Abbingdon und Raghav Chandra muss etwas Schlimmes vorgefallen sein. Etwas, das, wenn es öffentlich bekannt würde, dem Lord sehr schaden, ja, ihn vielleicht ruinieren könnte. Abbingdon fand heraus, dass Harbir etwas darüber wusste und dass auch

Mr. Ryder dem Geheimnis aus seiner Vergangenheit auf der Spur war. Deshalb beschloss er, Harbir und Mr. Ryder ...«, sie stockte kurz, »... zu ermorden oder ermorden zu lassen.«

Abbingdons Plan durfte nicht geglückt sein ... Jeremy war noch am Leben ... Unwillkürlich ballte Victoria die Hände zu Fäusten.

»Ich stimme Ihren Schlussfolgerungen zu, Miss Victoria.« Hopkins hatte sich zu ihr an den Tisch gesetzt. »Eine mehrmonatige Reise durch Indien vor mehr als zwanzig Jahren, die wahrscheinlich meist durch abgelegene Gebiete geführt hat, ließ sich natürlich leicht verschleiern. Zumal Abbingdon damals den Titel ja noch nicht geerbt hatte.«

»Da Abbingdon etwas zu verbergen hat, war es ziemlich leichtsinnig von ihm, nach Indien zurückzukehren ...«

»Nicht unbedingt ...« Hopkins wiegte den Kopf. »Das Land ist so riesig, und die Provinz, in der Towler District Collector war, liegt sehr abgelegen ganz im Süden Indiens. Möglicherweise rechnete Abbingdon nicht damit, dass Raghav Chandra noch am Leben war. Vielleicht war es ihm auch einfach gleichgültig. Für Männer in der Position Abbingdons zählen einfache Menschen oft nicht. Deshalb erachten sie diese nicht als gefährlich. Was auch immer damals vorgefallen ist, vor Gericht hätte Raghav Chandra bestimmt keine Chance gehabt, gegen einen britischen Lord zu klagen.«

»Damit haben Sie leider recht ... Wie Raghav Chandra wohl davon erfahren hat, dass sich Abbingdon wieder in Indien aufhält?«

»Über ihn wird in den Zeitungen groß berichtet. Ich schätze, Chandra hat irgendwo eine Fotografie des Lords gesehen. Er konnte sich ausrechnen, dass Abbingdon nach

Simla kommen würde. Schließlich konzentriert sich hier vom Frühjahr bis in den Herbst die politische und gesellschaftliche Macht der britischen Herrschaft über Indien.«

Ein Falter flatterte um die Petroleumlampe. Seine Flügel warfen riesige Schatten an die Wände. Aus dem Garten waren für einen Moment Regentropfen zu hören, fast so laut wie Hagel, doch das Geräusch erstarb wieder. Abbingdon war Teil des Establishments. Victoria war so erleichtert gewesen, endlich herausgefunden zu haben, wem der Anschlag gegolten hatte und wer für den Mord an Harbir und für Jeremys Verschwinden verantwortlich war, dass sie ganz übersehen hatte, wie schwierig es werden würde, dem Lord ein Verbrechen nachzuweisen.

»Wir müssen nun sehr vorsichtig sein, Miss Victoria«, sagte Hopkins, als hätte er ihre Gedanken gelesen. »Es ist unbedingt erforderlich, dass wir Sir Arthur informieren. Ohne seine Hilfe und die Unterstützung des Innenministeriums sowie des Ministeriums für Indien wird sich gegen Lord Abbingdon, fürchte ich, nichts ausrichten lassen. Zumal Sir Antony der Chef der hiesigen Polizei ist. Was, nebenbei, auch erklären würde, weshalb die Ermittlungen über das Attentat so sträflich lax geführt wurden und warum Raghavs Ring, immerhin ein wichtiges Beweisstück, aus den Akten verschwinden konnte.«

»Ich lasse es nicht zu, dass Lord Abbingdon ungestraft davonkommt, und ich will wissen, was er Jeremy angetan hat.« Unwillkürlich legte Victoria die Hand auf ihren Leib. Hier wuchs ihr und Jeremys Kind heran... »Notfalls zwinge ich Lord Abbingdon mit vorgehaltener Waffe zu einem Geständnis.« Sie meinte es ernst. Eine kalte Entschlossenheit erfüllte sie.

»Nun, das wird hoffentlich nicht nötig sein...« Hopkins brach ab und lauschte. Von der Straße klang das Räderrollen einer Rikscha durch die Nacht. Gleich darauf klappte das Gartentor zu. »Keine Sorge, Miss Victoria. Ein potenzieller Feind würde sich gewiss nicht bemerkbar machen«, sagte er dann. »Ich vermute, bei dem späten Besucher handelt es sich um Lady Glenmorag.«

Victoria hatte ihre Großtante ganz vergessen. Doch nun holte sie die Begegnung mit ihr wieder ein.

Als ob meine Großtante kein Feind wäre, dachte sie düster, während Hopkins in die Halle schritt, um zu öffnen.

Die Szene, die sich ihr bot, als Hopkins Lady Glenmorag wenig später ins Esszimmer geleitete, würde Victoria immer als völlig absurd im Gedächtnis bleiben. Hopkins trug noch seine Toga. Ihre Großtante hatte ein mit Blumen besticktes seidenes Abendcape übergeworfen. Die großen weichen Federn an den Säumen und am Kragen zitterten im Luftzug und bildeten einen lächerlichen Kontrast zu ihrem mittelalterlichen Gewand als Hamlets Mutter sowie der Haarkrone auf ihrem Kopf. Und sie selbst saß in ihrem Puck-Kostüm am Tisch.

»Hopkins, meinen Sie nicht, Sie sollten endlich diese alberne Verkleidung ablegen?« Ihre Großtante bedachte den Butler mit einem indignierten Blick.

»Ich bin ganz Ihrer Meinung, Mylady. Leider fand ich noch nicht die Zeit dazu.« Hopkins verneigte sich und zog sich würdevoll zurück.

»Und was dich betrifft...«, ihre Großtante blickte sie ärgerlich an, »würdest du mir bitte sofort erklären, was du in Hopkins' Begleitung unter falschem Namen in Simla zu suchen hast? Ich traute ja meinen Augen nicht...«

»Jeremy war im Auftrag des *Spectator* in Simla.« Ihre Großtante wusste nichts davon, dass er für die Geheimabteilung von Scotland Yard tätig war. »Er recherchierte zum Attentat auf Lord Minto. Vor einigen Wochen verschwand er spurlos. Hopkins und ich reisten hierher, um nach ihm zu suchen. Es erschien uns sicherer, dies unter falschem Namen zu tun.«

»Nun, ich habe dich gewarnt, dich mit diesem Journalisten einzulassen. Aber du wolltest ja nicht auf mich hören. Das hast du jetzt davon.«

»Großtante, Jeremy ist vielleicht tot...« Victoria konnte es nicht fassen.

»Nun, so schlimm wird es schon nicht sein.« Lady Glenmorag fächelte sich mit der Hand Luft zu. »Und überhaupt... Warum hast du es nicht der Polizei überlassen, nach Mr. Ryder zu suchen?«

»Der hiesige Superintendent ist vollkommen unfähig.«

»Ach, du bist einfach voreingenommen. Von Scotland Yard und Sir Arthur hältst du ja auch nichts.« Lady Glenmorag vollführte eine wegwerfende Geste.

»Weshalb sind Sie und Isabel denn nach Simla gekommen? Ich konnte bisher nie feststellen, dass Sie oder meine Cousine sich besonders für Indien interessierten.«

»Isabel und Sir Antony haben sich im vergangenen Sommer in London kennengelernt und Gefallen aneinander gefunden.«

Um Himmels willen...

»Warum denn ausgerechnet Sir Antony?«

Ihre Großtante würde ihr niemals glauben, dass der

Gouverneur höchstwahrscheinlich in einige schwere Verbrechen verstrickt war ...

»Ich bin mir bewusst, dass Sir Antony aus der Middleclass stammt ...« Lady Glenmorag sprach das Wort gleichsam mit spitzen Fingern aus. »Aber als Gouverneur des Punjab und von Burma wurde er in den Adelsstand erhoben. Außerdem ist er der Bruder Lord Abbingdons ... Und, wer weiß, vielleicht steht ihm ja in einigen Jahren das Amt des Vizekönigs offen, auch wenn er nicht dem Erbadel angehört. Unter gewissen Voraussetzungen sind gesellschaftliche Neuerungen durchaus zu begrüßen ...«

»Sie wollen damit sagen, wenn sie Ihnen und Ihren Plänen nutzen«, erwiderte Victoria trocken.

»Manchmal bist du wirklich vulgär.« Ihre Großtante rümpfte ihre hübsche Nase.

Da Isabel sich im vergangenen Jahr mit dem falschen Mann verlobt hatte, war sie nur noch schwer unter die Haube zu bringen. Nein, ihre Großtante würde ihr niemals die Wahrheit bezüglich der beiden Männer glauben, davon war Victoria fest überzeugt.

Lady Glenmorag fasste sie scharf ins Auge. »Deine Cousine wird sich sehr wahrscheinlich in wenigen Tagen mit Sir Antony verloben. Wenn deine und Hopkins' Eskapaden das Verlöbnis gefährden sollten, wirst du mich kennenlernen. Also geh uns am besten aus dem Weg. Wie dein verstorbener Vater besitzt du ja das unselige Talent, dich und andere in Schwierigkeiten zu stürzen.«

Lady Glenmorag erhob sich wie immer in vollendeter Haltung und schritt hoch erhobenen Hauptes davon.

»Ich habe von der Küche aus beobachtet, wie Lady Glenmorag das Cottage verließ.« Hopkins betrat, ein Tablett mit zwei dampfenden Tassen in den Händen, das Esszimmer. »Ich dachte, ich bereite uns eine heiße Schokolade zu. Zur Beruhigung nach diesem doch recht aufregenden Abend. Ich schätze, Ihre Großtante war ziemlich aufgebracht?« Er platzierte die Tassen auf dem Tisch und setzte sich dann zu Victoria.

Ziemlich aufgebracht ist eine große Untertreibung ... Großtante Hermione hat Sir Antony als künftigen Gatten für Isabel auserwählt. In wenigen Tagen soll die Verlobung stattfinden.«

»Ach du liebe Güte.« Hopkins rührte in seiner Schokolade. »Nun, dieses Ereignis war zu befürchten, nachdem Lady Isabel und Sir Antony kaum einen gemeinsamen Tanz ausgelassen haben. Ich vermute, Sie haben Ihre Großtante nicht gewarnt?«

»Nein, sie hätte mir nicht geglaubt, und die Gefahr, dass sie Sir Antony und Lord Abbingdon von unseren Nachforschungen erzählen würde, war mir einfach zu groß.«

»Das sehe ich genauso.«

»Jedenfalls bin ich mir sicher, falls demnächst öffentlich wird, dass Sir Antony und sein Bruder gemeinsam Verbrechen begangen haben, wird meine Großtante *mich* für die geplatzte Verlobung verantwortlich machen. Sie wird mich umbringen.«

»Nein, sehr erfreut wird sie darüber gewiss nicht sein ...« Hopkins legte den Kopf schief und lauschte. »Da war ein Geräusch im Haus. Das werden doch wohl nicht wieder diese verwünschten Affen sein ...« Sein Blick wanderte kampfeslustig zu dem Gewehr, das noch, von der vergeblichen Jagd früher am Abend, auf der Anrichte lag.

»Hopkins, nachts schlafen auch die Affen ...«

Victoria nippte an ihrer Schokolade. Sie war wunderbar cremig und nicht zu süß. Genau so, wie sie es mochte.

»Da wäre ich mir nicht so sicher.« Hopkins' Stimme war voller Grimm.

Ein Blitz zuckte plötzlich auf. Gleichzeitig prasselte Regen gegen die Fensterscheiben. Wind peitschte die Äste der Zeder gegen das Cottage. Wenige Sekunden später donnerte es so ohrenbetäubend laut, dass die Grundfesten der Erde zu beben schienen.

»Bestimmt hat der Wind etwas umgeworfen.«

»Wahrscheinlich haben Sie recht, Miss Victoria.«

Ob Jeremy auch das Gewitter erlebte, irgendwo in den Ausläufern des Himalaya? Befand er sich an einem geschützten Ort, oder war er hilflos den Elementen ausgesetzt?

Wieder folgte ein Donnerschlag nur wenige Sekunden nach einem gleißend hellen Blitz. Der Sturm riss an den Fensterläden.

Im nächsten Moment flog die Tür auf. Victoria dachte, eine Böe hätte sie aufgeweht, doch ein bärtiger Mann mit einem Turban stand im Türrahmen. Sie schrie auf. Er war groß, sein heller Kittel stand am Hals offen und entblößte eine dunkel behaarte, breite Brust. Der Ledergürtel um seine Hüften war ebenso abgewetzt wie seine rote Weste. In der Hand hielt er eine Pistole, die er auf Victoria und Hopkins richtete.

Hatte dieser Mann auf Jeremy geschossen und ihn verschleppt?

Victoria konnte nicht verhindern, dass sie zu zittern begann.

»Sir, ich muss doch sehr bitten ...«

Der Eindringling ignorierte Hopkins. »Sie beide ... die

Hände auf den Tisch...« Er sprach sehr leise, was ihn eher noch bedrohlicher machte. Sein Englisch hatte einen starken indischen Akzent. »Falls Sie auf die Idee kommen sollten, um Hilfe zu schreien ... In der Halle und beim Dienerquartier habe ich meine Leute postiert.« Victoria gehorchte, auch Hopkins kam dem Befehl nach.

»Warum haben Sie mit Harbirs Witwe gesprochen und sich nach Mr. Ryder erkundigt?«

Der Mann zog sich einen Stuhl heran. Die Pistole legte er vor sich auf den Tisch. Seine Körperhaltung war wachsam wie die eines jederzeit zum Sprung bereiten Panthers.

Victoria schluckte. Ihr Mund war ganz trocken. »Arbeiten Sie für Lord Abbingdon?« Sie traute dem Kerl alles zu.

»Die Fragen stelle ich. Weshalb waren Sie in den Hütten auf der Teeplantage?«

Zorn stieg in Victoria hoch und verdrängte jäh ihre Angst. Sie würde sich von diesem Mann nicht einschüchtern lassen. Er sollte für das, was er Jeremy angetan hatte, büßen. Aus den Augenwinkeln sah sie das Gewehr.

»Los, wird's bald mit der Antwort?« Seine Stimme wurde schärfer.

»Ich...« Victoria warf sich zurück und schnappte nach Luft. Dann sprang sie taumelnd auf.

»He, was soll das? Setzen Sie sich sofort wieder hin!«

»Ich...« Sie keuchte, fasste sich an die Brust.

»Miss Victoria leidet an Atemnot. Die Aufregung ist zu viel für sie. Sie erstickt, wenn sie keine frische Luft bekommt. Sie muss zum Fenster.«

Auch Hopkins sprang auf. Er hatte begriffen und stützte sie. Der Mann stieß seinen Stuhl zurück und griff nach seiner Waffe, legte sie dann jedoch wieder hin.

»Beeilen Sie sich!«

Sie waren auf Höhe der Anrichte. In der Fensterscheibe sah Victoria das Spiegelbild des Inders. Er beobachtete sie genau.

O Gott, ihr Plan würde misslingen ...

Ein Blitz zuckte auf, erfüllte den Raum erneut mit gleißendem Licht.

»Jetzt, Miss Victoria!«, raunte Hopkins ihr zu.

Halb blind tastete Victoria nach dem Gewehr. Sie bekam es zu fassen, spannte den Hahn und wirbelte herum. »Zurück, an die Wand!«, herrschte sie den Mann an.

Er starrte sie verdutzt an, wich dann jedoch langsam zurück. Mit erstaunlicher Schnelligkeit hastete Hopkins zum Tisch und riss die Waffe des Inders an sich.

»Wenn *Sie* um Hilfe rufen, werde ich keine Sekunde zögern zu schießen. Und ich habe nicht die geringsten Skrupel, Sie zu töten.« Victoria war es völlig ernst mit dem, was sie sagte. »Also, für wen arbeiten Sie? Was haben Sie dem Mann angetan, den ich liebe?«

»Er hat Sie eben Miss Victoria genannt ...« Der Mann wies mit einer Kopfbewegung auf Hopkins. »Wer sind Sie wirklich?«

»Mr. Ryders Verlobte, das muss Ihnen genügen. Ich will eine Antwort!«

»Dann sind Sie die Victoria, von der Mr. Ryder in seinen Fieberträumen sprach? Und keine deutsche Adlige?«

»Von was reden Sie?«

»Wenn Sie Mr. Ryders Verlobte sind, bin ich ein Freund, kein Feind.« Er hob die Hände, als wollte er seine Unschuld beteuern.

»Mein richtiger Name ist Victoria Bredon«, herrschte Victoria ihn an. »Ich bin Engländerin. Zum letzten Mal: Wer sind Sie? Was haben Sie Mr. Ryder angetan?«

»Mr. Ryder ist am Leben. Er befindet sich in einem Kloster an der nepalesischen Grenze in der Pflege buddhistischer Mönche.«

Jeremy lebt, durchfuhr es Victoria. Aber gleich darauf regte sich Misstrauen in ihr und erstickte das jähe Glücksgefühl. Was, wenn der Mann sie anlog, damit sie und Hopkins in ihrer Wachsamkeit nachließen?

»Meine Leute und ich haben Mr. Ryder dorthin gebracht«, sprach der Inder weiter. »Eine Kugel, die ihn in die Seite traf, hatte ihn schwer verwundet. Mahi, ein indischer Junge, dem ich seit Längerem verbunden bin, fand ihn schwer verwundet und bat mich um Hilfe.«

»Mahi? Wir suchen ihn schon seit einer Weile...« Victoria konnte kaum fassen, dass der Inder Mahi ebenfalls kannte.

»Mein Name ist übrigens Eyad. Ich bin Stoffhändler.« Er hob wieder die Hände. »Mahis verstorbene Mutter kaufte gelegentlich bei mir. Das wäre jetzt eine längere Geschichte ... Um sie abzukürzen: Nach ihrem Tod habe ich mich ein bisschen um Mahi gekümmert. Manchmal flüchtete er sich aus dem Internat, in dem er zur Schule ging, zu mir. Hier in Simla sind wir uns dann wiederbegegnet. Er ist erneut davongelaufen. Dieses Mal für immer. Er möchte bei seinem Bruder Sumat leben.«

»Sumat ist leider tot«, sagte Victoria. »Er wurde in London ermordet.«

»Was?« Eyad starrte sie entsetzt an.

»Mein Butler Hopkins und ich sind wegen eines Medaillons, das sich in Sumats Besitz befand, nach Calcutta gereist. Durch seine Verlobte Leela haben wir von Mahi erfahren.«

»Sumats Tod ... Er wird Mahi schwer treffen.«

Eyads Sorge wirkte glaubhaft.

Hopkins schien dies ähnlich zu sehen. »Warum setzen wir uns nicht und sprechen in Ruhe miteinander?«, schlug er vor.

»Sehr gern ...« Eyad nickte erleichtert.

Der Regen schlug immer noch gegen die Fenster, aber die Abstände zwischen Blitz und Donner wurden größer. Das Gewitter zog weiter.

Jeremy lebt ...

Victoria wagte es noch nicht so recht zu glauben. »Eyad, könnten Sie von Anfang an erzählen?«, bat sie. »Wie lernten sich Mr. Ryder und Mahi überhaupt kennen?«

»Ich muss noch weiter ausholen.« Eyad strich über seinen Bart. »Alles begann mit dem Attentat im Park der Residenz.«

»Ja, deshalb reiste Mr. Ryder nach Indien ...«

»Mahi beobachtete den Anschlag – oder den vermeintlichen Anschlag – von einer Zeder aus, die nahe der Parkmauer wächst.«

»Wie bitte?« Victoria konnte es kaum glauben.

Sie hatten so lange versucht herauszufinden, was genau am Tag des Attentats geschehen war, und Mahi hatte alles gesehen.

»Du meine Güte ...«, murmelte Hopkins.

»Mahi hörte von dem Fest und war neugierig. So etwas hatte er noch nie gesehen. Er ist ein kluges Kerlchen, und wenn ihn etwas interessiert, zögert er nicht lange.« Eyad zuckte mit den Schultern. »Es war also mehr oder weniger Zufall, dass er während des Attentats dort war.«

»Und was genau sah er?« Victoria blickte Eyad gespannt an.

»Mahi beobachtete, wie Raghav Chandra aus seinem Versteck in den Büschen kam, seine Waffe hob und feuerte. Er wurde Zeuge, wie Chandra von den Schüssen der Wachsoldaten tödlich getroffen zusammenbrach, und er sah, wie sich der Wachsoldat Harbir zu dem Sterbenden beugte und dieser die Lippen bewegte, als ob er ihm etwas sagen wollte. Mahi hatte ziemlich bald Zweifel, dass die Schüsse wirklich Lord Minto galten. Als bald darauf Harbir zu Tode kam, fürchtete er, dass dabei nicht alles mit rechten Dingen zugegangen war...«

»Ahnte Mahi denn, wem die Schüsse galten?«

»Er war sich ziemlich sicher, dass Raghav Chandra auf Lord Abbingdon oder Sir Antony Palmer zielte. Sir Antony ist der Gouverneur der hiesigen Provinz und auch Lord Abbingdon ist mächtig und einflussreich. Beide sind eigentlich unantastbar, das war sogar dem Jungen klar. Er ist sehr umsichtig und hält Augen und Ohren stets offen.« Eyad seufzte. »Mahi fand heraus, wo Harbir wohnte, und bettelte vor dem Haus. Dabei lernte er Harbirs kleine Tochter kennen, und er fühlte sich irgendwie für sie verantwortlich. Als ein britischer Journalist bei Harbirs Frau erschien, um mit ihr zu sprechen, erregte dies Mahis Aufmerksamkeit. Er folgte Mr. Ryder und bekam heraus, dass er nicht der war, für den er sich ausgab. Also kein normaler Journalist... Er hielt ihn anfangs für eine Art Detektiv.«

»Womit er gar nicht so falsch lag...«, sagte Victoria nachdenklich. »Von einem Constable erfuhren wird, dass Mr. Ryder Mahi davor bewahrte, von einem Polizisten verprügelt zu werden.«

»Danach beschloss Mahi endgültig, ihm zu vertrauen.« Eyad lächelte schwach. »Er folgte Mr. Ryder zu der Teeplantage, wo dieser in einen Hinterhalt geriet. Mahi schleppte ihn in ein Versteck am Waldrand und verband die Schusswunde. Dann rannte er zurück nach Simla und vertraute sich mir an. Ich mag Mahi, und ich wollte nicht, dass noch ein Unschuldiger stirbt. So beschloss ich zu helfen.«

»Ich weiß nicht, wie ich Ihnen danken soll...« Victoria versagte die Stimme.

»Na ja, eigentlich müssen Sie Mahi danken, Miss. Wenn er die Wunde nicht verbunden hätte, wäre Mr. Ryder wahrscheinlich verblutet...« Eyad strich wieder über seinen Bart.

»Wie geht es Mr. Ryder jetzt?«

Wieder erfasste Victoria die Angst um Jeremy und schnürte ihr die Kehle zu. Es erschien ihr wie eine Ewigkeit, bis Eyad schließlich antwortete.

»Die Wunde entzündete sich, und er litt lange an einem schweren Fieber. Als meine Leute und ich das Kloster noch einmal besuchten, wir trieben Handel in den Dörfern an der Grenze, ging es ihm schon besser, und die Mönche waren zuversichtlich. Wirklich gesund ist er aber noch nicht.«

»Ich muss zu ihm. Können Sie mich und Hopkins zu dem Kloster bringen?«

»Natürlich kann ich das. Da ich aber davon erfuhr, dass sich eine deutsche Adlige und ein dänischer Graf nach Harbir und Mr. Ryder erkundigten und die Teeplantage aufsuchten, werden Lord Abbingdon und Sir Antony davon auch Kenntnis haben. Bestimmt haben die beiden überall Spitzel und lassen Sie beobachten. Wir müssen sehr vorsichtig sein.«

»Nun, an der nepalesischen Grenze ist das Kloster, sagen Sie? Wir könnten morgen früh zusammen mit Leela, Sumats Verlobter und vorgeblich Miss Victorias Zofe, zur Bahnstation fahren und Fahrkarten nach Rampur kaufen«, ergriff

Hopkins gemessen das Wort. »Offiziell sind wir ja Reisende, die Indien erkunden wollen. Da liegt es nahe, dass wir Simla für einige Zeit verlassen. Auf dem Weg nach Rampur, möglichst in einem Bahnhof, in dem viel Treiben herrscht, verlassen wir den Zug und treffen uns mit Ihnen und Ihren Leuten.«

»Das wäre eine Möglichkeit...« Eyad nickte.

»Da wir uns in abgelegenen ländlichen Gebieten Indiens bewegen werden, dürfte es angebracht sein, einiges an Ausrüstung mitzunehmen. Sie erwähnten vorhin, Ihre Leute hielten sich in der Halle und bei den Dienstbotenquartieren auf...«

»Ja, so ist es.« Eyad nickte.

»Dann würde ich vorschlagen, dass sie die Ausrüstung und unser Gepäck schon heute Nacht zur Bahnstation transportieren.«

Hopkins und Eyad beratschlagten, wie dies am besten zu bewerkstelligen war. Victoria hörte nicht mehr zu.

Jeremy lebte...

Bald würde sie unterwegs zu ihm sein. Das war das Einzige, das zählte.

EINUNDDREISSIGSTES KAPITEL

Funken stoben von der Feuerstelle hoch. Es roch nach brennendem Holz, Kohlen und gebratenem Fleisch. In den Büschen zirpten Grillen, irgendwo heulte ein Schakal. Über dem Rastplatz breitete sich der Nachthimmel aus. Die Sterne erschienen Victoria viel größer und heller als in England. Sie konnte es kaum glauben, dass Hopkins, Leela und sie erst am Morgen Simla verlassen hatten und in Richtung Rampur gefahren waren. Wie verabredet waren sie in Saharanpur aus dem Zug gestiegen. Auf den Bahnsteigen hatte großes Gedränge geherrscht. Victoria war überzeugt, dass es ihnen gelungen war, unbemerkt aus dem Bahnhof zu entkommen.

In einer Seitenstraße hatten sie dann zwei von Eyads Leuten erwartet und sie in einem Maultierkarren weggebracht. Vor der Stadt waren sie auf Eyad und weitere seiner Männer getroffen. Etwa ein Dutzend Maultiere und Pferde waren mit ihrer Ausrüstung beladen. Die Zelte am Rand des Lagerplatzes, in denen sie übernachten würden, gehörten dazu sowie die Klappstühle, auf denen Victoria, Leela, Hopkins und Eyad sowie einige seiner Männer saßen. Damit, dass sie mit einer Gruppe von zwanzig Leuten unterwegs sein würden, hatte auch Hopkins nicht gerechnet. Deshalb hatten die übrigen Diener auf Decken am Boden Platz genommen. Die Klapptische waren mit Leinentüchern, Porzellan, Silberbesteck und Kristallgläsern gedeckt, und Hopkins servierte nun allen im Frack den Nachtisch, *gil-e-behishth*, cremigen Mandelreis. Er vertrat die Ansicht, dass es wichtig war, die britische Lebensart und einen gewissen Standard auch in den entlegensten und wildesten Gegenden des Empires aufrechtzuerhalten.

Victoria hatte den Eindruck, dass Hopkins sehr glücklich gewesen war, endlich wieder einmal kochen zu können, auch wenn es an einem primitiven Holzfeuer gewesen war. Es hatte jedenfalls alles köstlich geschmeckt. Leela aß schweigend und in sich versunken von dem Mandelreis. Den ganzen Abend hatte sie kaum ein Wort gesprochen.

»Leela, Sie sind so still«, wandte sich Victoria an die junge Frau. »Ist irgendetwas, oder habe ich Sie durch irgendetwas verletzt?«

Sie war unterwegs zu dem Mann, den sie liebte, und Sumat lag in einem Grab auf einem Londoner Friedhof. Sie hatte sich schon gefragt, ob Leela vielleicht unter ihrem Glück litt.

»Nein, das heißt, ja...« Leela seufzte. »Ich freue mich so darauf, Mahi zu sehen. Und ich weiß, Sumat wäre sehr stolz darauf, dass er so mutig und umsichtig gehandelt hat. Aber ich fürchte mich davor, ihm verständlich zu machen, dass Sumat tot ist. Manchmal begreife ich es ja selbst nicht... Ich wache auf und denke einen Moment lang, dass er noch am Leben ist...«

»Jeremy und ich werden Ihnen dabei helfen.« Victoria drückte ihre Hand. »Und wir werden auch zusammen mit Ihnen und Mahi überlegen, was für den Jungen in Zukunft am besten sein wird. Wo und wie er leben kann. Schließlich stehen wir tief in seiner Schuld.«

Ja, sie freute sich auch sehr darauf, ihn endlich kennenzulernen. Anfangs war er nur wichtig für sie gewesen, da sie gehofft hatte, durch ihn etwas über das Medaillon mit der Fotografie ihres Vaters zu erfahren. Aber das war nun ganz anders. Seit sie erfahren hatte, dass er Jeremys Leben gerettet hatte, stand er ihr nahe wie ein geliebter Mensch.

Überall im Land gab es britische Stützpunkte. Sie dienten den Beamten des Indian Civil Service als feste Unterkünfte bei ihren Inspektionsritten durch die Provinzen, aber auch britische Zivilisten konnten auf ihren Reisen darin unterkommen. Die noch intakten Stationen mieden sie aus naheliegenden Gründen, doch einige waren in einem so schlechten Zustand, dass sie dort nicht Gefahr liefen, von britischen Landsleuten überrascht zu werden. Auf dem Weg von Simla zur nepalesischen Grenze hatten Eyad und seine Leute in einer von ihnen auch mit Mahi und Jeremy übernachtet.

Sechs Tage waren sie nun schon unterwegs. Um weniger aufzufallen, hatte Victoria sich als Mann getarnt. Sie trug Hosen, was auch beim Reiten praktisch war, und ein grobes Hemd. Zum Schutz gegen die Sonne und um ihr Haar zu verbergen, hatte sie ein buntes Tuch wie einen Turban um den Kopf geschlungen. Ihre helle Haut war inzwischen leicht gebräunt und mit Sommersprossen gesprenkelt. Sie hatte es aufgegeben, sich darüber zu grämen. Leela trug einen Sari aus fester Baumwolle. Sogar Hopkins hatte sich für eine Kurta und eine weite Hose entschieden, wie die Inder sie trugen. Er machte darin eine gute Figur.

Anfangs waren Hopkins und Leela noch auf einem Karren gefahren, den zwei der Maultiere gezogen hatten – sie konnten ja nicht reiten. Aber inzwischen waren die Wege zu steil und schmal. Wenn sie nicht liefen, saßen sie in einer Art Sänfte auf den Pferden.

Im Dach der Station, die sie nun erreichten, klafften große Löcher, auch die Bodendielen waren schadhaft. Durch einen breiten Spalt sah Victoria eine Eidechse davonhuschen. Ein Gecko beäugte sie von einer Bretterwand und suchte dann ebenfalls das Weite.

Hopkins stieß eine der windschief in den Angeln hängenden Türen auf. Dahinter lag die ehemalige Küche. Ein Teil des Daches war heruntergebrochen. Aber die gemauerte Feuerstelle war noch intakt.

»Sehr schön...« Hopkins strich zufrieden über die Steine. »Nicht dass es unmöglich wäre, auf einem offenen Feuer ein schmackhaftes Mahl zu bereiten. Ich habe sogar überlegt, dieser Thematik in Mrs. Ellinghams neuem Buch ein eigenes Kapitel zu widmen. Ein Herd jedoch vereinfacht das Kochen ungemein... Und von Kakerlaken und Termiten scheint dieser Ort auch nicht befallen zu sein.« Er ließ seinen Blick prüfend durch den Raum schweifen, zu einem Loch in der Wand.

Eyads Männer luden das Gepäck von den Maultieren. Leela hatte sich auf die Holzstufen gesetzt, die zur Veranda führten, und besserte ein Moskitonetz aus.

»Soll ich Ihnen helfen, Ihre Küchenutensilien hereinzutragen?«, erkundigte sich Victoria bei Hopkins.

»Das ist sehr freundlich von Ihnen. Aber danke, das ist nicht nötig ...« Hopkins wirkte zweifelnd. Victoria vermutete, dass er sie dafür für ebenso untalentiert hielt wie für alle anderen hauswirtschaftlichen Arbeiten.

»Ganz in der Nähe habe ich einen Bach gesehen. Ich werde mich dort schnell waschen.« Nach einem Tag im Sattel in der Sonne fühlte sie sich verschwitzt.

»Tun Sie das. Aber gehen Sie nicht unbewaffnet. Man weiß hier nie, ob man nicht wilden Tieren begegnet.«

»Ich glaube nicht, dass ich einen Tiger oder Panther zu Gesicht bekomme.« Victoria lächelte. »Dennoch werde ich sicherheitshalber eine Waffe mitnehmen.«

»Soll Leela Sie nicht begleiten?«

»Das wird nicht nötig sein, ich wäre gern ein wenig ganz für mich allein, Hopkins. Ich werde meinen Skizzenblock mitnehmen. Machen Sie sich also keine Sorgen, wenn ich eine Weile wegbleibe.«

Der Bergbach floss zwischen Kiefern und Fichten talwärts. Victoria fand es erfrischend und wohltuend, sich mit dem kalten Wasser zu waschen. Während sie sich abtrocknete – Hopkins hatte selbstverständlich auch Handtücher für die Reise eingepackt –, schweiften ihre Gedanken erneut zu Jeremy. Als Eyad ihn das letzte Mal gesehen hatte, war er noch nicht wirklich gesund gewesen. Wie immer wieder während der vergangenen Tage erfasste sie die Angst, dass sich sein Zustand verschlechtert haben könnte. Was, wenn er doch noch an der Verletzung sterben würde?

Victoria sah in den Himmel. Es war ein klarer Tag. Die schneebedeckten Gipfel des Himalaya schienen viel näher gerückt zu sein als in Simla. Sie hatte während der Reise bei einer Rast oder am Abend öfter einmal gezeichnet und entschied sich nun, den Hang weiter hinaufzugehen, um nach Motiven Ausschau zu halten.

Ein Trampelpfad führte zwischen Nadelbäumen hindurch, Wacholder verströmte seinen herben Duft. Auf seinem Weg ins Tal bildete der Bach etliche kleine Wasserfälle. Victoria erreichte schließlich eine steil abfallende Wiese, an deren Ende sich große Felssteine erhoben. Sie beschloss, hinaufzuklettern und sich einen Platz zum Zeichnen zu suchen. Der steinige, von der Sonne beschienene Untergrund war warm. Sie trug feste Stiefel, dennoch achtete sie sorgsam auf Schlangen. Ein grasbewachsener Vorsprung war gerade breit genug, um sich daraufzusetzen, und so machte sie es sich bequem.

Unter sich konnte Victoria den verfallenen Stützpunkt sehen, ihre Begleiter, die Pferde und Maultiere klein wie Spielzeugfiguren. Sie holte Block und Stifte aus ihrer Umhängetasche und fertigte rasch einige Skizzen an. Sie hatte eben den steilen Berghang auf der anderen Seite ihrer provisorischen Unterkunft gezeichnet – ein Wasserfall rauschte dort malerisch zwischen Felsblöcken und Kiefern herab –, als sie unter sich eine Bewegung wahrnahm.

Ein Mann in der Kleidung der einfachen Landbevölkerung, einen Turban auf dem Kopf, lief geduckt über die Wiese. Ganz offensichtlich achtete er darauf, in der Deckung der Felsen und Wacholderbüsche zu bleiben, um vom Tal aus nicht gesehen zu werden. Nun kauerte er sich hinter einen der Büsche und hielt ein Fernglas an die Augen. In seiner Blickrichtung lag der Stützpunkt.

Das war kein einfacher Landbewohner...

Was sollte sie nur tun? Victoria überlegte fieberhaft. Ob der Mann ein Spion war, von Lord Abbingdon und Sir Antony beauftragt? Planten er und seine Leute einen Überfall?

Victoria nahm ihre Pistole aus der Tasche. Vorsichtig, darauf bedacht, kein Geräusch zu verursachen, kletterte sie den Felsen hinunter. Der Mann beobachtete immer noch den Stützpunkt, in dem sie, Hopkins, Leela und Eyad mit seinen Männern für die Nacht Schutz gesucht hatten. Er hatte sich kaum geregt. Ausdauernd und geduldig, wie ein Tier, das auf Beute lauerte, hockte er da.

Als sie nur noch wenige Meter von dem Mann entfernt war, blieb sie stehen. »Nehmen Sie die Hände hoch und stehen Sie auf«, rief sie ihm zu.

Der Mann erstarrte, dann ließ er das Fernglas fallen, stand auf und drehte sich langsam zu ihr um. »Lassen Sie uns miteinander reden ...«

Seine Stimme klang rau. Er trug einen Bart. Sein Haar war lang und hing ihm wirr in die Stirn. Obwohl er braun gebrannt war, erkannte sie, dass seine Haut ursprünglich hell war. Seine Augen hatten die Farbe von reifen Kastanien. Nun weiteten sie sich erstaunt.

Diese Stimme. Sie war ihr irgendwie vertraut.

Ein heftiger Schlag traf Victorias Schläfe. Die Lippen des Mannes formten Worte, doch sie konnte sie nicht mehr verstehen.

»Victoria ...«

Jeremys Stimme. Besorgt, sanft und zärtlich.

»Victoria ...«

Sie öffnete die Augen. »Jeremy?«

War wirklich er es, der sie in den Armen hielt und sie anlächelte? Sie berührte seine Wangen, seine Brust, musste sich vergewissern, dass er *wirklich* und nicht nur eine Fantasie, eine Ausgeburt ihrer Sehnsucht war.

»Ich hätte niemals damit gerechnet, dich hier wiederzusehen.« Jeremy zog sie näher an sich und gab ihr einen sanften Kuss. Sein Körper fühlte sich sehr real und wohl bekannt an, auch wenn er sehr mager geworden war. »Im ersten Moment habe ich meinen Augen nicht getraut ... Wie bist du hergekommen?«

»Sir Arthur ... Er teilte mir mit, dass du spurlos aus Simla verschwunden seist, deshalb reisten Hopkins und ich nach Indien, um dich zu suchen.«

Victoria schmerzte der Kopf, es fiel ihr schwer, klar zu denken. Was aber ihrem tiefen Glücksgefühl keinen Abbruch tat.

»Das hättest du nicht tun sollen.«

»Ach, ja? Hätte ich dich einfach deinem Schicksal überlassen sollen? Du hättest mich doch auch gesucht.«

»Ja, natürlich.«

»Wenn du jetzt sagst, dass du ja ein Mann und ich nur eine wehrlose Frau bin, stehe ich sofort auf und gehe ...«, murmelte Victoria.

»Ich habe dich niemals für wehrlos gehalten.« Jeremys schiefes Lächeln ließ einen Schmetterlingsschwarm in Victorias Bauch aufflattern und sie den schmerzenden Kopf für einen Moment vergessen. »Es wäre mir lieber, wenn du in London und in Sicherheit wärst, aber ich bin so froh, dich zu sehen. Ich habe dich so sehr vermisst ...«

»Ich dich auch ...« Victoria richtete sich ein wenig auf, dann sah sie den Jungen im Gras kauern. Er hatte ein hübsches, vorwitziges Gesicht und große braune, von langen Wimpern beschattete Augen. Von der Fotografie aus der Missionsschule war er ihr vertraut.

»Mahi ...«, flüsterte sie.

»Woher kennst du seinen Namen?«

»Das ist eine komplizierte Geschichte... Ich erzähle sie dir später.«

Mahi bemerkte, dass sie über ihn sprachen. Er kam zu ihnen und sah Victoria um Entschuldigung bittend an, während er einige rasche Gesten ausführte.

»Es tut ihm sehr leid, dass er den Stein nach dir geworfen hat. Er wusste nicht, dass du die Frau bist, die ich liebe. Er dachte, du würdest zu unseren Feinden gehören«, erläuterte Jeremy. »Er wollte mich beschützen.«

»Wieder einmal... Mahi scheint dein Schutzengel zu sein.« Victoria ergriff die Hände des Jungen und blickte ihn eindringlich an. »Ich weiß, dass du Jeremys Leben gerettet hast. Eyad hat es mir erzählt. Das werde ich dir nie vergessen.«

Mahi zuckte gleichmütig mit den Schultern, als wäre das, was er getan hatte, nun wirklich nicht der Rede wert. Aber seine Augen leuchteten auf. Er war doch stolz auf sein Tun. Nun wies er fragend ins Tal.

Jeremy folgte seinem Blick. »Sind das etwa Eyad und seine Leute dort bei der Station? Ich war mir nicht sicher...«

Victoria nickte. »Eyad vermutet dich in einem buddhistischen Kloster an der nepalesischen Grenze. Er wollte mich und Hopkins dorthin bringen. Was machst du überhaupt hier draußen? Eyad sagte, dass es noch ein ganzes Stück bis zum Kloster sei. Bist du überhaupt schon gesund genug, um das Krankenlager zu verlassen?«

»Die vergangenen Tage habe ich gut überstanden. Ich würde sagen, ich bin über den Berg...«

Jeremys lässiges Grinsen sollte wohl ihre Sorge wegwischen. Victoria hasste diesen Gesichtsausdruck, der besagte, dass ihm das Schicksal nichts anhaben konnte – schließlich hatten die vergangenen Wochen das Gegenteil bewiesen.

»Du bist kein Arzt«, sagte sie ärgerlich.

»Nein, aber ich kenne meinen Körper.«

Ehe Victoria etwas erwidern konnte, führte Mahi wieder einige rasche Gesten aus und wies auf eine Fichte am anderen Ende der Wiese, an der zwei Maultiere festgebunden waren.

»Mahi wird die Tiere holen«, erläuterte Jeremy. »Er möchte gern zu Eyad reiten.«

Victoria blickte ihm nach, wie er davonrannte und dabei mit einem langen Ast ins Gras schlug, um Schlangen zu vertreiben. Ein drahtiger Junge, der ein großes Selbstvertrauen ausstrahlte und doch auch irgendwie kindlich und verletzlich wirkte. Sie empfand eine große Zuneigung ihm gegenüber.

»Victoria... Ich hatte so große Angst, dich niemals wiederzusehen.«

Jeremys Stimme holte sie zu ihm zurück. Sie war weich und rau vor Zärtlichkeit. Als er sich zu ihr hinunterbeugte und sie küsste, waren die Wochen voller Angst und Sorge einen Augenblick wie ausgelöscht. Alles würde gut.

»He, Kerlchen...« Eyad breitete seine Arme weit aus. Er hob Mahi hoch und wirbelte ihn herum. Dann wandte er sich Jeremy zu und grinste. »Mr. Ryder, ich hätte nicht damit gerechnet, Sie so bald wiederzutreffen. Schön, dass es Ihnen wieder gut geht. Das erspart uns zwei weitere Tagesritte zu dem Kloster.«

»Ich konnte nicht untätig auf dem Krankenlager liegen und Lord Abbingdon und Sir Antony unbehelligt walten lassen.«

Jeremy erwiderte das Grinsen. Doch Victoria wusste, dass es ihm sehr ernst war mit dem, was er sagte. Sie liebte ihn wegen seines Verantwortungsgefühls. Aber sie hätte sich wirklich gewünscht, er hätte sich Zeit für seine Genesung gelassen.

Auf dem Weg den Hügel hinunter war Victoria auf einem der beiden Maultiere geritten, Jeremy hatte es am Halfter geführt. Obwohl ihr der Kopf noch zu schaffen gemacht hatte, war sie einfach nur glücklich gewesen, dass Jeremy neben ihr herging. Jede Einzelheit seines Gesichts hatte sie sich eingeprägt. Den ungewohnten Bart, der ihm gar nicht schlecht stand, die Falten auf der Stirn, die von der Krankheit und den Strapazen der letzten Wochen zeugten. Sein Lächeln, das sie so liebte, war nicht verloren gegangen. Und das Strahlen seiner Augen ebenso wenig. Sie hatten kaum miteinander gesprochen. Wichtig war nur gewesen, dass Jeremy lebte und bei ihr war. Alles andere konnte warten. Doch nun konnte sie sehen, dass er erschöpft war.

»Mr. Ryder, welch eine Freude, Sie so unverhofft zu sehen!« Hopkins eilte sichtlich bewegt aus der ehemaligen Küche auf Jeremy zu und streckte die Hand aus.

Würde er Jeremy etwa tatsächlich die Hand schütteln?

Victoria konnte es nicht fassen. Doch nein ... Gerade noch rechtzeitig besann sich Hopkins auf seine Butlerwürde. Er blieb stehen und verbeugte sich. »Mr. Ryder ...«

Victoria unterdrückte ein Lächeln.

Jeremy verzog keine Miene, als sein Blick auf Hopkins' indische Kleidung fiel. »Hopkins, auch ich freue mich sehr ...«

»In etwa einer Stunde dürfte das Dinner fertig sein, Sir ... In der festen Überzeugung, Sie eines Tages wohlbehalten begrüßen zu dürfen, habe ich mir erlaubt, einige Flaschen

Champagner mitzunehmen. Ich werde sie sofort zur Kühlung in den Bach legen.«

»Tun Sie das, Hopkins. Ich hoffe sehr, dass Sie mit uns anstoßen werden.«

»Selbstverständlich, Sir, wenn Sie das wünschen.« Nun wieder gemessenen Schrittes trat Hopkins zurück.

Mahi beäugte ihn neugierig.

»Mahi...« Leela ging auf den Jungen zu, hielt dann aber unsicher inne.

»Mahi...« Victoria wechselte einen raschen, eindringlichen Blick mit Jeremy. »Das ist Leela, Sumats Verlobte. Du erinnerst dich bestimmt an ihren Namen...«

Mahis Augen leuchteten auf. Er lächelte Leela vertrauensvoll an, legte die Hände aneinander und verbeugte sich. Dann legte er die rechte Hand aufs Herz und deutete mit der anderen auf die Umgebung.

»Er fragt, ob sein Bruder hier ist«, dolmetschte Jeremy. »Ich habe in den vergangenen Wochen gelernt, Mahis Gesten zu deuten.«

Sie konnten es nicht länger hinausschieben, Mahi mitzuteilen, dass Sumat nicht mehr lebte. Victoria nahm Mahis Hand. »Mahi, wir müssen dir etwas Wichtiges mitteilen. Bitte, komm mit.« Sie führte ihn zur Veranda, wo sie ungestört waren, und bat Jeremy stumm um Unterstützung. Er folgte ihr zusammen mit Leela.

Victoria suchte nach Worten, sie wusste einfach nicht, wie sie beginnen sollte. Auch Leela blieb stumm. Mahi spürte wohl, dass etwas Schlimmes vorgefallen war. Er blickte unruhig zwischen ihnen hin und her.

»Geht es um Mahis Bruder?«, brach Jeremy schließlich die lastende Stille.

Victoria unternahm wieder einen Anlauf, etwas zu sagen. Es brach ihr das Herz, doch Leela bedeutete ihr mit einer Handbewegung zu schweigen. Sie war die Frau, die Sumat geliebt hatte, sie wollte seinem Bruder die schreckliche Nachricht überbringen.

»Mahi, du weißt ja, dass sich Sumat als *lascar* verdingte und nach London reiste, um mich nach Hause zu holen. Er ... kurz nach seiner Ankunft in England ...« Leela brach ab. Tränen schimmerten in ihren Augen. Mahi starrte sie an. Sein drahtiger Körper verkrampfte sich. Leela schluckte und rang mit sich. »Kurz nach der Landung seines Schiffes im Londoner Hafen wurde Sumat ... er wurde ermordet und ... beraubt. Ich weiß, es ist schrecklich für dich, das zu erfahren. Ich habe Sumats Tod auch noch nicht richtig begriffen. Ich vermisse ihn schrecklich ... Aber ich bin so froh, dich kennenzulernen. Ich möchte an Sumats Stelle für dich da sein ... Ich werde für dich sorgen.«

Mahi starrte sie aus weit aufgerissenen Augen an. Seine Lippen formten einen tonlosen Schrei. Leela griff nach seiner Hand, doch er stieß sie weg. Dann sprang er auf und rannte davon.

»Mahi ...« Leela wollte ihm hinterherlaufen. Doch Jeremy hielt sie zurück.

»Ich habe Mahi in den letzten Wochen ganz gut kennengelernt«, sagte er sanft. »Ich bin sicher, er will jetzt allein sein.«

»Aber ...« Leela schluchzte, sie konnte nicht weitersprechen.

»Ich glaube, Jeremy hat recht.« Victoria nahm sie tröstend in den Arm. »Damals, als mein Vater starb, wollte ich mich anfangs auch nur verkriechen. Ich bin überzeugt, wenn sich

Mahis erster Schmerz gelegt hat, wird er den Tod seines Bruders verwinden. Er wird auch Sie lieben.«

Während Leelas Tränen auf ihr Hemd tropften, tastete sie nach Jeremys Hand und schlang ihre Finger um seine. Sie musste sich einfach wieder vergewissern, dass er bei ihr war.

ZWEIUNDDREISSIGSTES KAPITEL

Victoria schmiegte sich an Jeremy. Sie hatten sich zurückgezogen, da sie Leela in Hopkins' Obhut wussten. Für sie beide hatte er einen halbwegs intakten Raum hergerichtet und Wolldecken, Matten und Kissen auf dem Boden ausgebreitet. Ihre Habseligkeiten lagen ordentlich gefaltet in einem improvisierten Regal.

»Wie hast du Leela eigentlich kennengelernt?« Jeremy strich über Victorias Haar. »Und du hast dich vorhin so angehört, als ob du nicht erst durch Eyad von Mahi gehört hättest...«

»Sumat trug ein Medaillon in einem Lederbeutel um seinen Hals. Der Mann, der ihn tötete und beraubte, wurde vermutlich gestört. Deshalb kam er nicht dazu, auch das Medaillon zu stehlen...«

»Mahi hat mir erzählt, also durch Gesten verdeutlicht und auch aufgeschrieben – ich vergesse manchmal ganz, dass er ja stumm ist –, dass er Sumat einen Talisman mitgab, der ihn beschützen sollte. Er hat ihn als ein Bild in einem vergoldeten Döschen beschrieben. Jetzt, wo du es sagst... Er könnte ein Medaillon gemeint haben...«

»Das Medaillon gehörte Mahi?«

»Es scheint so...«
»Wie gelangte es denn in seinen Besitz?«
»Das weiß ich nicht.«
Sie musste unbedingt mit Mahi darüber sprechen, wenn es ihm wieder besser ging...
»Und durch dieses Medaillon kamst du in Kontakt mit Leela?« Jeremys Finger wanderten ihren Hals hinunter.
Statt einer Antwort holte Victoria die inzwischen schon etwas abgegriffenen Fotografien des Medaillons aus ihrer Ledertasche und reichte sie ihm.
»Das ist doch dein Vater, nicht wahr?« Er sah sie verblüfft an.
»Ja...« Victoria nickte. »Nachdem man das Medaillon bei Sumats Leiche gefunden hatte, ließ mich Sir Arthur zu sich rufen und zeigte mir die Aufnahmen. Wie du weißt, lebte mein Vater vor Jahren einige Monate in Indien. Wahrscheinlich ließ er das Medaillon für mich anfertigen, und es wurde ihm gestohlen. Ich musste einfach wissen, wie es in Sumats Besitz gelangt ist.« Victoria erzählte Jeremy, wie sie und Hopkins den *lascar* Jeeval aufgespürt hatten, von ihrer Suche nach Leela und weshalb sie die junge Frau bei sich aufgenommen hatte. Sie berichtete auch, wie Sir Arthur sie über Jeremys Verschwinden informiert hatte und sie und Hopkins zu dem Entschluss gelangt waren, nach Indien zu reisen und nach ihm zu suchen. Von draußen war zu hören, wie Eyads Leute ihr Lager aufbauten. Über das Dach flogen Vögel, sie konnten sie durch ein Loch in den Sparren sehen. Alltägliche Dinge, die aber für Victoria, da Jeremy bei ihr war, eine ganz neue Bedeutung hatten. Sie erschienen ihr wunderschön. »Ohne Leela wären Hopkins und ich in Simla nicht weit gekommen«, schloss sie. »Ich verdanke ihr sehr viel...«

»Du hättest dich nicht in eine solche Gefahr bringen dürfen ...«

»Schhh...« Victoria legte Jeremy den Finger auf den Mund und lächelte ihn an. »Ich möchte mich nicht mit dir streiten. Nicht heute ...«

»Ich will mich auch nicht mit dir streiten ...« Jeremys Gesicht war ihrem ganz nahe.

Sie schob ihn spielerisch ein bisschen von sich weg. »Wie hast du eigentlich erfahren, dass Lord Abbingdon als junger Mann mit Robert Towler Indien bereiste?«

»Woher weißt du denn davon?«

»Hopkins recherchierte in der Bibliothek in der Town Hall und stieß dabei auf dich und deine Fragen nach den Jahrbüchern über die Provinzverwaltungen. Und in einem von Sumats Büchern fanden wir eine Notiz Mahis ... Leela hat seine wenigen Besitztümer in Simla an sich genommen.«

»Der Junge hat mir gebeichtet, dass er die Regenrinne des Central Hotel hoch und in mein Zimmer geklettert ist. Er ist wirklich erstaunlich ...« Jeremy schüttelte in widerstrebender Bewunderung den Kopf. »Aber willst du wirklich jetzt darüber sprechen?«

»Ja ...«

Sie wollte das Kapitel Lord Abbingdon gern, zumindest für die nächsten Stunden, abschließen. Erst dann würde sie Jeremy erzählen, dass sie schwanger war. Abbingdon hatte Leid und Tod über Menschen gebracht. Sie hatte plötzlich die abergläubische Furcht, dass er ihrem ungeborenen Kind schaden könnte.

Jeremy seufzte. »Bevor ich nach Indien abreiste, erhielt ich von Sir Arthur ausführliche Biografien über alle Besucher des Festes. In Lord Abbingdons – damals noch ein Bürgerlicher mit dem Namen George Palmer – klaffte zwischen seinem Ausscheiden aus dem Militär und dem Zeitpunkt, als er sein Erbe antrat, eine Lücke von mehreren Monaten. Erst einmal schenkte ich dem gar keine große Beachtung. Ich dachte, wahrscheinlich hat er sich irgendwo die Hörner abgestoßen. Was junge Männer nun einmal so tun.«

»Ach ja?«

»Mich natürlich ausgeschlossen.« Er lächelte sie an. »Und dann machte mich Harbirs angeblicher Unfalltod misstrauisch. Es gelang mir, mit einigen Wachsoldaten zu sprechen, die während des Festes im Park Dienst taten. Dabei erfuhr ich, dass sich Lord Abbingdon und sein Bruder ganz in der Nähe des Vizekönigs aufgehalten hatten und die Schüsse also auch ihnen gegolten haben könnten. Die Untersuchung des Attentats verlief sträflich oberflächlich. Und der Ring, den einige der Soldaten mir gegenüber erwähnten, tauchte in den Akten nicht auf.«

»Davon habe ich auch gehört. Wie hast du das denn herausgefunden?«

»Ich brach nachts in den Aktenraum der Wache ein ...«

»Das nächste Mal, wenn wir Streit wegen ungesetzlicher Aktivitäten der Suffragetten haben, werde ich dich daran erinnern«, neckte Victoria ihn.

»*Mein* Handeln dürfte Sir Arthur billigen.« Jeremys Lächeln war ganz zärtlich und voll von liebevollem Spott. Victoria war versucht, ihn wieder zu küssen, aber sie hielt sich zurück. Erst wollte sie alles wissen. »Sir Antony Palmer ist als Gouverneur der oberste Dienstherr der Polizei«, erzählte Jeremy weiter. »Ich habe den Superintendent von Simla, Reginald Gordon-Cummings, kennengelernt. Er ist kein Mann, der einen diskreten Wink eines Vorgesetzten ignoriert. Ich hielt es für nicht unwahrscheinlich, dass Sir Antony dem Superintendent nahegelegt hat, die These, dass Raghav Chandra ein radikaler Anhänger der Nationalbewegung war, offensiv zu vertreten und den Fall als abgeschlossen zu betrachten.«

»Und dann hast du dich wieder an die Lücke in Lord Abbingdons Lebenslauf erinnert?«

»Genau ... Damals, nach meiner Zeit in Eton, als ich Indien bereiste und journalistisch tätig war, lernte ich ein paar Leute kennen, die in den großen Schifffahrtsbüros von Bombay arbeiteten. Zwei oder drei haben dort mittlerweile eine ziemlich hohe Position inne. Ich reaktivierte die Kontakte und bat um die Auskunft, ob ein George Palmer 1883 per Schiff nach Indien gekommen war, und falls ja, ob er eine Kabine mit jemandem geteilt hat. Palmer reiste auf der *Lahore*, und er teilte eine Kabine zweiter Klasse mit einem Mann namens Robert Towler. Da Palmer damals ein armer Schlucker war und sich dies niemals selbst hätte leisten können, lag es nahe, dass die beiden befreundet waren und Towler für ihn zahlte. Towler war ein District Collector, der von einem Heimaturlaub zurückkehrte ...«

»Was dich veranlasst hat nachzuprüfen, ob Raghav Chandra in Towlers Distrikt als steuerpflichtig gemeldet war ...«

»Und so ergaben die einzelnen Puzzlesteine allmählich einen Sinn ...« Jeremy nickte.

»Hast du denn herausgefunden, warum Raghav Chandra auf Lord Abbingdon schoss? Hopkins und ich vermuten Rache ...«

»In Simla noch nicht, erst später. Ich war so dumm, mich durch eine Nachricht zu der Teeplantage locken zu lassen. Jemand wollte dort angeblich mit mir über Raghav sprechen.

Eyad schickte zwei von seinen Männern zu dem Ort, in dem Raghav 1883 lebte. Sie erfuhren von den Dorfbewohnern, dass Towler damals einige Wochen in der Umgebung verbrachte und dass er von einem *sahib* begleitet wurde. Einige der Dorfbewohner meinten, dessen Name habe so ähnlich wie der Palmbaum geklungen ... Der *sahib* und Raghavs Tochter Iksha verliebten sich und heirateten nach hinduistischem Ritus... Sie seien sehr glücklich gewesen, erzählten die Dörfler. Doch ein paar Monate später musste Palmer plötzlich abreisen...«

»Wahrscheinlich weil er erfuhr, dass er der Erbe eines Titels und eines großen Vermögens war...«

»Das deckt sich mit den Daten aus seiner Biografie.« Jeremy streichelte wieder Victorias Haar. Sie schmiegte sich enger an ihn. »Er versprach, zu Iksha zurückzukehren...«

»Was er aber nicht tat. Man hätte ihn gesellschaftlich geächtet, wenn seine Heirat mit einer Inderin bekannt geworden wäre...«

»Genau. Iksha war von Abbingdon schwanger. Sie wurde Mutter eines Sohnes. Als verlassene Frau war sie entehrt. Sie ertrug die Schande nicht, und einige Jahre später ertränkte sie sich und das Kind.«

»Wie entsetzlich...« Victoria schauderte. Unwillkürlich legte sie die Hand auf ihren Leib, wie um ihr Kind zu schützen. »Der Ring, den Raghav am kleinen Finger der rechten Hand trug, gehörte bestimmt Iksha und war ein Geschenk von Abbingdon an sie...«

»Vermutlich... Es ist eine so traurige Geschichte. Und es macht mich zornig, dass Abbingdon, wenn nicht ein paar Leute in hohen Regierungspositionen in London misstrauisch geworden wären, unbehelligt geblieben wäre. Ich werde jedenfalls alles tun, damit er und sein Bruder zur Rechenschaft gezogen werden.«

»Und welche Rolle spielen die Maharani und ihr Enkel, Prinz Kintu, bei all dem?« Victoria runzelte nachdenklich die Stirn. »Der Prinz hat mir erzählt, dass du ihn wegen des Anschlags befragt hast. Er ließ mir nachspionieren. Ich bin mir sicher, dass er weiß, dass wir ein Liebespaar sind.«

»Der Prinz hielt sich während des Attentats im Park und in der Nähe Lord Mintos auf. Das habe ich ebenfalls von Wachsoldaten erfahren. Vor meiner Abreise war ich von Sir Arthur darüber informiert worden, dass Prinz Kintu mit Bhagirath Lal, der im vergangenen Herbst den Anschlag auf Lord Elgin verübte, in einer Mannschaft Kricket spielte. Ein Wissen über oder gar eine Beteiligung an diesem Mord wurde dem Prinzen aber nie nachgewiesen. Ich konnte auch keinerlei Verbindung zwischen dem Prinzen und Raghav Chandra erkennen. Bist du dir ganz sicher, dass er dir nachspionierte? Nicht dass ich ihn und seine Großmutter nicht für gefährlich halten würde. Ich möchte sie nicht zum Feind haben.«

»Ja, ich bin mir ganz sicher...« Die Erinnerung an ihren Tanz mit Prinz Kintu auf dem Kostümball ließ Victoria frösteln.

»Nun, wir werden dieses Rätsel jetzt nicht lösen können...« Jeremys Hände wanderten unter Victorias Hemd, glitten über ihre Haut und liebkosten ihre Brüste. »Ich würde vorschlagen, wir lassen es eine Weile ruhen...«

Victorias Körper erglühte. Ihr Atem ging rascher. Sie wollte ihn, wollte ihn unbedingt... All die Wochen hatte sie sich so sehr nach Jeremy gesehnt. Aber es gab ja etwas, das sie ihm sagen musste. Sie schob ihn ein bisschen von sich weg.

»Jeremy, warte, ich...«

»Nein, ich werde nicht warten ...« Er erstickte ihren Protest mit einem Kuss, der berauschend und quälend zugleich war und ein brennendes Verlangen in ihr entfachte. Victoria gab ihren Widerstand auf. Sie ließ sich auf die Decken sinken. Ihre Finger vergruben sich in Jeremys Haar. Sie zog ihn zu sich herunter und verlor sich in dem Kuss. Ihre Zungen umspielten einander. Erst sanft, dann immer fordernder. Victoria stöhnte auf.

Mit einem Teil ihres Bewusstseins registrierte sie plötzlich aufgeregte Stimmen draußen. Schritte polterten den Gang entlang. Hastig lösten sie und Jeremy sich voneinander. Es klopfte, und im nächsten Moment flog die Tür auf. Eyad stand im Türrahmen, neben sich Mahi. Seine Miene war besorgt, die Mahis verstört.

»Der Kleine hat beobachtet, dass Sepoys durch den Wald auf uns zurücken«, sagte Eyad rasch.

Also waren sie von Abbingdon und seinem Bruder doch aufgespürt worden ...

»Wie viele Soldaten hast du gesehen, Mahi?« Jeremy sprang auf.

»Ungefähr sechzig«, erwiderte Eyad, während Mahis Finger die Zahlen in die Luft malten.

Jeremy fluchte. »Wir müssen uns sofort bewaffnen. Alle müssen sich in den Stützpunkt zurückziehen.«

»Meine Leute sind schon dabei, das zu tun.«

»Danke, Eyad.« Jeremy nickte ihm zu. »Sie wissen, Sie müssen sich nicht für mich in Lebensgefahr bringen.«

»Ich werde nicht vor den Briten das Feld räumen.« Eyad lachte grimmig.

»Sir, ich nehme an, die Waffen werden jetzt benötigt. Sie haben ja eine größere Reichweite als Pistolen.«

Hopkins, der einige Gewehre trug, erschien in dem Raum, seine Haltung wie üblich unerschütterlich.

»Danke, Hopkins.« Jeremy ergriff eines der Gewehre. »Alle sollen sich an den Fenstern oder dem, was davon noch übrig ist, an den beiden Eingangstüren und irgendwelchen Löchern in den Wänden postieren. Hauptsache, es bietet sich ein gutes Schussfeld.«

»Sehr wohl, Sir.« Hopkins, Eyad und Mahi eilten fort.

»Victoria ...« Jeremy legte ihr die Hände auf die Schultern und blickte sie eindringlich an. »Nimm dir eine Waffe und ein Maultier. Noch kannst du entkommen.«

»Nein ...«

»Wir sind ungefähr zwanzig Mann, von denen noch nicht einmal jeder eine Schusswaffe hat, gegen sechzig gut ausgebildete und gut ausgerüstete indische Soldaten.« Jeremy lächelte sein schiefes Lächeln. »Auf unsere Chancen, hier heil herauszukommen, würden bestimmt keine hohen Wetten abgeschlossen.«

»Ich habe dich eben erst wiedergefunden.« Victoria schüttelte den Kopf. »Ich bleibe bei dir. Ich würde es mir niemals verzeihen, wenn ich dich und Hopkins und Leela und all die anderen im Stich ließe.«

»Sir, ich glaube, die ersten Soldaten haben den Waldrand erreicht!«, hörten sie Hopkins rufen.

Durch die klaffende Lücke in der Küchenwand hatten sie einen guten Blick auf den nahen Nadelwald. Victoria kauerte sich neben Jeremy auf den Boden. In den Schatten zwischen den Bäumen sahen sie Gewehrläufe aufschimmern und die Umrisse von sich bewegenden Menschen.

Um den Stützpunkt lagen umgestürzte Karren und größere Gepäckstücke auf der Wiese. Vermutlich hatten Eyad und seine Leute sie dort als Deckung positioniert. Die Pferde und Maultiere waren nicht zu sehen. Sie befanden sich in einem Pferch hinter dem verfallenen Gebäude. Ein Pferd wieherte. Ein Vogel hüpfte über die Wiese und drehte sein Köpfchen hin und her. Als hätte er die nahende Gefahr gespürt, flatterte er jetzt in den dämmrigen Himmel und verschwand dann ganz. Ein glimmendes Holz- oder Kohlenstück zerbarst knackend in der Herdstelle. Plötzlich nahm Victoria den Geruch von Gemüse wahr. Natürlich, ein Stew köchelte über dem Feuer. Ob sie den Eintopf je essen würden?

Jemand trat hinter sie und Jeremy. Hopkins, wie Victoria sah, als sie den Kopf wandte. Auch er war mit einem Gewehr bewaffnet. Mahi kauerte neben der Herdstelle. Victoria wollte ihn wegschicken. In den Räumen auf der anderen Seite des Gebäudes würde er geschützter sein. Doch nun erscholl aus dem Wald eine Stimme. Sie erkannte den näselnden Akzent der britischen Aristokratie.

»Wir wissen, dass sich in der Station afghanische Banditen verstecken. Eyad, liefern Sie sie aus, dann haben Sie und Ihre Leute nichts zu befürchten.«

So rechtfertigen Sir Antony und Lord Abbingdon also ihr Vorgehen gegenüber den indischen Soldaten, dachte Victoria.

»Meine Leute und ich haben nichts zu befürchten, wenn wir Sie ausliefern ... Für wie dumm hält uns der Brite eigentlich?« Eyads Bassstimme dröhnte durch das verfallene Gemäuer. »Als Antwort sollten wir das Feuer eröffnen, Mr. Ryder...«

Jeremy hatte den Hahn des Gewehrs schon gespannt. Nun

schoss er. Victoria und Hopkins taten es ihm gleich. Von überall her hallten Schüsse. Pulverdampf lag in der Luft. Eine Kugel durchfuhr neben Victoria die Bretterwand. Ihre Ohren dröhnten. Schmerzensschreie erschollen.

Victoria feuerte wieder. Sie wollte keinen der Sepoys, die von Lord Abbingdon und Sir Antony missbraucht wurden, verletzen oder gar töten, aber sich zu ergeben würde für sie alle den Tod bedeuten. Keinen von ihnen würden die Brüder am Leben lassen. Dafür stand viel zu viel für sie auf dem Spiel.

Erneut knallte eine Kugelsalve aus dem Wald. Blut rann an Jeremys Wange herab. Victoria schrie erschrocken auf.

»Mich hat nur ein Holzsplitter getroffen«, beruhigte er sie.

Besorgt blickte sie sich nach Mahi und Hopkins um. Die beiden waren unverletzt. Auch Leela war nun, mit einer Pistole bewaffnet, zu ihnen gekommen. Sie war kreidebleich.

Hopkins öffnete eine Packung Patronen und schob sie geduckt über den Bretterboden zu Victoria und Jeremy. *Wie lange werden wir wohl durchhalten?*, fragte sich Victoria.

»Ich verfüge noch über eine weitere Schachtel mit Munition, insgesamt etwa hundert Schuss, Sir. Eyad dürfte auch noch Reserven haben...« Hopkins fasste den Waldrand ins Auge, richtete sich schnell auf und feuerte, ehe er wieder in Deckung ging.

»Oh, verdammt!«

Jeremy stieß einen verzweifelten Schrei aus. Etwas rot Glühendes wirbelte durch die Luft. Der Sepoy, der die brennende Fackel geschleudert hatte, brach auf der Wiese, von einer Kugel getroffen, zusammen. Doch zu spät. Gleich darauf begannen die Holzschindeln des Daches zu brennen. Nun schleuderten die Sepoys auch Fackeln auf die Wiese. Das Gras loderte auf. Die Pferde und Maultiere wieherten schrill vor Angst.

Rauch drang in Victorias Lunge. Ihre panische Angst vor Feuer erfasste sie. Sie krümmte sich, hustete und keuchte, rang verzweifelt nach Atem.

»Victoria ...« Wie aus großer Entfernung nahm sie wahr, dass Jeremy sie auf den Boden riss. Er kniete sich vor sie.

»Sieh mich an!« Er nahm ihr Gesicht in seine Hände. Sein Blick war ängstlich und voller Liebe. »Lauf weg! Wir werden das wahrscheinlich nicht überleben.«

Sie trug ein Kind in sich ...

Hatte es nicht ein Recht darauf, dass sie es schützte? Aber Jeremy allein zurücklassen? Victoria rang mit sich. Doch durch den Rauch sah sie nun, wie Sepoys zur Rückseite der Station rannten. Der Fluchtweg war versperrt. Die Entscheidung war ihr abgenommen worden.

»Zu spät ...« Sie lächelte Jeremy traurig an.

Er küsste sie noch einmal innig und leidenschaftlich. Dann rannte er mit Eyad und einigen von dessen Männern zu den Karren und Gepäckstücken und warf sich dahinter auf den Boden. Weitere Sepoys verließen den Schutz der Bäume und liefen auf den Stützpunkt zu. Eine Gewehrsalve ließ sie zurückweichen.

»Miss Victoria ...« Hopkins berührte sie an der Schulter und weckte sie aus ihrer Trance.

Sie gab einen Schuss auf eine schemenhafte Gestalt in den Rauchschwaden ab und noch einen. Dann hatte sie keine Munition mehr.

»Hopkins ... Ich brauche Nachschub.«

Er schüttelte den Kopf. »Ich bedaure, Miss Victoria, wir haben keine Munition mehr ...«

Mahi drückte sich neben sie an die Wand. Er hatte eine Schleuder und einen Stein in der Hand.

»Mahi, nein ...« Sie zog ihn eng an sich. Ein tränenloses Schluchzen schüttelte sie.

Sie wollte Jeremy heiraten und mit ihm leben ... Ihr gemeinsames Kind zur Welt bringen und es groß werden sehen ... Um all dies würden Lord Abbingdon und sein Bruder sie bringen. Und so viele Menschen würden mit ihnen sterben.

Flammen leckten über ihnen an der Decke entlang. Victoria schreckte auf. Aus dem Wald war neues Gewehrfeuer zu hören. Ihre Feinde hatten Verstärkung bekommen. Das war das Ende. Die Angreifer würden über die brennende Wiese auf sie zustürmen und dann ... Doch dies geschah nicht. Stattdessen erklangen vom Wald her Schreie.

»Was geht da vor?«

Hopkins spähte durch das Loch in der Bretterwand. Weiter dröhnten Schüsse durch die Luft. Aber der Stützpunkt war nicht das Ziel.

Ein Stück des Daches brach in einem Funkenwirbel ein. Auch die Wände der Küche fingen nun Feuer.

»Kommen Sie, Miss Victoria ...«

Hopkins legte den Arm um sie und Mahi. Geduckt rannten sie zu Jeremy. Leela folgte ihnen. Gemeinsam kauerten sie sich hinter den umgestürzten Karren, der Jeremy als Deckung diente. Victoria konnte die Hitze der Flammen spüren. Jeremy lächelte sie erschöpft an. Was auch immer geschah ... Wenigstens würde sie bei ihm sein.

»Wir sind Freunde! Stellen Sie das Feuer ein!«, erscholl es aus dem Wald.

Zwei Reiter tauchten nun wie Gestalten aus einer alten Sage inmitten des Rauchs und der Flammen auf. Victoria stockte der Atem. Prinz Kintu und seine Großmutter, die Maharani Rameet Kaur. Qualm stieg aus der Pistole in ihrer Hand auf. Ihr langes schwarzes Haar wehte wie dunkle Feuerzungen um ihr Gesicht.

»Mein Gott, was für eine Frau!«, hörte Victoria Hopkins hingerissen murmeln.

Der fast volle Mond verbreitete ein silbriges Licht. Weit unterhalb von ihnen glühte es rot in der Nacht wie das Auge eines zornigen Zyklopen – dort wütete noch immer das Feuer. Nachdem die Maharani und Prinz Kintu zu ihrer Rettung erschienen waren, hatten sie nicht lange gezögert. Sie waren zu den Pferden und Maultieren gerannt und hatten die Flucht vor den Flammen ergriffen. Etliche Stunden ritten sie nun sicher schon durch das unwegsame Gelände. Victoria war zutiefst dankbar, am Leben zu sein. Aber sie war völlig erschöpft und hatte brennenden Durst. Auch Jeremy, der vor ihr ritt, schien es allmählich schwerzufallen, sich aufrecht im Sattel zu halten.

Endlich, am östlichen Himmel zeigte sich ein erster heller Schimmer, hob Prinz Kintu, der an der Spitze des Trosses ritt, den Arm, und die vielen Pferde und Maultiere kamen auf einer Bergwiese zum Stehen. Steif und mit bleischweren Gliedern ließ sich Victoria aus dem Sattel gleiten. Sie wäre getaumelt, wenn nicht der Prinz plötzlich neben ihr gestanden und sie aufgefangen hätte.

»Wir rasten hier für ein paar Stunden«, sagte er. »Ich glaube, das haben wir alle nötig.« Victoria nickte stumm. Einige Zelte standen um ein Feuer. Bedienstete der Maharani mussten vorausgeritten sein und das Lager errichtet haben. Die Maharani nahm nun auf einem Polster am Rande des Feuers Platz.

»Wir möchten Sie und Ihre Freunde bitten, unsere Gäste zu sein.«

Prinz Kintu lächelte Victoria an. Sie legte Mahi den Arm um die Schultern und folgte ihm. Jeremy, Leela und Eyad taten es ihr gleich. Die Männer des Stoffhändlers mischten sich unter die Soldaten und Bediensteten der Fürstin und gruppierten sich um die Feuerstelle. Es gab einige Verletzte, die auf Tragen transportiert worden waren. Aber glücklicherweise hatten sie keine Toten zu beklagen.

Wie viele Männer waren es? Hundert? Übermüdet, wie Victoria war, war sie sich nicht sicher, ob sie die Zahl richtig schätzte. Sie setzte sich zwischen Jeremy und Mahi auf eines der Polster und griff nach Jeremys Hand. Er schenkte ihr ein abgekämpftes Lächeln. Ja, er war wirklich am Ende seiner Kräfte.

Diener brachten nun Krüge mit Wasser, Tonbecher und Platten mit Fladenbroten und Obststücken. Wo war denn Hopkins? Victoria blickte sich suchend um. Er stand in einiger Entfernung und beobachtete das Treiben der Bediensteten mit kritischem Wohlwollen.

»Mr. Hopkins...« Die Maharani war Victorias Blick gefolgt. »Setzen Sie sich zu uns.«

»Da ich Miss Victorias Butler bin, nennen Sie mich bitte nur Hopkins, Hoheit.« Er verneigte sich.

»Ich habe Sie als Grafen kennengelernt, deshalb werde ich bei Mr. Hopkins bleiben.« In den Augen der Maharani funkelte es amüsiert.

»Nun, wenn Sie dies ausdrücklich wünschen, Hoheit...«,

gab Hopkins nach und nahm ebenfalls an der Feuerstelle Platz.

Er muss die Maharani wirklich außerordentlich schätzen, dachte Victoria, während sie gierig Wasser aus einem ihr angebotenen Becher trank und sich gleich noch einmal nachschenkte.

»Hoheit, Prinz, wir verdanken Ihnen unser Leben...« Jeremy wandte sich der Maharani und Prinz Kintu zu. »Darf ich fragen, wie es dazu kam, dass Sie so überraschend zu unserer Rettung erschienen?«

»Erzähl du es ihnen.« Die Maharani nickte ihrem Enkel zu.

»Ich befand mich während des vermeintlichen Anschlags tatsächlich im Park...« Prinz Kintu sah Victoria an. »Ich beobachtete, wie sich der Wachsoldat Harbir Singh zu dem Sterbenden hinunterbeugte, als ob dieser ihm etwas sagen wollte. Als Harbir kurz darauf bei einem Unfall ums Leben kam, machte mich das auch misstrauisch. Harbir gehörte zu den Sikh wie wir, und ich fühlte mich für ihn verantwortlich. Ich begann, Nachforschungen anzustellen. So fand ich übrigens auch heraus, dass es eine Verbindung zwischen Ihnen, Miss Bredon und Mr. Ryder gibt. Wegen des flackernden Lichts der Fackeln und Lampions im Park war ich mir nicht ganz sicher, aber ich hatte den Eindruck, dass Raghav Chandra in Lord Abbingdons Richtung zielte. Eines kam zum anderen... Als ich meiner Großmutter davon berichtete, beschloss sie, einige Bedienstete im Haushalt des Lords zu bestechen. So erfuhren wir davon, dass Abbingdon und Sir Antony planten, Sie zu verfolgen und umzubringen. Hilfe von der Regierung Britisch-Indiens oder gar der Polizei war nicht zu erwarten. Man hätte uns für verrückt erklärt. So beschlossen wir, Ihre Rettung in die eigenen Hände zu nehmen. Sie stehen ja auf unserer Seite ...«

»Und wie sind Sie so schnell an die Soldaten gekommen?« Jeremys Blick wanderte zu den Männern mit Turbanen und blauen Uniformjacken, die inmitten von Eyads Leuten saßen.

»Ich hatte den Eindruck, dass in Simla etwas Seltsames vor sich ging, und wollte gewappnet sein. Deshalb ließ ich Soldaten aus meinem Staat kommen und versteckte sie auf meinem Anwesen.« Die Stimme der Maharani klang trocken. »Wir sind übrigens auf dem Weg zum Fürstentum eines befreundeten Maharadscha, Umaid Singh, etwa zwei Tagesritte von hier entfernt. Es liegt außerhalb des Punjab, dort dürften Sie vorerst vor Lord Abbingdon und Sir Antony sicher sein.«

»Die beiden konnten Ihrem Angriff entkommen?« Victoria glaubte wieder, die Schreie der Verwundeten zu hören und die Hitze der Flammen zu spüren.

»Ja, sie ergriffen die Flucht, als wir das Feuer eröffneten, und entkamen im Kampfgetümmel. Glücklicherweise flohen auch die Sepoys, als sie keine Anführer mehr hatten. Die armen missbrauchten Männer ...« Um den Mund der Maharani lag ein bitterer Zug. Sie sah Jeremy an. »Denken Sie denn, dass man den Lord und seinen Bruder für ihre Verbrechen zur Rechenschaft ziehen wird?«

»Es wird sicher keine offizielle Anklage erhoben werden, denn dies würde die britische Gesellschaft in ihren Grundfesten erschüttern.« Jeremy seufzte. »Aber die Regierung wird dafür sorgen, dass die Karrieren der beiden beendet werden.«

»Das ist ziemlich wenig, finden Sie nicht auch?«

»Ich würde sagen, es ist besser als nichts, Hoheit.«

Auch Victoria war der Ansicht, dass dies eine viel zu geringe Strafe war. Einfache Menschen würde man für diese Taten hinrichten.

Für einen Moment breitete sich Schweigen an der Feuerstelle aus. Der helle Streifen am Himmel hatte sich verbreitert und schimmerte rosa. Bald würden die ersten Sonnenstrahlen über die Gipfel des Himalaya wandern. Schon waren einzelne Bergspitzen zu erkennen.

»Wer ist eigentlich der Kleine?«, fragte die Maharani unvermittelt und sah Mahi an.

Der Junge schreckte auf. Er runzelte finster die Stirn, deutete auf sich und schrieb seinen Namen mit den Fingern in die Luft.

»Das ist Mahi«, half Victoria, »er hat Mr. Ryder das Leben gerettet und uns gestern vor dem Angriff der Sepoys gewarnt. Mahi ist stumm.«

»Eine ziemlich bemerkenswerte Leistung für einen Jungen in dem Alter ...« Der Anflug eines Lächelns huschte über das Gesicht der Maharani. »Wie auch immer, ich schlage vor, dass wir uns jetzt für ein paar Stunden schlafen legen.«

DREIUNDDREISSIGSTES KAPITEL

Victoria blinzelte. Über ihr befand sich ein Baldachin aus roter Seide mit großen goldenen Blumen bestickt. Licht fiel durch Jalousien auf einen Marmorboden mit kunstvoll verschlungenen Ornamenten aus Porphyr und Malachit. Alle Möbel, von der Frisierkommode bis zum Schrank, waren mit vergoldeten Griffen und aufwendigen Intarsienarbeiten versehen. Durch eine offene stehende Tür konnte sie in ein Badezimmer blicken. Die Armaturen über der Wanne aus Marmor waren ebenfalls vergoldet. Wo war sie?

Dann fiel es ihr wieder ein. Am vergangenen Abend hatten sie den Palast des Maharadscha Umaid Singh erreicht. Er lag, umgeben von Bergen, auf einer Insel in einem See. Ein leichter Nebel hatte über dem Wasser geschwebt, und die Sonne hatte die Kuppeln und Türmchen mit einem rötlichen Schimmer überzogen. Wie ein Schloss aus einem exotischen Märchen war er ihr erschienen.

Jeremy, durchfuhr es Victoria. Er hatte sich am vergangenen Abend nicht gut gefühlt und deshalb auch nicht an dem Dinner teilgenommen, das der Maharadscha für seine Gäste gegeben hatte. Der Leibarzt des Fürsten hatte ihn untersucht und versichert, dass kein Grund zur Sorge bestand. Als

Victoria nach dem Dinner nach ihm gesehen hatte, hatte er schon geschlafen. Wie es ihm jetzt wohl ging?

Sie stieg aus dem Himmelbett und eilte auf nackten Füßen in den angrenzenden Raum. Jeremy lag auf der Seite, das Gesicht in ein seidenes Kissen vergraben. Vorsichtig, um ihn nicht zu wecken, legte Victoria die Hand auf seine Stirn. Sie fühlte sich immer noch etwas heiß an, aber sein Atem ging ruhig und gleichmäßig. Einen Augenblick betrachtete sie ihn stumm. Es erschien ihr immer noch wie ein Wunder, dass er am Leben war.

Plötzlich ließ ihr Magen ein sehr undamenhaftes Knurren hören. Ihre Anfälle von Übelkeit hatten sich in den letzten Tagen glücklicherweise gelegt. Stattdessen hatte sie ständig Hunger.

Ja, ich esse gleich für uns beide...

Victoria legte die Hand auf ihren Leib. Sie hatte Jeremy immer noch nicht erzählt, dass sie ein Kind erwartete. Es hatte sich einfach noch keine günstige Gelegenheit ergeben.

Sie küsste Jeremy sanft. Dann schlüpfte sie aus dem Zimmer, um sich zum Frühstück anzuziehen.

Ein Diener geleitete Victoria eine breite Treppe aus rotem Marmor hinunter. Am Kuppeldach über der Eingangshalle hing ein riesiger Kronleuchter. Sonnenlicht fing sich in dem geschliffenen Kristallglas und ließ es funkeln wie Diamanten. Echt waren dagegen die Edelsteine, die in die Platte des vergoldeten Tisches eingelassen waren. Er stand genau in der Mitte der Halle, im Zentrum eines Sterns aus verschiedenfarbigem Marmor. Die Schale auf dem Tisch war ebenfalls vergoldet, allein das Bukett aus üppigen Orchideenrispen und anderen exotischen Blumen hätte in einem Londoner Blumenladen ein Vermögen gekostet.

Dabei war Maharadscha Umaid Singh ein in seinem Auftreten sehr bescheidener älterer Herr, der die Welt durch eine Gelehrtenbrille betrachtete. Laut der Maharani war er ein anerkannter Experte für indische Frühgeschichte.

Das Frühstückszimmer war genauso kostbar ausgestattet wie die anderen Räume des Palastes, die Victoria bisher gesehen hatte. Sogar die Rechauds, Platten und Warmhaltehauben auf der Anrichte aus Ebenholz waren vergoldet. Zwei Diener wehrten Fliegen und andere Insekten mit Palmwedeln ab. Ein weiterer Diener, offenbar der Butler, der ebenfalls indischer Abstammung war, stand mit durchgedrücktem Rücken neben der Anrichte. Flügeltüren führten auf eine Terrasse, über der ein Baldachin errichtet war. Dort war der Frühstückstisch gedeckt, an dem jedoch noch niemand saß.

Victoria gab Rührei, gebratenen Schinken und gebackene Tomaten auf einen Teller mit dem Familienwappen Umaid Singhs und bat den Butler, ihr Tee und Toast zu bringen, dann ging sie nach draußen. Die Terrasse ragte, wie sie erst jetzt richtig wahrnahm, in den See hinaus. Ein Reiher zog seine Bahn über dem spiegelglatten Wasser. Die Aussicht auf die umliegenden Berge war wunderschön. Fischer in kleinen Segelbooten zogen ihre Netze aus dem Wasser. Die weißen Gebäude am Ufer waren, ebenso wie der Palast, mit einer Vielzahl von Kuppeln und Türmchen bestückt und dienten wohl, so vermutete Victoria, bei großen Festen als Gästehäuser.

»Miss ...« Der Butler stellte frischen Toast, Marmelade und Butter vor sie auf den Tisch und schenkte Tee in ihre Tasse.

»Danke...« Victoria lächelte ihn freundlich an.

Sie war so hungrig, dass sie gleich Platz genommen und schon angefangen hatte, von dem Rührei zu essen. Nun ließ sie sich den Toast schmecken.

Die Insel hatte die Form einer Sichel. Die Terrasse befand sich an einem Ende, am anderen lagen Gärten und Stallungen. Dort sah Victoria jetzt Prinz Kintu und Mahi. Der saß auf einem Pferd, offenbar erteilte ihm der Prinz Reitunterricht. Schon in den Bergen hatte er sich immer wieder mit Mahi unterhalten. Der Junge fand immer einen Weg, mit anderen zu kommunizieren, auch ohne Sprache. Sie war froh, dass er beschäftigt war, so konnte er die Trauer um seinen Bruder gewiss besser verschmerzen.

Der Prinz hatte den Tross sicher durch das Gebirge und dann hinunter zum See geleitet. Victoria war überzeugt, dass er den abenteuerlichen Ritt genossen hatte. Ein Raubvogel, der sich über dem See hoch in den Himmel erhob, ließ sie an die Falkenzucht denken, von der Kintu gesprochen hatte. Ja, Prinz Kintu besaß etwas von einem Fürsten aus längst vergangenen wilden, gefährlichen Zeiten.

Victoria ermahnte sich, nicht so romantisch zu sein. Falls sie Jeremy jemals etwas von diesen Gedanken erzählte, würde er hoffentlich nicht eifersüchtig werden. Nein, wahrscheinlicher war, dass er sich amüsierte.

Als hätte sie den Prinzen mit diesen Überlegungen heraufbeschworen, betrat er nun, eine Teetasse in der Hand, die Terrasse. Unwillkürlich errötete Victoria. Sie hatte gar nicht mitbekommen, dass er den Platz vor den Stallungen verlassen hatte. Er trug wie immer einen Turban, dazu Stiefel und helle Reithosen. Sein weißes Hemd stand am Hals ein wenig offen, wodurch ein Stück von seiner gebräunten Brust entblößt wurde. Die Ärmel waren bis zu den Ellbogen hochgekrempelt, man sah seine muskulösen Unterarme.

»Ich störe Sie hoffentlich nicht?«, erkundigte er sich höflich.

»Äh ... nein, ganz und gar nicht. Ich freue mich sehr, Sie zu sehen.« Victoria legte Messer und Gabel auf den Teller. »Ich wollte mich ohnehin noch bei Ihnen entschuldigen ... Dafür, dass ich Sie verdächtigt habe, in den Anschlag und den Mord an Harbir verstrickt und an Jeremys Verschwinden beteiligt zu sein ...«

»Ich muss mich umgekehrt für meine Großmutter und mich entschuldigen. Wir misstrauten Ihnen und Mr. Hopkins ja ebenfalls ...«

»Dürfte ich Sie trotzdem noch etwas fragen?«

»Was auch immer Ihnen auf dem Herzen liegt, Miss Bredon ...«

»Warum haben Sie denn anfangs nicht offen zugegeben, dass Sie im Park waren, als Raghav Chandra die Schüsse abfeuerte?«

»Einer meiner Tutoren in Oxford und eine verheiratete Dame aus den höchsten Kreisen von Britisch-Indien sind ineinander verliebt. Ich werde jetzt keine Namen nennen ...«

»Nein, natürlich nicht ...«

»Mein Tutor bat mich, jener Dame ein Geschenk zu übergeben. Ich übernahm das Amt des Postillions d'Amour und traf mich mit ihr heimlich in einem dunklen Winkel des Parks.«

»Oh, ich verstehe ...«

»Das möchte ich Ihnen übrigens wiedergeben.«

Der Prinz holte ein kleines Seidenkästchen aus seiner Hosentasche und stellte es vor Victoria auf den Tisch. Sie öffnete es und starrte überrascht auf ihre Ohrringe mit den tropfenförmig geschliffenen grünen Halbedelsteinen.

»Aber ... Wie kommen Sie zu meinem Schmuck?« Sie wusste nicht, ob sie sich freuen oder ärgern sollte. »Ich habe ihn doch in dem Tempel zurückgelassen.«

»Ich habe die Ohrringe gewissermaßen bei Tara Devi ausgelöst. Als Gegenleistung habe ich der kleinen Göttin versprochen, eine Schule zu bauen...« Er lächelte sie an.

»Wie bitte?«

»Es war mir klar, dass Sie die Ohrringe Tara Devi als Opfergabe überlassen hatten und dass sie Ihnen deshalb viel bedeuten mussten. Kurz vorher hatten wir während des Ritts über die Liebe gesprochen. Deshalb nahm ich an, dass Ihnen der Mann, den Sie lieben, den Schmuck geschenkt hat. Betrachten Sie mein Tun bitte als eine Hommage meinerseits an die ebenso törichte wie wunderbare romantische Liebe...« Für einen Moment wandte Prinz Kintu den Blick von ihr ab und schaute ans Seeufer, wo die Fischer nun ihre Boote an Land zogen.

»Eine Schule für ein Paar Ohrringe...?«

»Liegt Ihnen etwa nicht die Bildung der einfachen Bevölkerung am Herzen?« Er lächelte sie wieder an.

»Natürlich, aber...«

»Ich hoffe, was ich Ihnen jetzt sage, hört sich nicht prahlerisch an. Meine Großmutter und ich sind sehr wohlhabend. Unser Schloss gleicht diesem.« Der Prinz vollführte eine lässige Handbewegung, die den Palast und den See umfasste. »Gönnen Sie mir doch die Freude, etwas Gutes zu schaffen. Ich habe mit Leela gesprochen. Sie würde nichts lieber tun, als die Leitung der Schule zu übernehmen.«

»Das ... das ist ja wunderbar ... Hopkins und ich werden Leela sehr vermissen.«

»Es spricht nichts dagegen, dass Sie und Mr. Hopkins und ...« Zögerte er ein ganz kleines bisschen oder bildete sie sich das nur ein? »... Mr. Ryder uns besuchen kommen. Mahi könnte bei Leela leben oder bei mir und meiner Großmutter, wenn er das möchte. Meine Großmutter hat ihn wirklich gern.«

»Tatsächlich? Sie hat ihn ein paarmal ziemlich angefahren. Gestern Abend beim Dinner forderte sie ihn sehr barsch auf, sich gerade hinzusetzen und die Ellbogen vom Tisch zu nehmen.«

»Dieser barsche Tonfall ist bei ihr ein Zeichen der Zuneigung.« Der Prinz lachte. »Ich spreche aus Erfahrung.«

»Mahi ist Jeremy und mir sehr ans Herz gewachsen. Ich würde ihn gern mit nach England nehmen.«

»Er wird dort nicht glücklich werden. Indien ist seine Heimat.« Der Prinz schüttelte den Kopf. »Lassen Sie ihm Zeit, bis er etwas über den Tod seines Bruders hinweg ist, und lassen Sie ihn dann selbst entscheiden.«

»Das ist ein guter Rat ... Wissen Sie, wo Mahi steckt? Ich möchte ihn zu einer anderen Sache etwas fragen.«

»Wahrscheinlich in den Stallungen. Er liebt Pferde ...«

»Dann werde ich mich auf den Weg machen.« Victoria stand auf, und auch der Prinz erhob sich. »Danke für die Ohrringe ...«

»Ich werde unseren Ausritt und den Tanz bei dem Kostümball nie vergessen ...«

Victoria fragte sich noch, ob er das ironisch meinte, als er ihre Wange berührte. Dann glitten seine Lippen ganz sanft über ihren Mund. Einen Moment nur. Kaum länger als einen Wimpernschlag. Im nächsten Moment verbeugte er sich vor ihr und verließ die Terrasse.

Gedankenverloren ging Victoria durch den Park, in dem zwischen verschwenderisch blühenden Blumenrabatten und Büschen hohe Pinien Schatten spendeten. Ein Springbrunnen plätscherte vor sich hin und verbreitete eine angenehme Kühle.

Noch immer glaubte Victoria, Prinz Kintus Lippen auf ihrem Mund zu spüren. Hatte er sich in sie verliebt? Sie atmete tief durch. Irgendwann würde sie Jeremy davon erzählen.

Eine Mauer grenzte den Park von den Stallungen ab. Den Zugang bildete ein kunstvoll gearbeitetes schmiedeeisernes Tor. Victoria fand Mahi gleich im ersten Stall, wo er ein Pferd striegelte. Einen Moment sah sie ihm dabei zu. Er war ganz in sich und sein Tun versunken, sein kleines Gesicht war entspannt und ohne den kecken Ausdruck, den sie sonst an ihm kannte. Eine Erinnerung fuhr ihr durch den Kopf, die sich aber sofort wieder verflüchtigte, als Mahi sie bemerkte und sich zu ihr umdrehte.

»Mahi, ich würde gern mit dir sprechen...«

Er nickte und streichelte dem Pferd kurz über den Hals, ehe er zu ihr rannte. Im Stallgang stand eine Bank. Victoria bat Mahi, sich zu ihr zu setzen. Sie öffnete ihre Umhängetasche, die sie rasch aus ihrem Zimmer geholt hatte, nahm eine der Fotografien des Medaillons heraus und legte sie zwischen sich und den Jungen auf die Bank.

»Jeremy hat mir erzählt, dass du Sumat dieses Medaillon auf seine Reise nach England mitgegeben hast. Es wurde bei seinem Leichnam gefunden...«

Mahi starrte auf die Aufnahme. Sein Gesicht verfinsterte sich. Dann spuckte er darauf.

»Mahi, was macht dich denn so zornig?«, fragte Victoria erschrocken.

Sie hatte damit gerechnet, dass der Anblick des Medaillons Mahi schmerzen würde, nicht aber mit einer solchen Reaktion.

Mahi versuchte, ihr mit Gesten verständlich zu machen, was ihn so aufwühlte. Seine Augen füllten sich mit Tränen.

Victoria verstand. »Du bist wütend, weil der Mann auf dem Bild in dem Medaillon Sumat nicht beschützt hat, nicht wahr?« Mahi nickte und fuhr sich mit den Händen über das Gesicht, um die Tränen wegzuwischen. »Kennst du den Mann denn?«

Der Junge schüttelte heftig den Kopf. Dann führte er eine Geste aus, als ob er schreiben wollte. Victoria gab ihm ihren Notizblock und einen Bleistift. Schnell führte er ihn über das Papier.

Tamana hat gesagt, der Mann würde mich beschützen. Er sei eine Art Schutzgottheit, wie sie die Hindus verehren, las Victoria verwundert. *Er würde auf mich achten, obwohl ich ein Sikh bin.*

Meinen agnostischen Vater hätte es gewiss amüsiert, dass ihn jemand als Schutzgottheit bezeichnet, dachte Victoria. »Tamana hat dir das Medaillon gegeben? Die Ärztin, die dein Schulgeld bezahlt hat?«, vergewisserte sie sich.

Mahi nickte und schrieb weiter.

Als Kind war ich sehr krank, stand nun auf dem Papier. *Alle dachten, ich würde sterben. Damals habe ich auch meine Sprache verloren. Tamana kam jeden Tag zu mir. Sie legte mir das Medaillon auf die Brust, als mein Fieber ganz hoch war. So haben es mir meine Mutter und Sumat erzählt. Das Fieber ging zurück, und Tamana sagte, ich solle das Medaillon behalten, dann könnte mich der Mann auch weiterhin beschützen.*

»Hat dir Tamana denn gesagt, woher sie das Medaillon hatte?«

Wieder schüttelte Mahi den Kopf.

»Und sie hat dir niemals den Namen des Schutzgottes genannt?«

Mahis Lippen formten ein Nein.

Sie musste unbedingt mit der Ärztin sprechen...

Sollte sie Mahi sagen, dass der Mann auf der Fotografie ihr Vater war? Victoria entschied sich dagegen. Der Junge war ja ohnehin schon ganz durcheinander. Sie wollte ihn nicht noch mehr belasten.

Vorsichtig wischte sie die Spucke mit einem Taschentuch weg. Dann nahm Victoria Mahis Hände in ihre. »Mahi, manchmal ist das Leben kompliziert, und die Dinge entwickeln sich nicht immer so, wie wir es gern hätten. Auch Gebete werden nicht immer erfüllt. Der Mann auf dem Bild konnte Sumat leider nicht beschützen. Aber wenn du Sumat das Medaillon nicht mitgegeben hättest, hätte ich Leela niemals kennengelernt. Ich konnte Leela helfen, einer schwierigen Situation zu entfliehen. Und ohne Leela wären Hopkins und ich in Simla verloren gewesen. So hat das Medaillon doch noch etwas Gutes bewirkt.«

Mahi hatte ihr mit gesenktem Kopf zugehört. Nun entzog er ihr seine Hände. Er rannte zurück in die Box und zu dem Pferd und begann wieder, es zu striegeln. Aber Victoria hatte den Eindruck, dass er nicht mehr ganz so zornig war.

Vorsichtig öffnete Victoria die Tür zu Jeremys Zimmer. Er saß in seinem Bett, neben sich auf einem Tisch ein Tablett mit den Resten eines Frühstücks, und lächelte sie an.

»Ich wäre auch nach unten gegangen. Dr. Sautha hätte es mir erlaubt. Aber Hopkins hat mir das Frühstück ans Bett gebracht.«

»Es schadet bestimmt nichts, wenn du dich noch etwas schonst.« Victoria zog sich einen Stuhl heran und setzte sich. »Ich habe eben mit Mahi über das Medaillon gesprochen.«

»Wie kam es denn in seinen Besitz?«

»Eine Ärztin hat es ihm geschenkt.« Victoria erzählte Jeremy, was sie von Mahi erfahren hatte. »Auf der Reise nach Simla habe ich schon einmal vergeblich versucht, Dr. Tamana Kaur in Calcutta zu treffen. Sie hielt sich damals wegen einer Familienangelegenheit in Madras auf. Aber ich werde das nicht auf sich beruhen lassen. Ich will wissen, wie sie zu dem Medaillon kam. Notfalls werde ich nach Madras fahren.«

»Ich halte es für sehr wahrscheinlich, dass das Medaillon deinem Vater gestohlen wurde.« Jeremy wiegte nachdenklich den Kopf. »Vielleicht hat die Ärztin es ja nichtsahnend auf einem Basar gekauft, und als sie die Fotografie von ihm sah, kam sie auf die Idee mit der Schutzgottheit. Mahi scheint ihr sehr viel zu bedeuten...«

»Tamana und Mahis Mutter waren enge Freundinnen. Gut möglich, dass sie den Jungen als eine Art Patenkind betrachtet. Aber selbst wenn Dr. Tamana das Medaillon nur auf einem Basar gekauft haben sollte, will ich das wissen... Erst dann kann ich damit abschließen.«

»He, jetzt sieh mich nicht so ärgerlich an.« Jeremy fuhr ihr mit dem Finger über die gerunzelte Stirn. Victoria war gar nicht klar gewesen, wie sehr sie sich ereifert hatte. »Natürlich sollst du mit Dr. Tamana sprechen, und natürlich werde ich dich begleiten. Sei es nach Calcutta oder nach Madras.«

»Dazu musst du erst einmal gesund werden.«

»Mir geht es gut.« Jeremy stöhnte ungeduldig.

»Das glaube ich erst, wenn ich mit Dr. Sautha gesprochen habe.«

»Lass dir von mir aus ein ausführliches ärztliches Bulletin über meinen Gesundheitszustand geben. Aber ich möchte jetzt etwas anderes mit dir besprechen.« Jeremy zog Victoria neben sich auf das Bett. Er war sehr ernst. »Auf dem Transport zu dem Kloster und dort auf dem Krankenlager habe ich oft gefürchtet, dass ich sterben würde. Das, was ich am meisten in meinem Leben bereut habe, war, dass wir vor meiner Reise nach Indien nicht geheiratet haben. Ich möchte mit unserer Hochzeit nicht warten, bis wir in England sind. Es kann so viel geschehen ... Bitte, lass uns noch in Indien vor dem Gesetz Mann und Frau werden.«

Der innige Klang von Jeremys Stimme berührte Victoria tief. Ja, sie liebte ihn, und das Leben war viel zu fragil und zu kostbar, um so etwas Wichtiges wie eine Hochzeit lange aufzuschieben.

»Oh, Jeremy ... Ich möchte nichts lieber als das. Aber warte ...« Ein Lächeln breitete sich auf ihrem Gesicht aus, und sie schob Jeremy weg, als er sie küssen wollte. »Ich muss dir noch etwas Wichtiges erzählen. Abgesehen davon, dass ich einen Ehering tragen und endlich ganz zu dir gehören möchte, gibt es noch einen weiteren Grund, warum wir nicht mehr sehr lange mit unserer Hochzeit warten sollten ...«

Jeremys Hand ruhte auf Victorias nacktem Leib. Schläfrig und glücklich lag sie in seinen Armen. Vogelgezwitscher drang durch die geöffneten Fenster. Im Garten rief jemand etwas in einer der indischen Sprachen. Doch die Welt draußen war weit weg.

Den Lichtstreifen nach zu schließen, die durch die Jalousien auf den Marmorboden fielen, musste es früher Nachmittag sein. Victoria hatte Jeremy endlich erzählt, dass sie guter Hoffnung war. Er war außer sich gewesen vor Freude, und dann hatten sie sich lange und zärtlich geliebt.

»Ich kann nicht glauben, dass wir ein Kind erwarten. Ich bin so glücklich«, murmelte er. »Du bist dir auch ganz sicher, dass du dich nicht täuschst?«

Victoria sah zu ihm auf. »Wenn du meine Anfälle von Übelkeit miterlebt hättest, würdest du das nicht fragen. Außerdem gibt es gewisse körperliche Anzeichen...«

»Ich weiß... ich weiß...« Sein Grinsen zeigte ihr, dass er sie aufgezogen hatte.

Sie boxte ihn spielerisch in die Seite. »Wünschst du dir einen Jungen oder ein Mädchen?«

»Das ist mir egal... Das heißt, eigentlich hätte ich lieber einen Jungen. Mit ihm könnte ich Kricket und Fußball spielen. Und zwei Frauenrechtlerinnen in der Familie, das wäre mir dann doch zu viel...«

Victoria glitt auf ihn.

»He, was machst du da...?« Jeremy hielt den Atem an.

»Dich zum Schweigen bringen...«, flüsterte sie. Dann beugte sie sich zu ihm hinunter und küsste ihn.

Während sie sich küssten, zog er sie an sich und drehte sie auf den Rücken. Seine Zunge war ein Vorgeschmack auf mehr und ließ Victoria erschaudern. Sie umklammerte Jeremy mit ihren Schenkeln, als er tief in sie hineinstieß. Ihre Körper bewegten sich in einem vertrauten Rhythmus, trieben sich an, wurden langsamer, nur um ihr gegenseitiges Begehren noch zu steigern. Jeremy stöhnte auf, und Victoria spürte, dass etwas, das größer und stärker war als sie selbst, sie in eine unendliche Weite mit fortriss.

Ein Klopfen an der Tür weckte Victoria. Sie war in Jeremys Armen wieder eingeschlafen.
»Verzeihen Sie, Sir. Aber dürfte ich Sie kurz stören?«, erklang Hopkins' Stimme.
Ach, herrje...
Hopkins wusste, dass sie schwanger war. Er hatte wahrscheinlich auch erahnt, dass sie die Nacht vor Jeremys Abreise in dessen Haus in Camden verbracht hatte. Aber dass er sie nackt im Bett ihres Liebsten vorfand, wollte sie Hopkins dann doch nicht zumuten.
Hastig stand Victoria auf, raffte ihre Kleidungsstücke zusammen und eilte ins Badezimmer.
»Hopkins, kommen Sie herein«, rief Jeremy, als sie die Tür hinter sich zugezogen hatte.
Victoria schlüpfte in den seidenen Morgenmantel, der an einem Haken neben der Wanne hing, und lehnte sich gegen die Wand. Auf dem Rand des Waschbeckens lag Jeremys zerschrammte Armbanduhr. Die Zeiger standen auf vier.
»Wie gesagt, Sir, ich bedaure es sehr, Sie zu stören«, erklang wieder Hopkins' Stimme, jetzt aus dem Schlafzimmer. Durch den Türspalt konnte sie ihn sehen. Seine Miene drückte Besorgnis aus. »Aber eben wurden die Zeitungen mit der Post gebracht. Sie sind einen Tag alt, der Palast liegt ja recht abgelegen. Ich nahm an, dass Sie sofort über einen der Artikel informiert zu werden wünschen. Er befasst sich mit Überfällen mörderischer Wegelagerer. Darin steht, dass fünf Sepoys

nahe der nepalesischen Grenze bei dem heldenmütigen Versuch, eine Gruppe von Banditen festzunehmen, getötet wurden.«

Fünf Soldaten ...

»Werden Lord Abbingdon und Sir Antony in dem Artikel auch erwähnt?«, fragte Jeremy.

»Ja. Sie hielten sich angeblich zufällig zur Jagd in der Gegend auf und leiteten den Einsatz. Doch sie konnten nicht verhindern, dass den Wegelagerern, die laut Artikel aus Afghanistan stammen, die Flucht gelang. Die Regierung von Britisch-Indien überlegt, eine Strafexpedition auf afghanischem Gebiet durchzuführen.«

Jeremy fluchte. »Würden Sie den Maharadscha bitten, mir sein Automobil zur Verfügung zu stellen? Ich muss sofort in die nächste Stadt fahren, in der es ein Telegrafenamt gibt.«

»Sir, ich habe dies bereits für Sie in die Wege geleitet. Das Automobil steht in Kürze für Sie bereit. Die nächstgelegene Stadt mit einem Telegrafenamt ist Ghorakhpur.«

Hopkins zog sich zurück, und Jeremy griff rasch nach seiner Kleidung.

Victoria verließ das Badezimmer und kauerte sich auf die Bettkante. »Lord Abbingdon und Sir Antony müssen doch wissen, dass ihr Spiel verloren ist.« Sie war fassungslos. »Warum verbreiten sie dann so dreiste Lügen, die noch mehr Menschen das Leben kosten werden?«

»Nun ja, wahrscheinlich fürchten sie, dass die Sepoys reden und bald Gerüchte kursieren. Die Regierung von Britisch-Indien würde Fragen stellen. Dem wollen sie mit ihrer Geschichte zuvorkommen ...«

»Aber Sir Arthur wird diese Strafexpedition doch hoffentlich verhindern können? Es darf nicht sein, dass wegen dieser beiden Mörder das Blut von noch mehr unschuldigen Menschen vergossen wird...«

»Ich hoffe sehr, dass die Regierung rechtzeitig reagiert«, erwiderte Jeremy beklommen.

Victoria zog den Morgenmantel enger um sich. Ihr Glücksgefühl war verflogen. Plötzlich fror sie.

VIERUNDDREISSIGSTES KAPITEL

Jeremy starrte durch das Kutschenfenster hinaus in den strömenden Regen. Er fiel so dicht, dass die Häuser und Bäume am Straßenrand nur als graue Schemen zu erkennen waren. Victoria hielt seine Hand, aber er nahm sie gar nicht richtig wahr. Am Abend zuvor, nach ihrer Ankunft in einem einfachen Hotel in Calcutta, wo sie sich unter falschem Namen eingemietet hatten, um etwaigen Nachstellungen seitens Lord Abbingdons und Sir Antonys zu entgehen, hatte er wieder ein Telegramm an Sir Arthur geschickt – das dritte mittlerweile.

Vier Tage waren sie unterwegs gewesen, aber noch immer hatte er keine Antwort von dem Commissioner erhalten. Jeremy hatte Victoria zu beschwichtigen versucht und erklärt, dass Sir Arthur bestimmt alles in seiner Macht Stehende tun würde, um eine Strafexpedition zu verhindern. In London würden gewiss viele Geheimgespräche stattfinden. Das brauche seine Zeit. Doch Victoria wusste, dass Jeremy die Angst umtrieb, Lord Abbingdon und sein Bruder könnten unbehelligt bleiben. Schließlich verfügten sie über erstklassige Verbindungen. Jeremy hatte den Mordanschlag überlebt, und alle anderen Opfer waren Inder. Es gab nicht wenige Männer in der Regierung, für die das Leben eines Inders keinen großen Wert hatte. Und Jeremy konnte nichts anderes tun, als zu warten ...

Er war immer noch schwach und wurde schnell müde. Aber wenigstens hatte er kein Fieber mehr, und sein Zustand war weiter stabil.

Unwillkürlich verstärkte Victoria den Griff um seine Hand. Nun sah er sie endlich an und rang sich ein Lächeln ab.

»Entschuldige, dass ich so geistesabwesend bin. Ich hoffe sehr, dass wir Dr. Tamana Kaur zu Hause antreffen.«

»Das hoffe ich auch«, erwiderte sie bedrückt.

Das Wetter war genauso unberechenbar wie bei Victorias letztem Aufenthalt in Calcutta. Plötzlich ließ der sintflutartige Regen nach. Als die Kutsche in das Viertel einbog, in dem Dr. Kaur mit ihrer Familie lebte, kam die Sonne zwischen den Wolken hervor, und der nasse Boden und die Bäume und Sträucher begannen in der Hitze zu dampfen.

Auf dem Rasen vor dem Bungalow und selbst auf der überdachten Veranda standen große Pfützen. Ein junges indisches Dienstmädchen öffnete Victoria und Jeremy die Tür.

»Wir würden gern Dr. Tamana Kaur sprechen«, erklärte Victoria. »Mein Name ist Victoria Bredon, und dies ist Mr. Jeremy Ryder.«

»Wenn Sie bitte hier warten würden ...«

Das Dienstmädchen ließ sie in eine Halle ein und verschwand in einem Flur. Offenbar war die Ärztin zu Hause. Victoria wechselte erleichtert einen Blick mit Jeremy. Sie nahm einen Wandteppich in leuchtenden Farben, Korbstühle und Pflanzen in großen Kübeln wahr, dann kam das Dienstmädchen auch schon zurück und bat sie, ihm zu folgen.

Doch in dem Esszimmer auf der Rückseite des Hauses erwartete sie keine Frau. Ein großer schlanker Mann, der den für einen Sikh typischen Turban trug und einen gesteppten Morgenrock, blickte ihnen fragend entgegen und erhob sich dann, um sie zu begrüßen. Er stellte sich vor.

»Sie müssen meinen Aufzug entschuldigen. Ich bin erst vor Kurzem vom Nachtdienst nach Hause gekommen.« Dr. Singhs Englisch war fast akzentfrei, seine Stimme angenehm. »Meine Frau ist nicht hier. Sie arbeitet vormittags im Eden Hospital. Aber vielleicht kann ich Ihnen ja helfen.«

Es war ungewöhnlich, dass eine verheiratete Frau arbeitete. Ob Dr. Tamana darum hatte kämpfen müssen? Der neutrale Tonfall ihres Mannes gab Victoria keine Antwort.

»Wir sind wegen Mahi hier«, improvisierte sie. Sie wollte mit Dr. Singh lieber nicht über das Medaillon sprechen.

»Es geht dem Jungen doch hoffentlich gut? Meine Frau hängt sehr an ihm. Sie macht sich große Sorgen, seit er aus der Missionsschule verschwunden ist.«

Der Arzt blickte beunruhigt von ihr zu Jeremy.

»Ja, es geht Mahi gut«, erwiderte Victoria. »Wir sind ihm in Simla begegnet...«

»Hat er sich etwa zu seinem Bruder durchgeschlagen? Ich habe es ja geahnt. Aber warum hat Sumat uns dann nicht informiert?« Dr. Singh runzelte verärgert die Stirn. »Er hätte sich doch denken können, wie beunruhigt meine Gattin ist.«

»Das ist eine komplizierte Geschichte«, sagte Jeremy rasch. »Wann erwarten Sie Ihre Gemahlin denn zurück?«

»So gegen ein, zwei Uhr müsste sie wieder hier sein.«

»Dann kommen wir später wieder. Danke, dass Sie sich die Zeit für uns genommen haben, Dr. Singh.« Victoria nickte dem Arzt höflich zu. »Ich möchte gleich ins Hospital fahren und nicht mehr bis zum Nachmittag warten«, sagte sie leise zu Jeremy, als sie außer Hörweite waren.

Er sah sie verständnisvoll an. »Das habe ich mir gedacht.«

Cremefarbene Säulen und bogenförmige Fensterumrandungen verliehen der rot verputzten Fassade des Eden Hospital das Aussehen maurischer Architektur. Es begann wieder heftig zu regnen, als Victoria und Jeremy aus ihrer Kutsche stiegen. Obwohl sie nur wenige Meter bis zum Eingang zurückzulegen hatten, waren sie durchnässt, als sie das Entree betraten. Von der jungen indischen Schwester, die sie nach Dr. Kaur fragten, erfuhren sie, dass diese auf der Wöchnerinnenstation im ersten Stock zu finden sei.

Oben erstreckte sich ein schachbrettartig gefliester Flur vor ihnen. Schmale Säulen umgaben die Türen zu den Krankenzimmern. Der Himmel war so wolkenverhangen, dass es dunkel gewesen wäre, hätte nicht das elektrische Licht gebrannt. Irgendwo schrie eine Frau in den Wehen gellend, was Victoria ein flaues Gefühl im Magen verursachte. Es roch nach Karbol und Schmierseife wie in jedem Krankenhaus. Zwei Krankenhausdiener rollten ein Bett mit einer Bewusstlosen oder Schlafenden den Korridor entlang. Wahrscheinlich war sie betäubt von Äther.

Eine Frau in einem weißen Kleid und einer Schürze, eine Haube auf dem Kopf, trat nun aus einer der Türen. Sie schien eine Ärztin zu sein, denn die Krankenschwester hatte ein blaues Kleid und einen Schleier getragen.

»Dr. Kaur?«, versuchte Victoria ihr Glück.

»Ja, die bin ich...«

Dr. Tamana Kaur war sehr schön. Sie hatte ein perfekt

geschnittenes ovales Gesicht und einen kirschförmigen Mund. Die Brauen über den mandelförmigen Augen schienen zart wie Vogelschwingen.

»Wir würden gern mit Ihnen sprechen ...«

»Es tut mir leid. Ich habe viele Patientinnen zu betreuen ...« Sie wandte sich zum Gehen.

»Warten Sie ...« Victoria vertrat ihr den Weg. »Es ist wirklich wichtig.« Sie hielt der Ärztin eine Fotografie des aufgeklappten Medaillons hin.

»O mein Gott ... Wie kommen Sie an diese Aufnahme?« Ihre Augen weiteten sich erschrocken. »Ist Mahi etwas zugestoßen?«

Dr. Kaur schwankte, als ob ihr schwindlig wäre. Wenn Jeremy sie nicht schnell festgehalten hätte, wäre sie gestürzt.

»Bitte, lassen Sie uns miteinander sprechen«, beharrte Victoria.

Dr. Kaur nickte stumm und stieß eine Tür auf. Dahinter lag ein schmaler Raum mit einer Untersuchungsliege und Metallschränken, der wohl als Konsultationszimmer diente. Die Ärztin ließ sich auf einen Stuhl sinken, der hinter einem kleinen Schreibtisch stand. Victoria zog sich einen Hocker heran. Jeremy verschwand und kehrte dann mit einem Glas Wasser wieder. Der Regen rann in Sturzbächen an den Fensterscheiben herunter. Auch hier brannte elektrisches Licht.

Die Ärztin trank einen Schluck Wasser, dann legte sie ihre Hände an die Brust und blickte Victoria und Jeremy angstvoll an. »Bitte, was ist mit Mahi? Wie sind Sie an die Aufnahme des Medaillons gelangt?«

»Mahi geht es gut«, beruhigte Victoria sie. »Das Medaillon wurde bei ... Dr. Kaur, ich muss Ihnen leider mitteilen, dass Sumat nicht mehr lebt. Er wurde in London ermordet.«

»Sumat ist tot? Um Gottes willen... Wie kam er nach London? Ich verstehe nicht...«

»Sumat wollte seine Verlobte nach Indien zurückholen. Um Geld zu sparen, verdingte er sich als *lascar*. Mahi gab seinem Bruder das Medaillon als eine Art Talisman mit auf die Reise. Es sollte ihn beschützen.«

Noch immer sah Dr. Kaur Victoria und Jeremy aus weit aufgerissenen Augen an. »Aber... was hat das alles mit Ihnen zu tun?«

»Dr. Bernard Bredon, der Mann auf der Fotografie im Medaillon, war der Londoner Polizei gut bekannt. Deshalb verständigte man mich. Dr. Bredon ist mein verstorbener Vater.«

»Sie sind seine Tochter Victoria?« Dr. Kaurs Stimme war nur noch ein Flüstern.

»Ja, und deshalb möchte ich wissen, woher Sie das Medaillon haben.«

»Ich habe vor zweieinhalb Jahren in der *Times of India* gelesen, dass Ihr Vater tot ist...« Die Ärztin griff nach dem Wasserglas, trank jedoch nicht. In das Prasseln des Regens mischten sich wieder die Schreie einer Gebärenden und brachen dann abrupt ab. »Ihr Vater baute einst die Gerichtsmedizin in Delhi auf«, sagte Dr. Kaur schließlich.

»Ich weiß.« Victoria nickte.

»Damals kam er auch für einige Tage nach Calcutta und hielt Vorlesungen über Gerichtsmedizin am Medical College and Hospital, wo ich als blutjunge Ärztin tätig war. Ihr Vater war damals schon ein berühmter Mann. Ich wollte seine Vorlesungen unbedingt hören. Er beeindruckte mich sehr. Er war so redegewandt, und seine Theorien zu bestimmten Aspekten der Gerichtsmedizin waren brillant.« Dr. Kaur schaute aus dem Fenster. Der Rahmen schloss nicht ganz. Tropfen rannen am Holz herunter. »Eines Abends hatte ich eine Frage zu einem Aspekt seines Vortrags. Ich nahm meinen ganzen Mut zusammen und sprach ihn nach der Vorlesung an. Ich rechnete damit, dass er mich kurz abfertigen oder gar nicht anhören würde, aber er nahm mich wirklich ernst. Er beantwortete nicht nur meine Frage ausführlich. Er interessierte sich auch für meinen beruflichen Werdegang. Das war ich von meinen Professoren nicht gewohnt. Für sie waren wir Frauen oft Studenten zweiter Klasse.«

»Das kann ich mir gut vorstellen«, erwiderte Victoria verständnisvoll.

»Kurz darauf, Ihr Vater war wieder nach Delhi zurückgekehrt, erhielt ich einen Brief von ihm. Sein Assistent war schwer erkrankt, und er fragte mich, ob ich die Stelle antreten wolle. Die Leitung des Medical College and Hospital sei einverstanden. Ich sagte begeistert zu, wie Sie wahrscheinlich nachfühlen können...«

»Ja, natürlich...«

Dr. Kaur trank nun doch noch einen Schluck Wasser. Die Wand aus Regen wurde etwas durchsichtiger.

»Dr. Bredon... Ihr Vater... er eröffnete mir eine ganz neue Welt. Er ermutigte mich, Dinge kritisch zu hinterfragen und Autoritäten nicht blind zu vertrauen. Durch ihn lernte ich, wie schön und aufregend die Wissenschaft sein kann, und er weckte mein Interesse für das Theater, für Kunst und Literatur. Ich verliebte mich in ihn...«

Victoria ersparte es sich zu sagen, dass sie das fast schon vermutet hatte. Frauen hatten sich immer sehr zu ihrem Vater hingezogen gefühlt. Seit sie sich erinnern konnte, hatte er Affären gehabt.

»Es kam eines zum anderen ...« Dr. Kaur blickte auf ihre Hände. »Wir ... wurden intim miteinander ...«

»Hat mein Vater ...«, Victoria zögerte, es fiel ihr schwer, es so klar zu benennen, »... hat er Sie verführt?«

»Nein, so war es ganz und gar nicht ... Ich habe ihn verführt ...«

»Sie, eine junge, unschuldige Frau?« Victoria konnte es nicht glauben.

»In Delhi behandelte ich eine Prostituierte, die von einem Freier beraubt und zusammengeschlagen worden war. Ich bat sie um Rat. Ich wollte Ihren Vater unbedingt.« Dr. Kaur errötete. »Sie lehrte mich Dinge ...«

»Ich verstehe ...« Victoria spürte, wie sich ihre Wangen ebenfalls röteten. Sie vermied es, Jeremy anzusehen, der an einem der Schränke lehnte und dem Gespräch schweigend zuhörte.

»Kurz bevor die Zeit Ihres Vaters in Delhi ablief und er wieder nach England zurückkehren musste, bemerkte ich, dass ich ... ein Kind erwartete. Ihr Vater bot mir an, mich zu heiraten und mit ihm nach London zu gehen.«

»Weil Sie von ihm schwanger waren?«

»Nein, er wusste es nicht ... Ich hatte ihm nichts gesagt.« Dr. Kaur schüttelte den Kopf. »Ich glaube, er bot es mir an, weil ich ihm viel bedeutete und weil er sich im Klaren darüber war, dass meine Familie mich verstoßen hätte, wenn sie von unserem Verhältnis erfahren hätte ...«

»Aber Sie lehnten ab?«

»Ja, ich wusste, dass mir das Herz Ihres Vaters nie ganz gehören würde. Er liebte immer noch Ihre verstorbene Mutter. Und Indien ist meine Heimat. Hier lebt meine Familie ... Das Medaillon mit seinem Bild schenkte er mir zum Abschied.« Dr. Kaurs Stimme zitterte kurz, dann hatte sie sich wieder in der Gewalt. »Trotzdem weiß ich nicht, ob ich den Mut gehabt hätte, den Antrag Ihres Vaters abzulehnen, wenn nicht der Mann meiner Freundin Nili zu dieser Zeit bei einem Unfall ums Leben gekommen wäre.«

»Sumats und Mahis Mutter?«

»Sumats Mutter...« Dr. Kaur lächelte wehmütig. »Ich vertraute mich Nili an, und wir schmiedeten einen Plan. Kurz bevor ich meine Schwangerschaft nicht länger verheimlichen konnte, täuschte ich meiner Familie gegenüber eine Krankheit vor. Ich behauptete, mich eine Weile in den Bergen erholen zu müssen. Nili und ich reisten nach Kaschmir. Sumat blieb bei meiner Familie. Er war schon zu groß und hätte das eine oder andere mitbekommen. In Kaschmir brachte ich meinen Sohn auf die Welt, und Nili kehrte mit ihm als ihrem Kind nach Calcutta zurück.«

»Mahi...«

»Ja...«, flüsterte Dr. Kaur.

Mahi ist mein Halbbruder...

Victoria verschlug es den Atem. Aber dann... Die Erinnerung, die sie gestreift hatte, als Mahi so selbstvergessen das Pferd gestriegelt hatte... So hatte auch ihr Vater manchmal geblickt.

Jeremy trat zu ihr und legte ihr den Arm um die Schultern.

»Und Sie haben meinen Vater nie davon unterrichtet, dass er einen Sohn hat?«

»Nein, das hätte allen doch nur Leid gebracht. Ihr Vater hatte Sie und sein Leben in London. Nili liebte Mahi, als wenn er ihr eigenes Kind gewesen wäre. Und auch Sumat schloss seinen kleinen Bruder schnell ins Herz.«

»Als Nilis Freundin und Mahis Ärztin konnten Sie Ihrem Sohn nahe sein ... Wie praktisch für Sie ...«

Dr. Kaur zuckte zusammen. Victoria wusste selbst nicht genau, warum sie auf einmal zornig auf die Ärztin war. Vielleicht, weil sie ihren Vater und sie selbst um etwas Wichtiges betrogen hatte.

»Es hat mich so glücklich gemacht, dass ich Mahi aufwachsen sehen durfte«, sagte Dr. Kaur leise. »Er ist seinem Vater ... Ihrem Vater ... so ähnlich ... Er ist so neugierig und interessiert an allem ... Und er ist mutig und hat ein großes Herz ...«

Ein Rollwagen aus Metall wurde den Korridor entlanggeschoben. Stimmen kamen näher und entfernten sich wieder.

»Aber dann starb Nili, und Sie mussten auf andere Weise für Mahi sorgen«, ergriff Jeremy behutsam das Wort.

»Sumat lebte ja als Schreiber der Regierung über ein halbes Jahr in Simla. Ich weiß, das klingt selbstsüchtig. Aber ich wollte Mahi weiterhin in meiner Nähe haben. Ich besaß Schmuck, von dem mein Mann nichts wusste. Ich verkaufte ihn und finanzierte von dem Erlös die Schule für Mahi.«

»Ihr Gatte hat sich nicht darüber gewundert, dass Sie Mahis Schulgeld zahlten?« Wieder war Jeremys Tonfall mitfühlend.

»Ich habe ihm gegenüber behauptet, Mahi habe ein Stipendium bekommen ...« Dr. Kaur schlug die Hände vor das Gesicht, Tränen rannen ihre Wangen hinunter. »Mein Gott, was soll jetzt nur aus Mahi werden?«, sagte sie schluchzend. »In die Missionsschule wird er auf keinen Fall zurückkehren. Ich kann ihn auch nicht in meiner Familie aufnehmen. Ich würde mich ganz sicher irgendwann verraten.«

Die Verzweiflung der Ärztin rührte Victoria und stimmte

sie milder. »Sie müssen sich keine Sorgen um Mahi machen. Mr. Ryder und ich überlegen ohnehin, ihn mit nach England zu nehmen. Es gibt aber auch in Indien Menschen, die gern für ihn sorgen würden.«

»Sie werden es mich wissen lassen, wo Mahi lebt?« Dr. Kaur wischte sich die Tränen von den Wangen. »Und ich darf Kontakt zu ihm halten?«

»Ja, natürlich.« Victoria nickte. »Er ist Ihr Kind ...«

»Danke ...« Dr. Kaur lächelte zaghaft.

»Es geht mich eigentlich nichts an ...«, Victoria zögerte, »aber glauben Sie nicht, dass Sie Ihrem Gatten irgendwann die Wahrheit über Mahi erzählen sollten?«

»Das kann ich Tej und unseren beiden kleinen Söhnen nicht antun ... Bernard ... Ihr Vater ... war die große Liebe meines Lebens, und ich liebe Mahi. Aber Tej und unsere Söhne sind jetzt meine Familie, und ich liebe sie ebenfalls.«

»Ihr Gatte hat Ihnen erlaubt, hier als Ärztin zu arbeiten?«

»Ja, ich helfe oft aus, wenn das Personal knapp ist. Tej hat mich immer ermutigt, mich in der Medizin weiterzubilden.«

»Vielleicht unterschätzen Sie ihn, was Ihr Verhältnis mit meinem Vater und auch, was Mahi betrifft ... Sie mussten schon so viel lügen. Nach dem Tod meines Vaters habe ich erfahren, dass Lügen eine zerstörerische Kraft entwickeln können.«

»Dürfte ich die Fotografie Ihres Vaters noch einmal sehen?«, erwiderte die Ärztin statt einer Antwort.

Victoria reichte sie ihr stumm. Dr. Kaurs Gesicht spiegelte Trauer und Schmerz wider, während sie das Bild betrachtete, aber auch Liebe und Glück.

Ein Klopfen an der Tür riss sie aus ihrer Versunkenheit. »Dr. Tamana ...« Eine indische Krankenschwester steckte den Kopf in das Büro. »Es gibt Probleme bei einer Geburt... Sie werden dringend gebraucht...«

»Ich komme sofort...«

Die Krankenschwester eilte davon.

Dr. Kaur gab Victoria die Fotografie zurück. »Was auch immer Sie von mir halten mögen... Ich bereue es nicht, Ihren Vater geliebt zu haben. Und ich bin froh und glücklich, dass Mahi mein Sohn ist.«

Sie schenkte dem Bild noch einen letzten wehmütigen Blick. Dann riss sie sich los und folgte der Krankenschwester.

FÜNFUNDDREISSIGSTES KAPITEL

»Seit wir das Eden Hospital verlassen haben, hast du kaum ein Wort gesagt.« Jeremy blickte Victoria besorgt an. Sie saßen in einer Teestube an der Esplanade Row, ganz in der Nähe des Eden Hotel, in dem Victoria zusammen mit Hopkins und Leela bei ihrem letzten Aufenthalt in Calcutta logiert hatte. Die Sonne brannte wieder vom Himmel, doch es türmten sich bereits neue Wolken über den Prachtbauten im europäisch-indischen Stil auf. Eine zierliche indische Serviererin in westlicher Kleidung stellte den Eistee, den Jeremy bestellt hatte, auf den Tisch und zog sich mit einer Verbeugung zurück. Hunger hatten sie beide keinen. Ein Ventilator an der Decke verteilte die feuchtwarme Luft nur, er brachte keine Kühlung. »Freust du dich denn gar nicht, dass du in Mahi einen Halbbruder hast?« Jeremy beugte sich vor und berührte ihre Hand.

»Doch, ich freue mich.« Victoria schüttelte den Kopf. »Ich bin nur ganz durcheinander ...« Sie nippte an dem Tee. Er schmeckte angenehm zitronig und nach Minze.

Ein Automobil fuhr die Straße mit den eleganten Geschäften und Hotels entlang, und das Wasser aus den tiefen Pfützen spritzte gegen das Schaufenster.

»Du hast vorhin auch verärgert gewirkt...«

»Ich weiß... Es tut mir leid. Ich kann verstehen, warum Dr. Tamana Kaur so und nicht anders gehandelt hat. Aber mein Vater hätte sich über einen Sohn gefreut. Er hätte Mahi geliebt, davon bin ich fest überzeugt, und ich hätte meinen Halbbruder gern schon früher kennengelernt.«

»Ich finde, Dr. Kaur hat sehr mutig gehandelt«, sagte Jeremy sanft.

»Vielleicht bin ich auch einfach nur zornig auf meinen Vater...«

»Ihm kann man meiner Ansicht nach keinen Vorwurf machen. Er hat sich völlig korrekt verhalten.«

»Er hätte Dr. Kaur die Assistentenstelle nicht anbieten sollen...«

»Lieber Himmel, er wollte sie fördern. Sonst siehst du doch die Frauen so oft benachteiligt.«

»Er hätte sich ausrechnen können, wie das endet.« Victoria wusste, dass sie ungerecht war. »Ach, ich habe einfach keine Ahnung, wie ich Mahi erklären soll, dass ich seine Halbschwester bin...«

»Gar nicht...«

»Wie meinst du das?« Verblüfft starrte Victoria Jeremy an.

»Mahi hat vor einem Jahr die Frau verloren, die er sein ganzes Leben lang für seine Mutter gehalten hat. Sumat wurde umgebracht. Wenn du dem Jungen jetzt sagst, dass sein Leben auf einer Lüge basiert, ziehst du ihm völlig den Boden unter den Füßen weg. Denk doch daran, wie sehr es dir zu schaffen gemacht hat, als du erfahren musstest, dass dein Vater seine dunklen Seiten hatte, und du warst da schon erwachsen.«

»Aber Mahi muss irgendwann die Wahrheit erfahren.«

»In ein paar Jahren vielleicht. Aber nicht jetzt.«

Die Sonne schickte einen breiten blendenden Schein durch die Wolken, nur um gleich darauf wieder ganz zu verschwinden.

»Ich glaube, du hast recht...«, gab Victoria schließlich zu.

»Schön, dass du das zur Abwechslung einmal einsiehst.« Jeremy schenkte ihr sein schiefes Lächeln.

»Sollen wir in den Palast des Maharadscha zurückkehren, oder willst du noch in Calcutta bleiben?«

»Ich möchte hierbleiben, bis ich ein Telegramm von Sir Arthur erhalten habe und weiß, was mit Lord Abbingdon und Sir Antony geschehen wird.«

Über dem Gespräch mit Dr. Kaur hatte Victoria die beiden Männer fast vergessen. Doch jetzt holte sie die bedrückende Gegenwart wieder ein. Schweigend leerten sie und Jeremy ihre Teegläser.

Victoria trat aus dem Fotografenatelier hinaus auf die Esplanade Row. Sie war schon einmal vorausgegangen, um einen Film für ihre Kamera zu kaufen. Die Luft war so drückend, dass es ihr schwerfiel zu atmen. Markisen über den Ladenschaufenstern wurden in Erwartung des nächsten Gewitters aufgerollt. Die Gäste, die sich auf die Terrasse des Eden gewagt hatten, eilten ins Hotel. Bedienstete klappten Sonnenschirme zu und räumten Geschirr ab. Das elegante klassizistische Gebäude erschien Victoria wie ein Schiff, das sich für einen schweren Seegang wappnete.

Wo Jeremy nur blieb? Eigentlich hätte er ihre Rechnung schon längst bezahlt haben müssen. Victoria spähte durch das große Fenster der Teestube. Drinnen war er jedenfalls nicht mehr. Vor dem Eden fuhr ein Rolls-Royce vor. Der uniformierte Chauffeur stieg aus dem Wagen. Zwei Männer schritten die Treppe vor dem Hoteleingang hinunter ... Victoria wich zurück und drückte sich gegen die Hauswand.

O Gott, Lord Abbingdon und Sir Antony ... Hoffentlich haben die beiden mich nicht bemerkt ...

Zwei Hoteldiener in Livree öffneten die Vordertüren des Rolls-Royce, andere betätigten die Motorkurbel. Lord Abbingdon nahm auf dem Fahrersitz Platz, sein Bruder neben ihm. Es war plötzlich sehr still, als hätte das drohende Unwetter alle Klänge aus der Atmosphäre gesogen. Der Motor sprang dröhnend an. Der Wagen fuhr los. Die ersten Regentropfen klatschten auf den Asphalt.

In diesem Augenblick sah Victoria Jeremy. Er verließ einen Schreibwarenladen, sein Blick war auf die Titelseite einer Zeitschrift gerichtet.

»Jeremy!«, schrie Victoria warnend.

Ein Passant drehte sich irritiert zu ihr um. Jeremy sah auf und lächelte ihr zu. Täuschte sie sich oder steuerte der Rolls-Royce genau auf ihn zu?

»Jeremy, Vorsicht!« Victoria stürzte los.

Endlich wandte er sich um.

Das Automobil beschleunigte. Für einen Moment sah Victoria Lord Abbingdons Gesicht. Sein Blick war voller Feindseligkeit. Seine Hände umklammerten das Lenkrad.

Der schwere Wagen ... Er würde Jeremy erfassen und ihn gegen die Hauswand schleudern, ihn zermalmen ...

Etwas fiel von einem der Gebäude herunter und auf das Automobil. Ein Geräusch, als ob Metall auf Metall träfe, erklang. Ein Blitz flammte auf und übergoss alles mit seinem gleißenden Licht. Im nächsten Moment donnerte es, und der Rolls-Royce explodierte in einem gigantischen Feuerball. Victoria wurde zu Boden geschleudert. Schaufensterscheiben zerbarsten. Menschen schrien panisch.

»Jeremy ...« Geblendet vom Feuer konnte Victoria nur Schemen erkennen. Sie zog sich an der Hauswand hoch, taumelte ... Und dann sah sie ihn. Jeremy lag inmitten von Glasscherben, zerfetzten Zeitungsseiten und Metallteilen am Boden. Sie stürzte zu ihm und kniete sich, ohne auf die Scherben zu achten, neben ihn. »Jeremy, Jeremy ...« Schluchzend ertastete sie sein nasses Gesicht, seine Brust. Er blutete aus mehreren Schnittwunden.

Zitterten seine Lider, oder bildete sie sich das nur ein? Jeremy stöhnte und richtete sich mühsam auf.

»Was war das für eine Detonation?«, murmelte er und blinzelte in das Licht der lodernden Flammen.

»Hast du Schmerzen?«

»Keine starken ...«

In der Ferne heulten Sirenen. Ein Mann mit einem Turban kam aus einem Hauseingang, überquerte ruhigen Schrittes die Straße und verschwand gleich darauf in dem nun wieder sintflutartigen Regen.

Victoria starrte ihm nach. Prinz Kintu ... Oder hatten ihre geblendeten Augen sie genarrt?

Victoria beugte sich aus dem Fenster des Schlafwagenabteils. Jeremy und sie hatten beschlossen, nach Simla zurückfahren. Der Zug nach Kalka, wo sie wieder in die Bergbahn umsteigen mussten, hatte im Hauptbahnhof von Delhi einen längeren Aufenthalt.

Zur Abendzeit herrschte auf dem Bahnsteig das übliche Gedränge. Tee- und Saftverkäufer priesen ihre Getränke an. Frauen, die Arme voller Blumen, schoben sich durch die Menge. Die Betreiber mobiler Garküchen offerierten den Reisenden Reis und *chapati* mit Gemüse oder Fleisch. Der für die Städte Indiens so typische Geruch von Bratöl, Blumen, Gewürzen und Schweiß hing in der Luft. Weiter hinten, in der dritten Klasse, saßen die Menschen in völlig überfüllten Abteilen, hingen aus den offenen Fenstern und drängten sich vor den Türen.

Endlich entdeckte Victoria Jeremy in der Menge. Sie hatte sich bereits Sorgen gemacht, der Schock vom Vortag saß noch tief. Jeremy hatte in Delhi noch etwas erledigen wollen, sich aber nicht dazu geäußert, was. Nun öffnete er die Tür ihres Abteils.

»Ich hatte schon Angst, der Zug würde ohne dich abfahren.« Victoria lächelte.

»Na ja, laut Fahrplan sind es noch fünfzehn Minuten.« Er grinste und legte eine Zeitung auf den Tisch.

Lord Abbingdon und Sir Antony Palmer durch Explosion des Benzintanks ihres Automobils getötet, las Victoria auf der Titelseite der Abendausgabe.

»Also bleibt das die offizielle Version ihres Todes? So wie es dir Sir Arthur in seinem Telegramm mitgeteilt hat?« Fragend sah sie Jeremy an.

»Ja, die Regierung in London scheint der Ansicht zu sein, dass es besser ist, keine Nachforschungen über den Tod der beiden anzustellen. Dabei könnte zu viel ans Licht kommen, was das Vertrauen der Bevölkerung in die Oberschicht erschüttern würde.«

Victoria hatte Jeremy erzählt, dass sie, kurz bevor es die

Detonation gegeben hatte, etwas von einem der Dächer in der Esplanade Row auf den Rolls-Royce hatte fallen sehen. Es musste ein Anschlag gewesen sein. Sie hatten beschlossen, dies bei der Vernehmung durch die Polizei zu verschweigen. Einige Passanten hatten wie sie selbst leichtere Verletzungen erlitten, kein Außenstehender war getötet oder schwer verwundet worden.

»Glaubst du, dass Lord Abbingdon und Sir Antony uns in Calcutta aufspüren ließen und geplant haben, dich vor dem Eden Hotel umzubringen?« Victoria zog Jeremy neben sich auf das Bett. Am Vortag war der Schock zu groß gewesen. Sie hatten über das Erlebte noch gar nicht ausführlich gesprochen.

»Ich glaube eher, dass es aus dem Augenblick heraus geschah. Abbingdon sah mich aus dem Schreibwarenladen kommen und handelte im Affekt, selbstüberschätzend, wie er war. Es hätte effektivere und weniger riskante Methoden gegeben, mich zu ermorden, als mich zu überfahren. Schließlich hätte er damit rechnen müssen, dass der Unfall untersucht werden würde.«

»Sein Blick war eiskalt, als er auf dich zuraste«, Victoria schauderte, »ich bin so froh, dass er und sein Bruder tot sind. Aber ... Da ist etwas, das ich dir noch nicht gesagt habe. Kurz bevor die Polizei eintraf, kam es mir so vor, als hätte ich Prinz Kintu gesehen. Ich bin mir allerdings nicht sicher, ich war ja vom Feuer ganz geblendet ...«

»Prinz Kintu ... Ich kann mir gut vorstellen, dass die Maharani und ihr Enkel beschlossen haben, auf eigene Faust für Gerechtigkeit zu sorgen«, erwiderte Jeremy nach einem Moment der Stille. »Es war ja klar, dass Lord Abbingdon und sein Bruder niemals vor Gericht gestellt würden.«

»Falls tatsächlich er es war, der eine Bombe warf oder was immer zu dieser Explosion geführt hat, würde ich ihn dafür nicht verdammen.«

»Das sehe ich genauso«, sagte Jeremy nachdrücklich. »Wahrscheinlich hat mir die Explosion sogar das Leben gerettet.«

Ein lang gezogener Pfiff ertönte, Rauch wehte am Fenster des Schlafwagenabteils vorbei, und der Zug setzte sich in Bewegung.

Jeremy beugte sich vor. Er öffnete seine Ledertasche und nahm ein Päckchen heraus. Auf das exquisite Seidenpapier war in Goldbuchstaben das Firmenzeichen eines Juweliers geprägt. »Ich sagte ja vorhin, dass ich in Delhi noch etwas zu erledigen hätte ... Ich habe das hier vor ein paar Wochen auf meiner Reise nach Simla in Auftrag gegeben.«

»Ein Geschenk für mich?«

»Sieh selbst ...«

Das Päckchen enthielt eine Schachtel mit samtenem Überzug. Victoria hob den Deckel und stieß einen leisen Schrei aus. »Oh, Jeremy ...«

Ein mit vielen Facetten geschliffener Saphir, so klar, dass er fast durchsichtig war, bildete den Mittelpunkt eines Colliers. An der kunstvoll gearbeiteten silbernen Fassung waren drei Reihen Perlen befestigt. Das Collier war überwältigend schön und musste ein Vermögen gekostet haben.

»Jeremy, du hättest nicht ...«

»Vor meiner Reise hast du dir kostbares Geschmeide von mir gewünscht ...« Er lächelte, aber sein Tonfall war ernst und nachdenklich. »Es ist mein Hochzeitsgeschenk. Die vergangenen Wochen haben mich gelehrt, nichts, was mir wirklich wichtig ist, lange aufzuschieben.«

Ja, fast hätten sie einander verloren... Fast wäre ihr Leben vorbei gewesen und das ihres ungeborenen Kindes...

»Ich liebe dich...« Victoria umarmte ihn und schmiegte ihren Kopf an seine Brust. »Und ich bin so glücklich, bald deine Frau zu werden.«

EPILOG

Victoria betrachtete sich im Spiegel ihrer Frisierkommode. Sie trug ein weißes Seidenkleid mit eingewebten Blumenranken. Der Halsausschnitt und die Säume der Ärmel waren mit Spitze verziert. Der Schnitt war ähnlich schlicht wie der ihres ursprünglichen Hochzeitskleides – das Oberteil lag eng an, der Rock bauschte sich glockig – und brachte somit Jeremys Collier umso schöner zur Geltung. Der Schleier reichte bis zum Boden.

In weniger als einer Stunde werden Jeremy und ich in der Christchurch getraut...

Victoria hatte immer erwartet, dass sie an ihrem Hochzeitstag ganz aufgeregt sein würde. Aber sie war einfach nur glücklich.

Mahi war am Abend zuvor zu ihr und Jeremy ins Zedernhaus gekommen. Victorias Blick wanderte zur Fotografie ihres Vaters. *Dein Sohn hat sich entschieden, bei der Maharani und Prinz Kintu und bei Leela zu bleiben,* sagte sie in Gedanken zu ihm. *Es ist wirklich das Beste so. Aber später einmal will Mahi nach England kommen und in Oxford studieren. Dann werde ich mich um ihn kümmern, und ich werde ihm von dir erzählen. Ich bin sicher, auch wenn er dich nie kennenlernen durfte, wird er dich als Vater akzeptieren und dich lieben.*

Es klopfte an der Tür. »Miss Victoria ...«

»Kommen Sie herein, Leela!«

Leela betrat das Schlafzimmer. Sie brachte den Brautstrauß aus weißen Kamelien. Der indische Gärtner hatte ihn für Victoria gebunden.

»Sie sind die hübscheste Braut, die ich je gesehen habe«, sagte Leela.

»Warte ab, bis du heiraten wirst ...«

Victoria lächelte. Sie nahm den Strauß entgegen, verließ das Zimmer und schritt langsam die Treppe hinunter. In der blumengeschmückten Halle wartete Hopkins im Frack. In seinen Augen schimmerte es feucht.

»Miss Victoria, ich bin wirklich außerordentlich stolz und glücklich, dass ich Sie an Stelle Ihres Vaters zum Altar führen darf ...« Die Stimme versagte ihm.

»Hopkins, ich bin sicher, mein Vater hätte sich niemand anderen als Sie als meinen Brautführer gewünscht. Danke für alles, was Sie in den letzten Jahren für mich getan haben. Und ich hoffe, dass Sie mir an meinem Hochzeitstag diese Freiheit gestatten ...« Victoria stellte sich auf die Zehenspitzen und küsste ihn auf die Wange.

»Oh ...« Für einen Moment war Hopkins tatsächlich überrumpelt. Dann umarmte er Victoria und drückte sie an sich.

Die Bediensteten hatten Blumengirlanden über den Gartenweg gespannt. Arm in Arm schritten Victoria und Jeremy darunter her. Die Trauung ... Die Musik ... Hopkins, der sie durch die Kirche zum Altar geführt hatte... Die Ansprache des Priesters... Wie Jeremy und sie sich das Jawort gegeben und sich danach geküsst hatten... Der Empfang vor der Kirche... All dies blitzte in einzelnen Bildern in Victorias Gedächtnis auf. Schließlich war sie doch aufgeregt gewesen. Irgendwann würde sie sich ganz in Ruhe an jedes Detail erinnern.

Überall im Garten waren Tische aufgestellt. Kellner aus den umliegenden Hotels standen bereit, den Gästen aufzuwarten. Denn die Bediensteten waren ebenfalls zu der Feier eingeladen. Am Rande der Rasenfläche hatten die Diener unter einem von Blumen umwundenen Baldachin eine improvisierte Tanzfläche gebaut. Affen hockten in den Bäumen und verfolgten das ungewohnte Geschehen interessiert, ohne jedoch zudringlich zu werden. Es waren einfach zu viele Menschen da, die ihnen Respekt einflößten.

Auf der Terrasse hinter dem Cottage war das Büfett aufgebaut. Den Mittelpunkt bildete eine dreistöckige, kunstvoll mit Marzipanrosen verzierte Hochzeitstorte. Victoria verbarg ein Lächeln. Während der letzten Tage hatte sie einige Male den Verdacht gehabt, dass Hopkins in der Küche werkelte. Also hatte sie sich nicht getäuscht.

Die Gäste, die Bediensteten und das gemietete Personal applaudierten, als Victoria und Jeremy auf die Terrasse traten.

»Mr. und Mrs. Ryder...« Hopkins verbeugte sich vor ihnen.

»Ich glaube, Hopkins, meine Gattin wird für Sie immer ›Miss Victoria‹ bleiben wollen.« Jeremy tauschte einen Blick mit ihr. Um seinen Mund zuckte es.

»So ist es, Hopkins.« Victoria nickte.

»Nun, Mr. Ryder, Miss Victoria ... Es trafen Telegramme von Lord und Lady Hogarth sowie von Mrs. Dodgson hier ein. Sie alle wünschen Ihnen viel Glück und freuen sich auf die Feier, die bald nach unserer Rückkehr in den Cotswolds nachgeholt wird. Selbstverständlich werde ich noch einmal eine Torte anfertigen.«

»Die ganz bestimmt genauso wundervoll sein wird wie diese, Hopkins.«

»Das hoffe ich, Miss Victoria.«

Hopkins schnitt die Torte an und reichte ihr und Jeremy Teller mit den ersten Stücken. Lady Glenmorag hatte es sich nicht nehmen lassen, zur Hochzeit zu erscheinen. Sie trug ein elegantes mauvefarbenes, mit unzähligen kleinen Glasperlen besticktes Nachmittagskleid und einen riesigen Hut, auf dem eine Fülle von Seidenblumen prangte. Glücklicherweise war sie ohne Isabel gekommen. Auch sie ließ sich ein Stück Torte geben. Dann nahm sie Victoria am Arm und zog sie ein Stück zur Seite.

»Du siehst hübsch aus, meine Liebe. Und das Collier ist beeindruckend ...«

»Es ist schön, dass Sie das sagen, Großtante ...«

»Ich frage mich allerdings, ob es wirklich nötig war, auch die Bediensteten zu dieser Feier einzuladen.«

»Sie waren immer so freundlich zu uns.«

»Nun, das ist schließlich ihre Aufgabe ...« Lady Glenmorag hob indigniert die Augenbrauen. »Deine Cousine weint sich übrigens die Augen aus. Die arme Isabel ... Ihren Verlobten auf so schreckliche Weise zu verlieren.«

»Ich war auch schockiert, als ich davon hörte«, log Victoria.

»Sir Timothy Wallace, der Gouverneur von Assam und den

zentralen Provinzen, bemüht sich sehr um sie ... Er ist ein großer Trost ...« Großtante Hermione ließ den Satz bedeutungsschwer ausklingen.

»Das freut mich für Isabel.« Victoria glaubte sich zu erinnern, dass der Gouverneur über sechzig und verwitwet war und dass er acht Kinder hatte.

Großtante Hermiones Blick wanderte zu Mahi, der zwischen der Maharani und Eyad stand. »Dieser Junge dort ... Wer ist das?«

»Ein Waisenjunge, den Jeremy und ich in Simla kennengelernt haben.«

»Er ist mir schon während des Empfangs aufgefallen. Irgendwie erinnert er mich an deinen Vater, als dieser zehn, zwölf Jahre alt war. Also, manchmal bildet man sich die seltsamsten Dinge ein.«

»So ist es, Großtante. Wenn Sie mich bitte entschuldigen würden ...« Victoria entfloh ihr.

Leela unterhielt sich angeregt mit Constable Ranjit Singh. Ihre Wangen waren leicht gerötet. Jeremy hatte sich zu der Maharani, Eyad und Mahi gesellt.

»Mrs. Ryder ...«

Prinz Kintu war zu Victoria getreten. »Mr. Hopkins erzählte meiner Großmutter, dass Sie und Ihr Gatte ganz in der Nähe waren, als Lord Abbingdon und Sir Antony vor dem Eden Hotel in Calcutta ums Leben kamen.«

»Allerdings, wir haben die Explosion aus nächster Nähe miterlebt.«

»Eine defekte Benzinleitung ... Das ist wie eine Art Gottesurteil, finden Sie nicht auch?« Der Blick seiner dunklen Augen war unergründlich.

»Ja, so könnte man das sehen.«

Die Tanzkapelle unter dem blumengeschmückten Baldachin begann zu spielen.

»Aber am heutigen Tag sollten das Leben und die Liebe und nicht der Tod von Bedeutung sein.« Der Prinz neigte höflich den Kopf. »Ich wünsche Ihnen und Mr. Ryder alles Glück der Welt.«

»Ich danke Ihnen ... für alles.« Victoria wusste, dass er seine Worte ehrlich meinte.

»Ich glaube, man erwartet von uns, dass wir den Tanz eröffnen.« Jeremy lächelte sie an. Er reichte ihr seinen Arm und führte sie zu dem Baldachin.

Ich liebe dich, ich liebe dich mehr als mein Leben, las Victoria in seinen Augen.

Sie würde nie die ganze Wahrheit über den Unfall erfahren. Aber ihr Herz sagte ihr, dass sie Prinz Kintu für viel mehr Dank schuldete als für die der kleinen Göttin abgehandelten Ohrringe. Sie schmiegte sich an Jeremy und gab sich ganz ihren harmonischen Bewegungen und den Klängen der Musik hin.

Ende

NACHWORT

Zu Beginn meines Romans *Das Geheimnis des Rosenzimmers*, des zweiten Bandes der Victoria-Bredon-Reihe, besucht Victoria Bredon den fiktiven Landsitz Melbury Hall in der Nähe von London. Dessen Architektur ist indisch inspiriert. Sein reales Vorbild ist Sezincote House in den Cotswolds – ein Anwesen, das zu Beginn des 19. Jahrhunderts erbaut wurde und traditionelle Elemente indischer Architektur in sich vereinigt. Als ich Sezincote besuchte, keimte gewissermaßen die Idee, Victoria im *Zedernhaus* zusammen mit Hopkins nach Indien reisen zu lassen. Wie immer in meinen Romanen habe ich auch in diesem Buch Fakten und Fiktion gemischt.

Das Indien des Jahres 1908 war ein koloniales Indien. Auch die nominell unabhängigen Fürstentümer standen de facto unter britischem Einfluss. Im heutigen Indien tragen Orte häufig wieder die ursprünglichen, einheimischen Namen. Ich habe mich in meinem Roman an die Bezeichnungen gehalten, die 1908 offiziell im britischen Empire gebräuchlich waren. Also Bombay statt Mumbay, Calcutta statt Kolkata, Simla statt Shimla, Madras statt Chennai.

Von 1864 bis zur Unabhängigkeit Indiens im Jahr 1947 war

Simla die Sommerhauptstadt von Britisch-Indien. Von Anfang April bis in den November wurde Britisch-Indien von dort aus regiert. Während dieser Zeit verblieb nur ein kleiner Stab von Beamten in der Hauptstadt Kalkutta, die 1911 von Delhi als Regierungssitz abgelöst wurde. Grund war das im Sommer in Kalkutta und Delhi für Mitteleuropäer nur schwer erträgliche tropische Klima. Es gab allerdings immer wieder Briten, die den Exodus in die der indischen Realität entrückte, exklusive Enklave in den Ausläufern des Himalaya kritisierten. Aber an der Gepflogenheit, dass ein Großteil der Regierungsbeamten und indischen Schreiber mit Wagen voller Akten und sonstiger Schriftstücke nach Simla umzogen, änderte sich bis zum Ende der britischen Herrschaft über Indien im Jahr 1947 nichts.

Simla war europäisch und von jenem im *Zedernhaus* beschriebenen Eklektizismus geprägt. Es gab Häuser, die in Anlehnung an Schweizer Chalets erbaut waren. Andere wiesen Elemente des Historismus auf – also etwa der Tudorzeit oder der Renaissance. Vor allem entlang der Mall und der Ridge sind viele dieser Gebäude bis heute erhalten.

Was die Residenz des Vizekönigs und die Town Hall betrifft, habe ich mich an Fotos und zeitgenössischen Berichten orientiert, mir aber auch die eine oder andere erzählerische Freiheit genommen. Das Anwesen der Maharani Rameet ist von Sterling Castle auf dem Elysium Hill inspiriert, das den Namen der berühmten schottischen Burg trägt.

Im Jahr 1908 verfügten einige wenige Anwesen in Simla bereits über fließendes Wasser. Meist musste das Wasser jedoch von Dienern aus Brunnen und Quellen zu den Häusern gebracht werden – wie im *Zedernhaus* beschrieben.

Das Amphitheater Annandale ist historisch. Ebenso das

Central Hotel, in dem Jeremy logierte. Das im Text erwähnte Grand Hotel war das erste Hotel am Platz. Über neunzig Prozent der Häuser in Simla – auch die um den Basar – befanden sich im Besitz von Briten und wurden häufig vermietet.

Kulis und indische Straßenkehrer durften die Mall zu bestimmten Tageszeiten nicht betreten. Auch ärmlich gekleidete Inder waren dort nicht gern gesehen. Als sich die Differenzen zwischen dem indischen Nationalkongress und der Regierung von Britisch-Indien zuspitzten, war die einheimische Baumwollkleidung, die Delegierte des Nationalkongresses trugen, auf der Mall verboten, da sie als politische Provokation empfunden wurde.

In den ersten Jahren, in denen Simla als Sommerresidenz genutzt wurde, waren indische Adlige dort willkommen. Gegen Ende des 19. Jahrhunderts waren einige Vizekönige jedoch bestrebt, die einheimischen Fürsten aus Simla fernzuhalten, da die reichen indischen Adligen die Hauspreise – nach Meinung der Briten – in exorbitante Höhen trieben.

Was das Verhältnis von britischer zu indischer Aristokratie betrifft, lässt sich wohl sagen, dass der britische Adel die indischen Fürsten tolerierte, da man sie brauchte, sie wurden aber nicht als wirklich ebenbürtig anerkannt. Söhne indischer Adliger wie Kintu besuchten Schulen wie Eton und studierten in Oxford oder Cambridge.

Nur der Vizekönig und der Gouverneur des Punjab und von Burma durften in Simla eine Kutsche oder später ein Automobil benutzen. Als Mahi das Fest in der Residenz beobachtet, denkt er allerdings nur an den Vizekönig. Viele der Straßen waren steil und schmal. Reiten war erlaubt. Von Kulis gezogene und geschobene Rikschas bildeten jedoch das bevorzugte Fortbewegungsmittel.

Affen waren eine große Plage in Simla, sie reizten nicht nur Hopkins. Manchmal rückten ganze Haushalte mit Gewehren und Poloschlägern bewaffnet gegen sie vor.

Ab dem 16. Jahrhundert trieb die Britische Ostindien-Kompanie (British East India Company) mit Indien Handel. Dies geschah nicht direkt im staatlichen Auftrag, aber mit Billigung des englischen Parlaments und der englischen Krone. Nach und nach nahm die Company Teile Indiens in Besitz und setzte Verwaltungsbeamte und Gouverneure über einzelne Provinzen ein.

Bis zum Beginn des 19. Jahrhunderts war das Verhältnis zwischen Briten und Indern recht ausgewogen. Großbritannien wurde ja erst in Folge der napoleonischen Kriege zu einer Großmacht und baute sein Empire immer weiter aus. Zudem wurden bedeutende Gebiete Indiens bis zum Anfang des 19. Jahrhunderts von starken Fürsten regiert. Aber infolge der industriellen Revolution und des Niedergangs des indischen Adels sowie der Mogul-Kaiser verkehrte sich das Verhältnis. Großbritannien betrachtete die eigene westlich-christliche Zivilisation immer mehr der als heidnisch erachteten indischen überlegen. Eine Auffassung, mit der die Briten unter den Kolonialmächten nicht allein standen.

Vor diesem Hintergrund wäre Lord Abbingdon also gesellschaftlich geächtet worden, wenn seine Ehe mit Iksha bekannt geworden wäre. Bis in die 1860er-Jahre war es nicht ungewöhnlich, dass Briten, auch Angehörige des Indian Civil Service, Inderinnen heirateten. Doch ab dem Ende des 19. Jahrhunderts galten diese Verbindungen als unerwünscht und nicht gesellschaftsfähig. Männer, die dennoch Inderinnen heirateten, mussten Nachteile bei ihrer Karriere in Kauf nehmen.

Im *Zedernhaus* ist der Aufstand der Sepoys, der indischen Soldaten in britischen Diensten, immer wieder einmal Thema. Im Jahr 1857 kam es im Norden Indiens zu einem großen gewalttätigen Aufstand, der für das viktorianische England und für die Anglo-Inder (die in Indien lebenden Briten) traumatisch und prägend war. Ursache war britische Ignoranz – was im viktorianischen Großbritannien anders gesehen wurde. In Indien war es Sitte, dass Fürsten, die keinen leiblichen männlichen Nachkommen hatten, einen Erben adoptierten. Die britischen Gouverneure ignorierten dieses Recht. Wenn ein Fürst keinen leiblichen Erben hatte, annektierten sie sein Herrschaftsgebiet für Großbritannien beziehungsweise die East India Company.

Eine weitere Ursache des Aufstandes war, dass die britische Armee in Indien mit einer neuen Munition ausgestattet wurde. Diese Munition war in Papier eingeschlagen, das mit Rindertalg und Schweineschmalz eingefettet war. Um die Munition verwenden zu können, musste das Papier abgebissen werden – was für moslemische und hinduistische Sepoys gleichermaßen ein Sakrileg darstellte, da Rinder den Hindus heilig sind und Schweine den Moslems als unrein gelten.

Es kam zu grausamen Handlungen seitens der Inder. In Kanpur etwa wurden englische Frauen und Kinder niedergemetzelt, Tote und Sterbende warf man in einen Brunnen. Auch in Delhi und anderen Städten Nordindiens wurden Briten von Sepoys und indischen Zivilisten getötet. Das britische Militär übte, als es den Aufstand niederwarf, seinerseits grausame Vergeltung an den Indern. Bei Strafexpeditionen wurden ganze Dörfer niedergebrannt und Unbeteiligte, darunter Frauen, Kinder und alte Menschen, getötet. Männer wurden ohne Gerichtsverfahren hingerichtet.

Lakshmibai, die Rani von Jhansi, die die Maharani Rameet während des Dinners an Bord der *Empress of India* erwähnt, ist eine historische Persönlichkeit. Sie kämpfte während des Sepoy-Aufstandes zu Pferd gegen die Briten und wurde durch einen Schuss getötet.

Im Jahr 1858 wurde die East India Company per Parlamentsbeschluss aufgelöst, weite Teile Indiens wurden zur Kronkolonie erklärt. Die Briten in Indien kapselten sich immer mehr von der einheimischen Bevölkerung ab. Umgekehrt wuchs auf indischer Seite das Streben nach Unabhängigkeit. Hindus und Moslems gründeten 1885 den indischen Nationalkongress. Dass Vizekönig Lord Curzon 1905 die Provinz Bengalen teilte, befeuerte den Ruf nach der Unabhängigkeit Indiens. Ebenso, dass die britische Verwaltung die in Indien immer wieder aufkommenden Hungersnöte oft nicht effektiv bekämpfte.

Lala Lajpat Rai – bei einer seiner Versammlungen lernten Leela und Sumat sich kennen – war ein Politiker, der für die Unabhängigkeit Indiens eintrat und 1905 zu einem Boykott von britischer Kleidung aufrief. Im Mai 1907 ließ ihn die Kolonialregierung in Lahore verhaften. Er saß sieben Monate im Gefängnis. Abgeordnete der Labour Party, der Liberalen und der Konservativen zweifelten die Rechtmäßigkeit der Inhaftierung an und setzten sich im englischen Parlament für seine Freilassung ein. (Gandhi, der später den gewaltfreien Kampf gegen die britische Kolonialmacht initiierte und maßgeblich zur Unabhängigkeit Indiens beitrug, lebte damals noch in Südafrika und setzte sich für die Rechte der dort ansässigen Inder ein. Er kehrte erst 1914 dauerhaft nach Indien zurück.)

Attentate gegen britische Politiker und Beamte gab es in

Indien vor allem zwischen den beiden Weltkriegen. Aber am 1. Juli 1909 erschoss ein indischer Revolutionär und Freiheitskämpfer, der Hindu Madan Lal Dhingra, im Imperial Institute im Londoner Stadtteil South Kensington Sir William Hutt Curzon Wyllie, den früheren britischen Statthalter von Nepal und im Jahr 1909 hohen Beamten im Ministerium für Indien. Einige Wochen vorher hatte Lal Dhingra geplant, den ehemaligen indischen Vizekönig Lord Curzon zu erschießen, kam aber zu spät zu einer Veranstaltung, an der dieser teilnahm. Einen Lord Elgin als Gouverneur von Bombay gab es nicht, und das Attentat vom Herbst 1907 auf ihn vor dem Ministerium für Indien ist folglich meine Erfindung. Es hat jedoch seine Wurzeln in jenem Attentat auf Sir William Hutt Curzon Wyllie.

Jeremy Ryder arbeitet für einen Vorläufer des britischen Geheimdienstes MI5, der allerdings erst 1909 gegründet wurde und 1908 folglich noch nicht existierte.

Lord Minto war von 1905 bis 1910 Vizekönig von Indien. Lord Abbingdon und sein Bruder Sir Antony Palmer sind dagegen meiner Fantasie entsprungen.

Es hat einen realen Hintergrund, dass Dr. Tamana Kaur Ärztin ist. Ab den 1890er-Jahren gab es für Inderinnen die Möglichkeit, eine Ausbildung zur Krankenschwester oder auch zur Ärztin zu absolvieren. Unterstützt wurden sie dabei vom Lady Dufferin's Fund – Lady Dufferin war die Gattin eines Vizekönigs. Der Fonds war gegründet worden, weil viele indische Frauen sich nicht von männlichen Ärzten behandeln ließen oder weil ihre Ehemänner ihnen die Behandlung durch männliche Ärzte untersagten.

Auf der Zugfahrt von Kalka nach Simla gibt Hopkins zu bedenken, dass Indien den Briten Angst mache. Die englische

Community in Britisch-Indien war in der Tat sehr klein. Circa zweihunderttausend Briten lebten unter circa dreihundert Millionen Indern.

Die Zeitung *Simla Times* gab es 1908, die *Times of India* existiert bis heute. Zeitungen und Magazine aus dem britischen Mutterland waren – wenn auch mit einer zeitlichen Verzögerung von einigen Wochen – in Indien erhältlich.

Vielen Briten war es wichtig, ihre Lebensweise beizubehalten und sich so von den Indern abzugrenzen. Dass Hopkins, als Victoria, Leela und er mit Eyad und dessen Leuten auf dem Weg zur nepalesischen Grenze sind, um Jeremy zu retten, im Frack an einer luxuriös eingedeckten Tafel das Dinner serviert, ist keineswegs nur ein Spleen von ihm. Beamte des Indian Civil Service pflegten, wenn sie in abgelegenen, ländlichen Gebieten Indiens unterwegs waren, mit genau diesem Aufwand zu speisen.

Ein Collector, beziehungsweise District-Verwalter, des Indian Civil Service entspricht vom Rang her etwa einem Superintendent bei Scotland Yard. Ab einer bestimmten Anzahl von Dienstjahren stand Mitgliedern der Regierung von Britisch-Indien und des Indian Civil Service ein zweijähriger Heimaturlaub zu.

Den Fluss Kaveri im Süden Indiens gibt es. Die gleichnamige Provinz, in der Raghav Chandra mit seiner Tochter Iksha lebte, ist meine Erfindung. Das Fürstentum der Maharani Rameet findet sich auf keiner Landkarte Indiens. Das Gleiche gilt für das Fürstentum des Maharadscha Umaid Singh.

Das Gästehaus der *lascars* im Londoner East End ist historisch verbürgt, ebenso, dass die indische Prinzessin Sophia Duleep Singh es stiftete. Sophia Duleep Singh war die Tochter des Maharadscha Duleep Singh, des letzten Maharadscha des Punjab, der von der East India Company als Kind mit Wissen und Billigung der britischen Regierung um sein Land und seinen Thron gebracht wurde. Duleep Singh wurde von einem schottischen Missionarsehepaar christlich erzogen. Später kehrte er wieder zu seinem Sikh-Glauben zurück. Er war ein sehr attraktiver junger Mann und wurde Queen Victorias Protegé. Der Koh-i-Noor stammt, wie von der Maharani Rameet während des Dinners auf der *Empress of India* hervorgehoben, aus seinem Besitz.

Prinzessin Sophia war Queen Victorias Patenkind, sie und ihre Schwestern Bamba und Catherine wurden 1894 als Debütantinnen bei Hofe vorgestellt. Prinzessin Sophia engagierte sich stark bei den Suffragetten.

Nellie Melba – oder »die Melba«, wie jeder sagte – war vom ausgehenden 19. Jahrhundert bis in die Zwanzigerjahre des 20. Jahrhunderts *der* weibliche Opernstar. Sie gastierte regelmäßig am Royal Opera House in Covent Garden. Die Mimi aus *La Bohème* war eine ihrer Paraderollen.

Ansonsten... Bei der Lage und Beschreibung des Viertels an der Chowingtree Road, in dem Dr. Tamana Kaur lebt, habe ich mir Freiheiten genommen. Das Eden Hotel in Kalkutta ist historisch. Es war das erste Hotel am Platz. Das Eden Hospital besteht immer noch, ebenso das Medical College and Hospital. Kalkutta war schon ab 1880 an die Elektrizität angeschlossen.

Pauline Peters

DANK AN...

... wie immer meinen Mann Hartmut Löschcke für Gespräche über den Roman, seine konstruktive Kritik und Geduld in kritischen Schreibphasen.

... meine Freundin und Kollegin Mila Lippke, deren Interesse an Filmen ich den ersten Hinweis auf die *lascars* verdanke.

... meine Lektorin Melanie Blank-Schröder für ihr Engagement für Victoria Bredon.

... meine Textredakteurin Margit von Cossart für ihre Anmerkungen und Nachfragen, die *Das Zedernhaus* wieder zu einem besseren Buch gemacht haben.

... meinen Agenten Bastian Schlück für die langjährige gute Zusammenarbeit.

... meine Freundinnen und Kolleginnen Brigitte Glaser und Jasna Mittler für kreative Tage in Unkel.

Die Community für alle, die Bücher lieben

Das Gefühl, wenn man ein Buch in einer einzigen Nacht verschlingt – teile es mit der Community

In der Lesejury kannst du
- ★ Bücher lesen und rezensieren, die noch nicht erschienen sind
- ★ Gemeinsam mit anderen buchbegeisterten Menschen in Leserunden diskutieren
- ★ Autoren persönlich kennenlernen
- ★ An exklusiven Gewinnspielen und Aktionen teilnehmen
- ★ Bonuspunkte sammeln und diese gegen tolle Prämien eintauschen

Jetzt kostenlos registrieren: www.lesejury.de
Folge uns auf Facebook:
www.facebook.com/lesejury